AF215512

Barbara Biegel

Imme Blau

Roman

Bibliografische Information der Deutschen Nationalbibliothek: Die Deutsche Nationalbibliothek verzeichnet diese
Publikation in der Deutschen Nationalbibliografie; detaillier-
te bibliografische Daten sind im Internet über dnb.dnb.de
abrufbar.

Herstellung und Verlag:
BoD – Books on Demand, Norderstedt

ISBN: 978-3-7460-1816-4

Für alle Trauernden

Inhalt

1 Ankunft

Ein Schauer durchrieselte Imme, vom Kopf bis zu den Füßen. Sie schüttelte sich und musste lachen. Frösteln an einem wunderbar sonnigen Septemberabend. Sie wollte ihre Gänsehaut als gutes Zeichen werten. Dafür, am richtigen Ort zu sein. „Jeder von uns ist auf seine Weise einzigartig" – das hatte einer der Klebezettel verkündet, die in ihrer Wohnung zahlreich wie Spatzen in einem Kirschbaum an Schränken und Türrahmen geflattert hatten. Ja, ein gewisses Frieren hatte sie ihr ganzes Leben begleitet. So oft war ihr kalt gewesen. In ihrem Kinderzimmer, in den Blauen Bergen, in der Schule, an der Akademie, im Laden, auch mit Mons.

Der blaue Kapuzenpulli wärmte ihre Arme, trotzdem wollten sich die Schultern nicht entspannen. Wind verwehte die vielen Kondensstreifen am Himmel schneller, als Imme es aus der Gegend kannte, aus der sie eben angereist war. Sie war die ganze Strecke mit nur wenigen Pausen gefahren. Einmal hatte sie in einer Tankstelle einen Kaffee getrunken. Mit seiner Energie kam sie bis ans Ziel.

Etwas abgeschieden vom Ort stand Großmutters Haus als letztes vor dem Wäldchen und hielt mit den geöffneten Fensterläden scheinbar nach Imme Ausschau. Vielleicht sollte sie vor der Besichtigung den kurzen Rock und die Sandalen gegen Jeans und Turnschuhe tauschen. Sie ging vom Gartentor zum Auto zurück. Mücken tanzten über der noch warmen Motorhaube des blauen Kombis. Es schien ihr Ewigkeiten her zu sein, dass sie den Schriftzug „Bestattung Blau" auf die Seiten aufgesprüht hatte. Die Hose und die Tüte mit den Turnschuhen lagen auf dem Beifahrersitz. Sie wechselte die Kleidung im Schutz der geöffneten Autotür. Ohne Hüllen fühlte es sich für einen Moment so an, als ob das Blut in ihrem Körper seine Farbe wechselte, von Rot zu Blau. In Büchern war oft zu lesen: „Ihr gefror das Blut". Aber damit war ja die Angst gemeint und nicht die Kälte. Angst hatte sie nicht. Sie war nur aufgeregt.

Mit dem Schlüsselbund in der Hand schob Imme das Gartentürchen auf. An der Haustür zögerte sie, aufzuschließen. Sie überlegte, ob ihr Gehirn eingefroren war. Das hatte ihr Vater früher immer gerufen: „Imme, dein Gehirn ist wohl eingefroren?"

Sie war langsam gewesen, von Anfang an. Als ob Gewichte an ihren Armen und Beinen angebracht worden waren. Vielleicht hatte sie sich auch deshalb spät gestreckt. Erst in der Pubertät war sie in die Höhe geschossen, mit einer Schnelligkeit, die ihre Bewegungen im Alltag noch mehr verlangsamte. „Imme, du träumst. Hast du gehört, was ich sage?" Mama konnte auch heute noch den Kopf über die Tochter dauerschütteln. Wahrscheinlich gab es einen Zusammenhang zwischen ihrem Kopfschütteln und Immes Frieren. Auf einem alten Foto war die Mutter unscharf zu sehen, wie sie sich von dem Sofa wegbewegte, auf dem Imme, in Decken gehüllt, ihre langen bleichen Haare zwischen den Fingern zwirbelte, den Blick auf unendlich gerichtet. Das Blut von Mutter und Tochter hatte wohl niemals im Einklang pulsiert. Imme hatte sich immer vorgestellt, dass ihres türkisblau wie Flusswasser war, das aus den Bergen herausquoll und jede ihrer Körperzellen mit Schmelzwasser anreicherte.

Sie blickte auf den Schlüsselbund in ihrer Hand. Wie lange stand sie hier schon unentschieden herum? Was hielt sie davon ab, die Haustür aufzuschließen? Ihr Vater hatte ihr zugenickt: „Das Haus wartet auf dich."

Omas Haus an der Ostsee war seit ihrem Tod vermietet gewesen, bis vor wenigen Monaten der letzte Mieter ausgezogen war.

Dieser Ort konnte einen neuen Anfang bedeuten. Imme sah sich um. Auf den flachen Feldern, die sich jenseits der anderen Straßenseite erstreckten, nur durch wenige Hecken und vereinzelte Eichen gegliedert, offenbaren sich in der niedrig stehenden Sonne unzählige, im goldenen Licht schimmernde Spinnenfäden. Die nahen Pappeln winkten ihr verhalten mit gelben Blattherzen zu. Gemeinsam mit den freundlich geöffneten Fensterläden betonten sie den Gegensatz zu der Atmosphäre in der Stadt, aus der Imme aufgebrochen war.

Es hatte eine halbe Ewigkeit gedauert, bis Imme das letzte Industriegebiet hinter sich gelassen hatte. Dann waren nach und nach unter dem wolkenlosen Himmel Landschaftsbilder aufgetaucht, die in ihr Erinnerungen an die langen Autofahrten mit den Eltern wachriefen. Etliche Male hatten sie Pausen eingelegt, in denen sich die Zeit zog wie der Honig vom Löffel über einer Tasse Milch. Hoch ließ sich die Hand heben, ehe der goldene Faden abriss. Bei jeder Weiterfahrt breitete sich vom Beifahrersitz wieder eine Wolke der Anspannung bis auf die Rückbank aus und hüllte Imme mit ein. Mutter war nicht gerne in den Norden gefahren. Ich fühle mich dort nicht wohl, wegen des Windes, hatte sie gesagt. Aber es hatte vielleicht auch an Oma gelegen. Viermal im Jahr waren sie zur Großmutter gefahren, zu ihrem Geburtstag, zu Ostern und am zweiten Weihnachtsfeiertag ganz kurz, und in den Sommerferien länger. Seit der Nachricht von Omas Tod hatte Imme ein schlechtes Gewissen. Viel zu selten hatte sie mit ihr telefoniert, nachdem sie von zu Hause ausgezogen war. Die eigene Zeit war ihr damals so knapp vorgekommen. Das letzte Mal hatte sie das Haus am Tag der Beerdigung betreten.

Imme las einen unbekannten Namen neben der Klingel. Sie blieb so lange auf der Eingangsstufe stehen, bis das Kribbeln in ihr etwas abgeebbt war. Von der Rabatte an der linken Hausecke verströmte ein Rosenstrauch mit kräftigen Blättern und rosafarbenen Blüten seinen intensiven Duft. Sie dachte an die Zeiten, in denen die Prinzen Dornröschen oder andere

11

Schätze erst erreichen konnten, wenn der richtige Zeitpunkt gekommen war. Auch hier vor dem Eingang hielt eine unsichtbare Dornenhecke Imme auf Abstand. Ihr Blick suchte Halt und blieb am Schlüsselbund in ihren Händen hängen, an dem die Beschriftung eines weißumrandeten Schildchens verkündete: „Haustür hinten". Imme ging die Stufe wieder hinunter und zwischen Hauswand und Hecke zum Garten. Er öffnete sich ihr wie ein Buch. Sie sah sich dort als Kind auf dem leicht ansteigenden Weg stehen, vor dem Tor des grüngelb bemalten Metallgitterzauns, an dem das Grundstück endete. In ihrer Erinnerung war es dort immer sonnig. Intensiv meinte Imme die Härchen der riesigen Stachelbeerfrüchte im Mund zu fühlen, das Zerknacken ihrer leicht säuerlichen Schale und die Konsistenz und den Geschmack des Inneren, kühl und geleeartig süß.

Das kleine gemauerte Frühbeet voller Ringelblumen, Knoblauch und Gräser hatte die Jahre überdauert und es gab auch immer noch den Teich, geschmückt mit einer noch nicht erblühten Seerose. Die Spiegelung des jetzt mit Wolken bedeckten Himmels darin war wie ein Gruß. Hinter dem Holunderbusch erblickte Imme die Sitzecke, eingerahmt von zartblauer Jungfer im Grünen und einem gelb blühenden Steingartengewächs, dessen Namen sie nicht kannte. Was für ein schönes Stückchen Erde. Jemand musste den Garten betreut haben, er wirkte wie für sie vorbereitet. Dieser Gedanke machte es ihr leicht, zu der hinteren Haustür zu gehen und sie aufzuschließen. Ohne Widerstand ließ sich der Schlüssel zweimal drehen. Hinter der Schwelle mit dem eingelassenen Fußabstreifer begann das Muster der alten Steinzeugfliesen, rote und eierschalenfarbene Dreiecke auf blauem Grund.

Im Inneren empfing sie der vertraute Eindruck einer Fülle von Räumen, obwohl das Haus klein war. Im unteren Bereich hatte es im Lauf der Zeit Anbauten gegeben. Hier war das Klo angefügt, dort noch eine Speisekammer, allerdings weit weg von der Küche, die eigentlich keine Küche war, sondern eher eine Nische für das Allernötigste: Kühlschrank, Spüle und Herd. Vom Gang aus öffnete sich rechts ein wunderbar großer, leerer Raum mit Holzofen und breitem Sprossenfenster, dessen Aussicht den Anschein erweckte, die Welt läge einem zu Füßen.

Hier fühlte sich Imme sofort wohl. Sie stand in der Mitte des Raums und die Geschichten, die das Haus erzählte, strömten warm in sie hinein. Sie fragte sich, weshalb es ihr so schwergefallen war, das Haus zu betreten. Es passte genau zu ihr. Trotz ihrer Größe bewegte sie sich fließend in ihm wie in einer zweiten Haut.

2 Imme

Imme war Einzelkind, wenn man davon absah, dass ihre tote Zwillingsschwester von Anfang an überall dabei war. Die Mutter hatte das totgeborene Kind mit Imme aufwachsen lassen, denn Katinka war in ihren Worten, Gesten und Handlungen fast täglich anwesend. Kerzen wurden mit trauriger Miene angezündet oder es wurde festgestellt: „Das hätte deiner Schwester auch gefallen!" Während der gelegentlichen Umarmungen hörte Imme ihre Mutter seufzen und das Kind spürte, wie deren Gedanken abschweiften. Die Schwester war immer da, nur vielleicht im Nebenraum oder eben aus der Tür gegangen. Als hätte sie sich vervielfältigt, lebte sie sowohl bei Mutter wie auch nach der Trennung der Eltern bei Vater und später, nach ihrem Auszug, auch mit Imme. Vater war seit der Geburt der Mädchen an die letzte, die vierte Stelle, gerückt. Er war ein sanfter Mann, leise und für seine Tochter nahezu ohne Konturen, irgendwie verschwommen. Als Selbstständiger verschwand er in seinem Antiquariat, wann immer er Schwierigkeiten aus dem Weg gehen wollte. Er arbeitete viel und versuchte, der kleinen Familie wenigstens finanzielle Sicherheit zu bieten, angesichts der Unberechenbarkeit des Schicksals, das seine Frau so nachhaltig von ihm entfremdet und dem toten Kind so viel Raum zugebilligt hatte. Es ging daheim sehr ruhig zu und Imme verstand erst viel später, dass die lautstarken Auseinandersetzungen in anderen Familien sehr viel normaler und gesünder waren als diese eigenartige Windstille bei ihr zu Hause.

Sobald sie lesen konnte, verschlang sie alles, was sie in die Hände bekam. Sie las Kinderbuchklassiker und Bücher für Erwachsene, die sie entweder ratlos, aufgeregt oder mit schlechtem Gewissen zurückließen. Sie liebte kleine Bücher mit Weisheiten aller Art. Vielleicht schwang da unbewusst die Hoffnung mit, Antworten auf ihre offenen Fragen zu finden. Etwas musste es doch geben, was für Tiefe sorgte oder für Höhenflüge. Überschäumend glücklich oder manchmal auch schmerzlich berührt wünschte sie zu sein, nicht so vorsichtig und langsam, wie sie sich selbst empfand. Viele Bücher sprachen von dieser Sehnsucht anfänglich verzagter Helden, erzählten von stürmischen Zeiten anstatt von einer beständigen Flaute aus Alltäglichkeiten und Ungesagtem.

Immes Vater war da, aber er war fast so unsichtbar wie Katinka und sie hatte das Gefühl, ohne Rat und Unterstützung der Welt da draußen wehrlos ausgesetzt zu sein. Die Helden in den Büchern machten immer alles richtig, doch sie selbst kämpfte fortwährend mit der Riesenangst, Fehler zu machen. Die Szene aus einer Live-Show im Fernsehen, bei der der Entertainer über ein Kabel gestolpert und hingefallen war, blieb ihr im Gedächtnis. Den anschließend eingeblendeten Schriftzug „Bildstörung" verknüpfte sie mit all den peinlichen Situationen ihres Lebens, derer sie sich schämte und denen sie sprachlos ausgeliefert war.

Die Angst, Fehler zu machen, begleitete sie durch ihre Kindheit wie das Hintergrundrauschen der Autobahn. Je nach Windrichtung drang es aus der neuen Pappelschonung deutlicher oder nur intervallweise hervor. Seit dem Bau der Trasse war das Dorf von den Blauen Bergen abgeschnitten. Tunnel und Überführungen blieben die einzigen Verbindungsstränge zu den bewaldeten Höhenzügen mit den Baumriesen und den Waldseen. Imme wohnte mit ihrer Familie in einem Haus kurz vor dem über tausendjährigen Kloster am Ortsende. Das Kloster mit seinem romanischen Kreuzgang wurde in einigen Reiseführern erwähnt und häufig von Touristen bewundert, die manchmal auch den Weg in das dem Wirtschaftsgebäude benachbarte Antiquariat fanden. Die Gespräche mit ihnen genoss der Vater. Ihnen hatte er viel mitzuteilen, über Inhalt und Ausstattung der Werke, über die Autoren und deren Lebensläufe. Am Abendbrottisch hatte sein Gesicht dann einen zufriedenen Ausdruck. Der Großteil der verkauften Bücher wurde jedoch über das Internet bestellt und mit der Post versandt.

Als Kind trug Imme meistens Anziehsachen in Blau. Sie wollte auch ihr Zimmer in ihrer Lieblingsfarbe gestrichen haben und, als die Eltern das ablehnten, malte sie mit Pinsel und Wasserfarben ihre Fußsohlen blau an und stempelte die Wände, solange die Farbe reichte und so hoch sie mit den Beinen kam.

Erst viel später kam ihr in den Sinn, die Mutter habe Rosa für ihre Schwester, das „richtige" Mädchen, reserviert und Blau sei als zweite Wahl übriggeblieben.

Imme zog gerne Hosen an und fühlte sich wohl mit den älteren Nachbarjungen. Mit ihnen erkundete sie die Wiesen und Teiche sowie den nahen Wald und erlebte Abenteuer, von denen die Erwachsenen besser nichts erfuhren. Einmal bauten sie ein Floß aus Schilf und Imme, die noch nicht schwimmen konnte, fuhr als Passagier, gezogen und geschoben, über den Waldsee. Auf Fahrrädern übten sie Kunststücke ein, die sie im Zirkus bestaunt hatten, der einmal im Jahr den Ort besuchte. Sie bauten gemeinsam Lager aus Ästen und erforschten den kleinen, tief eingeschnittenen Bachlauf, dessen lehmige Schichten ausgewaschener Hangpartien in Rot- und Blautönen schimmerten.

In den Stamm einer Buche vor der schmalen Holzbrücke hatte jemand vor längerem einen Totenkopf geritzt, der sich über die Jahre furchteinflößend verbreiterte. Immes Spielen im Wald endete, als der alte Nachbar ihr erzählte, an dem Baum sei ein Motoradfahrer von Geistern zerschmettert worden und die Stelle bringe Unglück für jeden, der daran vorbeigehe. Sie erschrak damals sehr. Wie viel Schaden hatte sie wohl durch den häufigen Aufenthalt im Wald schon für ihr weiteres Leben angesammelt? Von da an blieb sie für lange Zeit dem Wald und den Jungen fern.

In der Hängematte zwischen den Apfelbäumen des Gartens waren die Tage stiller, aber nicht weniger intensiv. Durch das blaue Gewebe ihres T-Shirts beobachtet, verwandelten sich die Wolken in gefleckte Tiere eines Lands ihrer Fantasie. Blaue Blumen wurden zu Lebewesen und hatten allerlei Schwierigkeiten zu bewältigen. Am liebsten mochte Imme die Wegwarte. Über deren strahlendes Hellblau und die Geschichte, die man sich von ihr erzählte, schrieb sie in der Schule einen Aufsatz:

„Die Wegwarte bin ich. Ich suche den Prinzen. Wir erkennen einander an den blauen Augen. Er ist davongezogen, anderen Aufgaben entgegen. Seitdem warte ich auf ihn, am Wegrand. Eine Blüte nach der anderen lasse ich aufleuchten. Unaufhörlich schicke ich meinesgleichen an die Ränder aller Pfade und Straßen aus. Wir sind verbunden. Solange wie möglich, bis weit in den Herbst, halte ich aus. Vielleicht besucht er mich in anderer Gestalt. In der Spiegelung der Sonne auf den Flugzeugflügeln. Im Glitzern der Tropfen, die ich trinke. Er schimmert seinen Gruß ins Gefieder der Elster. Der Rittersporn ist sein Freund und ich bin, wenn ich erwachsen bin, die Frau mit den auf das Kleid gedruckten Blaukehlchen, die den Berg hinaufläuft, Tag für Tag."

Imme umgab sich für ihr Leben gern mit Farben. Sie sprachen mit ihr und sie spann die Geschichten weiter, die sie ihr zuflüsterten. In ihrem liebsten Kinderbuch war jede Doppelseite in einer anderen Farbe gedruckt. Die Umschlagabbildung zeigte ein Mädchen mit großen blauen Augen auf einer Wiese. Die langen schwarzen Haare waren rechts und links mit Haargummis zu offenen Zöpfen zusammengefasst und schwangen lustig mit. Daneben sprang sein liebster Spielgefährte, ein Lamm. In der Geschichte ging das schwarzhaarige Kind trotz der Warnung der Eltern allein in den Wald und fand den Weg nicht mehr heim. Weinend und verzweifelt kniete es am Boden, beäugt vom Nachtvogel, der Eule. Da wurden vor lauter Angst seine Haare weiß. Das Kind wurde gefunden und zuhause wieder aufgenommen, die Mutter machte ihm schöne Frisuren und flocht Blumen hinein. Alles war gut.

Imme liebte das Buch. Auch sie wollte alles versuchen, um die Liebe der Mutter zu gewinnen.

Am Vorabend ihres sechsten Geburtstags schlief sie vor lauter Vorfreude nur schwer ein. Ein Fest ganz für sie alleine, nachmittags würde sie mit den Freundinnen zusammen feiern. Geschenke nur für sie, keine Schwester konnte ihr etwas wegnehmen. Doch als die Mutter sie in der Frühe mit einem Aufschrei weckte, wusste sie gleich, dass etwas nicht stimmte. Immes Haare waren über Nacht weiß geworden. Statt ihren Geburtstag zu feiern saßen sie in Wartezimmern. Man fand keine Erklärung und auch kein Mittel, das Ausbleichen rückgängig zu machen. Das kam nicht wieder in Ordnung, der gute Ausgang wie im Buch blieb aus.

„Imme träumt immer", sagten die Eltern. „Kind, jetzt pass doch auf. Ich habe dich was gefragt!" Wie aus weiter Ferne drangen die Worte in Immes magische Geschichtenwelt. Sie wurde später eingeschult, weil sie weinte, wenn von der Schule die Rede war, und stets für sich saß, malte und spielte. Im Jahr darauf war sie wie verwandelt und ging gern in die erste Klasse, obwohl sie schon lesen konnte. Für Imme kam etwas Neues hinzu, ein Vergleichen mit anderen. Sie spürte die Blicke und hörte die Bemerkungen der Mitschüler. Ohne Ausnahme war sie blau gekleidet, trug Schuhe, Oberteile Hosen und Jacken in Blau, manchmal ein blaues Stirnband in den weißen Haaren und im Winter blaue Mützen. Ihre Unterwasserbewegungen entfalteten sich wie das Wogen von Tang im Meer, während um sie herum Mädchen voller Gezwitscher und einem Gehüpfe mit der Leichtigkeit von Vögeln dem Luftreich anzugehören schienen.

Als Belohnung für den Übertritt ins Gymnasium fuhren die Eltern mit Imme an den Bodensee. In einem hallengroßen Eiscafé durfte sie „Pfirsich Melba" bestellen, eine gelbe Pfirsichkuppel auf Vanilleeis, die aus einem Rund weißer Sahne leuchtete. Der Name klang wunderbar exotisch und passte zum anschließenden Ausflug in die besondere Atmosphäre der Insel Mainau. Man verließ das Schiff und setzte den Fuß in eine andere Welt. Bilder von mächtigen Baumriesen und Königreichen voller Untertanen aus Blüten und Farben vermischten sich mit weißen Kniestrümpfen, kurzen Mädchenröcken, hellen Blusen sowie Sonne auf Armen und Beinen. Imme war das einzige sichtbare Kind, sah aber viele Details in der Mehrzahl. Die tote Schwester war wie immer mitgereist. Alles schien wie überbelichtet und von einer hellen Aura umflossen. Vielleicht war es die Wasseroberfläche mit ihrem Gleißen, die den Zwilling doppelte und ein Mädchen heraufbeschwor, das sie nie kennengelernt hatte und das doch stets präsent war. Wie ihr Name: Katinka. Vergeblich hatte sich Imme eine Katze gewünscht, um diesen Namen der Katze zu geben. Einem Wesen aus Fleisch und Blut, einem Wesen, das echt war. Für die Schwester schien er wie gemacht: Ka-tin-ka, für das holprige Eintreffen auf der Welt. Herausgeflutscht und tot, die Überraschung war gelungen. Die Mutter hatte wegen der Anstrengung alles unscharf erlebt, aber Papa hatte erzählt, dass beide Babys sich wie ein Ei dem anderen glichen, nur dass das eine Ei zu weiß gewesen war.

Nach der Blumeninsel besuchte Imme mit den Eltern noch eine rekonstruierte Pfahlbausiedlung aus der Steinzeit. Gebannt versank sie in dieser lang vergangenen Zeit. Die originalen Bohlen und Hütten, stellte sie sich vor, waren eines Tages durch das Fallen des Wasserspiegels wie durch ein Wunder aus dem See aufgetaucht, um den Blick auf das Leben der Bewohner freizugeben. Sie waren imstande, sich über der Wasseroberfläche auf denselben Holzwegen zu bewegen wie die Steinzeitmenschen. Imme schlüpfte in eine Hütte und erkannte im Dunkel eine Feuerstelle, neben der einige Hölzer lagen.

Im Nu verwandelte sie sich in Magra, die rothaarige Heldin aus einem ihrer Lieblingsbücher. Sonderbares ereignete sich darin. Magra und ihre Taten wurden in Liedern besungen. Sie wusste, dass sie keine Hexe war. Nicht sie, sondern der rote Stein, den ihr Bruder einst gefunden hatte, hatte die römischen Legionen aus einer vergangenen Zeit auferstehen lassen. Auch der König hörte von ihr und befahl sie zu sich, um mit ihrer Hilfe die Fremden zu besiegen. Die Reise war gefährlich, doch es gelang ihr, mit dem roten Stein zukünftige Zeiten an sich vorbeiziehen zu lassen und an ihre eigene Stelle ein modernes, rothaariges Mädchen zu setzen. Für zwei Tage wurde es tausendfünfhundert Jahre zurückversetzt, erlebte die Abenteuer Magras und rettete nur mit Mühe ihr Leben.

Imme fühlte sich damals sehr verbunden mit diesem Mädchen, das eher mit den Herausforderungen der Vergangenheit als mit denen der Gegenwart zurechtkam. Oft hatte sie von Abenteuern geträumt, bei denen die Eltern sich um sie sorgen und sie froh umarmen würden, wenn sie nach Hause käme.

Im Dämmerlicht der Hütte ging sie in die Hocke und hob eines der Hölzer vom Rand der Feuerstelle auf. Der schmale, helle und glatte Stab war für sie eher der längliche Griff eines steinzeitlichen Werkzeugs als ein Stück Feuerholz.

Draußen rief der Vater. Sie schrak auf, ließ das Holz fallen, schlüpfte aus dem Eingang und rannte in seine Richtung. Das Geländer war an einer Stelle zum See hin offen für das Anlegen von Booten. Im Schwung geriet ein Schritt zu weit, Imme fiel und die Angst vor Wasser blieb ihr ein Leben lang.

Ka-tinka. Mit ganz viel „ka". Fast wären sie sich begegnet auf dem Grund des Sees. Jemand hatte sie herausgezogen aus dem kalten Wasser. Sie hatte gefühlt, dass daran etwas falsch war. Nicht weil sie nicht bei Mama und Papa sein wollte, sondern weil ihr immer etwas fehlte, als hätte man aus ihr ein Stück herausgeschnitten, das dort unten in die allergrößte Nähe gerückt war.

Ein Halsschmuck aus Nabelschnur, und schon war alles anders.

Im Gymnasium erwachte Imme ganz. Wie nach einem neuerlichen Auftauchen vom Grund kam sie eines Tages an die Oberfläche und war mit einem Mal präsent und nicht mehr wegzudenken. Ihre Antworten kamen schnell. Und sie hatte Humor. All die gelesenen Geschichten, die sie in sich trug, kamen in ihren Worten zum Vorschein. Sie liebte kleine Kinder, die ihr an der Hand der Eltern begegneten, und brachte sie durch Grimassen zum Lachen. Als ihre Mutter einmal zu einem gleichaltrigen Jungen bemerkte: „Da hat meine Tochter aber eine Eroberung gemacht!" und dessen kleinen Bruder meinte, sagte der Große: „Mich aber nicht." „Kommt noch!", lachte Imme da schlagfertig und die Mutter staunte.

Sie verbesserte ihre Noten von Jahr zu Jahr. Ihr Lieblingsfach wurde Geschichte und ihr Hauptinteresse galt dem Mittelalter. Für Referate wählte sie Themen wie „Blau, vom althochdeutschen *blao* für schimmernd, glänzend, und die alte Technik des Textildrucks am Beispiel Färberwaid". In ihrem Zimmer stapelten sich Bücher über die historische Entwicklung ihres Heimatorts und des Klosters und sie befasste sich mit den Anfängen der Siedlungsgeschichte.

„Unser Dornröschen", lachte die Mutter, „ist süchtig nach Vergangenheit."

Imme mochte ihren Namen eigentlich. Man konnte überall etwas anfügen: „Immer" war ein wichtiges Wort, dass andauernd zu hören und zu lesen war, immergrün war ihre Augenfarbe. Mitten im Begriff „schimmernd" beschrieb ihr Name Haut und Haare. „Himmelblau" war ein Lieblingswort und passte auf viele ihrer Anziehsachen. Ein Schimmel war ein Pferd und sie mochte Pferde. Ihre Stimme hatte einen tiefen Klang, wenn sie laut die Beschriftung der ersten Kinderfotos las: „Imme, unser Mädchen" und „Imme, Imme, Immerzu – haben wir dich lieb". Wie in einen Reim hatten ihre Eltern stets mit eingestimmt. In der Grundschulzeit hatte ein Mädchen am Kindergeburtstag zugehört. Der Spitzname „Imme Immerzu" war bis ins Gymnasium an ihr haften geblieben.

Nun war sie fast dreißig Jahre alt und „Immerzu" hatte eine andere Betonung: „Imme, Imme, Immer ZU". Nirgendwo, so schien es ihr, ging es voran. Von Anfang an hatte es an etwas gemangelt. Lange hatte sie Andere ihr Leben bestimmen lassen.

Doch vor kurzem hatte sich etwas verändert. Sie hatte eine Entscheidung getroffen, ein Geheimnis erfahren, einen Schlüssel erhalten, eine Tür aufgesperrt und war dabei, eine neue Richtung einzuschlagen. Der erste Schritt war gemacht. Einen kurzen Moment lang sah sie das Haus mit anderen Augen, wie ein Wunschbild. Von außen schien es in ihrer Vorstellung unverändert, die Zimmer im Inneren jedoch schimmerten alle in blauen Farbtönen. Und der große Raum war wegwartenblau.

3 Katinka

Imme sah nachdenklich auf den Dielenboden des großen Zimmers. Dort markierte ein helles Rechteck die Stelle, an der einmal ein Teppich gelegen hatte. Dunkle Kreise von Astlöchern traten wie auf einer Landkarte, auf der besondere Wendepunkte markiert sind, überdeutlich hervor. Sie verschränkte die Arme, wärmte sich unter den Achseln die kalten Hände und dachte an die vergangenen Jahre. An manchen dunklen Stellen auf ihrem Weg war sie länger als nötig stehengeblieben. Imme fühlte Ärger in sich aufsteigen, Ausläufer der Wut, die sie erstmals in der Stunde bei Helena gespürt hatte und dann, vor kurzem erst, nach der Erzählung ihres Vaters. Ohne diese Wut stünde sie nicht hier. Der kleine Anhänger, der in Helenas Praxis von der Lampe gebaumelt hatte, und seine Aufschrift „Du musst dein Leben ändern" hatten sich ihr eingeprägt.

Bereits auf der Hinfahrt zu Helena war Imme gereizt gewesen. Sie hatte vermutet, dass der dichte Feierabendverkehr daran schuld war. Obwohl Chrissies Totenkopfanhänger am Rückspiegel mit dem Aufdruck „Keep cool!" sie ermahnt hatte, sich nicht aufzuregen, hatte sie aus dem offenen Fenster einen Drängler angeschrien: „Was hupst du, Idiot!? Spar dir deine Blondinenwitze, Blödmann. Meine Haare sind weiß. Hast du keine Augen im Kopf, oder was?" Eigentlich war das nicht ihre Art. Hitzig war sie selten.

Helena kannte sie schon eine ganze Weile. Seit Coaching besser klang als „Psychologische Beratung". Eine Zeitlang war Imme regelmäßig bei ihr gewesen, anfangs wegen Katinka, später auch einmal wegen Mons, doch nachdem ihr klar geworden war, dass sie manches gar nicht so genau wissen wollte, war sie weggeblieben.

Helenas ruhige Art und die angenehme Atmosphäre des Raums hatten es Imme leicht gemacht, sich nicht lange mit

Vorreden aufzuhalten. Kaum hatte sie in dem bequemen Sessel Platz genommen, beschrieb sie ihr Lebensgefühl, ihre Unruhe wegen der fehlenden Zukunftsperspektive und ihren Ärger über die Verständnislosigkeit von Mons. Helena hörte eine Weile zu. Dann hakte sie ein und schlug vor, Imme solle sich Katinka vorstellen und sich mit ihrer Klage direkt an die tote Schwester wenden.

„Lass deiner Fantasie freien Lauf, Imme. Ich weiß, du liebst es, Geschichten zu erzählen. Egal, was dir einfällt, es hat mit dir und deinem Leben zu tun und gibt uns Hinweise."

Imme schluckte und schloss die Augen. Lange war es still in dem Raum mit den sanften Farben. Dann kamen die Worte.

„Schwester, du weißt nicht, wie sich das anfühlt. Ich kann ein Lied davon singen. Om, om. Mantren noch und nöcher. Oder eine Geschichte dazu erzählen. Also, an einem trüben Tag unter einem grauen Himmel, aus dem gerade noch Regentropfen auf den Wald gefallen waren, wurde einmal ein Mädchen geboren. Da staunst du, was? Da kommt nichts Blaues vor. Gib zu, dass du das denkst, wo sich doch bei mir alles um Blau dreht. Nein, hier heißt es ‚grau'. Also weiter. Weil es bald von seinen Eltern verlassen wurde, wuchs es allein in seiner Hütte auf, umsorgt von einem Pferd und mit den Vögeln des Waldes als Spielkameraden. Wieso unglaubwürdig? Hör einfach weiter zu. Am liebsten hielt sich das Mädchen in der Natur auf und sein Herz schlug in Einklang mit allen Wesen, die es um sich hatte. Nachts schlief es traumlos. So wuchs es zu einer jungen Frau heran. Wie alt? Na, so an die dreißig wird sie sein, so alt wie du. Wie ihre Eltern aussahen? So ins Detail will ich nicht gehen, das ist unwichtig. Na gut, die Mutter sah ungefähr so aus wie unsere. Zufrieden? Da kam der Tag, an dem sich ihre Sinne weiteten und sie fühlte, dass sich ihre Haut nach einer Berührung sehnte. Sie wurde traurig und mit dem Geschmack von Trä-

24

nen auf der Zunge hörte sie ein fernes Brausen. Sie hob den Kopf und sah ein Flugzeug den Himmel queren. Ja und? Wieso nicht? Wieso passen Pferd und Flugzeug nicht zusammen? Es gibt Dinge zwischen Himmel und Erde, davon machen sich die meisten Menschen keine Vorstellung. Das wissen wir beide doch am besten. Klar, das Mädchen musste erst einmal nachdenken, aber: Nach einigen Tagen verabschiedete sie sich von der Hütte und ihrem alten Leben und machte sich mit dem Pferd auf den Weg in die Berge. Ende. Was das mit uns zu tun hat? Liegt doch auf der Hand. Denk mal an das letzte Wort. Genau. Berge. Klingelt's?

‚Kind, von den blauen Bergen kommen wir, von den Bergen, ach so weit von hier'. Das Lied kennst du doch noch, oder? ‚Auf den Rücken unsrer Pferde reiten wir wohl um die Erde, von den blauen Bergen kommen wir'. Jeden Donnerstag durften wir den Fernseher anschalten und uns in Laramie aufhalten, an der Pferdewechselstation des Postkutschendiensts, zusammen mit Bill oder Joe. Warum die Berge blau sind, habe ich erst als Teenager kapiert. Thema Luftperspektive. Wir hatten in Kunst diese alternative Achtundsechzigerin mit den langen Haaren, deren Name mir nicht mehr einfällt. Sie und ihr Mann, er war Deutschlehrer an der Schule, luden einmal die ganze Klasse zu sich nach Hause ein. Für mich war das eine Begegnung mit einer völlig anderen Welt. Von außen sah alles nicht weiter auffällig aus, ein einzeln stehendes Bauernhaus auf einem Hügel. Man kam in einen Innenhof mit Schuppen und dahinter war der Obstgarten. Sie führten uns durch alle Räume, auch ins Schlafzimmer. Da gab es kein Bettgestell, nur eine riesige Matratze auf dem Fußboden mit einer bunten Patchworkdecke. Am Kopfende hing ein Plakat von Che Guevara, von dem ich damals noch nie gehört hatte. Überall Räucherstäbchen und dann kein Service wie zu Hause, sondern lauter unterschiedliche Tassen und Teller. Sie hatten trüben Apfelsaft, das weiß ich noch, wahlweise Wasser zu selbstgebackenem Vollkornkuchen. Ich war beeindruckt, vor allem von dem riesigen Bücherregal, das sich die ganze Wand im ‚Gemeinschaftszimmer‘, wie sie es nannten, entlang zog. Ich bekam eine Ahnung, dass es noch ein anderes Leben gab als das der Eltern. Wir wohnten im Tal und immer blickte man auf den gegenüberliegenden Höhenzug. Das Haus der Lehrer lag auf der Höhe. Vielleicht verbinde ich deswegen die Weite des Denkens und der Fantasie mit Blau. Denn als wir uns verabschiedeten damals, deutete die Kunstlehrerin auf die fernen Berge und machte uns auf die Abstufungen von Blau aufmerksam. ‚Seht, wie die Farben verblauen!‘, sagte sie. Das habe ich nie vergessen. Aber bewusst erinnert habe ich mich erst daran, seit ich darüber nachdenke, warum mein Leben nicht gelingt. Schwester, steckst du da dahinter? Warum gelingt mir nichts, kannst du mir das erklären?“ Imme rief es fast. Helena blickte sie aufmerksam an. „Und noch eine Frage habe ich, Schwester. Hast du die Finger im Spiel gehabt, als ich Mons kennengelernt habe? Und als das mit Chrissie passiert ist, warst du das auch? Sag schon, los! Ich hasse dich! Hau ab aus meinem Leben!“ Imme war voller Wut, dann brach sie in Tränen aus.

Helena hatte sie in die Arme genommen und noch eine halbe Stunde mit dem gearbeitet, was sie gesagt und dabei gefühlt hatte. Nie zuvor hatte Imme sich diesen Zorn auf Katinka eingestanden, geschweige denn, ihn ausgelebt. Eine tote Schwester konnte doch nicht schuld sein. In dieser Stunde hatte sie verstanden, dass es doch möglich war. Und etwas anderes Wichtiges hatte sie entdeckt: Ihre Sehnsucht nach Chrissie. Wieso hatten sie einander verloren?

Erschöpft war Imme nach dem Gespräch zu Hause angekommen, in Mons Wohnung, denn das war sie noch immer. Ihr gehörten hier nur einige Bilder und die Ausblicke durch die Fenster.

Im Flur war sie vor dem gerahmten Foto stehen geblieben, das sie kurz nach dem Einzug aufgehängt hatte, einer Aufnahme von den Blauen Bergen in der Farbigkeit der fünfziger Jahre, die ihr Vater fotografiert hatte. Aufmerksam sah Imme sie an. Die Wölbungen der Hügel kannte sie so gut wie den Umriss ihrer Fingerknöchel, wenn sie eine Faust machte. Jedes Mal fiel ihr beim Betrachten die Überlieferung aus dem Mittelalter ein. Edelleute waren in die Blauen Berge geritten zur Jagd, hatten aber nicht mehr herausgefunden aus den tiefen Wäldern. Tagelang seien sie umhergeirrt. Schließlich hätten sie, in letzter Minute, das ferne Glockengeläut des Klosters gehört, das ihnen den Weg wies. Als Dank für ihre Rettung stifteten sie die Friedhofskapelle und statteten sie mit einem prächtigen Altar aus.

Ja, man konnte sich verlaufen und auf die unterschiedlichsten Irrwege geraten. Je nachdem, welchen Glaubenssätzen man folgte, denen der Eltern oder denen, die von der Gesellschaft aufgestellt worden waren, und manchmal auch eigenen. Auf den Wegen konnte es besonders lange dauern, ehe man merkte, dass man falsch war.

Das Lesen lernen war kein Irrweg gewesen. Imme hatte als Kind den Anfang des Pfades in die Geschichtenwelt gefunden, sich als Jugendliche den von Gras überwachsenen Feldweg in die Vergangenheit gebahnt und nach dem Abitur hatte sie die breite Straße der Weisheiten aus aller Welt betreten. „Ich gehe einen spirituellen Weg", hatte sie beim Klassentreffen mit leicht hochgezogenen Augenbrauen zu den Gleichaltrigen gesagt, die zurückgeblieben waren, im doppelten Wortsinn, denn Imme war kurz nach dem achtzehnten Geburtstag von zu Hause ausgezogen. Sie hatte das Klosterumfeld gegen das einer Kleinstadt mit mittelalterlichem Kern eingetauscht, von der aus die Blauen Berge ebenso gut zu erreichen waren wie die Stadt, in der sich die Universität befand. Es war ein Ort des Übergangs. War Imme als Kind aus der Unterwasserwelt aufgetaucht und hatte sie sich in der Schulzeit ans Ufer gewagt, erhob sie sich in ihrem neuen Leben ein wenig vom Boden und zog in den obersten Stock eines Altstadthauses gegenüber der Stadtkirche. Das freie

Zimmer in der Wohngemeinschaft hatte sie am Schwarzen Brett der Mensa auf einem mit blauen Spiralen verzierten Zettel entdeckt. Zwei junge Erstsemesterstudentinnen, die das Pendeln zur Hochschule wegen der Nähe zu Hügeln und Seen in Kauf nahmen, suchten eine neue Mitbewohnerin. Bei der Besichtigung des Zimmers fingen die Kirchenglocken an zu läuten. Ein Taubenschwarm jagte einige Male am Fenster vorbei. Zu dritt bemerkten sie es und lächelten sich an. Imme freute sich über die Zusage der beiden Frauen. Sie würde sich ein Stück mehr dem Himmel nähern und die Welt der Vögel entdecken.

Beim Auszug nahm Imme wenig aus ihrem alten Zimmer mit. Bett und Schrank der Vormieterin konnte sie nutzen, Schreibtisch und Kleinmöbel fand sie im An- und Verkauf. Sie wollte nicht das Risiko eingehen, die sich in einer Schublade verbergende Katinka mitzunehmen, sie wollte ganz neu anfangen. Von zu Hause holte sie nur den blauen Teppich, Kleidung und Kleinkram. Sie begann zur Einstimmung auf das neue Leben, auf Klebezetteln alte Weisheiten, neue Sprüche und eigene Gedanken festzuhalten. Sie dienten ihr als Unterstützung, sich immer wieder zu vergewissern, wer sie war und was sie dachte. Bald klebten überall Zettelchen und ihr Zimmer glich einer Landschaft voll zwitschernder Botschaften aus Papier. „Eine Reise von 1000 Meilen fängt mit dem ersten Schritt an", war gleich mehrfach zu lesen.

Imme gab sich ein Jahr Zeit. Sie hoffte, bald herauszufinden, welchen Weg sie weiter gehen wollte. Sie informierte sich über verschiedene, mehr zufällig ausgewählte Studiengänge, eine langwierige, anstrengende Suche ins Blaue und ohne Ergebnis. Das Fach Geschichte hatte seine Bedeutung für sie verloren, Deutschlehrerin wie ihre Mutter wollte sie nicht werden, vieles andere war von vornherein ausgeschlossen. Gleichaltrige Schulabgänger beschritten mit einer Sicherheit, von der sie nur träumen konnte, bereits Neuland. Um Geld für das kleine WG-Zimmer zu verdienen, stand sie in den Sommermonaten an der Ausgabetheke eines Biergartens, im Winter füllte sie die Regale eines Drogeriemarkts auf. Die beiden Einkommen hielten sich die Waage, während eine andere Waage aus dem Gleichgewicht kam. Die Waagschale mit der Zeit, die Imme mit Lesen verbrachte, stieg in die Höhe und die Schale mit der Zeit, in der sie schrieb, wurde schwer und schwerer. In vielen kleinen Texten verdichtete sie die Bilder und Szenen des Alltags, die ihr unter die Haut gingen. Sie erfand eine Menge Kurzgeschichten mit historischem Hintergrund, uns siedelte sie meistens in der Zeit der Romantik an, weil Imme diese Epoche mit ihrer Offenheit für Ahnungen und Zeichen liebte.

Lag sie auf ihrem Bett, konnte Imme je nach Wetterlage und Tageszeit in einen blassen, leuchtend blauen, graumelierten oder nachtschwarzen Ausschnitt Himmel sehen. Manchmal jagten Tauben durch das Viereck, zu mehreren oder als Paare, schnell wie Pfeile oder mit langsameren Flügelschlägen. Einige Wochen lang waren die Außenmauern des Kirchturms eingerüstet und der Lärm von Handwerkern sorgte für Unruhe. Das Gerüst wurde wieder abgebaut und Turmfalken zogen in die neu befestigten Nistkästen über der Uhr ein. Weiße Kotstreifen begannen wie am Rand eines Farbeimers das Mauerwerk herunter zu laufen und in der Öffnung zeigten sich braune bewegliche Vogelkörper und manchmal ein ausgebreiteter Flügel mit heller Unterseite. Falkenschatten rasten über Immes Bett und zu dem Gurren der Tauben ertönten die durchdringenden Rufe der Greifvögel abwechselnd mit den schrillen Schreien der Mauersegler. Als der Stoffladen am Kirchplatz Ausverkauf hatte, erwarb Imme günstig eine Vielfalt blauer Stoffreste und begann mit der Nähmaschine ihrer Mitbewohnerin eine Patchworkdecke zu nähen. Ihr Plan war, den facettenreichen Himmel abzubilden, doch mit der Zeit entstand eine Fläche, die aus unterschiedlichen Gewässern zu bestehen schien.

„Da hat sich wohl mein Unterbewusstsein in den Vordergrund gedrängt!", sagte sie lachend, als sie die Nähmaschine zurückgab.

Die Intuition und das aufmerksame Suchen nach Zeichen wurden zuerst in Immes Schreiben, dann auch im Alltag immer wichtiger. Vor diesem Hintergrund spannte sich für sie das ganze Leben auf wie eine aus lauter verschiedenfarbigen Fasern gewebte Leinwand, bestehend aus kleinen Hinweisen und Zeichen, die nur richtig gedeutet werden mussten.

War es falsch, das kleine Insekt, das auf ihrer Hand gelandet war, zu erschlagen? Konnte es sein, dass die Botschaften auf der Toilettentür der Kneipe Imme meinten? Glich die Form der Wolke am Himmel wirklich dem Buchstaben „K"? „K" wie Katinka?

Nicht nur im kleinen Park hinter der Kirche verbrachte Imme viele Stunden im Gras auf der Suche nach vierblättrigen Kleeblättern. Ihr Blick scannte jedes Rasenstück, auf dem sie sich niedergelassen hatte. Es gab keinen Zufall, es gab nur Fügung. Man musste offen sein, sonst konnte man sie nicht wahrnehmen. Mit der Genauigkeit Dürers, des Nürnberger Malers, besah sie ihr Rasenstück. Nie suchte sie lange. Sie glaubte fest daran, dass man sich die Welt durch machtvolles Denken gestalten konnte. Das sagte sie auch den Mitbewohnerinnen, die sie fragten, wieso sie ihre Energie nicht gleich von Beginn an auf das Glück, sondern vorher auf Kleeblätter richtete.

„Früher war es normal, an Zeichen zu glauben. Da fanden die Leute leichter welche. In den Tagebüchern meiner Oma und in den Bibeln im Antiquariat habe ich jede Menge getrocknete Exemplare gefunden. Ich helfe dadurch dem Glück etwas nach. Ich sammle es, um es später wieder ausgeben zu können. Wer weiß, was mir sonst manchmal passieren würde."

Beschwingt von diesen Funden und einem intensiven Traum, aus dem sie mit einem Glücksgefühl erwacht war, kaufte sie sich Acrylfarben und Pinsel. Sie fing an zu malen und setzte damit den ersten Schritt in ein Abenteuerland, das sie nie mehr verlassen sollte und das immer bereit sein würde, sie aufzunehmen, wenn sie den Kontakt zu sich in der Welt der „Normalität" verloren hatte.

Zu ihren Eltern fuhr Imme in dieser Zeit selten. Sie hatten sich kurze Zeit nach dem Weggang der Tochter getrennt, als wäre sie das einzige Band zwischen ihnen gewesen. Mutter war aus dem Haus am Kloster ausgezogen und hatte sich eine helle Zweizimmerwohnung in der Großstadt gesucht. Sie lebte ihr eigenes Leben. Die Schule, der Unterricht und die Schüler eines Gymnasiums waren zu ihrem Lebensinhalt geworden. Als Lehrerin zu arbeiten, bot ihr die Möglichkeit, mit der Sehnsucht nach dem, was sie verloren hatte, dauerhaft in Verbindung zu sein. Den Kindern ihrer Klasse schenkte sie all ihre Zuwendung und Einsatzfreude. In den wenigen Telefonaten mit Imme sprach sie ausschließlich von der Arbeit. Imme hörte heraus, dass sie sich dafür von ihr Anerkennung wünschte, doch weil Katinka im Hintergrund laut ihre Rolle spielte, sagte sie wenig dazu. An den Geburtstagen riefen sie sich an und trafen sich für ein paar Stunden an einem von der Mutter ausgewählten Ort zu einer Stadtführung, einem Museumsbesuch oder einer kulturellen Veranstaltung. Darüber konnten sie reden und die niemals ansprechbaren Leerstellen übergehen, die Imme auf dem Heimweg als schwere Schleppe hinter sich herzog, so dass sie hinterher ausruhen musste.

Bei Vater gab es diese Wortfülle nicht, Vater hatte noch nie viele Worte für Imme übriggehabt. Im Antiquariat war er so in die Buchstabenwelt eingetaucht, dass er sich zu Hause nicht mehr mit Wörtern abgeben konnte oder wollte. Die Sprachgewalt im Haus war seit je her von seiner Frau ausgegangen. Der zweite unaufhörliche Sprachfluss strömte aus Katinka und fand in ihrer aller Köpfe Widerhall.

Imme war oft wütend gewesen, dass er all dem nichts entgegengesetzt hatte, dass er nicht auf ihrer Seite gewesen war. Ein Teil ihrer Langsamkeit war dem Hinhören geschuldet, wer gerade sprach und wer nicht. In der Pubertät hatte sie ihn einige Male provoziert. Sie hatte betont zeitlupenartige Bewegungen gemacht und auf Anweisungen zur Eile mit hypnotisch geweiteten Augen reagiert. Wenn sie lang genug durchgehalten hatte, war er geflohen und hatte mit den Türen geschlagen.

Nach ihrem Auszug und dem Beginn ihres selbstständigen Seins wurde sie freier ihm gegenüber und an einem wirklichen Austausch interessiert. Mehrmals suchte sie ihn auf und stellte Fragen. Doch als von ihm sowohl zu ihrer Kindheit wie auch zu seiner Arbeit nur ausweichende Antworten kamen, hatte sie beim Gehen eine Falte zwischen den Augen und brach nach einiger Zeit den Kontakt ab. Sie schrieb ihm, sie sei enttäuscht und wolle ihre Ruhe von ihm haben. Er wisse ja am besten, dass man gut beraten sei, Familie komplett auszublenden. Imme erhielt keine Antwort darauf.

Vater war an der Küste geboren, hatte zwei Brüder, die Jahre vor ihm auf die Welt gekommen waren. Als Nachzügler war er wie ein Einzelkind aufgewachsen und hatte damals schon in einer Welt mit wenigen Worten gelebt. Zu seinem Glück war im Schulhaus des kleinen Orts auch die Bücherei untergebracht. Dort hatte seine Liebe zu den Büchern ihren Anfang genommen. In den Sommerferien, wenn die ganze Familie Oma und den Strand besuchte, zeigte der Vater oft auf das Fenster der ehemaligen Schule und sagte, dahinter hätten die Bücher aufgereiht in den Regalen gestanden. Die neuen Besitzer, ein Architektenpaar aus Berlin, hatten beim Umbau viel vom Charakter des Hauses zu erhalten versucht. Das

Rechteck des Sprossenfensters erschien Imme wie ein Buch-deckel vor dem Einlass in die Welt der Buchstaben.

Vielleicht hatte sie als Kind zu lesen begonnen, um dem Vater näher zu sein. Katinka konnte das nicht, lesen. Nur Imme. Sie wurde Vaters „Fleißige Lesebiene".

„Imme", erklärte er, „ist ein altes Wort für Biene. Bienen, das weißt du, sind fleißige Tiere. Sie schenken uns den Honig, den du so gernhast." Imme Imme Immerzu.

4 Kunst

In den Blauen Bergen hatte sich Imme lesend eine Welt nach der anderen aufgeblättert, schreibend war ihr die Blaue Blume der Romantiker erblüht und das Malen eröffnete ihr eine weitere Dimension. Hier war das Thema die Ferne. Auf Papier und Leinwänden leuchtete Blau, die Farbe der Sehnsucht, in vielfältigen Schattierungen. Imme tauchte in Schriften über Farbpulver ein und kreiste besonders um Lapislazuli, einer der teuersten Farben bis in das achtzehnte Jahrhundert. Nach Rezepten rührte sie die Pigmente zu Tempera- oder Ölfarben an, fotografierte Gewässer und Himmel und setzte diese Fotos malerisch um. Eine ganze Reihe kleiner Formate entstand und lehnte bald Bild an Bild in der Zimmerecke.

„So viele Bilder. Bald platzt mein Zimmer aus den Nähten", hatte Imme dem Betreiber des Cafés erzählt, in dem sie manchmal als Aushilfe arbeitete, und prompt bot er ihr an, als Nächste dort auszustellen. Nachdem zu ihrer Überraschung mehrere Bilder verkauft worden waren, wusste Imme plötzlich, welchen Weg sie einschlagen wollte. Sie würde Kunst studieren. Die für die Aufnahmeprüfung erforderliche Mappe war schnell zusammengestellt und wurde angenommen. Imme bestand auf Anhieb die Prüfung und fand sich in einer Klasse für Malerei wieder. Innerhalb eines Jahres hatte sich der Raum für sie geweitet und sie ließ sich glücklich auf das Abenteuer Studium ein. Eine Zeitlang teilte sie sich mit Anderen ein Atelier auf dem Gelände der Akademie, aber weil der große Raum im Winter schlecht geheizt war und ihr Frieren jede Kreativität raubte, zog sie es vor, wieder in ihrem Zimmer, nah am Himmel, weiterzuarbeiten.

Mutter hielt nichts von der unsicheren Existenz der Künstler. Eine Zeitlang erzählte sie den Leuten, die Tochter studiere Kunsterziehung für das Lehramt.

Im dritten Semester lernte Imme einen Studenten aus der Bildhauereiklasse kennen, Wolf. Sie folgte seiner Einladung aufs Land in ein Haus mit Blick auf die Blauen Berge. Er hatte es gemietet, weil es einfach und günstig war, ausgestattet mit Holzöfen und strapazierbaren Böden. Die Vermieter wohnten nebenan in ihrem komfortableren Neubau. Wolf stammte aus der Landwirtschaft und hatte Erfahrung mit Existenziellem und einigen Frauen gesammelt. Sofort verliebte sie sich in seine Fremdheit, während er sich von ihren nebulösen Wortbeiträgen fasziniert zeigte. Wie verschiedene Falter an einer Lichtquelle fühlten sie sich von der Kunst angezogen und ließen sich über ihre jeweilige Andersartigkeit blenden.

Imme gab das Zimmer gegenüber der Kirche auf, verließ den Taubenschwarm und das Glockenläuten und zog bei Wolf ein. Mit großen Augen verfolgte sie, wie er auf der Bühne des Lebens agierte. Im Gegensatz zu ihr brauchte er dazu kaum Worte. Einmal kam sie nach Hause und fand auf dem Küchenfußboden auf einer blutigen Plastikfolie einen riesigen gehörnten Stierkopf mit verdrehten Augen vor. Wolf war dabei, ihn in Ton zu modellieren, während Fliegenschwärme von dem Schlachthofgeruch angezogen wurden. Er wolle sich beeilen, sagte er, bevor es Maden gäbe. In der Dämmerung wickelte er den Schädel wieder ein und fuhr ihn mit der Schubkarre in ein nahegelegenes Wäldchen, wo er ihn vergrub. Ein, zwei Jahre, so schätzte er, würde es dauern, bis die Ameisen den Knochen blank geputzt hätten, dann wolle er ihn ausgraben und seine Studien fortsetzen. Im Herbst probierte er selbstzubereiteten Tee aus getrockneten Fliegenpilzen und legte eine kleine Hanfplantage an, die er wieder zerstörte, als ein junger Mann klingelte und fragte, ob er einen Teil der Ernte haben könne. Wolf schwamm ohne Badehose im Ortsteich und bekam daraufhin Ärger und eine Anzeige. Imme war in einen Wirbel von Regellosigkeiten geraten. Ihre Liebe löste sich wie Ofenholz in Asche und

Rauch auf. Noch bevor der Schädel wieder gehoben wurde, trennte sie sich von ihm, kam für eine kurze Übergangszeit zur Zwischenmiete unter und suchte nach einer neuen Unterkunft, diesmal in der Großstadt.

Die Kunstakademie befand sich am Rand der Stadt, unweit des Tiergartens. In ihm hatte Imme während des Grundstudiums viele Zeichenstunden verbracht, meist vor den Außengehegen, um unter freiem Himmel zu sein. Sie liebte die Atmosphäre auf dem weitläufigen Gelände. Am Schwarzen Brett der Akademie erfuhr sie, dass man für das Verwaltungsgebäude am Tiergarteneingang bis zum Beginn von Umbauarbeiten Studenten als Mieter suchte, die zudem freien Eintritt in den Zoo erhalten würden. Ganz kurzfristig bekam Imme die Zusage, nahm ihr umzugerprobtes Mobiliar und füllte damit einen Raum, in dem sie wohnte, und einen zweiten, in dem sie ein Atelier einrichtete. Endlich war sie angekommen.

Mit Ausdauer und ohne die Ablenkung durch private Verwicklungen begann sie zu arbeiten. Die Freiheit des Studiums eröffnete ihr einen weiten Raum, den sie mit unzähligen Tierzeichnungen füllte und mit Leinwänden, auf denen Wolken auf blauem Grund wie Herdentiere im dunstigen Licht ferner Hügelketten verschwammen oder auf denen sich hinter den Schleiern blauer Farbflächen Gestalten verbargen. Versunken wie früher in ihrer Unterwasserwelt war Imme einem Geheimnis auf der Spur, das sich ihr immer wieder von Neuem zu entziehen schien. Nach kritischen Äußerungen von Mitstudenten oder des Professors sah sie prüfend auf ihr Werk, aber meistens kam sie zu dem Schluss, dass es so und nicht anders zu sein hatte. Ein Stipendium half ihr, zwei Semester nur daran zu arbeiten, im Zeichnen ihren Blick zu schärfen und im Malen den Dingen näher zu kommen, für die sie keine Worte, sondern nur Gefühle hatte.

In dem Semester, das auf diese intensive Zeit folgte, stellte Imme fest, dass sich etwas verändert hatte. Ihre Energie war ins Stocken geraten und sie fröstelte öfter als sonst. Sie hätte nicht sagen können, warum. Es gab keinen Auslöser. Es war, als würde etwas in ihrem Inneren nach oben streben, etwas Unbewusstes, das sich von innen nach außen bohrte wie ein Wurm, der das Kernhaus des Apfels wieder verließ. Sie fragte sich, ob es mit Katinka zu tun hatte. Früher hatte sie sich manchmal ähnlich gefühlt. Aber Katinka hatte schon geraume Zeit keine Rolle in ihrem Leben gespielt und wenn, dann nur eine als unbewegte Statistin im Hintergrund.

Imme arbeitete weiter und versuchte, die Gedanken an das Stocken abzuschütteln, aber der innere Auftrag, ihre Sehnsucht zu erforschen, wich einer resignierten Müdigkeit. Wochenlang brachte sie kein blaues Bild zustande, nur das Zeichnen rettete sie über die Tage. Sie fragte sich, wie lange so eine Krise dauern durfte und wie sie in Zukunft ihr Geld verdienen sollte, wenn sich diese Mut- und Einfallslosigkeit wiederholen würde. Sie bekam Angst, mit der Kunst zu scheitern. Sie, die immerzu so gut alleine zurechtgekommen war, vermisste plötzlich den Austausch mit Menschen. Ihre Kommilitonen waren Individualisten wie sie selbst, mit denen sie hätte feiern können, wenn sie gewollt hätte, aber durch den Vorrang ihrer Arbeit hatten sich keine Freundschaften ergeben, die in die Tiefe gingen. Wenn sie weiter so wenig sprach, ahnte sie, würde sie weder Lebenserfahrung noch wesentliche Erkenntnisse zusammentragen. Mein Leben geht vorbei, dachte sie, und nichts passiert. Da tauchte Chrissie auf, zum richtigen Zeitpunkt.

5 Chrissie

Immes Kunstprofessor war ein anerkannter Maler. Er arbeitete auf seinen Bildern mit der „Nichtfarbe Schwarz", wie er
sagte, mit Asche und dem Schwärzen der Leinwand mit Hilfe
von Feuer. Er sprach oft über den Tod und über Bestattungskultur, machte mit seiner Klasse Exkursionen auf Friedhöfe
zum Thema „Engel in der Friedhofsplastik", besuchte Grab-
steinbetriebe ebenso wie eine Ausstellung, die Fotos von
Sterbenden zeigte.

Imme hatte erwartet, er wäre rundum von Düsternis
umgeben, aber er besaß ein freundliches Dauerlächeln und
sah mit seiner Nickelbrille aus wie eine Mischung zwischen
John Lennon und Mahatma Gandhi. Er konnte Chinesisch
und warf für die Studenten, die das wollten, das I Ging-
Orakel, nicht in der neuzeitlichen Variante mit Münzen, sondern klassisch mit Schafgarbenstängeln. Imme hatte abge-
lehnt, als sie gefragt worden war. Mit Zeichen, dachte sie,
kannte sie sich selbst gut aus.

Im Rahmen des Studiums organisierte Immes Professor
eine Vorlesungsreihe, die die Überschrift „Tod in der Bilden-
den Kunst, Vergleich Altägypten und Neuzeit" trug. Zum
Thema Mumifizierung war als Dozentin Chrissie eingeladen.
Sie stellte sich als Bestatterin vor, war kaum älter als die Studenten, konnte anstecken lachen und nahm vorn im Hörsaal
spielerisch Einbalsamierungspositionen ein. Am Beispiel
eines Seminarteilnehmers und mit Hilfe mehrerer Rollen
Toilettenpapier veranschaulichte sie die unterschiedlichen
Wickeltechniken. Imme fühlte sich sofort von der jungen Frau
angezogen, die mit ihrer natürlichen Schönheit, dem zum
langen Zopf gebundenen roten Haar und der grünen Latzho-
se nicht dem Bild entsprach, das sie sich von einer Person
machte, die mit dem Tod zu tun hatte. Am Ende des Vortrags
und der anschließenden Fragerunde gab sich Imme einen

Ruck und bot ihre Hilfe an, um die mitgebrachten Gegenstände zum Auto zu bringen.

Chrissie nahm das Angebot an, schlug hinterher die Heckklappe des Kofferraums zu und sagte zum Abschied: „Vielen Dank! War nett mit Ihnen! Vielleicht sehen wir uns ja mal wieder. Hoffentlich nicht bei Ihrer Beerdigung!" Sie lachte, stieg ins Auto und fuhr davon.

Diese Begegnung verankerte sich in Immes Kopf. Immer wieder kam die Erinnerung daran an die Oberfläche und ließ ihr keine Ruhe, bis sie schließlich im Internet recherchierte und einige Hinweise auf Chrissie und ihre Arbeit fand. Als Angestellte eines Bestattungshauses hielt sie Vorträge in Familienzentren und Bildungshäusern. Demnächst würde sie in einer Kirchengemeinde sprechen. Der Vortrag trug die Überschrift „Blaubart hat sich nicht gekümmert". Imme wusste sofort, dass sie hingehen wollte. Vieles war unklar in diesen Tagen, aber darin war sie sicher, sie wollte Chrissie wiedersehen.

Im Saal des Gemeindehauses hatten meist ältere Menschen Platz genommen. Immes Anwesenheit senkte den Altersdurchschnitt erheblich. Chrissie, die roten Haare wieder zu einem Zopf geflochten und diesmal in schwarzem Anzug, bemerkte sie sofort und lächelte ihr zu. Sie begrüßte das Publikum und nahm in ihrer kurzen Einführung Bezug auf das Märchen von Blaubart, dem mordenden König. Sie warf ihm vor, er habe sich keine Gedanken darüber gemacht, was mit den vielen Leichen geschehen sollte, die er auf dem Gewissen hatte. Und was er, abgesehen von den schrecklichen Morden, den Angehörigen damit antat. So lenkte sie die Zuhörer geschickt zu ihrem Thema. Warmherzig und humorvoll sprach sie über Tod und Sterben, öffnete von Anfang an den Raum für Fragen und informierte über Erd und Feuerbestattung. Dazu hatte sie Urnen in moderner Gestaltung mitgebracht, die sie herumgehen ließ. Sie zeigte Fotos bunt ausgeschmückter Leichenhallen und bemalter Särge, ging auf die spirituelle Dimension des Sterbens ein und erzählte von den Erfahrungen, die sie mit Angehörigen gemacht hatte.

„Setzen Sie sich mit Ihren Lieben zusammen und besprechen Sie das Thema. Tun Sie das in dem Bewusstsein, dass Sie es selbst in der Hand haben, die Dinge nach Ihrem Tod so zu gestalten, wie Sie es sich wünschen. Und bedenken Sie, Sie können ein Vorbild für den Umgang mit dem Tod sein. Wir alle sterben", sie lächelte, „jeden Augenblick." Nach einer Pause, wie um der Botschaft Zeit zu geben, sich in den Köpfen einzunisten, fügte sie an: „Ich danke Ihnen."

Bei einigen Anwesenden bestand noch Gesprächsbedarf und Chrissie teilte Informationsmaterial aus und beantwortete Fragen. Schließlich gingen die letzten Besucher. Chrissie kam auf Imme zu und das „Du" war ganz natürlich.

„Schön, dich zu sehen. Wenn du noch Zeit hast, bis ich abgebaut habe, könnten wir anschließend etwas trinken gehen. Magst du?"

Imme nickte. „Kann ich dir helfen?"

„Na klar. Gern. Du könntest die Urnen in Kartons verpacken. Jede hat ihr Fach, je nach Größe. Das siehst du gleich."

Sie selbst räumte Laptop und Flyer auf, öffnete Vorhänge und stellte Stühle wieder gerade. „Mein Auto steht gleich hier draußen. Das schwarze mit der Firmenaufschrift." Nach dem Zuschlagen der Heckklappe lächelten sie sich an und Chrissie fragte:

„Hat dir der Vortrag gefallen?"

„Richtig gut! Aber eines fehlte."

„Was denn?"

„Du hast Blaubart nicht beschrieben. Scheint ja ein interessanter Typ gewesen zu sein."

„Ich glaube nicht, dass ich ihn gerne kennengelernt hätte. Wo gehen wir hin?"

Zwei Straßen weiter befand sich ein Kulturzentrum mit Kino und Kneipe. Sie holten sich an der Theke ein Getränk, setzten sich an einen Zweiertisch, begannen zu reden und verstanden sich auf Anhieb. Imme erzählte von den Blauen Bergen und welche Rolle Blau in ihrem Leben und in ihrer Arbeit spielte. Dass sie damit gerade ins Trudeln gekommen war, verschwieg sie. Chrissie schilderte den Betrieb, bei dem sie angestellt war, und imitierte die Bewegungen des Chefs mit unbewegter Miene, während Imme vor Lachen die Tränen kamen.

Sie entdeckten Gemeinsamkeiten, angefangen vom Gefühl der Kindheit, anders als andere zu sein, wegen der besonderen Haarfarben und wegen der charakteristischen Bewegungen, die der einen langsam und fließend, die der anderen kantig, schnell und präzise. Beide teilten das Interesse an Spiritualität, die sich bei Imme in ihrem Faible für Zeichen und Weisheiten ausdrückte und bei Chrissie in ihrer Neigung zum alten Ägypten und den Glauben an Wiedergeburt. Sie liebte Katzen und Imme zeichnete sie gerne, besonders die Großkatzen in den Freigehegen des Tiergartens. Sie hätten noch weitere Übereinstimmungen gefunden, aber es war spät geworden und Chrissie wollte aufbrechen. Imme freute sich über ihren Vorschlag, das Treffen zu wiederholen und sie verabredeten sich von diesem Abend an in regelmäßigen Abständen, zuerst in der Kneipe des Kulturzentrums, als sie jedoch die Lautstärke störte, in einem kleinen israelischen Café, in dem es köstlichen Orangenkuchen gab.

Imme hörte Chrissie gespannt zu, die einige Male Ägypten bereist hatte und faszinierende Geschichten über Katzengöttinnen wusste und von eleganten, blau gefärbten Gefäßen erzählte, Tonarbeiten mit Glasuren aus den ältesten hergestellten Farbpigmenten. Mitten in einem Gespräch über Blau fragte Chrissie:

„Sag mal, Imme, dein Atelier, kann ich mir das mal ansehen? Ich bin neugierig auf deine Bilder geworden." Vorsichtig sah sie Imme an. „Nächstes Wochenende hätte ich Zeit."

„Klar, gern. Ich freue mich." Imme legte die Kuchenga-
bel auf den leeren Teller, war froh über die Freude im Gesicht
ihres Gegenübers und fragte vor dem letzten Schluck aus
ihrer Tasse: „Und ich? Kann ich dich auch mal bei der Arbeit
besuchen?"

„Kannst du, aber ich arbeite zurzeit nicht in der Stadt.
Ich bin jeden Tag draußen auf dem Land im ‚Ewigen Frie-
den'. Dort läuft gerade eine Bestandserhebung über die
Kriegsgräber. Wenn du Lust und Zeit zu einem Ausflug hast,
ich bin die nächsten vier Wochen dort anzutreffen."

Nach mehreren Tagen, an denen sie im Atelier kaum et-
was zustande gebracht hatte, suchte Imme sich eine geeignete
Busverbindung heraus und saß am nächsten Morgen in einem schaukelnden Bus, der sie einige Dörfer weiter an dem
abgelegenen Gelände ins Freie entließ. Sie war zum ersten
Mal in der großen, von kleinen Baumgruppen unterteilten
Anlage und ging, dem Plan im Eingangsbereich folgend,
systematisch die Friedhofswege ab. Chrissie befand sich mit
Klemmbrett und Wägelchen im hinteren Bereich inmitten von
Reihen schnurgerade ausgerichteter Kriegsgräberfelder. Sie
strich sich die Haare zurück, als sie erkannte, wer da auf sie
zukam, und strahlte Imme an.

„Was für eine Freude, dich zu sehen, ein lebendiges Wesen zwischen all den Kreuzen!" Unter den Kiefern ragten
weithin weiße Holzkreuze in Reih und Glied aus dem Boden,
als hätte ein ordnungsliebender Tod sie gesät.

„Hier gibt es Kriegsgräberfelder von Zwangsarbeitern,
von sowjetischen und polnischen Kriegsgefangenen und von
gefallenen Deutschen", erklärte Chrissie. „Dazu kommen
noch die Gräber von Frauen und Kindern, alle im Zweiten
Weltkrieg umgekommen. Vom Baby angefangen über junge
Männer bis zu alten Leuten." Sie wies auf ein langes Rechteck
aus Kreuzen. „Diese hier sind in Ordnung, im seitlichen Bereich sind Renovierungsarbeiten nötig."

„Und was hast du als Bestatterin hier für eine Aufgabe?"

42

„Gar keine spezielle. Das kann jeder. Ich mache im Auftrag der Kommune die Erhebung. Auf der Grundlage des Völkerrechts sind Kriegsgräber nämlich dauerhaft geschützt. Kriegstote haben ein ewiges Ruherecht, wusstest du das?"

„Nein. Ich habe mir noch nie Gedanken darüber gemacht."

„Habe ich früher auch nicht. Und gerade kann ich mir erst recht keine Gedanken machen." Chrissie hielt sich den Bauch. „Ich habe schon wieder Hunger. Bald bin ich mit dem Feld hier durch, dann mache ich Pause. Hast du noch Zeit?"

Imme nickte, lief eine Weile durch die Reihen und las einzelne Inschriften, ehe sie sich mit Chrissie auf eine sonnige, windgeschützte Bank in der Nähe des Eingangs setzte. Sie erfanden Geschichten über die Besucher, die das Tor passierten, während Chrissie den mitgebrachten Proviant aß, sie teilten sich einen Apfel und lachten über zwei Elstern, die sich um eine Schnecke stritten. Als Imme wieder im Bus saß, war sie ganz sicher. Sie hatte eine Freundin gefunden.

Am darauffolgenden Wochenende trafen sich beide in der Stadt zu einem kurzen Café-Besuch und begannen danach ihren langen Spaziergang durch die Stadt hinaus zum Tiergarten.

Imme schloss die Tür zu ihrer Wohnung auf und ließ Chrissie den Vortritt. Neugierig schob sie sich an ihr vorbei und betrat den Flur, wo sie die Schuhe auszog. Auf Immes Aufforderung streifte sie ihre Jacke ab und hängte sie an den gelben Kleiderhaken neben Immes blauen Mantel und Schal. Dann ging sie weiter und trat ungewohnt langsam in die Mitte des großen Zimmers. Imme sah, wie sie alles in Ruhe musterte. Die Reihe blauer Leinwände, die an der Wand lehnten, den Papierdrachen aus Thailand in der Zimmerecke, die Kissenhaufen auf dem Bett und das große Poster der Schwalbe aus Pompeji darüber. Als sie fragte, welchen Tee

Chrissie trinken wollte, antwortete diese, ohne sich umzu-drehen: „Egal."

Ohne Eile ging sie zum Fensterbrett, während hinter ihr in der Küchenzeile der Kocher zu rauschen begann. In Zeit-lupe beugte sie sich über die blaue Steinsammlung und fixier-te sie, bevor sie einen Lapislazuli vorsichtig hochnahm und mit einem Ausruf der Bewunderung auf die Handfläche legte.

„Oh! Wie schön! Wo hast du denn den her?" Fragend richtete sie ihre großen ausdrucksstarken Augen auf Imme.

„Alles selbst gesammelt", antwortete Imme über die Schulter. „In Geschäften", lachte sie und nahm zwei Tassen vom Regal. „Der ist, glaube ich, aus Berlin. Es gibt eine Sage aus dem vierzehnten Jahrhundert, dass nur solche Gegenden von Zerstörung verschont werden, in denen es blaue Steine gibt. Da war wahrscheinlich Granit gemeint. Ich habe das für mich ein bisschen uminterpretiert. Man kann auch sagen, ich nehme es besonders genau."

Wortlos legte Chrissie den Edelstein wieder auf seinen Platz und nickte verstehend mit dem Kopf. Dann wandte sie sich dem Bett zu und überraschte Imme, indem sie sich, ohne zu zögern, darauflegte, in Rückenlage, mit nachdenklich zur Zimmerdecke gerichtetem Blick. Als der Tee in den Tassen dampfte, hatte sich ihre Position noch nicht verändert. Ihre roten Haare umrahmten den Kopf, entspannt lagen die Hän-de rechts und links neben dem Körper auf der gemusterten Decke. Da folgte Imme dem Impuls, sich ihr einfach anzu-schließen. Zwei junge Frauen, eine mit weißen, eine mit roten Haaren, etwa gleich groß, lagen in Gedanken wie auf einer Insel außerhalb von Raum und Zeit.

Erst nach dem Tee betraten sie das Atelier. Imme ließ sich von der leicht feierlichen Stimmung anstecken, mit der Chrissie aufmerksam alles betrachtete, den Tisch mit den Farben und die Reihen von Leinwänden, die auf dem Boden mit dem Gesicht zur Wand weit in den Raum ragten, das angefangene Bild auf der Staffelei. Ohne viele Worte fand dieser Atelierbesuch statt, und doch fühlte sich Imme wahrgenommen, als hätte Chrissie in den Bildern wie in ihrem Inneren gelesen. Es war der Anfang, um bei allen folgenden Treffen für die Geschichten und Themen, die den Bildern wie auch dem Leben zugrunde lagen, eine Sprache zu finden und sich darüber auszutauschen. Imme registrierte dankbar, dass sie durch dieses Interesse motiviert wurde, weiter zu malen. Die Freundin war für sie ein bisschen wie die Schwester, die sie gerne gehabt hätte. Sie ließ sich von ihrer Frische anstecken und das Leben fühlte sich etwas leichter für sie an.

„Sag mal, Imme, was genau bedeutet Blau eigentlich für dich?", fragte Chrissie eines Tages.

„Was das für mich bedeutet?" Imme lehnte sich nachdenklich zurück und warf einen kurzen Blick auf die Vogeluhr an der Wand, auf der der Pirol eben die Mittagszeit besang. „Sehnsucht, glaube ich. Angefangen hat das in meiner Kindheit. Du weißt, alles, was ich anhatte, war blau. Wegen des Ticks meiner Mutter. Rosa war für Katinka, das Mädchen, vergeben und für mich war noch Blau übrig. Obwohl ich natürlich kein Junge bin. Aber das drückt ihre andere Sicht auf mich vielleicht am besten aus. Blau gehört zu mir wie eine zweite Haut. Vielleicht friere ich deswegen so leicht. Seitdem hat es mich immer begleitet. Mir fielen als Kind blaue Blüten auf, ich bemerkte die unterschiedlichen Blautöne des Himmels. Blau zog sich durch mein Leben und bei meinen ersten Malversuchen war Blau mein Lieblingsthema. Noch vor dem Studium habe ich die Farbe beim Schreiben entdeckt, vor allem wegen der Blauen Blume der Romantik. Sagt dir das was?"

„Na, die stand doch stellvertretend dafür, wonach die Dichter und Denker des achtzehnten Jahrhunderts Sehnsucht hatten, oder?"

„Ja, Sehnsucht, und da hatte ich mein Thema gefunden. Mich hat so ziemlich alles fasziniert, was mit Sehnsucht und

Blau zu tun hatte. Ich habe in einem Kurs gelernt, wie man mit der Waidpflanze färbt. Es ist absolut spannend, wenn du ein nasses Tuch aus einem Bottich fischst und es im Lauf weniger Stunden auf der Wäscheleine durch den Kontakt mit Sauerstoff eine tiefblaue Farbe annimmt. Oder nimm die ‚Blaue Stunde'. Dieses tolle Phänomen, wenn die Gegenstände sich gegen Abend hin langsam zu verändern scheinen und in der Dämmerung eine besondere Magie entfalten. Schnee wirkt dann zum Beispiel wie eine Leinwand, auf der Fußabdrücke nachtblaue Muster zaubern. Und immer spielt das Licht eine Rolle, ganz gleich ob künstliches oder Mondlicht. Oder die Welt der Pigmente, die Steine oder Erden, aus denen Farben hergestellt werden können – Jahrhunderte an Erfahrung liegen darin und man bekommt einen Buntstift als Kind und zeichnet damit und niemand erzählt einem davon. Yves Klein, der französische Maler, hat blaue, monochrome Bilder gemalt, und zwar von solcher Leuchtkraft, dass, wenn heute von ‚Yves-Klein-Blau' die Rede ist, man ganz genau weiß, welches damit gemeint ist." Imme saß angespannt auf der vorderen Stuhlkante und hatte lauter gesprochen als sonst.

Chrissie sah nachdenklich aus: „Ich muss gestehen, von diesem Maler habe ich noch nicht gehört – Bildungslücke. Aber wenn ich dich so reden höre, kommt es mir so vor, als wäre das viele Blau, das du schon gesehen hast, in deine Augen geschlüpft und als ob sie das verändert hat. Dazu kommt dann noch das Licht, von dem du sprichst. Sie strahlen von innen heraus."

„Chrissie, Mensch", lachte Imme, „das ist wahrscheinlich der Kontrast zu meinen weißen Haaren."

„Jedenfalls habe ich noch nie so wie du über Farben nachgedacht. Über Blau weiß ich sonst nur etwas durch die alten Ägypter. Bei denen steht Blau für Lebendigkeit."

Imme sah aus dem Fenster. Nach dem bis jetzt verregneten Sommer war das Grün wie eine Wand an das Gebäude herangerückt. Dazu passte, dass im Hintergrund die Kaffeemaschine gurgelte wie ein von Blattwerk verborgenes Tier im Dschungel. Die Ahorne erschienen ihr in den Phasen, wenn ihr das Malen nicht gelingen wollte, wie Lebewesen, die sich zum Ziel gesetzt hatten, sie zu belagern und mürbe zu machen. Manchmal war es in den Räumen so dunkel, dass sie das Licht anschalten musste, um zu lesen. Von einem Stamm vor dem Küchenfenster bog sich ein Ast nach oben und stieg wie eine Nase auf. Die schmale Verwachsung darunter glich einem Mund und schräg darüber erinnerte etwas an ein zusammengekniffenes Auge. Es war, als ob jemand ihr drohte. Sie machte Chrissie darauf aufmerksam.

„Stimmt. Du hast recht, ein Gesicht. Mal sehen, ob wir sonst noch was entdecken."

Sie musterten die anderen Bäume und Chrissie fand noch zwei Stummeläste, die aber mehr mit aufgerichteten männlichen Körperteilen zu tun hatten als mit Köpfen.

„Sag mal, Chrissie, wie bist du denn dazu gekommen?" fragte Imme.

„Was meinst du? Die Form der Äste oder meinen Job?"

„Deinen Job, du Huhn."

Chrissie kicherte. „Hm, du weißt ja, ich bin bei meiner Oma aufgewachsen. Und als sie starb und beerdigt wurde, war ich total erschrocken, wie das ablief. Irgendwie automatisch. Und schnell. Ohne Aufbahren zum Beispiel. Ich konnte keinen Abschied nehmen, der Sarg war zu, als ich nach Hause kam. Zack, war sie unter der Erde, ohne Aufhebens und ohne Würdigung. Und da war mir klar, dass ich so eine Erfahrung einerseits selbst nicht mehr machen und andererseits anderen Leuten ersparen wollte. Ich begann, mir zur Arbeit von Totengräbern Gedanken zu machen und erfuhr von dem Beruf Bestatter. Und dann wollte ich das machen. Alle waren geschockt. So ein junges Mädchen und Leichen, das geht doch nicht. Aber das war mir egal. Klar war die Ausbildung kein Spaß, um die Details abzukürzen, aber irgendwie hatte ich immer mein Ziel vor Augen. Und jede Menge Ideen, was ich anders machen würde."

„Was denn?"

„Na, es ist doch ganz individuell, wie die Leute die letzten Stunden mit ihren Toten verbringen wollen. Oder wie sie die Trauerfeier gestalten wollen. Das will man sich doch nicht aus einem Katalog aussuchen. Genauso, wie man möchte, dass der Pfarrer oder die Trauerrednerin am Grab etwas Wahres und Wesentliches über Person und Leben sagen. Trauerrednerin zu sein, das ist auch eine Aufgabe, die ich gern erfülle. Es sind ja mehr und mehr Frauen, die das machen. Einiges hat sich schon geändert. Sogar mein Chef hat gemerkt, wie wichtig das Thema ist, und lässt mir Freiheiten. Viele Angehörige sind unheimlich dankbar für das, was ich über die Toten sage. Wenn zum Beispiel Kinder gestorben sind, gehe ich zu der Familie nach Hause, lasse mir das Zimmer zeigen und ganz viel erzählen. Einmal hat jemand gefragt, ob ich auch zur Familie gehöre, weil ich das Kind so gut beschrieben habe. Aber oft ist es ja so, dass sich niemand vorher Gedanken darüber macht. Keiner beschäftigt sich mit Tod und Sterben. Das passiert erst, wenn es einen selbst betrifft. Wenn man krank wird oder wenn jemand stirbt. Ich finde, es gehört zur Aufgabe der Bestatter, schon vorher diesen Raum aufzumachen. Auch Kriseninterventionen bei Unfällen oder die Arbeit von Vereinen, die sich um trauernde Angehörige kümmern, sind total wichtig. Wenn man nichts tut, passiert nichts. Viele haben den Antrieb nicht, danach zu suchen. Dann fühlen sie sich allein und zurückgelassen, weil sie nichts wissen von den anderen Möglichkeiten."

„Das kann ich mir vorstellen. Mir geht's genauso." Imme stand auf und suchte im Schrank nach der Tüte mit den Haferkeksen. „Ich habe mir darüber nie Gedanken gemacht. Oder mit meinen Eltern gesprochen. Das Thema Tod war zwar bei uns immer präsent wegen Katinka, aber vielleicht ist das gerade der Grund, dass ich damit nicht noch mehr zu tun haben wollte. Wo hast du denn deine Ausbildung gemacht?"

„In einer Kleinstadt inmitten eines ländlich geprägten Raums. Die Leute waren seit Urzeiten in dem Gewerbe. Schreiner, Sargmacher, Totengräber, Friedhofsgärtner, Bestatter, ein Familienunternehmen. Ich habe sofort nach der Schule dort nachgefragt und die haben dann ein richtiges Bewerbungsgespräch mit mir geführt. Klar kam da gleich die Frage, warum ich das machen will. Sie haben mir vorgeschlagen, ein zweiwöchiges Praktikum auszuprobieren. Ob ich das überhaupt aushalte. Dann war ich immer von acht bis siebzehn Uhr dort. Drei Leute sind gestorben in der Zeit. Da haben dann die Angehörigen angerufen. In einem kleinen Städtchen kennt man sich, da ist von Anfang an vieles persönlicher, aber vieles macht man halt, weil es schon immer so gemacht wird. Ich war bei den Erstgesprächen dabei. Wann gestorben, wo und wie, Versicherungskarte, Totenschein, ob Erd-, Feuer- oder Seebestattung, welche Urne, ob Sarg öffnen oder nicht, Feier, Todesanzeigen, viel Bürokram. Der Tote wurde abgeholt, mal von zu Hause, mal aus dem Krankenhaus. Die Angehörigen brachten Kleidung, die Toten wurden meistens aufgebahrt."

„Und wie war das für dich, das erste Mal einen Toten zu sehen? Oder war das nicht das erste Mal?"

Chrissie lehnte sich zurück und sagte nach einer Pause:

„Ja. Der erste Tote, das war auf jeden Fall seltsam. Ich war neugierig, weil ich noch nie vorher einen gesehen hatte. Natürlich hatte ich auch Angst. Aber die Neugier hat überwogen. Und es waren damals alles Leute über achtzig, die gestorben sind, keine Kinder, keine Unfallopfer. Man sieht sofort, dass sie tot sind. Daran habe ich mich relativ schnell gewöhnt. Und weißt du was? Von Anfang an hatte ich das Gefühl, dass es mehr gibt als den Körper. Dass da was gegangen ist. Dass das nicht mehr die Person wie vorher ist, sondern nur die Hülle. Wobei ich die Seele, oder wie du es nennen willst, intensiv wahrgenommen habe, gerade durch ihre Abwesenheit. Weißt du, was ich meine?"

„Ich denke schon. Ich beschäftige mich ja schon so lange mit Blau, und ich habe auch das Gefühl, der Sehnsucht auf der Spur zu sein. Obwohl sie irgendwo hinter der Farbe verborgen ist."

„Ja, das ist es. Es gibt mehr als das, was sichtbar ist. Das habe ich auch bei den Gesprächen mit den Angehörigen so empfunden. Einmal hat mich eine Frau besonders beeindruckt. Die war so ruhig und gefasst, obwohl sie erst kurz zuvor ihre Tochter verloren hatte und nun auch den Mann. Sie strahlte so was Großes aus. Das ist mir seitdem auch bei anderen Menschen begegnet. Dabei verhielt sich der Bestatter damals eher gegenteilig. Er hatte den Job von seinen Eltern aus der Tradition heraus übernommen und sprach mit den Angehörigen wie mit kleinen Kindern. Anfangs fand ich das irgendwie künstlich, aber dann habe ich gemerkt, dass es für manche Leute auch richtig war, auf diese Weise behandelt zu werden."

„Gab es denn da noch andere Angestellte? Haben die sich genauso verhalten?"

„Ja, es gab noch drei Leute, zwei Frauen, die nicht angestellt waren, und einen Mann. Der Mann hatte sich einfach was zum Geld verdienen gesucht und das hat man auch gemerkt, der hat die Fahrten und Lieferungen übernommen und viel vom Organisatorischen. Die zwei Frauen, die manchmal ausgeholfen haben, hatten eine andere Motivation. Die eine hatte vor Jahren ihren Sohn verloren und wollte Betroffene begleiten und ihnen helfen, bessere Erfahrungen zu machen. Die andere hatte Krebs gehabt, der Tod hatte quasi schon an die Tür geklopft. Die hatte sich mit dem Thema bereits beschäftigt und konnte sich auch gut einfühlen. Nach dem Praktikum war jedenfalls mein Berufswunsch klar: Bestattungsfachkraft."

„Ich beneide dich! Ich wusste nie so recht, was ich machen will, und habe noch nichts von dem, was ich begonnen habe, bis zu Ende durchgezogen."

„Find ich nicht", widersprach Chrissie und rührte etwas Zucker in ihre Tasse. „Das ist ja vielleicht Ausdruck deines Themas: Sehnsucht. Da kann man ja nie ankommen."

„Sehr witzig!"

„Na, ich hatte ja auch keinen konkreten Plan, wie ich meinen Beruf gestalten will. Dass den Leuten gefällt, wie ich arbeite, und dass sie deshalb die Firma weiterempfohlen haben, war nicht von vornherein klar. Aber ich bin froh darüber. Ich habe erlebt, dass ich etwas geben kann. Einen Raum für Trauernde, einen Raum für den liebevollen Abschied."

Imme dachte noch lange über das Gespräch mit Chrissie nach. Es hatte ihr gutgetan. Sie hatte das Gefühl, mit ihr in einem Austausch zu sein, der ihr bisher bei den Kunstleuten gefehlt hatte. Und ihre neue Freundin nahm auch teil an ihrer Welt. Sie besuchten gemeinsam Museen, fuhren zu Vernissagen und sahen sich im Kino den Film „Grabgeflüster" an. Etwas blieb allerdings ausgeklammert. Chrissie wollte nicht zu Hause besucht werden.

„Weißt du, da bin ich, hm, etwas speziell. Ich habe jede Menge Dinge bei mir zu Hause, das ist so eine Schwäche von mir. Mein berufliches Thema ist ‚Loslassen', aber selbst tue ich mich schwer damit. Die Dinge machen mich irgendwie aus. Wenn ich sie um mich habe oder auch nur um mich weiß, an einem Ort, der ganz mir gehört, gibt mir das Sicherheit. Vielleicht ist das so, weil ich so viel mit Tod und Abschied zu tun habe. Da erdet mich das. Ist schon ein bisschen schizophren." Sie sah Imme vorsichtig an. „Verstehst du das?"

„Ja, ich denke schon. Nimm meinen Vater, der hortet Bücher, von denen er weiß, dass er sie nie mehr losbekommt, nur aus Anhänglichkeit."

„Hm, das ist es vielleicht. Ich sehe auch nicht ein, wieso ich meinen Zopfmusterpulli, den ich mit Fünfzehn geliebt habe, verschenken oder in die Altkleidersammlung tun soll, nur, weil er mir nicht mehr passt. Ich liebe ihn immer noch. Und wenn ich ihn manchmal aus dem Schrank nehme und mein Gesicht in ihm vergrabe, fühlt sich das richtig gut an. So geht's mir mit jeder Menge anderer Dinge. Mit welchen, willst du gar nicht wissen." Chrissie sah sie gespielt verschwörerisch an und flüsterte:

„Sie stapeln sich und warten auf mich. Und Konkurrenz können sie nicht leiden..." Unvermittelt duckte sie sich und sah sich gehetzt um.

Imme war zusammengezuckt. Dann merkte sie, dass Chrissie lachte und mit einem verschwörerischen Blick den Finger an die

Lippen hob: „Pssst!"

Imme akzeptierte dieses private Leben. Es war in einem Haus voller verschiedenfarbiger, interessanter Zimmer und weiterführender Gänge nur ein Raum, der nicht betreten wurde.

Chrissie schleppte ein großes gerahmtes Bild in Immes Atelier. Sie hatte es mit Anfang Zwanzig von einem Indientrip mitgebracht. Die blaue Todesgöttin Kali mit zehn Armen und einer Halskette aus Schädeln hielt ihre rechte Hand in einer segnenden und trostspendenden Geste erhoben. Der breite Holzrahmen war in stumpfem Braun gestrichen.

„Was meinst du, Imme? Du kennst dich doch aus. Soll ich das Bild neu rahmen lassen? Und was für ein Rahmen würde sich da eignen, was denkst du?"

„Eigentlich finde ich ihn gar nicht so schlecht, nur die Farbe passt nicht. Ich würde die schlichte Einheit nicht zerstören. Du könntest den Rahmen neu streichen."

„Also, ich weiß nicht. Schwer vorzustellen. Das Bild kenne ich schon so lange. Es bräuchte was Frisches, glaube ich."

Imme ging zum Bücherschrank und musterte die Buchrücken auf der Suche nach einem Farbbeispiel. Schließlich zog sie eines heraus. Zu ihrer beider Überraschung passend zum Thema einen Band über indische Miniaturen. Der Schutzumschlag war ursprünglich bordeauxrot gewesen und zu einem Mintgrün ausgebleicht. Imme hielt ihn über ein Stück braunen Rahmen und sofort war ein schöner Farbklang da.

„Toll. Ja, das ist es." Chrissie war beeindruckt.

„Und jetzt", sagte Imme, „nehmen wir das Buch, fahren in den Baumarkt und lassen uns genau diese Farbe mischen, denn kaufen kann man diesen Farbton bestimmt nicht."

„Nur für die kleine Menge? Meinst du, das geht? Ich dachte immer, das machen die nur mit Wandfarbe?" Doch eine freundliche Baumarktmitarbeiterin legte ihnen mehrere Farbkarten vor und gemeinsam näherten sie sich dem Farbton an, dessen Farbanteile per Computer errechnet wurden und der dann zusammengemischt wurde, was einige Zeit dauerte. Nach einer halben Stunde konnten sie eine kleine Dose abholen. Zurück im Atelier begannen sie gleich mit der Arbeit. Fertig gestrichen sah der Rahmen wie neu aus.

„Guck mal, Kali streckt ihre Zunge ein Stück weiter als vorher heraus." Imme freute sich über das Ergebnis. Es schien ihr so viel sinnvoller, konkrete Lösungen zu finden, als ewig sehnsüchtig ein Blau zu verfolgen, das sich nie würde einfangen lassen.

6 Bestattung Blau

„Weißt du, ich denke, ich höre mit dem Studium auf."

Imme saß neben Chrissie auf der Bank am Tiergarten-eingang und wartete auf deren Reaktion.

„Oh, gut", sagte Chrissie und dann nichts mehr.

„Mehr hast du nicht zu sagen? Ich dachte, du bist ge-schockt." Imme beugte sich überrascht nach vorn.

„Das hast du dir doch schon länger überlegt, oder? Ich hatte in letzter Zeit ständig das Gefühl, es zieht dich nicht mehr so an die Akademie. Du hast auch wenig an deinem Thema gearbeitet, stimmt's?" Imme konnte nur nicken.

„Und weißt du, was?", fragte ihre Freundin mit einem Ton in der Stimme, der Imme aufhorchen ließ.

„Nein, was?"

„Ich habe seit ein paar Wochen auch eine andere Idee. Du und ich, wir tun uns zusammen! Was meinst du? Wir haben denselben Geschmack, kommen gut miteinander klar und wir ergänzen einander. Du kannst gut malen und texten und wir sind auf einer Wellenlänge. Ich wollte mich schon immer selbstständig machen. Wir könnten mehr Aufträge annehmen und auf unsere Art Dinge ausprobieren, zum Beispiel Särge bemalen oder mit den Angehörigen zusammen gestalten. Wir könnten gemeinsam Informationen verbreiten über Bestattung und Trauer und den Tod mehr in das Be-wusstsein der Leute bringen. Lauter Sachen, die ich schon immer gern machen möchte, aber nicht genug Möglichkeiten habe. Allein zu gründen, davor hätte ich Bammel, aber mit dir zusammen, das wäre mein Traum. Ich kündige und wir beide machen uns selbstständig. Und zwar mit Erfolg, denn", Chrissie lächelte, „wie heißt es so treffend? ‚Gestorben wird immer.'"

Bestattungen, allein das Wort auszusprechen, fiel Imme schwer. Hart und scharf klang es, da half auch die weiche Endung nichts. Bestattung, Gevatter, tot, Wörter mit einer Menge Kreuz-Buchstaben. Dem Tod war sie bereits bei ihrer Geburt begegnet, ein Teil von ihr war gestorben. Manchmal erhob sich wie ein Geist die Ahnung in ihr, dass sie wusste, wie es war, zu sterben. Ihr Haar war diesen Schritt schon gegangen, es war vor der Zeit erbleicht. Die Todin war weiblich, la muerte, hatte Ausstrahlung, war langbeinig, besaß ein herzförmiges Gesicht und langsame Bewegungen von Fingern, an denen dicke Ringe gut aussahen. Ihre persönliche Variante hatte sogar einen Namen und bisher hatte sie mehr als genug damit zu tun gehabt, sich von ihr fernzuhalten und ihr eigenes Leben zu leben. Das war schwer genug gewesen. Nicht wahr, Katinka? Auch dieser Name hatte ein Kreuz. „Imme" hatte keines. Dennoch war der Gedanke abenteuerlich, sich beruflich mit dem Tod zu beschäftigen. Echte Leichen unterschieden sich sehr von imaginären. Obwohl sie die Traumata, die von der Berührung und den Geschichten echter Leichen in ihr zurückbleiben würden, spontan als viel geringer einschätzte als die Verfolgung durch eine tote Schwester.

Chrissie versicherte ihr, sie würde ihr alles Wesentliche beibringen. „Imme. Gerade mit dir würde ich gern zusammenarbeiten. Weißt du, es ist irgendwie bedeutsam für mich, dass du nicht vom Fach bist. Was ich mit der Bestatterbranche erlebt habe, kannst du dir nicht vorstellen. Es wird mancherorts als professionell verkauft, mit den Toten würdelos umzugehen. Es wird Gewalt angewendet, so sehe ich das jedenfalls. Es gibt sanfte Methoden, sie zu versorgen und zu betten. Manchmal denke ich, der Umgang mit der Erde, mit der Geburt und mit dem Tod, alles zusammen geschieht in unserer Gesellschaft zerstörerisch, geplant, kalt und weit weg von Gefühlen."

„Was die Körper angeht, habe ich eigentlich weniger Angst", sagte Imme nachdenklich. „Mit leichtem Frösteln habe ich schon immer zu tun. Viel mehr fürchte ich mich vor den Angehörigen."

„Warum?" Chrissie blickte sie mit großen Augen an. „Du hast Tiefe, bist sensibel und findest sicher die richtigen Worte."

„Hm, vielleicht habe ich Angst, nicht mehr von mir absehen zu können. Dass mir Katinka wieder einen Strich durch die Rechnung macht."

Chrissie wusste von der Zwillingsschwester, die imstande war, in Immes Leben für Ungleichgewicht zu sorgen.

„Ich verstehe. Aber könnte es nicht auch eine Chance sein, sie zu ‚bestatten'?" Chrissie verdrehte die Augen, so dass man das Weiße sah, streckte die Zunge seitlich heraus und stellte sich tot.

Imme musste lachen. „Chrissie! Mensch!"

„Na, im Ernst! Ich glaube auch, wenn wir zwei die Sache in die Hand nehmen, kann ich viel von dir lernen. Weil ich das Thema auf meine Art lebe und du auf deine. Ich bin getragen vom Willen, den Umgang mit dem Tod würdig und achtsam zu gestalten. Du hast ein anderes Potenzial. Du kommst von der Kunst und bringst das Kreative mit. Und gerade auch deine Geschichte, die dich geprägt hat. Und das Wissen und vor allem das Fühlen darum, was ein Verlust, gleich welcher Art, für die Menschen bedeutet."

Imme sah ihre Freundin nachdenklich an. Dann sagte sie: „Meine Güte, bin ich froh, dich zu kennen."

„Bestattung Blau" stand auf dem Schild über dem kleinen Schaufenster. Chrissie hatte Glück gehabt und Räume in einem Viertel gefunden, in dessen Gründerzeithäusern sich Heilpraktiker und Architekten angesiedelt hatten, und in dessen Umgebung kleine Parkanlagen den Verkehr verlangsamten. Eine Bäckerei hatte ihren Betrieb eingestellt, eine Sanierung wäre zu teuer geworden.

Der Laden lag kurz vor dem Stadtplatz zwischen einem Blumengeschäft und einem Seniorentreff. Dahinter war im Zuge der Stadtsanierung ein Komplex neuer Häuser errichtet worden. Seitlich vom Eingang gab es die Möglichkeit der Zufahrt zu der im Hof gelegenen ehemaligen Backstube. Dort war Platz, das benötigte Auto zu parken.

Die Suche nach einem geeigneten Gebrauchtwagen war Immes Aufgabe. Sie sah aus der Glasfront des Autosalons auf den Vorplatz mit den dort geparkten, verkaufsbereiten Fahrzeugen. Was der Verkäufer redete, drang nur in Bruchteilen an ihr Ohr. Sie war ganz damit beschäftigt, ein Zeichen zu entdecken als Antwort, ob sie den blauen Kombi kaufen sollte. Da wippte der Schwanz einer Bachstelze über dem Gulli des gepflasterten Hofs und ein Falke stieg über fernen Hausdächern auf. „Ich nehme den Wagen", sagte sie.

Chrissie war begeistert und beschloss, sie würde das Auto „Blaue Reiterin" nennen. Ihr Humor und ihre Energie steckten Imme an, sie lachte oft und vieles ging ihr leicht von der Hand. Nach dem Einbau der Trennwand im Wagen entwarf sie einen Schriftzug und mit Hilfe einer Schablone wurde an den Seitentüren „Bestattung Blau" aufgesprüht. Gemeinsam strichen die Freundinnen Wände, besorgten Regale und schrieben Firmen an. Ihr Improvisationstalent half ihnen, sich ein erschwingliches Reich aus schlichten Räumen mit geschmackvoller Einrichtung zu erschaffen, in denen sich die Menschen, die zu ihnen kamen, wohlfühlen sollten.

Imme machte Pause auf der Holzbank neben der Grünfläche der benachbarten Wohnanlage unter den neun Bäumen, die nach deren Fertigstellung gepflanzt worden und inzwischen etwa fünf Meter hoch waren. Deren Blattrispen raschelten leicht, wenn der Wind sie fächelte. Sie bemerkte erst nach einiger Zeit, dass der mittlere der im Quadrat stehenden Bäume am Absterben war. Während die übrigen eine hellgrün leuchtende Krone aufwiesen, stand er als Gerippe mit einem Rest von Grün an der Spitze da. Auch Bäume starben. Ein Kind mit Schultasche, den Hausschlüssel an einem Band um den Hals, bummelte an ihr vorbei und sprach in sein Handy. „Mama, ich denke ich habe dieses Jahr in nur drei Fächern eine Drei. In Sport, in Mathe und in Deutsch. Nur wegen dem Sketch. Ich sollte die Bäckereiverkäuferin spielen, da haben wir eingebaut, dass sie von einem Polizisten erschossen wird. Bäckerei Bankraub. Das fand die Lehrerin nicht gut und das sollten wir umschreiben. Das wollten wir nicht. Deshalb gab's dafür keine Eins. Ah, und Mama...?" Das war das letzte, was Imme verstehen konnte, ehe die Tür ins Schloss fiel. Der Tod in den Medien war allgegenwärtig und selbstverständlich. Niemand bemerkte die Diskrepanz zur Wirklichkeit. Das Sterben und der Tod in den Familien waren Privatsache. Immerhin hatte die Hospizarbeit in den letzten Jahren begonnen, daran etwas zu ändern.

„Bestattung Blau" hatte die aufregende Anfangszeit hinter sich. Es war eine gute Entscheidung gewesen. In einem Praktikum durfte Imme die ersten Erfahrungen mit der Bestattungsarbeit machen. Chrissie hatte es ihr in einem der führenden Unternehmen am Ort vermittelt, weil sie den Besitzer gut kannte und weil, wie sie sagte, im konventionellen Umfeld am besten zu lernen war, was man anders machen wollte.

Immes erster Toter lag aufgebahrt leicht schräg inmitten eines aufgebauschten, weißen Satinstoffs im Sarg. Die Beine wirkten, als verschwänden sie im unteren Teil der textilen Wolke und ragten wegen der Schräge daraus hervor, wobei die Füße im freien Raum baumelten. Die gefalteten Hände schwebten auf dem Körper wie ein künstlicher, abgelegter Schmuck, weil auch die Arme von dieser Stoffwatte umhüllt waren. Die Farbe und Form der Hände erinnerten an knubbelige Knochen aus Wachs, von einem schlechten Bildhauer modelliert. Der Kopf war unverhältnismäßig klein geraten, der Kiefer war leicht verschoben, und Imme hatte Mühe, hinter all dieser Künstlichkeit einen Menschen wahrzunehmen. Die Trauerhalle füllte sich mit Geräuschen, die Stille wurde vom Scharren von Füßen, vom Schluchzen der Angehörigen und von getragener klassischer Musik aus dem Lautsprecher abgelöst. Imme stand diskret hinter dem Sarg und sollte zu einem bestimmten Zeitpunkt Kerzen anzünden, die den Raum um den Toten mit Licht erhellen sollten. Unvermittelt drängte sich ihr beim Warten eine Szene aus einem Film auf. Die Tür einer Kirche öffnet sich, ein Cowboy durchschreitet die Bankreihen der Trauergemeinde und tritt zur aufgebahrten Leiche. Er nimmt eine Nadel, sticht in die Hand und nickt zur Bestätigung, als der Tote sich nicht regt. Gebannt starrte auch Imme in das Sarginnere. Sollte der Gegenstand der Inszenierung vor ihr wirklich eine tote Person sein? Wie war es möglich, dass man so aussah, wenn man tot war? So unnatürlich wie eine Puppe im Theater kam ihr der Tote vor. Vor kurzem noch war das ein Mensch gewesen, der gelaufen, gelacht und gesprochen hatte. Wo war das alles hin verschwunden?

Nach der Beerdigung standen sie und der Bestatter ein Stück vom Grab entfernt, solange die letzten Teilnehmer der Zeremonie sich austauschten.

„So ein schöner Sommertag, das passt ja gar nicht zu so einem Anlass!", plauderte der Mann, um das Schweigen zu brechen.

„Warum nicht?", fragte Imme. „Ich finde, leuchtende Tage sind ein Trost. Da spürt man so viel Schönes und erinnert sich gern daran."

„Na, aber wenn sich während der Trauerfeier die Eichhörnchen in den Bäumen jagen, so dass man sich nicht auf die Rede konzentrieren kann, das ist nicht schön!" Der Bestatter sprach aus Erfahrung, sein Ton machte das deutlich. Obwohl bei der eben durchgeführten Feier keine Eichhörnchen gestört hatten.

„Na, die sind vielleicht ein Zeichen: das Leben geht weiter, die Seele der Verstorbenen besucht uns!", wendete Imme ein, aber sie fand keine Zustimmung. Sie hörte ihn klagen über die Zunahme von Urnenbeisetzungen. Das sei kaum zu verstehen, denn nach Meinung des Bestatters herrschte zu Recht die Einstellung vor, ein Sarg repräsentiere eine größere Präsenz des Toten:

„So hat man erst kürzlich einen Mann in einem Sarg beerdigt, der leer war. Er hatte seinen Körper der Anatomie zur Verfügung gestellt. Aber die Trauergemeinde braucht schließlich einen Anhaltspunkt." Ungeduldig klopfte sich der Bestatter mit der Hand auf den Oberschenkel, vielleicht, weil die Trauergemeinde noch keine Anstalten machte, sich aufzulösen. „Und über Familien könnte ich Ihnen allerhand Geschichten erzählen. Neulich, als es regnete, sagte die Tochter am Grab ihrer Mutter zu mir: ‚Das war klar, dass sie uns auch den Tag noch vermiesen würde.'"

Imme sah zu Boden und dachte, dass vielleicht der Himmel wegen so viel nicht gelebter Liebe geweint hatte.

An das Praktikum schloss sich nahtlos die Zusammenarbeit mit Chrissie an. Die erste Familie, der Imme neben ihr gegenübersaß, stammte aus einem kleinen Ort im Umland, in dem sie eine Landwirtschaft betrieb. Vater, Mutter und die dreizehnjährige große Schwester trauerten um einen Fünfjährigen, der seinem Ball hinterher auf die Straße gelaufen und von einem Auto übersehen worden war. Der Vater weinte, ebenso die Tochter, während die Mutter ruhig die nötigen Fragen beantwortete.

Imme beobachtete Chrissie und beneidete sie um ihre Tiefe. Sie schien sich so sicher zu sein und wissend. Sie gab den Trauernden das Gefühl, ganz und gar angenommen und verstanden zu sein in allem, was sie ausdrückten. Sie war professionell und emphatisch zugleich.

Einmal hatten sie gemeinsam eine Bekannte auf der Straße getroffen, die von einer Beerdigung erzählt hatte. Der Bestatter habe beim Warten auf die Trauergäste mit der Mutter des verunglückten Kindes gesprochen und ihr stolz den Ablauf im Krematorium geschildert, wie viel Grad die Temperatur hatte, was hinterher übrig bliebe et cetera. Die Mutter habe dazu nur nicken können. Chrissie hatte betroffen zu Imme gesagt: „Siehst du, das meine ich. Solche Leute richten Schaden an. Das Thema Tod und Sterben wird dadurch noch mehr tabuisiert. Diese Mutter wird niemals ihre Wut ausdrücken darüber, dass ihre Trauer so respektlos ignoriert wurde. Immer wird die Erinnerung an die Beisetzung mit einem Mehr an Schmerz verbunden sein, an den sie nicht auch noch rühren will."

Zusammen mit Chrissie war so vieles möglich. Imme konnte ihrer Kreativität freien Lauf lassen. Sie recherchierte nach unkonventionellen Urnenformen, bestellte Farben und Stoffe, betreute die Sargbemalungen, auf die sich erstaunlich viele Leute einließen, und fand eine Floristin für individuelle Blumenarrangements. Verstorbene konnten in ihrem Haus oder unter dem Kirschbaum im Garten aufgebahrt werden. Wichtig war die Zeit zum Verabschieden. Angehörige konnten einen Sarg nach ihrem Entwurf bestellen und die ganze Feier nach ihren Wünschen gestalten.

Chrissie war froh: „Imme, ich finde es toll, wie wir das machen und dass es Anklang findet. Es ist, als ob ich mich selbst begrabe oder verbrenne. Das will ich mit Liebe getan wissen und deshalb macht es mich glücklich, wenn sich andere darauf einlassen und diese Liebe spüren."

Beim ersten Kontakt mit den Angehörigen traten sie gemeinsam auf und boten das Bild zweier hochgewachsener Frauen, beide blau gekleidet, die eine mit roten, die andere mit weißen Haaren. Eine Wand in den Geschäftsräumen hatte Imme blau bemalt, wobei sich in den Ecken nach oben die Tiefe der Farbe steigerte und sich das Gefühl von der Weite des Himmels einstellte. Sie knüpfte wieder an ihr früheres Schreiben an und sammelte und verfasste Texte zum Thema Trauer und Tod. Manchmal übernahm sie die Aufgabe der Trauerrednerin. Selbstverständlich hatte sie alle nötigen Griffe für das Heben und Anziehen gelernt und auch, Anblicke von Toten, die sie belasteten, aus ihrem Gedächtnis zu drängen, die von ganz kleinen Kindern oder die von Unfall- oder Gewaltopfern. Bei schwierigen Fällen waren sie ein gutes Team. Ein Blick genügte und gab der Anderen zu verstehen, wer welche Aufgabe übernehmen sollte und wann man sich einer Situation entziehen wollte oder eine Pause brauchte.

Imme fand Parallelen zwischen der Sehnsucht, die früher ausschließlich der Farbe Blau gegolten hatte, und der Sehnsucht, die sie nun im Umgang mit dem Tod zu stillen versuchte. Das Thema Blau hatte auf jeden Fall mehr romantische Aspekte geboten als Tote, die schon auf den ersten Blick viel konkreter waren. Doch es gab hinter ihnen noch ein Land, das zu entdecken war. Sie redete mit Chrissie darüber und holte in Worten an die Oberfläche, was sie bei der Berührung der Toten empfand. Sie schienen ihr etwas mitzuteilen. Je nach Persönlichkeit fügten sie sich entspannt in ihr Schicksal oder wehrten sich mit einer beständigen Unruhe dagegen. Manchmal ließen sich die aufgewühlten Körper besänftigen. Wie im Leben halfen eine achtsame Haltung und ein zärtliches Zureden. Die Toten waren ansprechbar und das machte es auch den Angehörigen leichter, Mut zu fassen, ihre Lieben zu versorgen. Imme konnte die Liebe in den geröteten Augen leuchten sehen und fragte sich, ob sie je zu dieser Liebe fähig sein würde. Ob zum Beispiel Kinder automatisch diese Liebe erzeugten, sobald sie auf der Welt waren. Sie selbst hatte andere Erfahrungen als Tochter gemacht. Katinka hatte Liebe in den Augen der Mutter erzeugt, weswegen der liebende Blick auf Imme so knapp ausgefallen war. Imme hatte keine Lust auf das Experiment, wie viel Liebe ein Kind in ihr erzeugen würde, abgesehen davon, dass kein Partner dafür in Sicht war. Mit keinem ihrer ehemaligen Kommilitonen, schon gar nicht mit Wolf, wäre sie dieses Wagnis eingegangen. Es fühlte sich immer noch so an, als sei sie auf dem Weg zu sich selbst, und manchmal fragte sie sich, ob „Bestattung Blau" ein Umweg war und ob Katinka nicht auch dieses Mal dahintersteckte.

Für Chrissie stand das Thema Kinder auch nicht auf der Tagesordnung. Auf Partnersuche war sie ebenfalls nicht, das war Imme, obwohl sie nie länger darüber gesprochen hatten, klar geworden, als Chrissie abends in einer Kneipe zum Tresen ging, um ein Glas Rotwein für sich und eine Saftschorle für Imme zu bestellen. Der Mann, der dort stand, sprach sie an und Imme sah, wie jung sie reagierte, wie offen und froh. Augenblicklich kam sie sich selbst unbeweglich und unsicher vor. Chrissie schnitt Grimassen und hatte den Mut, hässlich zu sein. Sie kam mit den Getränken wieder und lachte augenrollend:

„Ein Ägypter! Er lernt Deutsch."

„Na, da könntest du ihm sicher helfen!", konnte sich Imme nicht verkneifen.

„Nee, könnt ich nicht. Er spricht schon besser als ich! Außerdem: kein Bedarf, weder an Ägyptern noch an sonst wem. Ich komm alleine klar."

Nach den ersten drei Monaten setzten sich Chrissie und Imme im Laden an den großen Tisch für ein Nachgespräch und bilanzierten die letzten Wochen.

„Also, ich werde immer besser im Umgang mit den Kunden", sagte Chrissie, „und ich freue mich, wenn ich Misstrauische besänftigen und Verzweifelte aufrichten kann. Und du?"

„Was mich nervt, ist, dass die Leute vom Nebenhaus wegschauen, wenn sie mich sehen. Als ob ich den Tod auf sie übertragen könnte." Imme schenkte sich aus der Thermoskanne Tee nach. „Dabei bin ich megafreundlich. Die Frau vom Blumengeschäft hat erst gestern den Kopf geschüttelt, als sie das mitbekommen hat, wenigstens die versteht mich."

„Ich verstehe dich auch", sagte Chrissie und fügte hinzu, „ging mir anfangs genauso, dass mich das störte, meine ich. Aber ich sagte mir dann immer, dass die auch mal einen wie uns brauchen. Damit hat sich's erledigt. Sonst noch Negatives? Raus damit."

„Ich komme mir immer noch komisch vor bei den Preisverhandlungen. Für die Leute ist es viel Geld, aber sie wollen gar nicht wissen, warum das so teuer ist. Ich kann also nicht erklären, wie die Preise zustande kommen und wenn ich es doch tue, schauen sie auf den Tisch und manche weinen und ich weiß nicht, was ich sagen soll, wo es doch gerade um Geld ging und ich das nicht von der Trauer trennen kann."

„Die Leute wissen, dass es kostet. Ich fange lieber gleich am Anfang damit an, denn die Leute sollen merken, dass wir gute Arbeit für ihre Bedürfnisse anbieten und leisten wollen. Und dass wir auch Miete und Brot bezahlen müssen, kann sich jeder denken. Manches ist teurer bei uns, okay, das sage ich aber auch und wir haben ja auch immer Günstigeres zur Auswahl, das lege ich auch immer vor. Du weißt das. Also, mir macht das weniger Stress. Denk doch an die Anerkennung, die wir ab und zu hören dürfen, das ist doch eine tolle Bestätigung."

„Stimmt, aber manches können wir ja gar nicht beeinflussen, die Zeiten in der Trauerhalle am Friedhof zum Beispiel. Am liebsten würde ich alle Trauernden darauf hinweisen, dass sie die doppelte Zeit buchen sollen, weil wir nach spätestens einer halben Stunde mit allem draußen sein müssen und die von ‚Ruhe sanft' im Wechsel dran sind. Das kostet aber doppelt. Überhaupt gibt es viele Regeln, an die man sich halten muss, und einige sehe ich nicht ein."

„Welche denn?"

„Vor allem die Situation am Grab. Dass ich mich dezent im Hintergrund halten und den Angehörigen nicht in die

Augen schauen soll, damit sie sich nicht beobachtet fühlen. Also das fällt mir sehr schwer. Ich will sie ja nicht beobachten, aber mitfühlende Blicke sind so nicht möglich, gute Begegnungen, ohne aufdringlich zu sein. Weißt du, was ich meine?"

„Imme, du hast da genau das richtige Feeling, da bin ich sicher. Das mit dem im Hintergrund bleiben ist nur ein Anhaltspunkt, eine Empfehlung, um zu vermeiden, dass wegen uns Trauer zurückgehalten wird. Ich gehe da ganz individuell vor." Chrissie stand auf und kramte in ihrer Tasche an der Garderobe. „Ah, hier sind sie, die Kekse." Sie bot Imme welche an. „Noch mehr Negatives? Also ein paar Punkte verkrafte ich noch."

Imme lachte: „Nein, Euer Ehren, keine weiteren negativen Anmerkungen."

„Fein. Jetzt also die schönen Seiten des Ladens."

„Gut. Etwas, was ich nie gedacht hätte. Mir macht das Schminken Spaß." Imme grinste, denn sie wusste, dass das Chrissie am Anfang ihrer Bestatterarbeit am meisten Schwierigkeiten bereitet hatte.

„Dafür gibt's noch einen Keks, hier, bitte. Und gleich die nächste Frage: Wie ist es mit dem Anziehen?"

„Anziehen ziehe ich dem Ausziehen vor." Imme hatte die Hände gefaltet und machte ein ernstes Gesicht. „Ich hoffe, das wird mir nicht zur Gewohnheit?"

„Wieso?"

„Na, wenn ich dem Mann meines Lebens begegne, soll die andere Reihenfolge ja auch noch funktionieren."

Chrissie meinte trocken: „Bleib einfach solo."

Imme lachte.

Das erste Jahr war angefüllt mit Begegnungen, Erfahrungen und Entwicklung. Irritiert stellte Imme nach all diesen Monaten fest, dass sich in ihr trotzdem nicht das Gefühl eingestellt hatte, das sie erwartet hatte. Sie war eingetaucht in das Thema und erhielt Bestätigung und Anerkennung, mehr als mit der Malerei, jedenfalls von mehr Menschen. Die Arbeit war befriedigend, sie hatte ihre Rolle gefunden und füllte sie aus. Die Aufträge häuften sich, weil sich langsam herumsprach, dass sie mit dem Herzen dabei waren. Doch etwas fehlte. Wie während des Studiums, dachte Imme. Sie begann, in sich hinein zu hören. Was war es, wonach sie suchte? Wenn sie es im Studium nicht gefunden hatte und jetzt ebenfalls nicht, was wartete auf sie?

Imme dachte an die Diskussion mit ihrer Mutter am Telefon, als sie an der Akademie aufgehört hatte. Die Mutter hatte ihr Vorwürfe gemacht.

„Imme, überleg dir das gut! Vielleicht kannst du die Sache noch rückgängig machen."

„Und dann? Weiter Kunst studieren? Das willst du ja ganz sicher nicht, Mama!"

„Das Kunststudium fand ich noch nie eine gute Entscheidung, das weißt du. Aber jetzt mache ich mir Sorgen, ob du jemals etwas fertig machst und zu Ende bringst. Dein Leben in zwei Zimmern, kein Raum für Beziehungen, du bleibst nicht ewig jung. Und dann noch dieses Berufsfeld. Wie viel Schwere daran haftet. Du weißt doch schon lange, wie schnell ein Leben zu Ende sein kann."

„Lass Katinka aus dem Spiel, Mama." Imme hatte es laut gesagt.

„Entschuldige, Kind. Aber ich habe einfach Sorge, dass du dich in etwas verrennst mit deiner Freundin. Ich wünschte, du hättest jemand in der Familie, auf dessen Rat du hörst. Dein Vater hält sich raus und - na, lassen wir das."

Imme hörte ihre Mutter auf und ab gehen. Weshalb stand sie nie hinter ihr? Imme log, es hätte geklingelt und sie müsse Schluss machen. Sie legte auf. Draußen war es seltsam still.

Viele Vogelstimmen fehlten. Es war Ende Juli. „Das Brutgeschäft vorbei, das Sarggeschäft beginnt", hatte ihr

Chrissie am Vortag zugezwinkert. Manchmal konnte ihre Ironie irritieren. Von Zeit zu Zeit übten junge Mauersegler mit ihren schrillen Schreien das neue luftige Leben über den Dächern. „Mutter, Mutter. Wie weit darf ich reisen?" Das Spiel der Kindheit hatte weitreichende Fragen gestellt. Bis zum eigenen Haus? Bis in die Berge? Bis zur großen Liebe? Ich muss lernen, mehr Fragen zu stellen, schoss es Imme durch den Kopf. Stets hatte sie angenommen, alles geschehe von allein, sobald sie offen war für das Kommende. Doch man musste kämpfen um die Erkenntnis. Und auch um die Liebe, das wusste sie plötzlich. Was war das für eine Sehnsucht, die in ihr aufstieg? Nach Katinka nicht. Die hatte sich zum Glück die letzte Zeit in den Hintergrund zurückgezogen. In dieser Hinsicht hatte das Leben mit dem Tod das gewünschte Ziel erreicht. Eigentlich war Imme frei.

7 Mons

Mit einem lauten Klacken war Immes Sonnenbrille auf die Steinplatten im Eingangsbereich des Museums gefallen. Imme starrte dem Mann, der sie aufgehoben hatte, in die blassgrauen Augen. Sein Blick enthielt mehr und mehr Fragezeichen, je länger sie nicht reagierte und keine Anstalten machte, sie ihm abzunehmen.

„Madam?", fragte er, dann „Madame?", französisch ausgesprochen. Was war nur los mit ihr? Mit der Beweglichkeit eines Seesterns streckte sie die Hand aus und nahm die Brille in ihre langen Finger, als berühre sie das kostbarste Ausstellungsstück einer geöffneten Vitrine.

„Danke", flüsterte sie.

Er zögerte, sich abzuwenden. „Alles okay?"

„Ja, ja. Danke!" Sie atmete tief durch. Ein Buddha-Zitat drängte sich ihr auf: „Niemand rettet uns, außer wir selbst. Niemand kann und niemand darf das. Wir müssen selbst den Weg gehen." Sie drehte sich um und tat so, als prüfte sie durch die großen Fensterscheiben den Himmel, ob er Regen bereithielt. Dann sah sie wieder den Mann an. Er stand immer noch vor ihr. Erneut fiel ihr seine Augenfarbe auf. Unglaublich durchsichtig. Vielleicht war jetzt der Zeitpunkt gekommen, endlich mal impulsiv zu sein. Los, Imme.

„Danke, äh, für das Aufheben. Darf ich Sie deswegen auf einen Kaffee einladen?" Die Frage schwebte im Raum wie die Meeresschildkröte, die sie in Stralsund im Aquarium gesehen hatte. Einen Moment lang dachte sie, er habe sie nicht verstanden.

Dann lächelte er und sagte: „Gern. Hier?" und zeigte zum Café des Museums.

Sie nickte und ging voraus. Jeden Fuß setzte sie bewusst, wie einige Klebezettel in ihrer Wohnung es ihr rieten: „Nimm Kontakt zur Erde auf." Zum Glück war es nicht weit bis zum ersten freien Tisch. Sie bestellten beide einen Cappuccino. Aus welchem Land er wohl kam? Er wirkte nicht wie ein Südländer, obwohl er mit leichtem Akzent sprach. Sein Äußeres war irgendwie blass, wie seine Augen. Jeans, hellgraues Hemd, Uhr, Haarschnitt, alles durchschnittlich und wenig aussagekräftig. Die Hände keine Handwerkerhände, der Körperbau kompakt, aber nicht durchtrainiert, ein leichter Bauchansatz, die Bewegungen weder besonders energetisch noch ungelenk. „Ein Kleinod tief drinnen" - das Gedichtende fiel ihr ein. Er sah ihr zu, wie sie ihn musterte, und sie ärgerte sich wieder einmal über ihre Langsamkeit.

„Ich heiße Imme", sagte sie in das Schweigen.

„Ich bin Mons", stellte er sich vor.

Sie riss die Augen auf: „Mons?"

„Ja", lächelte er „das ist ein norwegischer Vorname. Meine Mutter ist Norwegerin."

Mons, lateinisch Berg. Das konnte kein Zufall sein. Ein sehr interessanter Mann war das. Sie beugte sich nach vorn.

„Oh. Wissen Sie, mit Bergen hatte ich schon ganz früh zu tun."

„Tatsächlich? Inwiefern denn?"

„Nun, ich bin in den Blauen Bergen geboren." Imme lachte, weil er irritiert aussah. „Eine Gegend im Westen von hier. Und Sie? Was machen Sie im Museum?"

„Ich bin wegen der Ausstellung gekommen. Ich habe mit Wolken zu tun."

„Aha. Und wie genau?" Sie überlegte, ob er der Fotograf war. Aber so hatte sie sich einen Künstler nicht vorgestellt. Dieser Mann wirkte irgendwie seriöser.

Er nahm einen Schluck aus der Tasse, stellte sie wieder ab und neigte sich vor, als erzähle er ein Geheimnis: „Ich schaue in den Himmel und denke heute zum Beispiel: Schäfchenwolken." Er schwieg und sie war verunsichert.

„Schäfchenwolken. Ja, stimmt. Sehe ich auch. Aber die kennt doch jeder."

„Meinen Sie? Ich könnte noch anfügen", und nun dozierte er wie aus einem Fachbuch: „Cirrocumuli von lateinisch *cirrus:* ‚Haarlocke, ein Büschel Pferdehaar, Federbusch' und *cumulus* ‚Anhäufung' sind dünne, weiße Flecken, Felder oder Schichten von Wolken ohne Eigenschatten, die aus sehr kleinen Wolkenteilchen bestehen und mehr oder weniger regelmäßig angeordnet sind. Sie können so hoch werden, dass sie unter sich untypische Schatten bilden und mit *Altokumulus* verwechselt werden können. Für Sonderformen, Begleit- und Mutterwolken fragen Sie den Experten."

„Oh. Sie haben also doch mit der Ausstellung zu tun. Der über die Wolken. Neben Bergen sind Wolken mein zweites Thema." Imme, schalt sie sich, wie dämlich ist das denn?

„Inwiefern?" Seine Gelassenheit machte sie so nervös, dass ihr warm wurde. „Lassen Sie mich raten. Sind Sie Autorin?", fragte er ins Blaue.

„Kann man so sagen. Ich schreibe Trauerreden. Als Bestatterin." Eins zu null für sie. Er zog die Augenbrauen hoch. Die übliche Reaktion. Imme freute sich ein bisschen.

„Ich muss gestehen", sagte er aufmerksam, „das ist ein Feld, in dem ich weniger Erfahrungen habe."

„Sie haben sich also noch nicht damit beschäftigt?"

„Beschäftigt? Womit?"

„Mit Ihrem Tod." Volltreffer, Imme. Klasse, da lernte sie einmal einen netten Mann kennen und schon war sie dabei, ihn zu vergraulen.

Nach einer kurzen Pause sagte er: „Nein, noch nicht."

„Wie die meisten", antwortete sie. „Viele denken: Nach mir die Sintflut. Das werden meine Kinder schon regeln. Damit nehmen sie sich aber die Möglichkeit, das allerletzte Ende so zu gestalten, dass es ihnen entspricht. Die Leute denken, mit dem Tod ist es sowieso vorbei. Kann mir egal sein, was mit meinem Körper geschieht. Man macht sich erst Gedanken, und nicht mal das ist sicher, wenn es zu spät ist."

„Da haben Sie wahrscheinlich recht!", bemerkte er lässig.

Na bitte, Imme. Jetzt macht er gleich dicht und das war's dann, dachte sie. Das hast du nun davon. Imme ärgerte sich über sich. Sie versuchte, das Ruder herumzureißen.

„Na, meist klappt das dann ja doch. Die Kinder oder die Partner machen das Weitere ja oft im Sinn des Verstorbenen, also in Ihrem Sinn." Himmel, ich rede mich um Kopf und Kragen, von nichts als vom Sterben, dachte sie. Laut sagte sie:

„Entschuldigen Sie, ich rede von nichts als vom Sterben. Berufskrankheit."

Er lehnte sich zurück. Wahrscheinlich hatte er genug. „Aber Sie haben recht. Ich sollte mir Gedanken machen. Auch ohne Frau und Kind."

„Ach. Vergessen Sie's. Sie werden sicher steinalt." Imme sah auf die Uhr. Das Gespräch war nicht mehr zu retten.

Er sah sie unruhig werden und beugte sich wieder vor: „Darf ich Sie noch etwas fragen?"

„Ja?"

„Dürfen es auch zwei Fragen sein?"

Imme lächelte: „Ja."

„Wie sind Sie zu dem Beruf gekommen?"

Sie erzählte kurz vom Studium und vom Laden. Dann fragte sie ihn:

„Und die zweite Frage?"

„Haben Sie schon immer weiße Haare?"

„Seit meinem fünften Geburtstag. Alle sagen, dass es völlig unmöglich ist, dass Haare über Nacht oder aufgrund eines Schocks die Farbe verlieren. Haare seien kein lebendiges Material, sie könnten nur entweder ausfallen oder durch Stress mit weniger Farbpigmenten nachwachsen, was aber ein plötzliches Geschehen ausschließt. Meine Haare sind über Nacht weiß geworden. Keiner weiß warum. Natürlich habe ich versucht, andere Betroffene zu finden. Thomas Moore und Marie-Antoinette sollen auch über Nacht schlohweiß geworden sein, aber alle Fachleute sind sich einig, ein Ausbleichen durch Schock sei unmöglich. Ich habe auch im Internet recherchiert deswegen, aber keine Spur hat zu einem Kontakt mit Betroffenen geführt. Oft hat es sich bei genauerer Nachfrage um das Weißwerden kleinerer Areale gehandelt. Einmal schrieb mir eine Frau, sie wäre sehr, sehr traurig gewesen, als sei ihr Ich in einem Käfig, und nach einem Kampf zwischen Herz und Gehirn war am nächsten Morgen eine Fläche von vier mal vier Zentimetern weiß wie Schnee gewesen. Bisher haben mir nur einige ganz alte Leute geglaubt, Leute, denen nichts mehr fremd ist und die das Leben gelehrt hat, alles für möglich zu halten."

Nachdenklich sah Mons sie an, dann entschuldigte er sich, stand auf und holte noch ein Getränk und Kekse. Sie begann, sich zu entspannen. Imme mochte, wie er sprach. Es hatte etwas Anziehendes, der leichte Akzent, die Worte, die er verwendete. Sie bemerkte zwar, dass er kaum etwas von sich erzählte, aber sie freute sich über sein ruhiges und ausdauerndes Interesse. Eine ganze Weile saßen sie hinter der Glasfront in der Helligkeit, umgeben von leisen Gesprächen und Thekengeräuschen, bis sie fröstelte, Gänsehaut bekam und ihr nichts mehr einfiel. Abrupt, als bestünde ihr Körper aus Luftblasen eines Tauchers, erhob sie sich.

„Na, dann...".

Da stand er ebenfalls auf und gab ihr seine Visitenkarte:

„Ich würde mich freuen, wenn Sie mich anrufen! Es war interessant mit Ihnen, das Kaffeetrinken, wie auch das Reden. Die nächsten zehn Tage verreise ich nach London. Aber Ende des Monats bin ich wieder in der Stadt."

„Hm. Ja, das kann durchaus sein, dass ich das mache. War nett mit Ihnen!" Imme schüttelte leicht zerstreut seine Hand und er musste lächeln. Sie lief, ohne besonders auf ihren Gang zu achten, durch die Drehtür nach draußen und warf einen Blick auf die Schäfchenwolken am Himmel.

Zu Chrissie sagte sie am nächsten Morgen:

„Du glaubst es nicht! ich habe gestern im Museum einen interessanten Mann kennengelernt."

„Wirklich?", fragte Chrissie über die Schulter zurück. Sie war dabei, eine Bestellung zu prüfen. „Interessante Männer. Gibt es die?"

„Ja! Guck doch mal, ich zeig ihn dir!" Beide beugten sich über den Bildschirm des PC. Es gab ein Foto von Mons auf der Webseite und mehrere Aufnahmen von ihm als Referent bei verschiedenen Veranstaltungen.

Imme spürte ihr Herz klopfen. „Vielleicht habe ich mich verliebt."

„Meine Güte! So schnell?" Chrissie sah sie forschend an. „Und? Gibt's einen Haken?"

„Muss ich noch herausfinden."

„Dann mal zu!", kam es trocken, aber Imme lachte nur.

„Er kann kochen. Hundert Punkte!"

„Pass bloß auf, dass du hinterher nicht abspülen oder mit ihm ins Bett gehen musst!"

„Was wäre denn daran so schlimm?"

„Nichts! Und wann soll die Einladung sein? Wir haben gerade jede Menge zu tun."

„Mensch, da ist doch noch gar nichts konkret. Ich will mich bloß wieder mit ihm treffen. Er wohnt im Bergviertel."

„Na, da hast du ja noch Zeit, dir das zu überlegen."

„Sag mal, Chrissie, ist was?"

„Nein, wieso? Ich freu mich für dich, wenn es der Richtige ist. Wenn."

Sie hatten beide nie ernsthaft über frühere Beziehungen geredet. Und auch wenig darüber, ob sie sich eine Partnerschaft wünschten. Chrissie hatte zu dem Thema jede Menge Späße auf Lager. Sie machte auf Imme den Eindruck, als vermisse sie nichts und ginge völlig in der Arbeit auf. Sie hatte wenig Zeit und eine Beziehung war wohl auch unmöglich, da sie ja nicht wollte, dass man sie zu Hause besuchte. Imme war immer noch nicht bei ihr gewesen.

Vierzehn Tage später trafen sich Imme und Mons wieder im Museumscafé. Auf neutralem Boden, hatte Imme beschlossen, bevor sie ihn angerufen hatte. Nach einer etwas unbeholfenen Begrüßung stellten sie fest, dass sie beide die Wolken am Morgen besonders lange betrachtet hatten. Dann setzten sie sich an den freien Tisch vom letzten Mal und unterhielten sich über die immer noch laufende Ausstellung, „Clouds 3".

„Ich bin zufrieden mit der Hängung. Das ist die Hauptsache", lächelte Mons. „Heutzutage muss alles einen englischen Titel haben, sonst ist es uncool. Da sagt der Untertitel schon mehr aus: ‚Fotografien, Malerei und Texte über Wolken'. Ich war der Kuratorin als wissenschaftlicher Berater zur Seite gestellt. Man wollte sich einen seriösen Anstrich verpassen und dazu habe ich meinen Teil beigetragen."

„Haben Sie den Woody-Allen-Film gesehen, den mit der Szene im Naturkundemuseum?", fragte Imme. „Da wird die Ausstellung so wunderbar als Kulisse benutzt."

„Stimmt, diese Szene mag ich sehr. Wie die beiden um die Planeten herumschlendern und sich über das Leben unterhalten. Ich muss mich auch immer wundern, mit welchem Pathos die Leute dem Thema Wolken begegnen. Wissenschaftler können das kaum nachvollziehen. Als kleiner Junge haben mich Wolken natürlich auch fasziniert, aber wenn man einmal hinter die Fassade dieser Luftnummern gesehen hat, ist der Zauber weg." Mons bestellte einen Milchkaffee.

„Für mich bitte grünen Tee." – „Der Zauber..." Welcher Mann nahm heutzutage solche Wörter in den Mund? Das Wort versetzte Imme in Schwingung wie ein Filzklöppel eine Klangschale. „Wolken und Himmel habe ich jede Menge gemalt, an der Kunstakademie!" Sie rührte in ihrer Tasse.

„Tatsächlich?", fragte er.

„Ja. Wegen Blau. Dem Blau der Sehnsucht. Haben Sie schon von der Blauen Blume der Romantik gehört?"

Eine halbe Stunde später wusste er nicht nur von ihren Leinwänden, sondern auch von dem Weg dahin.

„Und worauf richtet sich Ihre Sehnsucht? Haben Sie das schon herausgefunden?", wollte er wissen.

„Noch nicht, aber ich bin dabei. Gerade geht die Suchbewegung eher nach innen, so scheint es jedenfalls. Sie findet immer zwischen zwei Polen statt, einmal wächst meine Sammlung blauer Edelsteine, dann wieder die von Sprüchen und Weisheiten. Und Sie? Sammeln Sie äußere Dinge oder innere?" Imme tat so, als unterwerfe sie ihn einer Befragung und setzte eine strenge Miene auf.

„Ich vermute, ich könnte eine Menge an Weisheiten gebrauchen. Vielleicht wollen Sie mir dabei helfen, einige zu sammeln?"

„Möglich. Aber da müssen Sie zuerst einige Auskünfte geben, werter Herr. Wie leben Sie zum Beispiel?"

„Werte Dame, ich lebe allein. Seit ich in die Stadt gezogen bin, bekomme ich ab und an Besuch, was jedes Mal sehr schön ist, aber nichts Festes."

Imme versuchte, ihre professionelle Interview-Miene beizubehalten. Mons gab folgsam weiter Auskunft.

„Vorher habe ich Beziehungen gehabt. Einige. Aber das ist nichts von Dauer gewesen. Eine Menge Frauen denken, ein Mann muss sich verändern und sie müssen ihm dabei helfen."

„Aha." Sie notierte seine Aussagen in ein imaginäres Buch. „Soso. Das heißt also, Sie sind mit Ihren Wolken alleine?"

„Kann man so bezeichnen, ja. Aber wenn Sie es vorziehen, das zu überprüfen, dann müssten Sie schon den werten Fuß in meine Räume setzen. Und das sobald als möglich, wenn ich diesen Wunsch äußern dürfte. Und duzen Sie mich bitte. Mons, wie gesagt."

„Äh, Imme."

„Imme", wiederholte er und lächelte sie an.

Sie nickte.

„Wollen wir?", fragte er und zog einen Autoschlüssel aus der Tasche.

Mons konnte sich eine große Wohnung im Bergviertel leisten. Auf dem ansteigenden Gelände hatte man vor wenigen Jahren zwischen älteren Villen eine mehrstöckige Wohnanlage errichtet. Mit dem Aufzug gelangten sie ins oberste Stockwerk. Anfangs hatte Mons die Wohnung noch mit jemandem geteilt, wie er sagte. Doch dieser Jemand hatte keine Spuren hinterlassen. Imme betrat den großen, perfekt ausgeleuchteten Flur, ließ sich die Jacke abnehmen, wurde weitergeführt und staunte. So aufgeräumt wünschte sie sich ihre beiden Zimmer. Überall klare Linien, meist weiße Oberflächen, grauer Teppichboden im Wohnzimmer, schwarze Fliesen vom Eingangsbereich bis in die Küche. Sie fühlte sich wohl. Die Räume strahlten eine enorme Ruhe und Zuverlässigkeit aus. Keine bunten Haftnotizen wie bei ihr. Keine Zeitungsstapel zum Ausschneiden, keine Kataloge von Farbengroßhändlern, keine Pflanzen, denen niemand Einhalt gebot. Über dem Sofa hing das riesige Poster eines Leuchtturms, nah aus der Luft fotografiert. Umtost von Wellen, die gleich über ihm zusammenzuschlagen schienen, stand der Leuchtturmwärter auf dem Umgang.

„Oh!", staunte sie. „Ein tolles Bild! Wasser ist eine wahnsinnig starke Naturgewalt."

„Ja. Ich habe es aufgehängt, weil darauf keine Wolken zu sehen sind." Das klang nicht wie ein Scherz. Imme sah ihn fragend an.

„Eigentlich sind Wolken interessant, aber die Leute davon zu überzeugen, gleicht einer Sisyphusarbeit. Alle glauben, Wolken bestehen aus Wasserdampf. Aber das ist nicht so. Wolken erscheinen luftig und leicht, so dass die Vermutung naheliegt, sie bestünden aus Wasserdampf. Dieses Gas ist allerdings als solches ebenso wenig sichtbar wie gewöhnliche Luft. Tatsächlich sind Wolken eine Ansammlung von winzigen Wassertropfen, die sich um einen Kondensationskern herum bilden, sobald die Luft unter eine bestimmte Temperatur abgekühlt ist. Ein solcher Kondensationskern kann beispielsweise ein Staub-, Salz- oder Rußpartikel sein. Ist die Luft in der Höhe kälter als -10 Grad Celsius, bilden sich an den Kondensationskernen Eiskristalle, die sich zu einer Wolke formieren können. Es langweilt, das immer wieder zu erklärten, glaub mir."

Imme nickte nachdenklich mit dem Kopf und sah sich weiter um. Sofort waren ihr die besonderen Lichtverhältnisse aufgefallen, die in der Wohnung herrschten. Erst auf den zweiten Blick erkannte sie den Grund. Keines der Fenster bot die erwartete Aussicht. An den Scheiben war zartes weißes Papier befestigt. Sie trat näher und sah darin feine Strukturen langer Fasern, die sich in alle Richtungen schlängelten.

„Handgeschöpftes Japanpapier!", kommentierte Mons, der sie beobachtet hatte. „Die Außenwelt ist nicht zu ertragen ohne diesen Filter. Ein Filter, der die Außenwelt außen hält, wie schon das Wort nahelegt."

Unsicher sah sie ihn an. „Was machst du, wenn die Fenster geputzt werden müssen?"

„Dann kommt das alte Papier ab und neues drauf. Ganz einfach. Was möchtest du trinken?"

Imme hatte sich verliebt. Die Wolken hatten ihr einen Berg in die Hände gespielt. In ihrem Inneren wirbelten Hochdruckgebiete um Gipfel. Eines löste das andere ab. Sie war ungezwungen wie nie. Dieser Mann schätzte und bewunderte sie. Endlich durfte sie so sein, wie sie war, nämlich anders. Imme Honigbiene. Und er, der Wolkenmann, war ein Berg an Sicherheit und beschenkte sie darüber hinaus mit Bewunderung. Sie hörte seinen Berichten über die vielen Orte zu, an die er beruflich gereist war, und hatte anschließend das Gefühl, selbst dort gewesen zu sein, und selbst die Erfahrungen gemacht zu haben, von denen er sprach. Ein Teil ihrer Sehnsucht, eine Andere an einem anderen Ort zu sein, wurde gestillt.

Ihre Arbeit rückte, wenn sie mit Mons zusammen war, in den Hintergrund. Sie entdeckten einander und begannen, mit jeder Begegnung an einer gemeinsamen Zukunft zu weben, da wurde manches nachrangig. Immes Erzählungen handelten so gut wie nie von „Bestattung Blau" und sie brachte zu ihren Treffen kaum etwas von dem mit, was sie tagsüber getan, erlebt, gearbeitet hatte. Manchmal ließ sie sich müde auf das Sofa fallen und in dem „Puh!", das sie ausstieß, war der ganze Tag enthalten, worauf Mons sich hütete, nach ihrer Arbeit zu fragen, sondern sie mit Aufmerksamkeiten verwöhnte, damit sie sich entspannen und auf andere Gedanken kommen konnte.

Chrissie und Imme hatten anfangs vereinbart, sich die Woche über tageweise mit der Hauptverantwortung abzuwechseln. Zumindest war das der Plan gewesen, aber Chrissie entwickelte sich trotzdem zu einer Hauptansprechpartnerin, war öfter im Laden, ging häufiger ans Telefon, fuhr lieber als Imme zu den Behörden, mit denen sie einen sehr persönlichen Umgang pflegte und die richtigen Worte fand, so dass sie, wenn manchmal Papiere nicht rechtzeitig eintrafen, auf Nachsicht und einen kleinen Aufschub hoffen konnte. Imme machte andere Dinge gern, wie das Ausstopfen der Kissen mit Papier oder die Beratung, wenn es um das Rahmen eines Fotos ging. Sie kümmerte sich um die Absprachen und Termine mit den Friedhofsverwaltungen wegen der Leichenhalle und bereitete die Räumlichkeiten für die Trauerfeier oder Aufbahrung vor. Als sie Mons von dieser gewachsenen Arbeitsteilung erzählte, küsste er ihr die Hand und sagte:

„Das ist mir auch viel lieber, dass diese Hände nicht so sehr viel mit Toten zu haben."

Verblüfft meinte Imme: „Das denkst aber auch nur du, mein Lieber. Die Toten versorgen wir gemeinsam", worauf er kurz ihre Hand betrachtete, als wäre sie ein Fremdkörper.

Imme fügte hinzu: „Weißt du, die Arbeit mit Chrissie, wenn ich der eine Farbe geben müsste, die wäre Blau."

„Wundert mich kein bisschen", grinste Mons.

Imme boxte ihn in die Seite. „Mann, das hat nichts mit dem Malen zu tun. Blau deshalb, weil es was Ruhiges hat, was Tiefes."

„Ach stimmt, mit der Malerei war das ja ein völlig anderes Thema."

„Hör auf damit, Mons, das ist schon was anderes gewesen. Das Blau von früher hatte mehr mit Himmel zu tun, mit Vögeln, Flug, Wolken, Schweben, mit Sehnsucht eigentlich, aber eben leichter. Jetzt hat es etwas gewonnen. Es ist schwerer geworden."

„Hoffentlich nicht zu schwer, sonst zieht's dich runter. Die Angst habe ich ja manchmal." Mons sah sie von der Seite vorsichtig an.

„Mons, in unserem Beruf hat man immer mit zwei Welten zu tun. Neulich habe ich was Kluges gelesen: ,Das normale Leben draußen läuft weiter. Feiern, Spaß haben, jung sein. Sobald aber das Telefon klingelt, friert dieses Leben wie ein Standbild ein: Weil am anderen Ende der Leitung jemand ist, für den das Leben gerade wirklich stehengeblieben ist. Und der braucht jetzt jemand, sofort und mit hundert Prozent Aufmerksamkeit.'"

„Du hast aber noch Recht auf ein eigenes Leben, Imme, und auf eines mit mir."

„Ja, aber trotzdem. Momentan ist das Date mit dem Tod wichtiger. Das war mir klar, als ich mich mit Chrissie zusammengetan hab. Und weißt du was?"

„Nein."

„Früher hat es mich doch so oft gefroren. Habe ich dir doch erzählt, stimmt's? Und seit ich mit Toten zu tun habe, ist das viel weniger geworden." Imme sah Mons erwartungsvoll an. „Das ist wie bei dem Märchen von den Brüdern Grimm. Der Königssohn ruft immer: 'Ach, wenn mir doch gruselte, ach, wenn mir doch gruselte!' Doch den schreckt einfach nichts, bis ihm seine Liebste mal kalte Fische ins Unterhemd kippt, das findet er dann gruselig. Auch mir ist wärmer geworden, seit ich so nah an wirklichen Schrecknissen bin."

„Du machst mir Angst."

Imme sah ihn zweifelnd an. Sein Augenrollen war nicht eindeutig auszulegen.

„Ich bin enttäuscht", beschwerte sie sich scherzhaft. „Ich dachte, du bist mein Held und Ritter!"

Mons lachte. „Mädel, Helden gibt es nicht mehr. Und die Ritter von heute retten aus Computerproblemen. Sie finden alle verlorengegangenen Speicherorte und teilen ihr Wissen mit den armen Unwissenden. Ohne Angst werfen sie Dateien nieder und entpacken den Inhalt am heimischen Schreibtisch, dort, wo das blaue Feuer flackert Tag und Nacht. Sie finden die Enden der Verzweigungen im Dickicht der Verzeichnisbäume. Sie öffnen und schließen die Türen und Tore zu den hintersten Pforten, dort, wo die tiefsten und wertvollsten Schätze verborgen sind. Mit kundiger Hand lenken sie die Mäuse der Hilfesuchenden, auf dass alle gemeinsam im Netz zappeln."

„Wo hast du das denn her?" Imme stand der Mund offen.

Mons deutete auf seine Stirn: „Von hier. Manchmal habe ich eben auch gute Ideen."

Wenn Imme Chrissie von Mons erzählte, sagte sie wenig oder gar nichts dazu.

„Ich habe hier ein Schreibseminar für dich." Sie ordnete die Papiere auf dem Schreibtisch in dem kleinen Büroraum.

Imme blätterte in den Unterlagen. „Es geht um Themen, die mich wirklich interessieren. Wolken und Berge." Sie mochte Sprachbilder und verwendete sie gerne und oft. Jeder konnte nachvollziehen, dass sich manche Lebensetappen wie anstrengende Aufstiege anfühlten und dass das Erreichen des Gipfels am Ende der letzten Etappe Gefühle von Freiheit und innerer Ruhe auslösen konnte. „Super. Hier steht im Flyer: In den Bergen nähert sich die Erde dem Himmel an. Das klingt doch gut, oder? Wenn meine Zeit nicht so knapp wäre, würde ich es machen." Sie las eine weitere Überschrift vor. „Oder hier: Der Berg lädt uns ein, uns wieder dem Ursprung zu nähern. Wir sind emporgewachsen, innerlich und äußerlich, und oben fliegen wir davon."

„Hauptsache, du hebst nicht ab!", kommentierte Chrissie trocken, aber in Wahrheit liebte sie Immes Texte. „Auf jeden Fall hast du jede Menge zu geben, Imme, nicht nur mit Farben, auch mit Worten. Das könntest du vertiefen."

Eine Zeitlang war es Imme so vorgekommen, als sei sie sich bei der Bergwanderung ihres Lebens irgendwie verloren gegangen. Nun begann mit Mons etwas Neues. Falls sie sich verirrt hatte und vom Weg abgekommen war, bestand jetzt die Möglichkeit, alles wieder auf Anfang zu setzen. Eine Beziehung wäre eine Kursänderung, ein Abbiegen, weg vom oder zurück zum Hauptweg, wer konnte das sagen. Sie begann wie als Kind nach Zeichen zu suchen, um sich sicherer zu fühlen, um sich zu erden. Vielleicht hatte Chrissie Recht, für solche Entscheidungen musste man mit beiden Beinen auf dem Boden stehen.

Im Autoradio hörte sie eine Sendung über Ötzi. Es war der Jahrestag des Funds der Mumie. In den Bergen. Das passt schon mal, dachte sie. Aber als Leiche will ich noch nicht enden. Und schon gar nicht hinterrücks ermordet werden. Doch ein Pfeil hatte sich ja schon in ihr Herz gebohrt. Und sein Name war Berg. Also befand sie sich auf dem richtigen Weg.

Sie traf sich mit Mons, so oft ihre Arbeit und seine Tagungen es zuließen, allerdings nur bei ihm oder in der Stadt, nie bei sich. Als Mons das erste Mal ein Wochenende zu ihr in den Tiergarten kommen sollte, war Imme mehr als aufgeregt. Sie fragte sich, wie er auf ihr kontrastreiches Umfeld reagieren würde. Zuerst überlegte sie, ihr Chaos etwas zu glätten und zumindest die farbigen Zettel mit Sprüchen zu reduzieren, doch dann überwog ein gewisser Trotz. Er müsste sie so akzeptieren, wie sie nun einmal war. Etwas aufzuräumen, konnte dagegen nicht schaden. Sie stapelte die Zeitungen auf der Ablage des Beistelltischs, und die Schwimmtiere vom Badewannenrand mussten in eine Kiste umziehen. Die Lippenstiftbotschaft vom Badspiegel „Weißt du, wie schön dein Lächeln ist?" wischte sie ab. Mit einem Staubwedel wirbelte sie durch ihre Steinsammlung und sie hängte die allzu tiefen Traumfänger ab, die von den Lampen baumelten und die ihr Körper seit langem wie von selbst umrundete. Draußen auf dem Platz vor dem Tiergarteneingang fuhr sein Auto vor. Es wurde ernst. Sie hielt inne und bemerkte, wie ihr Herz flatterte. ImmeImmeImmerzu, dachte sie. Dann klingelte es. Sie öffnete und bat ihn herein. Sein Schritt stockte schon auf der Höhe des großen Bilds vom blauen Shiva im Gang, das sie noch nicht lange zuvor mit Chrissie zusammen an die Wand gemalt hatte, als Gemeinschaftswerk.

„Hier, komm doch mit ins große Zimmer", sagte sie schnell und langsam folgte er ihr.

„Hast du das ge…" malt? hatte er wohl fragen wollen, doch in dem Moment unterbrach ihn das Blaukehlchen der Vogeluhr mit schmetterndem Gesang. Mein Gott, gerade jetzt.

„Haha. Die volle Stunde. Du bist pünktlich!", stotterte Imme verlegen. Er hatte sich umgedreht und sah zu der Uhr über der Tür hoch.

Sie atmete tief durch: „Ja, also. Solche Uhren gibt's auch mit Rabenvögeln. Und mit Urwaldtieren und für Kinder mit Kuh, Schaf, Pferd und Katze..." Was redete sie da?

Er sah sie an, wie sie unter der Deckenlampe mit dem Traumfänger stand, die Hände verschränkt und die Stirn in Falten, und lächelte. „Eine Frau wie dich habe ich noch nie kennengelernt."

In der blauen Stunde küssten sie sich und fanden sich kurz darauf in Bettwäsche mit aufgedrucktem Orion und anderen Sternbildern wieder. Als in der Frühe das Licht zunahm und den Sensor der Vogeluhr erreichte, sang die schwarze Amsel. Weißes Haar wurde mit einem Gummi zusammengefasst.

„Komm. Lass uns frühstücken. Und danach müssen wir unbedingt einen Ausflug machen!" Imme war munter wie selten. Es gab Brötchen mit selbstgekochter Marmelade zum Kaffee.

Mons sagte, er habe sich lange nicht mehr so wohlgefühlt. „Ich muss zwar ständig an deine weiche Haut denken, aber wenn du magst, fahr ich mit dir, wohin du willst."

Imme wollte Mons unbedingt die Blauen Berge zeigen. Er kannte die Gegend nur vom Durchfahren. Sie lotste ihn, nachdem sie bald die Autobahn verlassen hatten, auf einer besonders schönen Route durch viele kleine Orte den Hügeln entgegen, die an diesem Sommertag eher golden als Blau im Dunst lagen. Als erstes freute sie sich auf den Besuch einer Burg, in der verschiedene Museen untergebracht waren, und von der man einen wunderbaren Ausblick über das Band eines Flusses hatte. Sie hielten am halbvollen Parkplatz und Imme ließ Mons kaum Zeit, das Auto abzuschließen. Von der Brüstung schauten sie weit über das Land.

„Was für ein schöner Tag!", rief sie. „Wer hat denn dieses herrliche Wetter bestellt?"

„Das war ich!"

Sie lachte: „Ich dachte, ich war's."

„Ach!", rief Mons mit gespieltem Erschrecken. „Da haben wir uns gar nicht abgesprochen!"

Imme sprühte vor Einfällen wie schon lange nicht mehr. Sie kommentierte alles, was sie sah, inspiriert von dem mittelalterlichen Flair. Nach dem Kauf der Eintrittskarten gingen sie über das Kopfsteinpflaster des Burghofs und wurden in die naturhistorische Sammlung eingelassen. Imme wollte die Vögel besuchen. Im Treppenhaus klammerte sie sich an Mons Arm, sah sich furchtsam um und flüsterte:

„Habt Ihr gesehen, mein Herr? Ein beleibter Kustos erwartete uns am Eingang des Seitentrakts und wir zeigten unsere Passierscheine vor. Er studierte sie sorgsam. Dann gab er sie zurück und öffnete uns die breite, schwere Türe. Sein ernster Blick begleitete unser Eintreten. Wir waren schon einige Stufen die Treppe hinauf, als er uns nachrief: ‚Sie werden viele Tiere finden! Aber alle ausgestopft, keines freilaufend.' Sein unvermitteltes Lachen ließ mich zusammenfahren. Wir scheinen die einzigen Besucher zu sein. Im Gegensatz zu draußen, wo die Strahlen der Sonne für milde Wärme sorgten, umfängt uns in dem alten Gemäuer eine Eiseskälte."

„Stimmt!", kommentierte Mons trocken. Sie besahen sich die Vitrinen in der nächsten Kehre der Treppe.

Imme studierte gewissenhaft jedes Detail, dann raunte sie: „Hier erwartet uns das erste Ausstellungsstück in einem breiten, an der Wand befestigten Kasten. In ihm sind drei erstarrte Hamster zu sehen, die Augen den Betrachtern zugewandt. Einer kauert mit einem großen Vorrat an Getreidekörnern in seiner Höhle, einer im Gang, beim Hochlaufen gestört und ein anderer steht aufgerichtet auf der Grasnarbe. Über der Vitrine ist ein Habicht dabei, sich in die Luft zu erheben. Seine Flügel sind ausgespannt. Nach einer Schrecksekunde erkennen wir unseren Irrtum. Auch ihn hat das Leben schon vor längerer Zeit verlassen. Nur seine Hülle hat ein Meister seines Fachs der Nachwelt erhalten. Im Bewusstsein, dass es Glasaugen sind, die sich auf uns richten, steigen wir die Stufen zur Gänze hinauf."

Das Treppenhaus bildete eine Art Diele, von der aus eine geöffnete Tür geradeaus in einen schmalen Gang mündete. An seiner linken Seite war er durchgängig mit dunklen Schränken ausgestattet und rechts mit raumhohen Glasvitrinen, die jeweils mehrere Regalfächer aufwiesen. Unsichtbare Hände entzündeten Lichtquellen, die gebündelte Helligkeit auf die vorderen Vitrinen warfen.

„Oh!" rief Imme aus. „Unzählige Augen sind auf uns gerichtet. Runde, blanke Vogelaugen. Die Familie der Vögel steht dicht an dicht, zumeist als Einzelexemplare, manche sind zu Arten gruppiert, so die Drosseln. Unter ihnen sticht ein vertrauter gefiederter Freund hervor, ein schwarzer Amselmann mit gelbem Schnabel. ,T.-Merula' ist auf dem Holzstück zu lesen, das ihm als Standpunkt dient. Andere Vögel bekomme ich das erste Mal zu Gesicht: kleine Exemplare wie die Kolibris, bunte wie den Bienenfresser und riesige wie ein Paar Albatrosse. Beide haben ganz oben auf dem Regal Platz gefunden. Nur ein Teil ihres Oberkörpers und ihr gewaltiger Kopf sind zu sehen. Einst schwebten sie hunderte von Kilometern über das Meer, ohne auch nur einmal mit den Flügeln zu schlagen." Sie ging weiter und drehte sich in der Gangmitte mit ausgebreiteten Armen zu Mons um. „Hier bilden Greifvögel eine Einheit. Den größten ihrer Art, den Seeadler, hat man nicht bei ihnen unterbringen können. Er blickt uns am Ende des Korridors über einem Durchgang mit seinem vorgestreckten Kopf und hellgelben Augen entgegen."

Unter dem Adler stand, angehalten im Vorwärtsschreiten mit erhobener Tatze, ein Bengaltiger aus Ostindien. Staunend umrundeten sie das Tier und bewunderten sein dichtes helles Fell mit dem Hieroglyphen-Muster.

„Diesem Schild entnehme ich, dass er 1878 erlegt wurde. Ich wage es, ihn zu berühren und erschrecke. Das Fell fühlt sich in der Kälte des Raums warm an. Unwillkürlich kommen mir feuchte Senken im Dschungel in den Sinn, Lianen, die von hohen Urwaldbäumen bis zum Boden reichen, und das Geschrei von Affen in den Wipfeln. Ich ziehe schnell die Hand zurück und mache ein paar Schritte seitwärts. Als ich mich umdrehe, stehe ich einem Pärchen Käuze gegenüber, die mich beide aus leicht zusammengekniffenen Augen ansehen. Seit 1782 befinden sie sich in dieser Haltung und haben alle Energie gebündelt, um mir heute die Frage zu stellen, wieso ich nichts gegen ihren Tod unternommen habe. Es gibt keine Entschuldigung für ein solches Dasein. Ich hoffe, es ist ihnen ein Trost, dass sie dicht nebeneinander sitzen. Tiere ihrer Art verbringen das ganze Leben in Einehe."

Mons konnte nur den Kopf schütteln und lachen. Imme war in Fahrt: „Mein Begleiter besieht sich derweilen interessiert die halbe Sattelrobbe, die über ihm aus der Wand ragt. Er scheint meine Empfindlichkeiten nicht zu teilen. Mein Blick flieht vor dem halben Tier in das Innere des vor uns liegenden Raums. Kurz nehme ich den Elchkopf wahr und die Glaszylinder mit deformierten Lebewesen, das Lamm mit zwei Köpfen, dann umfängt mich eine gnädige Ohnmacht."

Mons hatte ihr bewundernd gelauscht und nahm sie in die Arme. „Große Klasse!", flüsterte er in ihr Ohr. „Sehr sexy, meine Gnädige. Doch lasst uns die kalten Glieder im sonnigen Schlosshof wärmen. Folgt Eurem ergebenen Diener."

Sie gingen den Weg Hand in Hand zurück, die Treppe hinunter, am Wärter vorbei und öffneten die Tür zum Ausgang. Draußen blinzelten sie in der unerwarteten Helligkeit. Mons lenkte beide zu einer weißgestrichenen Bank, und als sie Platz genommen hatten, erzählte Imme weiter.

„Die kleine Spinne auf einer Banklehne ist das erste, was ich sehe, als ich wieder zu Bewusstsein komme. Man hat mich aus den kalten Räumen nach unten in die Sonne getragen. Verwirrt frage ich mich, wieso die Spinne so beweglich ist, wenn doch alles andere dem Befehl ‚Freeze' gehorcht. Ich drehe den Kopf zur Seite. Der riesige Burghof ist vertikal geteilt. Ein kleiner agiler Mann läuft unruhig auf und ab. Beladen mit Plastiktüten spricht er jeden an, der den Fehler gemacht hat, heute die Burg zu besuchen. Alle schieben die Sonnenbrillen dichter vor die Augen und machen Fluchtbewegungen und abweisende Gesten. Der Mann ist verrückt, ich weiß es. Und nun kommt er auf uns zu. ‚Gestatten, Graf, von der Grafschaft Wolken‘, sagt er und verbeugt sich. Eine gelbe Tüte rutscht ihm aus der Ellenbeuge auf das Kopfsteinpflaster. Blaue Glasmurmeln kullern in die Ritzen der Steine. Während er sie aufhebt, ziehe ich mich in eine aufrechte Position hoch und übe mich in Blickyoga. Niemand kann erwarten, dass ich, gerade aus der Ohnmacht erwacht, höflich Konversation mit einem Irren mache. Der Kustos versteht mich und scheucht den Mann weg. Mein Begleiter schaut belustigt. Warum kümmert er sich nicht um mich? ‚Madame! Madame! Kommen Sie mich besuchen!‘, ruft der Irre. Ich seufze.“

„Woher nimmst du das nur alles, Imme?“

„Keine Ahnung! War aber gut, stimmt’s? Mir hat’s jedenfalls Spaß gemacht.“ Imme musste gähnen und streckte sich. „Erzähl mal von dir!“

„Was willst du wissen?“ Er sah auf ihren Kopf hinunter, der auf seinem Schoß lag. Die Parkbank war zu kurz und ihre langen Beine hingen über die Sitzfläche. Kumuluswolken bauten sich im Westen wie Blumenkohlköpfe in große Höhen auf.

„Na, alles. Von deinem Zuhause. Von deiner Familie. Von deiner Mutter zum Beispiel. Was war sie für ein Typ?“ Imme wusste nur, dass sie die Familie verlassen hatte.

„Da gibt’s nicht viel zu erzählen. Ich war zu klein.“

„Wie alt denn?“

„Acht.“

„Acht, so klein ist das gar nicht. Du hast sie doch sicher sehr vermisst?“

„Nicht direkt.“

Ratlos sah sie zu ihm auf. „Glaube ich nicht.“

„Warst du dabei?" Es kam scharf.

Sie schlug die Augen nieder. „Nein. Natürlich nicht. Entschuldige."

„Tut mir leid, ich wollte dich nicht verletzen. Aber das ist, was alle denken, ohne Mutter, das kann ja nichts werden. Weißt du, klar war ich zuerst traurig. Aber das Leben mit meinem Vater war dann auch schön."

„Hat er sich wieder jemand gesucht?"

„Nein. Das nicht. Aber uns ging's gut. Mutter hat uns einfach im Stich gelassen. ‚Ich ersticke' war die Unterschrift zu einem Bild, das sie gemalt hat. In jeder freien Minute wollte sie malen. Das hat zu endlosen Streitigkeiten mit Vater geführt. Sein Traum war das nicht. Der Haushalt kam zu kurz und auch ich. Er übernahm viel, was liegengeblieben war, nach der Arbeit, das war ganz schön hart für ihn. Mutters Vorbild war eine Französin, die vom Mannequin zur Künstlerin mutiert war und die Familie verlassen hatte, um mit einem durchgeknallten Schweizer zusammenzuleben und Karriere zu machen. Ich habe viele Bücher über sie auf dem Dachboden gefunden. Über die Kunst dieser Frau mit all der Buntheit dicker Figuren kann ich nur lachen. Kindisch und inhaltsleer, reine Spielerei, mehr nicht. Dass Mutter darauf hereingefallen ist, hat mich enttäuscht."

Imme sah ihn nachdenklich an. „Heißt die Künstlerin vielleicht ‚Niki'?"

„Ja. Du kennst sie?"

„Klar. Und ich muss sagen, ich mag sie auch."

„Na, klasse, dann fällt mir nichts mehr ein!"

„Wann hast du deine Mutter denn das letzte Mal gesehen?", lenkte Imme ab.

Mons hatte eine Falte zwischen den Augen. „Vor zehn Jahren vielleicht. Sie lebt in Norwegen. Ich will nichts mehr mit ihr zu tun haben. Und sie nichts mit mir."

„Tu, was du willst, aber nicht, weil du musst. Das hat Buddha gesagt, mein Lieber. Und dass Veränderung die einzige Konstante ist, glaube ich, auch. Jetzt bin ich erst mal froh, dass du mit mir etwas zu tun hast." Imme kicherte und strich ihm über den Arm.

„Kann ich von mir genauso sagen." Er wirkte wieder etwas gelöster. „Hast du nicht noch einen Spruch über Nähe oder Liebe, gern auch körperliche?"

„Ähm, wie wäre es mit: ,Die Liebe nimmt nicht, sie gibt'?"

„Dann lass uns sofort zu dir fahren und geben!"

In ihrem großen Zimmer konnte man untergehen. Die Blautöne der Wände schufen die Verbindung zwischen Tagbewusstsein und aufsteigenden Träumen. Auf ihrer selbstgenähten Patchworkdecke aus Wassermotiven sank man ein wie in Tiefen des Ozeans. Über dem Kopfende des Bambusbetts lagerte Jesus neben dem Poster mit der Schwalbe aus Pompeji im azurfarbenen Gewand vor nachtblauer Landschaft mit segnender Gebärde.

Imme und Mons wurden ein Paar. Zusammen begannen sie, immer neue Seiten ihrer gemeinsamen Geschichte zu beschreiben. Ziemlich lange ohne Knicke und Eselsohren.

Dann überreichte Mons eines Abends ein schmales, rechteckiges Geschenk.

„Für mich?" Imme sah ihn fragend an.

„Nur eine Kleinigkeit. Ich hoffe, es gefällt dir."

„Ein Buch...?" riet sie.

„Nein!" Er lachte.

„Ein Film, den wir heute gemeinsam ansehen?"

„Nein. Pack doch aus."

Unter dem geschmackvollen schwarzen Papier mit hellgrauem Muster fanden sich zwei Frühstücksbrettchen in geometrischem Design.

„Oh! Schön." Imme war irritiert.

Er lächelte: „Ich dachte, das ist mal eine Abwechslung für die Brotscheiben. Und zum Picknicken können wir ja noch deine nehmen."

Ihr Blick wanderte zum bereits gedeckten Tisch. Die Brettchen mit dem Rittersporanaufdrucken begleiteten sie schon ewig. An den Rändern waren sie abgeschabt und an der Oberfläche kamen braune Stellen zum Vorschein. Sie zögerte, bis sie Mons fragende Miene sah. Er hatte ihr eine Freude machen wollen. Kurzentschlossen ersetzte sie die alten Brettchen durch die neuen und stapelte sie ganz hinten im Fach des Küchenregals bei den Dingen, die sie selten oder gar nicht benutzte wie die Geflügelschere. „Lerne loszulassen", zitierte sie in Gedanken den Spruch am Kühlschrank, „das ist der Schlüssel zum Glück."

Bald darauf wichen die Handtücher mit den Wolkenmotiven im Bad weißen, flauschigen Badetüchern. Über das alte Küchenbuffet, das sie selbst abgebeizt und in der Farbe von Bläulingen bemalt hatte, freute sich ihre Nachbarin und nahm es als Kellerregal. Die Küchenzeile sah nun heller und ruhiger aus. Mons sollte sich wohlfühlen bei ihr. Nachdem die Wände weiß gestrichen waren, klebte sie keine Haftzettel mehr an die Türrahmen. Und Mons überraschte Imme mit einer weiteren Veränderung, dieses Mal in seiner Wohnung: an Stelle des von Wellen umtosten Leuchtturms hatte er ein schwarzweißes Buddha-Poster aufgehängt.

„Du musst Chrissie kennenlernen, Mons." Imme hatte die Füße hochgelegt. Gleich nach Ladenschluss war sie zu ihm gefahren.

„Sie ist die Allerbeste. Ihr werdet euch mögen." Sie rieb sich mit kreisenden Fingern die Schläfen. „Heute war ein anstrengender Tag."

„Du Arme. Hat dich deine Chefin über Gebühr schuften lassen?"

„Mons, Chrissie doch nicht. Nein, wir hatten heute einen Autounfall."

„Das sagst du erst jetzt?" Erschrocken richtete sich Mons auf.

„Nein, nicht wir, das hast du falsch verstanden. Ein junger Mann. Und er hat ihn nicht überlebt."

Mons senkte den Kopf und ließ sich wieder gegen die Sofalehne zurücksinken. „Du hast mich erschreckt."

„Willst du noch mehr wissen?"

„Wie bitte?"

„Ob du noch mehr wissen willst. Wie es passiert ist und so. Manchmal denke ich, es würde mich entlasten, über diese Dinge mit dir zu sprechen."

„Also ich glaube, dafür bin ich nicht der Richtige, Imme. Ich kann's ja mal versuchen, aber ehrlich gesagt, bin ich nicht scharf drauf. Ich kann dir da sicher nicht helfen. Warum besprichst du das nicht mit deiner Freundin? Die steckt doch da ganz anders drin, wenn du verstehst, was ich meine?"

Imme seufzte. „Schon gut. Sind ja auch private Dinge, die nicht in die Öffentlichkeit gehören." Sie nahm eine Zeitschrift zur Hand, schlug sie irgendwo auf und blätterte darin herum.

„Imme, ich hoffe, du bist mir nicht böse. Das Treffen mit Chrissie, das können wir auf jeden Fall machen. Sehr gern sogar. Vielleicht entsteht daraus ja eine Annäherung für mich an das Thema." Mons nahm Imme vorsichtig die Zeitschrift aus der Hand. „Komm schon, Liebes. Wann soll's denn losgehen? Wir könnten hier zusammen essen. Frag, wann sie Zeit hat."

Bei Chrissie stieß Immes Anfrage zuerst auf skeptisch hochgezogene Augenbrauen, aber dann machte sie überraschend den Vorschlag, anstatt eines langweiligen Abendessens könnten sie ja am Wochenende zu dritt das neue Museum für Bestattungskultur besuchen, das nach langer Bauzeit vor kurzem in der Innenstadt eröffnet hatte.

Als Imme und Mons zum vereinbarten Zeitpunkt an die Eingangstür aus buntem Glas kamen, die beim näheren Hinsehen aus kleinen farbigen Totenschädeln bestand, hatte Chrissie bereits drinnen im Vorraum Karten gekauft und studierte Flyer.

„Hallo, Mons, ich bin Chrissie!", lächelte sie und streckte Mons die Hand entgegen.

„Hallo! Viel von dir gehört." Mons nickte ihr zu. „Dann los. Du bist die Fachfrau zu dem Thema. Magst du uns führen?"

„Imme weiß mindestens so viel wie ich", entgegnete Chrissie, „und sie hat mir einiges voraus, was die Kunst angeht. Es gibt hier zwischen den Exponaten nämlich einige Animationsfilme von Studenten der Kunsthochschule, wie ich eben erfahren habe."

„Kein Problem, dann wechselt ihr euch ab. Oder, Imme?"

„Danke, dass ich auch mal gefragt werde. Wenn ihr unbedingt wollt, texte ich euch mit Infos zu, dass euch Hören und Sehen vergeht."

„Glaube ich sofort." Mons und Chrissie sagten es gleichzeitig.

Sie begannen ihren Rundgang so, wie der Mitarbeiter an der Museumskasse es empfahl, eine Treppe tiefer. Schon am ersten Treppenabsatz blieben sie an einer Grabskulptur stehen, die aus dicken, rohen Holzscheiben zusammengesetzt war und bis etwa zwei Meter in die Höhe ragte. Die Hinterbliebenen eines Verstorbenen hatten je eine dieser Scheiben im Andenken an ihn ganz persönlich gestaltet. Gekerbt, bemalt oder mit Gegenständen verziert, war eine Stele entstanden, eine Art Totempfahl, vielfältig und bunt, mit einer Scheibe als Abschluss, auf der Name und Sterbedatum geschrieben standen. Seinem Leben war eine liebevoll gestaltete Form der Erinnerung gegeben worden. Imme war begeistert, während Chrissie es etwas schlichter mochte und Mons sich, wie er sagte, erst an so unkonventionelle Lösungen gewöhnen musste.

In einer kleinen Nische daneben war die erste Videoinstallation aufgebaut. Über zugehörige Kopfhörer war ein afrikanisch anmutendes Lied zu hören, das, von einer warmen Frauenstimme übersetzt, vom Tod eines jungen Mannes erzählte, der die Welt ein Stück besser gemacht hätte, wäre er nicht ums Leben gekommen. „Erinnere dich!", war der letzte Ruf, der im Ohr haften blieb.

„Klasse, diese verschiedenen Ebenen. Der Film ist farbig und vielfältig wie das Leben und am Ende ganz schlicht und schwarzweiß und wesentlich." Mons nickte zustimmend, Imme hängte den Kopfhörer wieder an den dazugehörigen Haken und sie warteten, bis auch Chrissie den Film gesehen und gehört hatte und sich ihrer Meinung anschloss. Durch einen Torbogen betraten sie die Abteilung „Frühe Neuzeit".

Chrissie übernahm die Führung: „Hier sind wir von Knochenmännern umgeben. Der personifizierte Tod. Es gibt ihn mit und ohne Sense, aber oft gestützt auf eine Fackel, die nach unten gekehrt ist. Beachtet, dass sowohl Fackel wie auch Mohnkapsel das verlöschende Leben und den ewigen Schlaf versinnbildlichen."

Zu dritt besahen sie die Reihe von Statuen an der Wand, beugten sich über aufgeschlagene Bücher in Vitrinen und entzifferten Beschriftungen im Halbdunkel des Raums, was Mons dazu verleitete, Immes tieferen Rücken zu streicheln. Doch sie drückte nur kurz seine Hand und eilte zum nächsten Videobildschirm.

Auf einer Bühne bewegte ein Puppenspieler, der selbst eine Puppe war, den Tod als Marionette, bis in einer unerklärlichen Wandlung die Rollen wechselten und unklar und flüchtig wurde, wer wirklich die Fäden in der Hand hielt. Passend dazu enthielt die Abteilung viele Beispiele kleiner sogenannter Betrachtungssärglein, die die Menschen zu einer gottgefälligen Lebensführung angesichts irdischer Endlichkeit gemahnen sollten, wie eine Beschreibung erklärte. Chrissie stand lange vor einigen Exemplaren, während Imme schon weiter war, beim nächsten Video, und ihr über die Schulter zurief, sie müsse unbedingt diesen Film ansehen, den bisher besten, ihrer Ansicht nach. Mons hatte eine Kabine entdeckt, in der man wie in einem Passfotoautomaten eine Aufnahme von sich machen lassen konnte, die nach einigem Klappern und Fauchen als weichgezeichnetes Portrait auf einem ovalen Porzellantäfelchen ausgeworfen wurde.

Imme riss sich bei dem Geräusch von ihrem Video los und blickte auf das Rund in seiner Hand. „Krass! Ein Grabtäfelchen mit deinem Namen – ohne Datum allerdings."

„Das wird dann darunter eingemeißelt, meine Liebe. Nicht wahr, Chrissie?" Mons hielt ihr das helle Oval hin, so dass sie es ebenfalls betrachten konnte.

„Ich weiß nur, dass solche Täfelchen mal sehr modern waren, dann aber als Kitsch verboten wurden."

„Schade eigentlich." Imme hängte sich bei ihr ein und zog sie durch den Vorhang. „Wir brauchen ein Doppelportrait!"

Anschließend sah man auf dem Weiß des Untergrunds ihre Köpfe nebeneinander, seltsamerweise beide mit geschlossenen Augen.

„Mensch, das habe ich mir ausgedacht", entfuhr es Imme.

„Manchmal habe ich eben auch gute Ideen!", zwinkerte Chrissie ihr zu und ging grinsend weiter.

Es war ein unterhaltsamer Museumsbesuch, alle gaben sich Mühe, nichts als gut gelaunt zu sein. Sie erkoren gemeinsam ein Video zur Nummer 1, in der in fast zwei Minuten Zeichentrick eine Hand zu sehen war, die sich nicht entscheiden konnte, auf eine Haustürklingel zu drücken oder etwas am PC zu schreiben.

„Ein Zögern, das wahnsinnig typisch ist und viel zu oft vorkommt", meinte Chrissie. „Wenn die Menschen wüssten, wie sehr sich Hinterbliebene nach Botschaften sehnen."

Sie durchstreiften noch die Grabmalabteilung und umrundeten den ausgestellten Leichenwagen mit seinem durchsichtigen Rechteck aus Glas, der vor Immes innerem Auge eine Vielzahl von Silhouetten entstehen ließ. Sie schüttelte sich wie ein Hund und sah lieber auf den Rundgang-Flyer.

„Lasst uns noch die Hühnersärge aus Ghana ansehen und dann brauche ich einen Kaffee."

„Alles klar, Chefin", salutierte Mons und Chrissie stimmte zu.

In einem Film neben einem mannshohen, bunt bemalten Holzhuhn konnte man verfolgen, welch aufwendigen Regeln Angehörige bei einem Trauerfall in Ghana zu folgen hatten, angefangen von der Einkleidung des Dorfes in gleiche Gewänder bis zur Ausrichtung mehrerer Feste, die ganze Familien in Armut stürzten.

„Mexikanische Bestattungsriten ziehe ich den afrikanischen vor, lasst uns lieber zum Kuchen aufbrechen", schlug Imme nach kurzer Zeit vor und sie schauten den Film nicht zu Ende an.

Im hauseigenen Café konnte man zwischen schwarzem Schokoladenkuchen und weißer Sahnetorte wählen. Auf dem Cappuccino hatte Kakaopulver über einer Totenkopfschablone ein sehr spezielles Bild hinterlassen.

„Ich lade euch ein." Mons wollte schon sein Portemonnaie zücken, aber Chrissie wehrte mit einer Handbewegung ab.

„Heute bin ich dran. Es war mein Vorschlag und ihr seid meine Gäste."

Mons zögerte, dann zuckte er mit den Schultern und gab nach. Imme sah von einem zur anderen und kam sich überflüssig vor.

Nach dem Verlassen des Gebäudes wechselten sie noch einige Worte, dann verabschiedeten sie sich voneinander und Imme ging mit Mons zu ihm nach Hause.

„Wir haben uns gar nicht über Persönliches unterhalten." Mit einem Bier in der Hand saß Mons neben Imme auf der Couch. „Nur über die Ausstellung."

„Aber das war doch okay. Ich fand's naheliegend. Schließlich haben wir einen professionellen Blick. Da braucht es nicht so viele Worte." Imme nahm einen Schluck aus ihrem Weinglas.

„Aber war das nicht der Plan? Dass wir uns kennenlernen? Professionalität hindert doch niemand, sich über private Dinge auszutauschen."

„Chrissie geht nie sehr ins Private. So ist sie nun mal. Ich weiß auch nur das über sie, was mit ihrer Berufsfindung zu tun hat. Über ihre Familie will sie nicht reden. Aber von ihren Reisen, da hat sie mir viel erzählt."

„Hm." Mons schien nicht überzeugt.

Mons und Imme kannten sich zwei Monate, als er vorschlug, seinem Vater am Wochenende gemeinsam einen Besuch abzustatten.

„Er hat Geburtstag", sagte er entschuldigend. „Meist besuche ich ihn an diesem Tag, wenn ich kann."

„Ich fahre gerne mit. Ich muss es nur mit Chrissie absprechen", antwortete Imme sofort. Bisher hatte keiner von ihnen die eigenen Eltern ins Spiel gebracht. So ein Besuch hatte etwas Offizielles. Sie freute sich.

Mons Vater hatte vor einigen Jahren seinen Lebensschwerpunkt nach Süddeutschland in die Nähe der Berge verlagert. Seine Wohnung war Teil einer großzügigen Wohnanlage, deren Gebäude sich am Ortsrand einer Kleinstadt um eine alte Kapelle gruppierten.

„Willkommen!", begrüßte er Imme und streckte ihr beide Hände entgegen. Er war schmal gewachsen, besaß eine aufrechte Haltung und erinnerte sie an Abbildungen vom älteren Hermann Hesse. „Kommen Sie herein! Du auch natürlich, Mons. Schön, dass ihr beide da seid!"

An der Garderobe nahm er ihr zuvorkommend die Jacke ab. Imme mochte ihn auf Anhieb. Er ließ sich gratulieren, nahm das Geschenk von Mons freundlich entgegen und packte es aus. Auf dem gerahmten Foto einer japanischen Parkszene, drehte eine Frau mit rotem Papierschirm den Betrachtern den Rücken zu und betrachtete eine herbstlich gefärbte Landschaft.

„Ein schönes Motiv!", sagte er. „Hast du es selbst fotografiert, Mons?"

„Nein, das habe ich auf der Reise in einer Galerie entdeckt."

„Ah so, es hat dich also selbst fasziniert. Eine Frau, die uns den Rücken zuwendet, hm. Da hat das Unterbewusstsein seine Finger mit im Spiel gehabt, was?"

Mons blieb unbewegt. Sein Vater bat Imme, sich zu setzen und fragte ohne Umschweife:

„Haben Sie schon Mons Mutter kennengelernt?"

Zögernd sah Imme zu Mons, dann antwortete sie: „Nein. Meine Eltern haben wir auch noch nicht besucht. Das werden wir als nächstes angehen."

Anstatt Imme weiter über ihr Leben auszufragen, wechselte ihr Gastgeber das Thema und sie sprachen über seine Leidenschaft, das Kochen, und über das Repertoire des Chores am Ort, in dem er Anschluss gefunden hatte. Es gab Kaffee und leckeren selbstgebackenen Kuchen. Im Nu war der Nachmittag vorbei.

Als sie sich verabschiedet hatten und neben der großen Ligusterhecke standen, die der Gartennachbar so abweisend wie möglich geschnitten hatte, winkten sie Mons Vater noch einmal zu und Imme hängte sich bei Mons ein.

„Dein Vater ist nett", sagte sie im Weitergehen, „aber anfangs war er fast peinlich privat und später peinlich allgemein. Irgendwie hat mich das irritiert. So viel Unausgesprochenes lag in der Luft. Und du hast auch nichts gesagt."

„Ist schon okay, mein Vater." Mehr hatte Mons nicht hinzuzufügen. Er erzählte von der Tagung in Japan und wie er dazu gekommen war, das Bild zu kaufen.

Dann fragte er unvermittelt: „Wann wollen wir eigentlich deinen Vater besuchen?"

„Meinen Vater? Warum?" Imme fühlte einen Stich. Seit den enttäuschenden Versuchen, ihrem Vater nach ihrem Auszug nahe zu kommen, hatte sich ihr Kontakt auf wenige Telefonate beschränkt, die sich um organisatorische Dinge drehten. Gesehen hatte sie ihn das letzte Mal bei Omas Beerdigung, an der sie sich ihm zwar in der Trauer verbunden fühlte, aber sie hatten weder Worte darüber ausgetauscht, was sie einander bedeuteten, noch über ein Wiedersehen gesprochen.

„Warum nicht?", beharrte Mons. „Meinen alten Herrn sehe ich ja auch selten, aber mindestens einmal im Jahr muss sein."

„Ich denk darüber nach. Wenn es soweit ist, machen wir das." Imme hatte, während sie sprach, deutlich gespürt, dass sie sich lieber ohne Mons mit ihrem Vater treffen wollte. Zuerst müsste Platz für Nähe sein und dann ausgesprochen werden, was sich in ihr an Enttäuschung und an Fragen angesammelt hatte.

8 Geschichten

Imme fühlte sich geliebt. Sie brauchte keine Sprüche und Weisheiten anderer mehr, um sich an ihnen wie an Geländern festzuhalten, nun sprudelten quellengleich Geschichten aus ihr selbst hervor. Wenn sie seinem Geschmack nach nicht zu sehr ausuferten, ließ sich Mons gerne darauf ein. Als kleines Ritual erzählte sie ihm an den Abenden, an denen sie bei ihm übernachtete, kleine Geschichten. Ob vor oder nach dem Sex, war egal. Manchmal reichte es eben nur für ganz kurze Episoden. Er durfte sich das Genre aussuchen. Es gab vier Kategorien: Liebesgeschichte, Historisches, Krimis und Fantasy, doch letztere wählte er so gut wie nie.

„Kannst du auch eine lustige Geschichte?", fragte Mons. „Bisher waren die meisten eher zum Nachdenken."

„Hm, mal überlegen. Lustig. Vielleicht eine von einem Clown?"

„Why not?"

Imme dachte einen Moment nach, dann setzte sie sich Mons im Schneidersitz gegenüber und begann:

„Fröhlich schlendere ich durch die Stadt, biege um eine Ecke und sehe ins Gesicht eines Clowns. Mit weißer Schminke, roter Nase und einer Plastikglatze mit seitlich abstehenden Haaren hat er alles, was ein Clown braucht. Der breite Hals verrät, dass ein Mann hinter der Maske steckt, der nicht mehr ganz jung ist. Dicht nebeneinanderstehende, aufgerissene Augen fixieren mich und mit heruntergezogenen Mundwinkeln drückt er Missbilligung über mein Verhalten aus. Ich frage mich, was ich falsch gemacht habe. ‚Das weißt du nicht?', scheint der Clown höhnisch zu rufen. ‚Du bist selbstgerecht und eitel!' - ‚Hahaha, ist das witzig.' Wie kommt er darauf? Mag sein, dass ich früher so war, aber doch nicht heute. Der kann sich eine Scheibe von mir abschneiden, damit seine schlechte Laune sich bessert. Ich drehe ihm eine lange

Nase und lade ihn mit einer Grimasse zum Lachen ein. ‚Du bildest dir zu viel ein‘, wirft er mir prompt vor. ‚Du denkst, alle müssen deine Botschaft hören und sie gut finden. Und du drängst sie allen auf, posaunst sie in die Welt, liegst allen damit in den Ohren!‘ – ‚Moment mal!‘, protestiere ich. ‚Was meinst du eigentlich genau?‘ – ‚Du mit deinen großen Worten! Ein Wort wie Liebe zum Beispiel. Ein Hammerschlag und du merkst es nicht. Ständig nimmst du es in den Mund.‘ – ‚Du machst mir Spaß! Zieh dich selber runter!‘, rufe ich und hüpfe davon.“ Imme ließ sich lachend zurück in die Kissen sinken.

Mons war irritiert. Er beugte sich über sie: „Und das war jetzt lustig, ja?“

Imme lächelte: „Ging doch gut aus, oder? Ach, übrigens, jetzt wird’s ernst. Zwar wurde dein Wunsch, meinen Vater zu besuchen, nicht erhört, aber wir sind bei meiner Mutter eingeladen!“ Sie verdrehte die Augen und sah an die Decke.

„Oh, wir beide? Nett!“

„Na, ich weiß nicht! So wie ich sie kenne, wird sie begeistert von dir sein.“

Mons lachte. „Das gönnst du mir wohl nicht?“

„Nein!“ Imme schob ihn ein bisschen zur Seite, wie um ihrer Aussage Nachdruck zu verleihen. „Und Katinka nervt mich jetzt schon, wenn ich an den Besuch denke.“

Das mit Katinka hatte er noch nie verstanden. „Imme, du weißt doch, Katinka gibt’s gar nicht. Ich meine, sie hat nicht gelebt.“

„Und doch war sie da, Mons! Nicht nur für meine Mutter, auch für mich. Und immerzu, auch heute noch, zerrt sie an mir herum. Wenn auch weniger, seit ich dich kenne.“

„Na, dann ab in die Versenkung mit ihr. Ich will nicht, dass meine Freundin sich von Geistern schikanieren lässt. Abgesehen davon, dass es keine gibt.“ Mons zwinkerte ihr zu und nahm sie in die Arme „Ich will dich schließlich ganz allein für mich haben!“

Imme musste lachen. „Also, ich habe nichts dagegen! Gestatten: Immerzu!"

An einem Sonntag fanden sie sich zur Mittagszeit am Eingang des mehrstöckigen Stadthauses ein, in dem Immes Mutter wohnte. Nach dem Klingeln surrte der Türöffner und ein Fahrstuhl trug sie nach oben. Im Aufzugspiegel kam Imme ihr Gesicht fremd vor. Unruhig verdrängte sie das unversehens in ihr aufgetauchte Bild einer blauen Farbfläche, die von in rosa Farbe getauchten Pinseln übermalt wurde. Die Tür zur Wohnung stand einen Spalt weit offen.

„Kommt rein, kommt rein, ich kann grad nicht vom Herd weg!", rief die Stimme ihrer Mutter aus der Küche. Mons nickte Imme grinsend zu. Er schien sich wohl zu fühlen. Herzlich begrüßte er die Gastgeberin, sah über ihre Schulter interessiert in die Töpfe und ging sofort hilfreich beim Kochen zur Hand, was Immes Mutter natürlich begeisterte. Eigentlich hätte sich Imme darüber freuen müssen, aber sie fühlte sich wie früher in die zweite Reihe versetzt und ärgerte sich, dass ihr das immer noch so viel ausmachte. Beim Essen brauchte sie nur dazusitzen und ab und zu einen Kommentar zu geben. Die beiden verstanden sich prächtig. Sie hatte gar nicht gewusst, was Mons alles zu Themen wie Gruppendynamik und Wissensvermittlung beizutragen hatte. Die Zeit verging wie im Flug. Beim Abschied wurde Mons herzlich umarmt und Imme hörte „Glückwunsch, mein Kind!" in ihrem rechten Ohr.

„Puh, bin ich satt." Mons lehnte sich im Aufzug an die Wand. Neben ihm rief ein Schriftzug Imme ‚Du bist blöd!' zu.

„Deine Mutter ist doch wirklich nett, ich mag sie. Das Essen war lecker. Ich bin sowas von satt. Wie fandest du es?" Mons hakte Imme unter, als sie auf den Gehweg traten.

„Ich kam mir vor wie Gretel."

„Gretel? Was meinst du damit?"

„Meine ganze Kindheit über wohnten in dem Haus auf der Insel die Schwäne Hans und Gretel. Ein von Pappeln gesäumter Schwanenweiher lag am Rand des Klosters. Auf der Rasenfläche, die ihn auf der anderen Seite vom Fußweg trennte, umstanden große Nadelbäume einige Buchten mit Büschen und Bänken. Am unteren Ende des Fußwegs war das Winterquartier der Schwäne. Ein längliches zimmergroßes Gebäude mit einer einzigen Fensterfront und jeweils einem Eingang an der Schmalseite. An den Scheiben drückte ich mir in der Kälte die Nase platt. So nah konnte ich den Vögeln sonst nicht sein. Im Freien fürchtete ich mich vor ihrer Größe, ihrem Zischen, den gezackten Schnäbeln und ihrer Lebendigkeit. Doch in dem weißgetünchten Flachbau mit dem hellen Betonboden und den weißen Emailleschüsseln verwandelten sie sich in magische Zauberwesen, ähnlich weißen Einhörnern, die damals unvermittelt mit der Umgebung verschmelzen und wieder auftauchen konnten. Die roten Schnäbel mit den dunklen Rändern, die schwarzen Füße und das leuchtend reine Gefieder waren die Farben von Schneewittchen, dazu passten ihre Märchennamen und ihr Leben in einem Häuschen mit Herzen in den Fensterläden, es konnten nur verwunschene Königskinder sein. Wer oder was auch immer Schuld daran war, dass sie ihre menschliche Gestalt nicht wiedererlangt hatten, ich verstand ihren Groll darüber und dass sie jeden vertreiben wollten, der sich zu weit in ihr Reich wagte. Junge Schwäne habe ich nie an dem Teich aufwachsen sehen. Warum waren Hans und Gretel nicht von dort weggegangen, fragte ich mich schon als Kind. Jahrein, jahraus derselbe Ort, das von Sandsteinen eingefasste Wasser, die Trauerweide, die Insel. Warum flogen sie nicht davon und besahen sich die Welt? Konnten sie nicht fliegen? Hatten sie Angst? Hatten sie den Glauben an ihre Zaubermacht verloren? Wussten sie am Ende gar nicht mehr, wo sie herkamen und wer sie waren?"

„Und was hat das mit dir zu tun?"

„Hänsel fing irgendwann an, sich vorzudrängeln. Er bekam das meiste Futter und Gretel wurde immer dünner. Schließlich starb sie." Imme kickte einen Kronkorken aus dem Weg, der klirrend weghüpfte.

„Imme! Das erfindest du gerade! Du bist eifersüchtig!"

„Eifersüchtig? Ich doch nicht, und auf dich schon gar nicht, höchstens auf Katinka."

Mons seufzte und hielt sie an den Schultern fest: „Wir leben jetzt unser Leben und niemand hat sich da einzumischen!"

„Du hast leicht reden!", wandte sich Imme ab, worauf Mons ihre Hand ergriff und sie an sich zog. „Wann ist es eigentlich wieder soweit?"

"Was?" Ratlos sah Imme Mons an.

„Na, unser nächster Ausflug mit Chrissie. Wir beide sollen uns doch kennenlernen. Bisher waren wir ja nur einmal zusammen weg. Wo soll's denn noch hingehen?"

Eine junge Frau mit Kinderwagen kam ihnen entgegen und lachte in das Innere, aus dem lautes Glucksen ertönte. Mons zog Imme am Ärmel, als sie sich der Szene zuwandte. „Hast du eine Idee, Imme?"

„Nein, aber Chrissie, und dazu habe ich auch Lust", ging Imme auf seine Frage ein. „Sie schlägt vor: Natur anstatt Kultur."

„Und an was denkt sie da? An ein Labyrinth?"

„Sie denkt an die Grube Messel."

„Die Grube was?"

„Die Grube Messel."

„Also gehört habe ich davon schon, aber ich weiß nicht genau, worum es sich eigentlich handelt. Hat das was mit Bergbau zu tun?"

„Fast richtig."

Imme freute sich sichtlich, Regisseurin einer so wirkungsvollen Pause zu sein. „Tja, wenn du mir einen Espresso ausgibst, schließe ich deine Bildungslücke." Und sie wies auf ein Café auf der anderen Straßenseite.

„Einverstanden. Aber weißt du, was ich glaube: Du hattest selber keine Ahnung, und hast einfach Chrissie gefragt.

Imme entrüstete sich: „Wie kannst du nur so etwas glauben?"

Sie traten in das kleine Café ein, kurz darauf kam Mons mit zwei kleinen Tassen und einigen Stückchen Schokolade auf dem Tablett zu dem Tisch, an dem Imme schon Platz genommen hatte.

„Hmm, köstlich." Imme liebte Bitterschokolade. „Mein Herr, die Grube Messel ist ein tiefes, tiefes Loch im Boden, das durch eine Dampfexplosion entstanden ist. Und zwar, weil dort vor Millionen Jahren Vulkanismus herrschte. Diese Explosion sprengte einen tiefen Krater in die Landschaft, der sich mit Wasser füllte. In diesem See lagerte sich Verschiedenes ab, unter anderem Pflanzen und Tiere, und als man den entstandenen Ölschiefer abbaute, fand man wertvolle Fossilien. Somit ist dieses Loch eine Reise wert." Imme machte eine hoheitsvolle Geste mit der Hand. „Da müssen wir einfach hin, nicht wahr, Mons?"

Der nickte ergeben. „Der Damen Wunsch ist mir Befehl."

Im Nachhinein war nicht mehr herauszufinden, weshalb sie so spät aufgebrochen waren. „Wir hätten uns früher verabreden sollen", meinte Imme.

Chrissie widersprach: „Nein, wir hätten vor dem Losfahren nicht so viel Zeit mit Quatschen verbringen sollen."

Auf dem Parkplatz vor dem Besucherzentrum, wo mit großen Schildern darauf hingewiesen wurde, „aus aktuellem Anlass" keine Wertgegenstände im Auto zu lassen, parkten nur wenige Fahrzeuge, was sie wunderte. In der Eingangshalle des Betongebäudes klärte eine Museumsmitarbeiterin sie auf: Sie hatten die letzte Führung knapp verpasst, und ohne Führung durfte man das Gelände nicht betreten. Sie seien aber herzlich eingeladen, sich für zehn Euro in der Ausstellung im Besucherzentrum über alles zu informieren, wofür sie sich etwa eine Dreiviertelstunde Zeit nehmen sollten.

„Ich habe zwei Stunden im Auto gesessen. Ich kann jetzt nichts aufnehmen, ohne mich vorher noch etwas zu bewegen." Imme sah die andern beiden wild entschlossen an. „Lasst uns draußen eine Runde drehen und dann nochmal wiederkommen."

Mons willigte unter der Bedingung ein, sich wenigstens von der Aussichtsplattform, die nicht weit weg war, ein Bild von der Grube zu machen. „Sonst ist mir alles zu theoretisch und ich kann mir das gar nicht vorstellen."

Chrissie nickte: „Das will ich auch."

Zu dritt standen sie in dem mit Fernrohr und Tafeln ausgestattetem Rund im kalten Wind, und lasen über das besondere Klima in der Grube, im Winter sehr kalt und im Sommer sehr heiß. Imme fröstelte plötzlich. Was war das nur für ein Vergangenheitsort? Etwas zerrte an ihr wie meist an Orten, an denen der Vorhang der Zeit Lücken hatte oder längst Vergangenes wieder an die Oberfläche geholt wurde. Unter ihnen breitete sich eine Art Mondlandschaft mit spärlichem Bewuchs aus; es gab einen kleinen See und steile, in Erschließungskurven ansteigende Wände, die der Grube den Charakter eines Kraters verliehen, was es ja laut Infotafel ursprünglich gewesen war, ein Krater, der nach mehreren Explosionen unter der Erde entstanden war. Das war 49 Millionen Jahre her und erst im vorletzten Jahrhundert hatte man begonnen, die umfangreichen Ölschiefervorkommen abzutragen.

„Schaut! Da unten ist die Führung!", rief Chrissie und deutete auf eine Gruppe winzig aussehender Gestalten in zum Teil farbiger Winterkleidung, von denen ab und zu Wortfetzen zu ihnen aufstiegen.

„Mir wird kalt, wenn ich so rumstehe. Lasst uns ein Stück in den Wald gehen", drängte Imme, hängte sich bei

Chrissie und Mons ein und zog sie mit sich. Weil es bei der Plattform nicht weiterging, mussten sie ein gutes Stück zurücklaufen, wieder am Parkplatz vorbei und anschließend auf einer vom Werksverkehr verschmutzen Straße bis zum Beginn eines gekennzeichneten Waldwegs. Der weiche Waldboden war durch Fahrzeugspuren umgepflügt und rutschig. Abgeworfene Äste und Zweige bedeckten das Buchenlaub. Ab und zu klopfte ein Specht. Auf dem Stamm einer Weißbuche zeichnete sich ein von der Natur gezeichnetes Auge ab. Imme deutete darauf: „Ich fühle mich beobachtet." Die anderen lachten, aber sie ging schnell vorbei, nicht ohne sich noch einmal umzusehen. Schnurgerade zog sich der anscheinend als Damm angelegte Weg, flankiert von sumpfigen Stellen und „Die Gesellschaft der Baumartigen", wie Chrissie von der Tafel am Aussichtspunkt zitierte. Mons ließ erkennen, dass er nur Imme zuliebe hier lief, und kickte ab und an ein Steinchen zur Seite.

„Na gut", ließ sich Imme vernehmen, „wenn sich hier weit und breit nichts anderes ereignet, können wir zurückgehen. Auf jeden Fall tat mir das jetzt gut."

Ein Bussard flog unvermittelt von einem nahen Ast auf, so dass sie erschraken und sich fragten, wie sie ihn hatten übersehen können und wieso er nicht längst das Weite gesucht hatte.

„Ich halte nichts von übernatürlichen Parallelwelten", kommentierte Mons trocken in die plötzliche Stille.

„Diesmal bin ich dran mit Eintritt!", schob sich Mons an der Kasse nach vorne, und er erstand drei Karten. Nach Tastmodellen aus glasiertem Porzellan, durch die die Entstehung des Kratersees begreifbar wurde, und den dazugehörigen Landkarten und Abbildungen wurden sie an Vitrinen mit Gesteinsbrocken vorbei zu einem in der Wand integrierten Bildschirm geführt. Die zuvor an der Wand aufgereihten Ansichten von Maaren, wie diese Kraterseen vulkanischen Ursprungs hießen, hatten Imme nicht auf den am Bildschirm gezeigten Film vorbereiten können, in den sie hineingezogen wurde wie selten in Bilderfolgen. Zuerst konnte sie nicht deuten, was die Aufnahmen mit der Grube Messel zu tun hatten.

„Meint ihr, das ist eine Computeranimation oder ist das echt?", fragte sie Chrissie und Mons, die neben ihr standen.

„Keine Ahnung", sagte Mons gedehnt. Als Betrachter sah man aus dem Cockpit eines Flugzeugs, das über karges, baumloses, zum Teil mit Eis bedecktes Land flog und nun geradeaus auf eine schneebedeckte Bergkette zuhielt. Von links kamen dunkle, rußige Wolken ins Bild.

„Was ist da los?", wollte Imme fragen, da änderte das Flugzeug den Kurs und in der linken oberen Ecke des Bildschirms wurden Koordinaten eingeblendet und der Name, den sie vorher schon als Unterschrift unter den Abbildungen eines Maars gelesen hatten. Ukinrek. Man konnte plötzlich sehen, wie aus einem Spalt oder Loch mitten in dieser kargen Steinwüste weißgraue Wolken aufstiegen, mit hoher Geschwindigkeit, ähnlich einem Vulkanausbruch. Das Flugzeug flog näher heran. Aus der schwarzen Tiefe quollen unaufhörlich riesige Wolken mit einer Energie, die Imme beim bloßen Betrachten unruhig werden ließ.

Chrissie murmelte: „Krass, das ist keine Animation!" Der Film zeigte nach einem Schnitt ein anderes Szenario: „3 Days Later". Noch immer quoll Rauch, es gab in Windrichtung einen sogenannten „Fallout", der die Landschaft mit vulkanischen Gesteinsbrocken übersäte, solchen, wie sie in den Vitrinen am Eingang gesehen hatten, zum Teil waren sie mehrere Tonnen schwer und zur Hälfte in Asche versunken, die die Gegend im Kontrast zum Weiß des Schnees mit grauem Staub bedeckt hatte. „2 Weeks Later" schimmerte bereits türkisfarbenes Wasser im entstandenen Krater und sah aus wie eingefangener Himmel.

„Mons, nun weißt du Bescheid, wo die Wolken gemacht werden", kommentierte Chrissie das Ende des Films.

„Sehr witzig", sagte Mons über die Schulter, während er sich noch einmal die kleinen Fotos der Maare ansah. „Wenn ich wählen könnte, würde ich am liebsten dieses Exemplar besuchen." Er deutete auf die tropisch anmutende Abbildung eines tiefblauen Kreises, ein Maar auf den Philippinen.

„Könnte dir so passen. Weiter geht's!" Imme ging vor ihnen her in den nächsten Raum und blieb vor einer geschlossenen Tür stehen, über der ein grünes Licht zum Eintreten einlud.

„Seid ihr bereit?" Imme wartete kaum auf das Nicken ihrer Begleiter, öffnete die Tür und sie traten in einen kleinen runden schwacherleuchteten Raum mit schwarzer Decke und schwarzem Boden sowie einem umlaufenden schwarzen Sitzpolster, auf dem sie Platz nahmen.

„Ich muss erst mal die Wolken abschütteln." Imme hatte noch nicht zu Ende gesprochen, als über ihre Köpfe rundum ein dicker Streifen Gesteinsschicht projiziert wurde. Ein Schriftzug mit der Angabe „Null Meter" erschien neben einem Messstrich. Als würde eine große Maschine angeworfen, schwoll ein bohrendes Geräusch an und die projizierte Gesteinsschicht begann sich zu drehen, während gleichzeitig, wie aus einem gläsernen Fahrstuhl gesehen, mehr und mehr Gesteinsschichten einander ablösten und die sich in zunehmender Geschwindigkeit ändernde Beleuchtung den Eindruck vermittelte, man bewege sich immer schneller in dem Fahrstuhl abwärts.

„Wir sind drin, mitten im Bohrer!" Mons war begeistert. In mehreren Etappen wurden sie bis in eine Tiefe von über vierhundert Metern transportiert, ein beeindruckendes Erlebnis, Geschwindigkeit, Licht und Geräusch perfekt aufeinander abgestimmt. Nach dem Erreichen der tiefsten Bohrstelle, drehte sich der imaginäre Bohrer mit ihnen wieder optisch und akustisch in die Höhe, ohne anzuhalten, so dass sie schließlich wie betäubt nach draußen taumelten.

„Dafür bin ich schon zu alt", murmelte Chrissie. „Jetzt weiß ich, warum die kleinen Kinder vorhin weinend zum Ausgang liefen."

„Aber das war doch fantastisch! Nicht wahr, Imme?" Mons ging staunend am Exemplar des ausgestellten Bohrkerns vorbei, der viele Meter der Hallenwand einnahm.

„Puh! Erst diese Wahnsinnswolken, dann die Tiefe in der Erde, wahrscheinlich wartet noch ein drittes Wunder auf mich. Aller guten Dinge sind drei." Imme hielt sich nicht mit der Beschreibung des Bohrkerns auf und ging an der kronenartig geformten Bohrerspitze vorbei in die Richtung, aus der sie Urwaldgeräusche magisch anzogen.

Es erwartete sie eine besondere Atmosphäre, im Dämmerlicht ein Dschungel aus einfachen, stilisierten an die Wände gemalten Blattformen in Grüntönen, ein unregelmäßig zugeschnittener Raum, der in Urwaldklänge getaucht war. Durchsichtig wirkende Fledermäuse flatterten, an die Wände projiziert, einzeln oder zu mehreren durch ihren geheimnisvollen Lebensraum. Der einsetzende Klang von Donner und zunehmendem Regen, das typische, harte Auftreffen der Tropfen auf Blättern vervollkommnete die Illusion. Breite Baumstämme am Boden enttarnten sich als lange, weiche Sitzkissen. Kleine, rote Lackdosen mit Löchern als Geruchsobjekte, die Vanille- und Zedernholzduft verströmten. Imme sog mit geschlossenen Augen die Gerüche ein. Warum berührte sie dieser Dschungel so? Noch nie war sie mit den Tropen in Berührung gekommen. Sie waren auch kein ersehntes Reiseziel. Und doch machte dieser Raum etwas mit ihr.

„Zuerst haben mich die Wolken in große Höhen geschleudert, dann bin ich tiefer in die Erde gereist als je vorher und jetzt bin ich angekommen, in meiner Mitte, im Hier und

Jetzt, in meiner eigenen Wildnis." Sie sagte es mehr zu sich selbst als zu den Anderen.

Mons lächelte verwundert und suchte Chrissies Blick, aber die sah ernst und liebevoll auf ihre Freundin und schlenderte dann weiter, bis sie Imme rufen hörte. Sie kehrte um. Imme zeigte mit ausgestrecktem Finger auf eine mit Blättern bemalte Wand.

„Da war es. Ich hab's gesehen. Wartet, gleich kommt es wieder!"

„Was denn?" Chrissie und Mons stellten sich neben sie und starrten auf die dunkle Fläche.

„Dort lief gerade ein Urpferdchen vorbei, so eins, wie sie hier ausgegraben haben. Ganz deutlich!"

„Wie jetzt?", hakte Mons nach. „Du meinst doch wohl eine Projektion?"

„Schon", Imme zögerte, „aber auf den ersten Blick wirkte es sehr lebendig, muss ich sagen." Dann musste sie lachen.

„Pferde sind Symbole für Freiheitsliebe", kommentierte Chrissie trocken.

„Ich hab's gesehen, Chrissie. Wir warten einfach. Ihr werdet sehen, es wirkt ganz echt."

Doch obwohl nach wie vor Fledermäuse auftauchten und wieder verschwanden und die oberen Etagen der Urwaldillusion in immer neuen Gruppen oder als Einzelexemplare bevölkerten, ein kleines Pferd ließ sich nicht mehr sehen. Imme stand auf und wiederholte in der Hoffnung, eine Art Bewegungsmelder hätte das Erscheinen des Tieres ausgelöst, die Bewegungen, mit denen sie sich im Raum fortbewegt hatte, aber vergeblich. Die anderen hatten ihren Spaß, dann zogen sie Imme weiter in den nächsten Raum zu den in Kunstharz eingegossenen Fossilien.

Frosch, Krokodil, Igel, Schlange, ein Primat und sogar eine Feder und Fischschuppen waren auf diese Weise konserviert und die in Gelbtönen eingefärbten Kunstharzplatten bildeten zu Vierecken verformte Heiligenscheine um die

Präparate. Als hätten die Besucher nun das Allerheiligste erreicht, fanden sie sich danach am Ausgang wieder.

„Wir müssen unbedingt noch mal wiederkommen und in diese Grube!" Chrissie sagte es mit Nachdruck. „Das hatte für mich total interessante Bestattungsaspekte."

„Welche denn?", fragte Imme mit einem Blick, als wäre sie gerade aufgewacht und wieder in der Realität angekommen, noch angefüllt mit Eindrücken aus den Tropen.

„Na, all die Geschichten der Lebewesen, die man im Ölschiefer gefunden hat, haben hier geendet und niemand wusste davon. Plötzlich kommen sie ans Licht und werden erzählt. Das gilt ja auch für heutige Menschen. Im Gegensatz zu früher arbeiten wir beide ja daran, dass sie nicht totgeschwiegen werden, sondern dass die Erinnerung an sie lebendig bleibt und dass ihre Geschichten weitererzählt werden. Durch Rituale, offene Bestattungsformen und anderes."

„Ein nicht unerheblicher Unterschied besteht aber darin, dass hier in der Grube nur der Zufall und weniger Bestattungsriten eine Rolle spielten", warf Mons ein.

Chrissie sah ihn an: „Dieser Affe vorhin in seinem gelben Grab, der hatte ein gebrochenes Handgelenk. Er ist wahrscheinlich ertrunken. Eine Art Begräbnis hat ihm meiner Meinung nach die Zeit ausgerichtet. Im Ölschiefer. Und danach hat es der Mensch getan. In Kunstharz."

„Na, Begräbnis würde ich das nicht nennen, eher Wissenschaft. Was sagst du, Imme?"

Die zuckte zusammen. „Wisst ihr, ich habe gerade an was Komisches gedacht. An Krafttiere. Es war wie ein Erinnern an etwas, das ganz weit zurück lag. Ich lief durch Wüsten. Ich bestieg Berge aus Sand. Ich durchwanderte das große Grau. Mein Gesicht veränderte sich von Region zu Region, von Kulturkreis zu Kulturkreis. Wenn das Rot der Erinnerung mich zu überschwemmen drohte, rief ich Krafttiere. Sie gewährten mir Schutz und zeigten mir Spiegel, in denen sich die Schrecknisse abmilderten. Die Bilder, die ich dann sah, hatten einen Umriss aus Licht."

Mons verschränkte die Arme und hob die Augenbrauen: „Was Komisches? Jetzt bitte noch die Erklärung, was daran komisch ist."

„Lass sie, Mons." Chrissie stand groß und ruhig da. „Das ist meine alte Imme. Die, die vom Blau herkam."

Leben wurde für Imme zu einem Schaukeln zwischen Einstigem und Neuem, zwischen der früher so intensiven Zeichensuche und dem jetzigen neuen Blick auf die Welt, kopflastiger und schärfer. Die Arbeit mit dem Tod auf der einen Seite, die Auseinandersetzung mit Mons und seinem Anderssein auf der anderen. Auf dem Schaukelbrett fanden sich die Geschichten ein, sie fielen ihr zu, wenn es ihr gutging, wenn sich alles fügte, wenn kein Schatten auf den beiden Polen lag. Dann ließ sich Imme glücklich in die Kissen fallen und erzählte für Mons die Geschichte der jungen Frau.

„Es war einmal eine junge Frau auf der Jagd nach Wolken. Jeden Morgen begab sie sich mit ihrer Sehnsucht nach draußen. Ein wolkenloser Himmel ließ sie in der Wohnung unruhig auf und ab gehen. Dann unterteilte ihr Buchfink rhythmisch jede Stunde in Stilleabschnitte. Die blaugraue Brust des Vogels vibrierte. In der immer gleichen Phrase besang er die Eintönigkeit des Lebens. Sein Lied bestand aus nur wenigen Noten. Kamen Wolken auf, stieg die junge Frau erleichtert ins Auto und verließ den Buchfinken. Sie fuhr auf den höchsten Berg der Gegend, dorthin, wo sie ihre Netze aufgespannt hatte. An guten Tagen verfingen sich so viele Wolken darin, dass die Frau sie gar nicht alle einladen konnte, sondern sie an Schnüren am Boden vertäuen musste, um sie zu einem späteren Zeitpunkt einzusammeln."

Nachdenklich sah Mons zur Zimmerdecke. „Aha. Und was hat sie damit gemacht?"

„Womit?"

„Na, mit den Wolken. Was hat sie damit gemacht?"

„Aufgegessen."

Ein skeptischer Seitenblick war alles, was Mons beizutragen hatte.

„Doch", beharrte Imme. „Hat sie. Weil sie zu schwer war. Und leicht werden wollte. Innerlich."

9 Ausflüge

Mons schlug vor, für ein Wochenende gemeinsam nach Hamburg zu fliegen. In ihrem früheren Leben war so ein Urlaub für sie schon aus finanziellen Gründen nicht in Frage gekommen.

„Ich lade dich ein, Liebes. Außerdem ist der Flug billig und zusammen mit der Hotelbuchung kostet das Ganze wirklich kaum etwas."

Von seiner Welterfahrenheit war sie eingeschüchtert, aber gleichzeitig bekam sie Lust auf diesen fremden, selbstverständlichen Umgang mit der Welt und so sagte sie ja.

Chrissie kommentierte trocken: „Na, dann. Have a nice weekend!"

Als Mons nach dem Überfliegen der in Sonne getauchten Stadt für die Fahrt zum Hotel ein Taxi rufen wollte, sah Imme ihn mit großen Augen an: „Ist das nicht ein bisschen übertrieben? Lass uns den Bus nehmen, da bekommen wir doch viel mehr mit."

„Liebes, du hast Ideen. Und der Rollkoffer? Außerdem ist das Gegenteil der Fall. Im Taxi kannst du raus sehen, im Bus hast du Leute vor der Nase!"

„Kann sein", räumte Imme ein, „aber zu einer Stadt gehören doch die Leute, die besondere Atmosphäre, und die hast du im Taxi nicht."

Sie standen am Flughafenausgang, ein Taxi nach dem anderen fuhr vor und mit Passagieren wieder weg.

„Komm schon", versuchte es Imme, „das Abenteuer wartet!"

Aufmunternd zwinkerte sie dem zweifelnden Mons ins Gesicht, der schließlich lächelnd die Hände ausbreitete und es mit einem „Na gut, du hast es nicht anders gewollt!" ihr überließ, die richtige Buslinie zu finden.

Um das Hotel zu erreichen, mussten sie durch die halbe Stadt. Das Fahrzeug füllte sich mit Schulkindern, Arbeitern, Immigranten und Touristen. Die Scheiben beschlugen, aber Imme wischte unablässig das Fenster frei und zeigte Mons interessante Graffitis, belebte Straßen, fantasievolle Kneipennamen, alternatives Flair. Sie ließen die Geschäftstürme der Innenstadt hinter sich und näherten sich ihrem Ziel, einer Haltestelle an einer breiten Allee, an der das Hotel vor den Ausläufern eines Parks lag. Kurz vor dem Aussteigen machte Imme Mons noch auf ein besonders niedliches schwarzes Kleinkind im Bus aufmerksam, dessen Zöpfchen abstanden wie Antennen, an jedem Ende ein rosa Haargummi.

„Lass dir so eine Frisur machen, dann kann ich besser deinen Nacken bewundern und küssen", bemerkte er. „Aber langsam könnten wir ankommen."

„Also ich finde es schön, das alles mit dir zu erleben. Du nicht?"

„Ich bin vor allem für Zweisamkeit. Die sollte auf keinen Fall zu kurz kommen."

Bei der Ankunft im Hotel ließ sie ihm den Vortritt. Nach der Anmeldung fand er in der weiträumigen Eingangshalle zielsicher den Aufzug. Vom Fenster des geräumigen Zimmers aus hatten sie einen großartigen Ausblick über den angrenzenden Park, aus dessen fleckigem Baumkronen-Teppich sich die dunklen Umrisse großer Blutbuchen abzeichneten.

Sie warfen sich rücklings auf das Bett und testeten, wie hart die Matratzen waren, was einige Zeit in Anspruch nahm.

„Lass uns rausgehen, Mons, solange noch die Sonne scheint!" Imme erhob sich, trat ans Fenster und sah hinaus.

Mons sah auf die Uhr und streckte sich: „Also gut. Dann los."

Sie liefen durch den Park bis zu dessen Rand und entdeckten eine Art Wallgraben, der mit Bäumen bestanden und von einer Mauer begrenzt war. Eigentlich führte der Weg über den Kamm, den man aber wegen Baumfällarbeiten gesperrt hatte, so dass sie auf einen Trampelpfad entlang der Mauer ausweichen mussten. Mons wollte umkehren.

„Also so toll ist es hier auch wieder nicht", kommentierte er trocken angesichts des Mülls, der sich, vom Wind dorthin gekehrt, im Lauf der Zeit überall in dem Graben angesammelt hatte.

„Ja, aber...", Imme zog ihn weiter.

„Frau Ja, aber, bitte?"

„Guck doch mal. Spannend, ich habe noch nie so große Steinquader gesehen."

Die ansteigende Böschung neben ihnen war einer Art Festungsmauer gewichen. Sie standen vor einem großen halboffenen Gitter und sahen durch einen Bogen in einen großen gemauerten Tunnel.

„Los, Mons, ich will wissen, wie es hinter der Biegung weitergeht."

„Bist du noch zu retten, Imme? Man sieht doch kaum, wo man da rein tritt!"

„Ach Mons, komm schon! Hier, das ist ein Zeichen, nur für mich. Siehst du? Jemand hat einen blauen Berg dahin gemalt. Ist eigentlich auch ein Zeichen für dich. Das muss untersucht werden." Sie hatte ihn eingehakt und zog ihn mit sich.

Nach der Biegung führte eine Steintreppe höher hinauf, in das Treppenhaus eines Gebäudes mit mehreren Stockwerken, anscheinend ein alter Fabrikbau. Von den Wänden war der Putz abgeplatzt und hatte großflächig rote Backsteine freigegeben.

„Noch einmal um die Ecke, dann musst du allein weiter", drohte Mons. „Was willst du hier eigentlich?"

„Irgendwas werden wir finden. Bist du gar nicht neugierig?"

Von weiter oben kamen ihnen zwei junge Männer entgegen und nahmen keinerlei Notiz von ihnen. Das beruhigte Mons und er folgte Imme auf eine Art Empore, die den Blick auf eine riesige Halle freigab, vollgestellt mit Staffeleien und Leinwänden, umgeben von Sofas, Stühlen und kleinen Tischchen, bedeckt mit Pinseln und Farben.

„Ein Malort!", staunte Imme.

Jemand von den Leuten dort unten ließ Musik laufen, andere unterhielten sich, einige malten.

„Da siehst du es, Mons", strahlte Imme, „wie ein Trüffelschwein habe ich wieder mal die Farbe gefunden. Mein Thema. Dort drüben, schau, ein blaues Bild!"

„Seid ihr neu hier?" Ein bärtiger Typ mit warmen Augen und farbbekleckstem Overall sprach sie an. „Wollt ihr mein Atelier ansehen?"

Vielleicht hielt er sie für potenzielle Kunstkäufer.

„Gern!" Imme nickte begeistert und zusammen mit Mons folgte sie dem jungen Mann in den nächsten Raum auf der Galerie. Dort roch es vertraut.

„Ich male mit Ölfarbe", sagte der junge Mann. Er hatte den Grund für Immes Schnuppern erraten. „Acryl ist damit nicht zu vergleichen."

Imme sagte nichts und sah sich im Raum um. Die großen pastellfarbigen Farbflächen auf den Leinwänden sprachen mit ihr, so verdichtet schienen ihr die obersten Schichten, als befänden sich unzählige darunter, Flächen, durch die sich das Leben abgebildet hatte und die nun zu ihrer Vollendung gefunden hatten, zu einer Schönheit, die sie sehr berührte. Mons hatte ausreichend Abstand zu all den mit Farbe bedeckten Gegenständen gehalten und sich umgesehen.

„Können Sie mir sagen, was Sie dabei gedacht haben?", deutete er auf ein großes Bild auf der Staffelei. Der Maler sah ihn einen Moment prüfend an, als überlege er, ob sich eine tiefer gehende Antwort lohne.

„Über das Malen zu sprechen, geht eigentlich nicht. Mit Worten kann man auch nur das ausdrücken, was mit Worten auszudrücken ist. Nicht Empfindungen, Gefühl, Erinnerung und so weiter. Dazu gehört die Frage: Was haben Sie sich dabei gedacht? Beim Malen denkt man nicht. Es geschieht. Ich male überhaupt nur das, was ich nicht kapiere. Und so geht es mir auch mit jedem Bild. Ich finde die Bilder schlecht, die ich begreifen kann."

Mons dachte nach und meinte: „Aber ganz ohne Gedanken geht es ja nicht. Sie müssen ja entscheiden, wann ein Bild fertig ist."

„Mons", begann Imme, weil ihr Begleiter dieser so ganz anderen Welt nicht angehörte. Die wissenschaftliche Betrachtungsweise half hier nicht weiter. „Mons..."

Aber der Maler antwortete an ihrer Stelle: „Das Bild ist fertig, wenn es nichts mehr zu tun gibt, wenn daran nichts mehr falsch ist. Falsch oder richtig, das ist schwer zu beschreiben. Einfach, wenn es gut ist. Gut ist mit Wahrheit verwandt. Es gibt einen bestimmten Wahrheitswert, den das Bild artikulieren muss, um gut zu sein. Die ‚fertigen‘ Bilder müssen bestehen, die müssen das aushalten, zwischen anderen alten Guten zu stehen. Wenn sie das nicht aushalten, wenn sie das nicht bestehen, dann werden sie übermalt. Wenn ja, sind sie fertig."

Mit seiner besonnen und ruhigen Art strahlte der junge Mann eine solche Souveränität aus, dass Imme jedes weitere Wort überflüssig fand.

„Schöne Arbeiten!", sagte sie, und dass sie auch Malerin gewesen war. „Wir sind hier nur zufällig vorbeigekommen und es erinnert mich sehr an meine Zeit als Künstlerin. In deinen Bildern", sie duzte ihn, von Kollegin zu Kollege, „finde ich sowas, wie", sie suchte nach Worten, „eingedickte Zeit. Mir fällt besonders bei diesem Bild der Honig meiner Kindheit ein. Wie sich das Licht bricht in den langen Schnüren." Sie deutete auf ein kleineres Wandbild neben dem großen Atelierfenster.

Der Maler lächelte: „Wissen Sie, wie das heißt? Honigzeit. Es steht darunter, sehen Sie? Hier."

„Toll. Das berührt mich jetzt aber sehr", freute sie sich.
„Mons, magst du es auch, das Honigbild?"

„Hm, ich hätte es wahrscheinlich nicht gleich ausgesucht, aber es hat was."

Der Maler schwieg und ein möglicher Kauf stand im Raum wie eine Figur mit ausgestreckter Hand. Imme bedankte sich, als die Gesprächspause zu lang wurde. „Vielen Dank!"

Der Maler gab ihnen noch eine Visitenkarte mit.

„Also, ich bin froh, dass wir wieder draußen an der frischen Luft sind!" Erleichtert atmete Mons tief ein, sog die nun vom Abend graugefärbte Luft, angereichert mit Feuchtigkeit in sich auf.

„Warum?"

„Ach, das Ganze erinnert mich sehr an meine Mutter, der Geruch nach Farben vor allem."

Imme blieb stehen und sah ihn an. „Nie hast du in meinem Atelier etwas Derartiges gesagt!"

„Meine Liebe, dort hat deine Aura anscheinend alles andere überstrahlt."

Das brachte sie zum Lachen.

Nachts wachte sie auf und hörte auf die tiefen ruhigen Atemzüge neben ihr. Sie fühlte sich wie in einer Art Zwischenschicht zwischen Meeresgrund und Oberfläche. Dort, verwoben mit anderen Schichten, befand sich ihre eigene Welt, die Imme-Schicht. In ihr waren kaum Fischschwärme unterwegs, nur kleine Gruppen von lediglich fünf bis zehn Individuen. Deren Farben waren wie ausradiert, wie verschleiert. Hatte sie geträumt? Sie schloss die Augen wieder und sah die Fische plötzlich, als wären sie gemalt von den Aborigines in Australien. Auf deren Bildern wurden die Tiere röntgenartig dargestellt, in Durchsicht. Imme konnte Organe und Gräten der Fische sehen. Irgendetwas ereignete sich in diesen Innereien. Graustufen und Punktemuster wechselten sich ab, bis sich alles mit der Umgebung aufzulösen schien.

Der nächste Tag war prall angefüllt mit Programm. Mons zeigte ihr die Stadt, ging mit ihr durch den alten Elbtunnel, lud sie zu einer Barkassenfahrt ein, bestieg mit ihr den Michel und legte ihr die Stadt zu Füßen, wie er sagte. Am späten Sonntagvormittag sahen sie aus dem Flugzeug ein letztes Mal das helle Band der Elbe glitzern. Imme war randvoll mit Eindrücken. Am intensivsten hielt sich die Erinnerung über den Malort in der alten Fabrik.

Chrissie sagte, sie habe „den Laden geschmissen". Sie war an das Regal mit den Urnen gestoßen, worauf einige heruntergefallen und zu Bruch gegangen waren. Kurz, nachdem sie Imme davon erzählt hatte, kam ein Anruf. Eine junge Frau, nicht viel älter als sie beide, war gestorben, an Krebs.

„Das Leben geht weiter." Es lag keine Ironie in Chrissies Worten.

Imme hatte das Gefühl, sie hätte etwas übersehen, irgendeinen Zusammenhang, den Grund dafür, dass ihre Freundin so kurz angebunden und ernst war.

„Sag mal, Chrissie. Ist was?"

„Nein, wieso?" Mit den Autopapieren in der Hand drehte sich Chrissie zu ihr um. War sie überrascht oder tat sie nur so?

„Na, ich weiß nicht. Ich dachte." Imme sah sie prüfend an, aber ihrem Blick wurde standgehalten.

Mons war beruflich viel unterwegs und Imme musste manchmal, wenn sie gerade endlich wieder zusammen waren, erneut zu ihrer Arbeit zurück. Der Tod hielt sich nicht an normale Bürozeiten. „Bestattung Blau" suggerierte zwar nicht wie andere Institute eine 24-Stunden-Rufbereitschaft und auch nicht, dass Verstorbene so schnell wie möglich abgeholt werden sollten. Aber als Ansprechpartner waren sie stets zu zweit zur Stelle, um die Angehörigen bei den ersten Schritten nach einem Todesfall zu begleiten. Sie wussten, wie wichtig die „Schleusenzeit", die Zeit zwischen Tod und Trauerfeier, für ein gelingendes Abschiednehmen ist. Kam Chrissies Anruf, musste Imme los, und wenn es geschah, dass sie etwas zu spät ankam, erntete sie Stirnrunzeln. Manchmal war Imme abgelenkt und in den Gesprächen mit Angehörigen nicht so präsent wie früher, als sie selten etwas daran gehindert hatte, ganz zugewandt zu sein. Sie wollte es Mons recht machen, den sie auf ein später vertröstet hatte, und Chrissie ebenso, die unbeirrt mit vollem Einsatz zur Stelle war, und erntete unzufriedene Gesichter auf beiden Seiten.

Imme versuchte, die beiden Kontinente, zwischen denen sie als blauer Strom mäanderte und die sie ab und zu mit Geröll beschwerten, einander näher zu bringen in der Hoffnung auf ein ungetrübteres Dahinfließen.

Aber auch in weiteren gemeinsamen Unternehmungen gelang es ihr nicht, Brücken zu bauen zwischen den ungleichen Polen ihrer beiden Wegbegleiter, so, als befände sich an dem einen Ufer Großstadt und am anderen ein tiefer Wald. Dieser Seitenwechsel verlangte ihr einiges ab, aber Imme ließ nicht nach in ihren Bemühungen, ihre beiden Pole miteinander in Kontakt zu bringen.

„Chrissie, magst du am Freitag nach der Arbeit mit mir zu Mons kommen, abends, zum Essen? Er sagt, er kocht was Besonderes. Ich bin gespannt, denn meistens lassen wir uns was kommen. Pizza oder so. Und er sagt, er freut sich auf dich."

„Gibt's einen Anlass? Wollt ihr heiraten?"

„Quatsch nicht, du Dumme! Soweit ist es lange noch nicht."

„Noch nicht?"

„Ach, sei nicht so kratzbürstig! Wenn wir zusammen pünktlich losgehen, sind wir um sieben Uhr dort."

Überschwänglich begrüßte Mons sie bereits an der Wohnungstür. Verwundert sah Imme in sein aufgeräumtes Gesicht. Trotz der kühlen Witterung war er kurzärmlig.

„Herein, herein! Ich muss gestehen, meine Überraschung hat nicht zur Gänze geklappt. Ich bin etwas in Zeitverzug."

„Was ist los, Mons?" Imme sah ihn belustigt an.

Chrissie nahm ihr die Jacke ab und hängte sie zusammen mit ihrer eigenen an einen Garderobenhaken.

„Danke, Chrissie." Mons winkte sie weiter: „Bitte, kommt mit in die Küche."

In der Küche waren auf allen verfügbaren Flächen Lebensmittel ausgebreitet. Kleingeschnittenes Gemüse, Gewürze, Wein, Eier, Obst. Auf der hellen Arbeitsplatte in Marmoroptik thronte ein großes weißes Küchengerät mit einer leicht schrägen Vorderfront, auf der vorn ein Display-Mund und seitlich zwei grüne Lämpchen wie Augen leuchteten.

„Habe ich mir geleistet, eine neue Mitbewohnerin, die alles kann: Kochen, braten, dünsten, backen, einfach alles. Für jemanden wie mich, der nur ein paar Gerichte kochen kann, ist das die Lösung. Normalerweise hätte ich Essen bestellt." Stolz deutete der Gastgeber auf die Maschine.

Die Frauen sahen sich an.

„Ich hatte Chrissie gesagt, dass du wenig kochst. Ich muss sagen, ich bin überrascht." Imme hängte ihre Tasche über eine Stuhllehne.

„Was gibt es denn?", hörte sie Chrissie fragen.

„Indisches Curry, vorher Kürbissuppe und als Nachtisch Apfelcreme mit Ingwer. Bitte, nehmt Platz. Einen kleinen Augenblick noch, die Suppe ist schon fertig, ich decke nur noch den Tisch."

„Ich mache das schon, Mons, wenn du mir sagst, wo ich das Gemüse und all die anderen Dinge hintun soll, die sich hier auf dem Tisch breit machen."

Mons stapelte alle Brettchen, Schälchen und Flaschen um, während Imme den Tisch abwischte und Teller aus dem Hängeschrank holte.

„Kann ich helfen?", fragte Chrissie und sie erhielt den Auftrag, die Kerzen des Tischleuchters zu bestücken und anzuzünden. Die Maschine wurde von Mons gemäß Anweisung auf dem Display mit Zutaten gefüttert und kommentierte jedes richtige Abwiegen mit einem akustischen Schnurren. Die Frauen grinsten sich an, wenn Mons sich über das reibungslose Funktionieren seiner Erwerbung freute, und zogen ihren Gastgeber wegen seiner Begeisterung auf. Imme merkte an, dass zwischen Essen bestellen und einer sicher sündhaft teuren Maschine ja noch die Stufe Kochbuch existiert hätte. Chrissie überlegte sich einen Namen für die neue Mitbewohnerin und schlug „Morta" vor.

„Morta?", fragte Mons, hantierend. „Was soll das bedeuten? Noch nie gehört."

„Ich schon!" Imme lachte: „Vorname Morta, Nachname Della."

Es dauerte einige Sekunden, dann sagte Mons: „Haha!"

„Nein", sagte Chrissie, „Wurst hat damit nichts zu tun. Ihr erinnert euch doch hoffentlich an unseren Museumsbesuch, an die drei Parzen, die Schicksalsgöttinnen, die den Lebensfaden spinnen. Nona spinnt ihn, Dezima entscheidet über das Lebensgeschick und Morta durchtrennt ihn. Vergessen?"

„Kluges Mädchen", staunte Imme. „Ich bin beeindruckt."

Sie verbeugte sich mehrere Male, schnappte sich dann einen Filzschreiber aus einer Ablage und näherte sich aufgedreht der Maschine mit der Ankündigung, als erstes werde sie Morta Augenumrisse um die Leuchtanzeigen malen.

„Hey! Lass das." Mons drängte sie zur Seite, worauf sie ihm mit dem Stift drohte und seinem Gesicht ziemlich nahe kam.

„Deeskalation, Deeskalation!", rief Chrissie dazwischen. Imme lachte und zog sich zurück.

„Die Suppe ist fertig!", verkündete Mons. „Jetzt schnell noch das Hauptgericht zubereiten."

Er drückte fortwährend auf Buttons an der Vorderfront der Maschine, wog mit der internen Waage vorbereitete Zutaten ab, füllte die geforderte Menge in das Gerät, ebenso die Gewürze, gab den Befehl, auf höchster Stufe zu pürieren, ließ das Gemisch erhitzen, bis Dampf aufstieg und freute sich wie ein Kind über jedes melodiöse Signal, das das Ende eines Garvorgangs anzeigte. Er wechselte Einsätze, spülte sie aus, verwendete sie erneut und nach dem letzten Maschineneinsatz servierte er erst die warmgehaltene Suppe, dann Reis mit indischem Curry und wie durch Zauberhand direkt danach den Nachtisch, dessen zimtiger Duft sich nach dem Anheben des Deckels im ganzen Raum verteilte. Zum Essen schenkte er Weißwein ein und für Chrissie gab es Holundersaftschorle.

Imme atmete auf und rieb sich den Bauch, als sie die Serviette unter das geleerte Schälchen schob. Sie hatte sich entspannt und es genossen, in der Gemeinschaft der beiden Menschen zu sein, die sie am liebsten hatte.

Da sagte Chrissie in die entstandene Stille:

„Ein Versuch war es wert. Aber das ist bestimmt das letzte Mal, dass ich so ein Maschinenessen zu mir genommen habe. Sorry."

Mons, der gerade das Weinglas zum Trinken gehoben hatte, setzte es ab. „Wieso das denn? Hat es dir nicht geschmeckt?"

Imme starrte ihre Freundin an. Selten war sie so hart in der Realität gelandet wie eben.

„Ging so", antwortete Chrissie. „Am meisten hat mich die Art der Zubereitung gestört. War mir zu wenig Liebe, zu wenig persönliches Engagement dabei."

„Na, toll!" Mons war genervt, das war ihm anzusehen. „Meinst du nicht, dass du es ein wenig übertreibst, mit Liebe und so. Muss dieser Zuckerguss denn an allem haften?"

„Liebe ist kein Zuckerguss, ganz und gar nicht. Sie ist wesentlich."

Chrissie sagte es ganz ruhig, wie eine unumstößliche Wahrheit, dann wandten sie und Mons plötzlich die Köpfe und sahen Imme an, so als ob es an ihr war, das letzte Wort zu haben, wenn es um die Liebe ging.

Sie blickte von einem zur anderen und senkte den Kopf. Sie fühlte, ein Riss ging durch alles, als wäre das bisher Gemeinsame mit einem Mal zerbrochen wie eine Schüssel, und egal, was sie sagte, die scharfkantigen Scherben würden verletzen.

Die Stille wuchs, bis Chrissie es nicht mehr aushielt und einwarf: „Ich geh mal aufs Klo. Und spät ist es auch schon." Sie erhob sich und verschwand in den Flur.

„Sag mal, spinnt die? Will die Streit?" Mons war sauer.

Imme atmete tief aus: „Hm. Es kam ein bisschen plötzlich, das stimmt. Lass mich ein anderes Mal mit ihr reden."

Chrissie kam wieder und verabschiedete sich. Sie wäre müde. Plötzlich waren alle förmlich.

Als Imme sie am nächsten Tag auf den Abend ansprach, zuckte sie nur mit den Schultern und meinte:

„War okay, der Abend, bis auf das Essen. Das ist einfach meine Meinung, weiter gibt es nichts zu sagen."

Sie ließ Imme stehen mit dem Gefühl, dass die eigentlichen Schwierigkeiten erst anfingen.

Die ersten Hinweise darauf waren Chrissies zunehmend kritische Bemerkungen über Mons.

„Herr Berg", so nannte sie ihn. „Ist es dem Herrn Berg recht?"

Imme ärgerte sich. „Sag mal, was genau hast du gegen Mons?"

„Wieso? Nichts", war meist die Antwort, aber eines Tages fielen doch mehr Worte:

„Ich will ehrlich sein: Ich finde, er tut dir nicht gut. Du wirst immer mehr wie er. Wo ist deine Tiefe hin? Du malst nicht mehr, suchst keine Zeichen mehr. Keine Bilder mit Sehnsucht und auch in deinen Worten finde ich kaum mehr deine typische Farbigkeit. Du hast viel mehr in Gleichnissen gesprochen. Manchmal habe ich Angst, dass du so schwarzweiß wirst wie er."

„Chrissie!" Imme war verletzt. „Du warst von Anfang an gegen ihn. Und du legst dir das alles so zurecht, wie du es brauchst." Sie nahm ihre Tasche. „Und du gibst mir keine Chance, mit dir darüber zu reden. Du weißt genau, dass ich jetzt den Termin mit der Frau hab, die ihre Beerdigung organisiert."

Chrissie zuckte nur mit den Achseln, als sie die Tür öffnete. Auf dem Weg vorbei an den neun Bäumen sah Imme, dass der mittlere ganz abgestorben war. Wieso lief ihr Leben überhaupt nicht mehr rund? Sie hatte Mühe, den Ärger über Chrissie abzuschütteln und ihre professionelle Rolle einzunehmen.

Die Kundin, zu der sie unterwegs war, war auf den Rollstuhl angewiesen und hatte darum gebeten, zu ihr ins Haus zu kommen. Imme suchte im Sprühregen an einer breiten Straße nach der Hausnummer. Die ungeraden Zahlen waren nicht auf ihrer Seite zu finden. Sie überquerte die Fahrbahn in einer kleinen Zufallslücke des Verkehrs, zuerst bis zur Mitte und von dort bei der nächsten Gelegenheit auf die andere Seite. Ein Emailleschild an einem hohen alten Gründerzeithaus trug die Nummer 13. Imme lächelte. Früher hätte sie der Zahl 13 viel mehr Bedeutung zugewiesen. Man musste eine kleine Rampe hochsteigen, um das Klingelschild lesen zu können.

Sie drückte den Knopf und durch die Gegensprechanlage fragte die tiefe rauchige Stimme, die sie vom Telefon kannte „Ja?" Nachdem Imme ihren Namen gesagt hatte, wurde ihr geöffnet. Am Aufzug vorbei schritt Imme die Treppe hoch, auf deren Stufen sich viele Schuhe von Straßenschmutz befreit hatten. Sie waren voller Splitt und Erdresten. Vielleicht lebten Kinder im Haus. Die Wohnungstür stand weit offen. Imme klopfte und trat ein. Von irgendwoher kam wieder die rauchige Stimme.

„Ich komme gleich!"

Während Imme sich die Jacke auszog, hörte sie rufen: „Gerade sind die Nudeln fertig!"

Eine etwa sechzigjährige Frau mit grauem Pagenkopf tauchte im Rollstuhl sitzend am Ende des Gangs auf, von dort, wo hinter einer geschlossenen Tür stockende Klaviertöne erklangen. Imme mochte die Frau auf Anhieb, die Offenheit ihres Blicks und die entspannte Begrüßung. Die selbstverständliche Art, den Namen zu nennen: „Oda". Jacke und Schuhe fanden ihren Platz wie von selbst. Alles lebte und fügte sich in den Kosmos der Wohnung ein. Der riesige lange Gang wirkte wie eine Galerie, voller gerahmter Bilder die eine Seite, Leinwandvierecke in weißgrau auf der anderen Seite, auf dem Boden ein gemusterter orientalischer Läufer. An den Wänden künstlerische Objekte, die alle etwas Warmes, Organisches ausstrahlten.

Auf Immes Staunen hin erhielt sie eine Führung durch die Wohnung. Die umfasste noch Küche, Bad und Toilette, die anderen weißen Holztüren blieben geschlossen, auch die, aus der Klaviermusik drang.

„Mein Mann ist Musiker. Er gibt Klavierunterricht", erklärte die Frau. „Ich bin Künstlerin. Lassen Sie uns ins Atelier gehen. Hier entlang."

Imme folgte langsam und besah sich die Gegenstände im Gang. Das kleine Tischchen mit geschwungenen Füßen und der antik wirkenden Lampe. Den in Rottönen gewebten

Wandbehang, der mit dem Gesicht an die Wand gelehnte Leinwände verdeckte. Das Bücherregal mit meist gebundenen Büchern, zum Teil Neuausgaben, wie die Titel ihr verrieten. Ein Leben fächerte sich auf, das sie vielleicht hätte führen können, wenn sie mit der Kunst weitergemacht hätte, wenn sie der Kunst nicht den Rücken gekehrt, sich nicht von ihr abgewandt hätte. Imme fragte sich, ob sie zu schnell aufgegeben hatte? Nur wegen dieser Sehnsucht, die sie von den Farben weg und zur Arbeit mit Chrissie geführt hatte, war sie diesen anderen Weg gegangen. Und war sie nun glücklich? Schnell stand sie auf, wie um die Gedanken abzuschütteln. „Drop your thoughts!" Der Dalai Lama hatte recht, Grübeln war sinnlos. Imme folgte Oda in ihr Atelier.

Tische verschiedener Höhen standen in der Mitte, bedeckt mit Papieren, Mappen, Farbtuben und Gläsern, an den Wänden war eine Fülle von Bildern, kleineren Gegenständen, Zetteln und anderen Papieren gepinnt. Oda saß rauchend an einem Tischchen und ließ Imme Zeit, alles zu betrachten. Im Detail konnte sie diese vielen Eindrücke nicht aufnehmen, es war ein Raum voll Kreativität, Gedanken, Bildern, Vergangenheit.

„Beeindruckend", staunte Imme, „sieht nach Ringen um Inhalt und Form aus."

Oda lehnte sich zurück: „Na, das war schon mal mehr. Zurzeit ruft mich die Kunst nicht. Ich bin ganz froh, wenn sie mich nicht ruft. Anerkennung, Ausstellungen, Ziele, das war alles schon da."

Imme setzte sich auf einen freien Stuhl neben dem kleinen Tischchen, der kaum Platz für den Aschenbecher bot.

„Ich interessiere mich mehr für Kunst von anderen", fuhr Oda fort. „Vor kurzem war ich in Berlin, in einer Galerie, da habe ich ein Kunstwerk gekauft. Sehen Sie, dort an der Wand!"

Sie zeigte auf die Wand in ihrem Rücken, und Imme stand und sagte: „Das also, das ist mir gleich aufgefallen."

Sie trat näher an das Objekt heran, das dort aus der Wand ragte, ein lebensgroßer Unterarm aus weißem Gips. Die Hand hing entspannt nach unten, die Finger auf natürliche Weise leicht nach innen gebogen. Unter der Hand ragte der zweite Teil des Kunstwerks aus der Wand, ein kleines Brettchen, auf dem eine Wachskerze stand, die einmal angezündet worden war, wie die Rußspuren bewiesen, die die Finger schwarz gefärbt hatten. Das Ganze hatte eine erschreckende Präsenz von Schmerz und Direktheit. Imme stand wie angewurzelt. Der gesamte Raum mit allen Gegenständen war ein Ort der Verstärkung: All diese Dinge bin ich. Und gleichzeitig hatte das auch etwas mit ihr selbst zu tun. Auch ihr versengte etwas die Finger. Hatte es mit dem Tod zu tun, der mit seiner Schwärze so nah an sie herangerückt war? War es Katinka, die sich immer wieder bemerkbar machte und jedes Mal die schmerzvolle Vergangenheit entzündete? Oder war es Mons und seine Art? Tat er ihr wirklich nicht gut, wie Chrissie behauptete? Oder war es Chrissie, die mit ihrer eigenen Vergangenheit hinter dem Berg hielt? Wahrscheinlich hatte sie in einem Punkt recht: Sie sollte sich nicht herausbringen lassen, von niemandem, sondern bei sich bleiben und ihr eigenes Ding machen, sei es auch noch so schräg.

Als hätte Oda ihre Gedanken gelesen, sagte sie: „Ich brauche meine Ruhe in dieser übervölkerten Wohnung. Ständig geht jemand ein und aus. Die Klavierschüler, das Pärchen mit Kleinkind im hinteren Teil, mein kleiner Ziehsohn, der Nachbarsjunge, der jeden Tag nach der Schule hier Hausaufgaben macht. Deshalb stehe ich um vier Uhr auf. Was ich am meisten im Leben liebe, ist einzuschlafen. Ich liebe es, wenn ich so schwer werde und merke, gleich schwindet das Bewusstsein. Und weil ich so früh ausstehe, darf ich mich bald wieder hinlegen, das ist das Beste daran, manchmal mehrmals am Tag. Um zehn Uhr und nachmittags nochmal."

Beeindruckt ließ Imme das Gesagte nachwirken. Ein besonderes Leben war das.

„Aber Sie sind ja aus einem anderen Grund hier. Wo habe ich meine Liste? Warten Sie, hier." In der blauen Mappe fand Imme Unterlagen und alles, was Oda für den Fall ihres Todes aufgeschrieben hatte.

„Wissen Sie, ich möchte meine Dinge regeln. Ich habe nicht mehr viel Zeit. Ein halbes Jahr geben mir die Ärzte." Imme konnte ein Erschrecken nicht ganz unterdrücken. Sie war so in diese besondere Atmosphäre der Wohnung eingetaucht, dass sie von dieser Aussage überrascht wurde, als hätte jemand plötzlich eine schwarze Folie über ein blühendes Stück Erde geworfen.

„Es ist so und ist nicht zu ändern", Oda drückte ihre Zigarette aus. Details erspare ich Ihnen. Ich denke, dass der Tod nichts Schlimmes ist und bin davon überzeugt, dass die Energie eines Menschen nach dem Tod nicht verloren geht, sondern in irgendeiner Form weiter existiert."

Immes nickte stumm und Oda sprach weiter. „Ich kann mich also auf die Situation vorbereiten. Ich will die ganze Bestattung in die Hand nehmen und ebenso gestalten, wie ich bisher mein Leben gestaltet habe. Von Ihnen brauche ich also keine Anleitung, nur etwas Hilfestellung, wenn es um die letztendliche Organisation geht. Die Trauerrede wird mein Mann halten. Er liest einen von mir verfassten Brief. Ich will, dass die Gäste nicht nur weinen, sondern auch lachen."

In einer Pause, in der Oda nach ihrer Zigarettenpackung suchte, fragte sie unvermittelt: „Bitte entschuldigen Sie. Ich habe Ihnen nichts zum Trinken angeboten. Kann ich etwas für Sie holen?"

Da Imme dankend den Kopf schüttelte, fuhr sie fort.

„Ich habe mich für den Friedwald entschieden. Die Eiche sowie die Urne sind bereits ausgesucht. Sie finden die Unterlagen in der Mappe. Er liegt am Hang, an einem Ort, wo ich mit dem Rollstuhl unmöglich hinkommen könnte. Aber in der Urne geht es ja." Sie lachte. „Also kein Abschiednehmen am offenen Sarg, kein Organist. Mein Mann und Freunde machen Musik. Sie kümmern sich nur um die Abwicklung, die Papiere, Sterbeurkunden, Abmeldungen bei der Krankenkasse sowie bei Versicherungen und so weiter."

„Wer wird uns benachrichtigen? Haben Sie diese Informationen schon weitergegeben?" Imme blätterte in den Papieren.

„Ja, das habe ich bereits geregelt. Freunde wollen am Andachtsplatz ein mexikanisches Fest veranstalten. Sie kennen ja sicher diesen so anderen Umgang mit dem Tod?"

Imme nickte. „Ich mag das Bild der Todin in Mexiko: eine schöne, sinnliche, lachende und knallbunte Skelettfrau will einen zum Tanzen verführen und auch wenn man zuerst Angst davor hat, ist man erst mal in ihren Armen, ist alles gut."

Oda lachte erneut: „Sie haben den großen, blumengeschmückten Hut vergessen."

Beide sagten eine Weile nichts. Imme bemerkte, dass sie immer noch dieses Gefühl der Stimmigkeit empfand.

„Ich schätze die Vielfalt, so habe ich es mein ganzes Leben gehalten." Oda beugte sich vor und gab ihr die Hand. „Und bin dankbar, dass ich Ihnen vertrauen kann. Sie werden das Richtige tun. Aber ich glaube, jetzt wird es Zeit für ein Nickerchen."

Nach dem Besuch bei Oda war Imme entschlossen, mit Chrissie über ihre Zusammenarbeit zu sprechen. Sie hatte wieder deutlich gespürt, wie sinnvoll diese Arbeit war. Ohne viele Worte hatte Oda ihr vertraut, wegen ihrer Ausstrahlung vielleicht und der Tatsache, dass „Bestattung Blau" Abläufe ermöglichte ohne in Erklärungsnöte zu kommen. Schlechte Stimmung wegen Mons oder wiederkehrende Zweifel, weil sich manchmal in ihr eine unerklärliche Sehnsucht meldete, waren kein Grund, das Ganze hinzuwerfen. Sie sagte Chrissie, wie gern sie bei „Bestattung Blau" arbeitete und ging mit neuem Elan in die nächsten Wochen, was auch auf

Chrissie abfärbte. Sie verstanden sich fast so gut wie am Anfang. Imme klammerte das Thema Mons aus und nahm sich Zeit für den Laden. Manchmal saßen beide nebeneinander auf den Stufen am Eingang, hielten Teetassen in den Händen und die Gesichter in die Sonne.

Als Immes Geburtstag nahte, schlug sie einen Cafébesuch zu dritt vor. „Ich will euch einladen!", verkündete sie Chrissie und Mons. „Ihr seid meine Gäste und müsst euch benehmen."

„Als ob ich mich sonst danebenbenehmen würde", brummte Mons. „Sag das mal deiner Freundin."

Und Chrissie verzog das Gesicht, meinte dann achselzuckend: „Dir zuliebe werde ich das überleben."

„Ich habe heute einen Satz gelesen, der gilt für euch beide", meinte Imme gut gelaunt. Sie wollte sich einfach nur auf den Tag freuen. „Und zwar: Achte auf deinen Wortwal!"

Es war ein milder, aber leicht regnerischer Tag, weshalb sie ins Stadtparkcafé hineingegangen waren und sich einen Fensterplatz gesucht hatten.

Imme und Mons saßen bereits an dem weißen, ovalen Tisch, als Chrissie dazu kam. Sie brachte eine blaue Iris in einer schmalen Stielvase mit, die in der Mitte für einen Farbtupfer sorgte. Mons begrüßte sie gut gelaunt und war souverän wie immer. Chrissie umarmte die Freundin und schenkte ihr einen blauen Stein für die Sammlung, worüber Imme sich freute. Sie tranken Tee und Kaffee, genossen jeder ein Riesenkuchenstück und redeten an allen Klippen vorbei, von denen irgendwelche Gefahren ausgingen. Politisches und Weltanschauliches wurde ausgeklammert. Themen waren Reisen, Bücher und die Leute im Café. Im Nachhinein konnte sich Imme nicht erklären, wie es zu dem Streit gekommen war. Mons hatte etwas zu einem Seminar in Kairo erzählt und davon, dass die Menschen dort, die Wissenschaftler eingeschlossen, so respektvoll von der ägyptischen Vergangenheit sprachen. Was umso unverständlicher sei, als sich ja niemand auf eine ehemalige Sklavenhaltergesellschaft etwas einbilden könne. Imme, die Chrissies Liebe für die ägyptische Kultur kannte, warf ein:

„Aber die Hieroglyphen hat man nur mit Schwierigkeiten entziffern können. Die hatten ja eine recht komplexe Struktur, ebenso die Bauwerke."

„Ich denke, man hat da jede Menge hineingeheimnisst!", meinte Mons. „Die ganze Kultur wird völlig überbewertet."

„Immerhin hat sich die Gesellschaft dort intensiv mit dem Tod beschäftigt. Etwas, was bei uns vollkommen verdrängt wird." Chrissie schob die Serviette hin und her und trank dann einen Schluck Tee.

„Ich für meinen Teil finde das gar nicht so verkehrt, das mit dem Verdrängen. Lebe im Jetzt, das ist meine Devise. Die Vergangenheit ist vorbei und die Zukunft noch nicht da. Was soll ich mir ihretwegen den Kopf zerbrechen? Wenn ich dann mal tot bin, kann mir doch eigentlich egal sein, was mit meinem Körper passiert. Ich weiß, ihr beide gebt euch eine Menge Mühe und plustert das Thema ein bisschen auf, es ist ja euer Geschäft, aber, mal plump gesagt, es ginge ja auch einfacher." Chrissie schwieg.

Imme verdrehte die Augen und starrte Mons stirnrunzelnd an. So hatte er mit ihr noch nie über das Thema gesprochen. Wollte er Chrissie ärgern? „Was soll das jetzt, Mons? Nicht falsch verstehen, was Mons meint, Chrissie!"

Nachdenklich sah Chrissie in Immes Gesicht. „Ich kann's mir, glaube ich, vorstellen, was er meint. Was denkst du denn darüber?"

„Also ich finde, mit Einschränkungen kann man dieser Meinung schon sein. Wenn ich Mons so zuhöre, merke ich, dass ich mir über einige Hintergründe gar keine Gedanken gemacht habe. Ich bin da immer so emotional: Die armen Angehörigen! Aber bei einer Menge Unternehmen von Kollegen steckt ja wirklich eine Strategie dahinter. Den Leuten wird eingeredet, sie müssten in ein inneres tiefes Loch ver-

133

sinken. Nur damit man mit Kränzen, tausendfachem Blumenschmuck, Danksagungen und Grabpflegemaßnahmen eine Dienstleistung am Laufen hält. Wäre es nicht für die Angehörigen viel sinnvoller, wenn sie möglichst schnell ihr eigenes Leben weiterleben könnten, mit ungebremster Energie, mit Blick nach vorn?"

„Da müsste sich gesellschaftlich ganz schön was ändern!", warf Mons ein. „Viele alte Leute sparen sich das viele Geld für die Beerdigung zu Lebzeiten von der kleinen Rente ab. Das geht in die Tausende."

„Ja", nickte Imme, „das stimmt. Dabei wären Feuerbestattungen und das Sammeln der Asche in Grüften viel weniger aufwendig. Der Trend, das merken wir ja, scheint langsam schon in die Richtung zu gehen. Der Mut zum anonymen Friedwald steigt zum Beispiel. Da schaffen es die Leute ja auch, den ganzen Rummel um die Trauerfeierlichkeiten zu umgehen."

Chrissie saß sehr aufrecht und fragte aufgebracht: „Was willst du damit sagen? Dass unsere Arbeit in die falsche Richtung geht? Dass die Trauer und ihre Gestaltung an den Haaren herbeigezogen sind und unecht? Das kannst du doch unmöglich denken! Sag mal, bist du noch zu retten? Erinnere dich mal an Paul und seine Mutter und an Pauls Freunde, die den Sarg bemalt haben? Wie viele Tränen sind da geflossen und wie viel Freude hatten die Kinder dabei, etwas für den toten Freund tun zu können! Etwas Schönes, Liebevolles! Du warst doch auch berührt davon, oder?"

Imme ärgerte sich, dass Chrissie sich nicht mal die Mühe gab, sie zu verstehen. Sofort reagierte sie über. Und das an ihrem Geburtstag. So schnell wollte sie nicht zurückstecken. „Schon! Natürlich! Da ist doch gar nichts dagegen einzuwenden! Bei jungen Menschen ist das etwas völlig anderes: Meinetwegen kann die Trauerphase da etwas länger sein. Pauls Mutter ist ja immer noch nicht in der Lage, zu arbeiten, dabei ist es schon ein dreiviertel Jahr her. Aber gut, das sind Ausnahmen. Trotzdem, bei älteren Leuten, die ihr Leben gelebt haben, da bräuchte man vieles nicht so auswalzen, finde ich."

„Und was heißt ‚älterer Mensch' für dich? Ab fünfzig, ab sechzig, siebzig, achtzig oder neunzig Jahren? Wieso sollte eine Frau mit neunzig weniger um ihren Mann trauern, mit dem sie Jahrzehnte zusammengelebt hat? Trauer braucht Zeit! Ich dachte bisher immer, wir gingen von denselben Annahmen aus, Imme."

„Versteh' mich bitte nicht falsch! Ich finde deine, also unsere Arbeit gut, aber einiges hinterfrage ich eben. Dinge entwickeln sich. Auch wir müssen mit der Zeit gehen. Und Mons sagt..."

„Was Mons sagt, interessiert mich nicht!", Chrissie rief es wütend in Mons Richtung. „Sein ganzes Gequatsche. Klimawandel rauf und runter und die bösen Politiker sind schuld. So lässt sich's leichter durch die Welt fliegen."

Mons bekam einen spöttischen Zug um den Mund und sah zu Imme, als wollte er sagen: „Da siehst du es, sie will mich angreifen, egal, was ich von mir gebe."

Chrissie ließ sich nicht aufhalten. „Er macht das ja nicht zum Vergnügen. Außerdem findet er Windräder unästhetisch. Wie man´s eben braucht. Die Lösung ist Atomkraft, ja? Die kann man ja sicher betreiben. Gefühle haben keinen Platz in deiner Denke", wandte sie sich direkt an ihn. „Weder kalkulierbare noch unkalkulierbare wie Trauer. Oder Liebe." Die Betonung des letzten Wortes konnte auch die einer Frage sein.

Imme versuchte, sie zu beruhigen. „Aber Chrissie, Mensch, das sind doch nur Ansichten. Die kann man doch einfach mal diskutieren. Mons liebt mich, das weiß ich. Und er würde alles für mich tun. Jetzt reg dich ab, bitte."

„Seine Ansichten soll er für sich behalten. Ich kann auf sie verzichten. Aber auf dich verzichte ich ungern, Imme. Wenn wir weiter zusammenarbeiten wollen, kannst du nicht solche Meinungen vertreten. Das passt dann nicht mehr zu meiner Auffassung. Ich will die Menschen annehmen, die zu uns kommen. Es soll alles da sein dürfen, Trauer, Loslassen, Freude, Verzweiflung, Schock und Liebe. Wie deine Post-Its. Wo sind sie, Imme? Du hast doch auch so gedacht. In letzter Zeit haben wir so gearbeitet, oder?"

Mons hatte die Arme verschränkt und sah den beiden Frauen zu. Imme sagte nichts mehr.

Ungeduldig stand Chrissie auf. „Imme. Es tut mir leid. Auch wegen deines Geburtstags. Lass uns neu überlegen. Und lass uns eine Woche Zeit. Ich komme allein klar in den nächsten Tagen. Überleg dir, was du über unsere Zusammenarbeit denkst und sag's mir dann. Mit diesem Auf und Ab komme ich nicht klar. Freitagnachmittag, da warte ich auf dich."

Sie war nach wenigen Schritten an der Tür und weg, ohne sich von Mons zu verabschieden.

Am Freitag saß Imme zu Hause und wusste immer noch nicht, was sie denken sollte. Warum konnte es nicht einfach so weitergehen wie bisher? Mons war zu einem viertägigen Seminar gefahren und fehlte ihr. Sie konnte unmöglich zu Chrissie gehen und so tun, als ob nichts vorgefallen wäre. Sie fühlte sich außerstande, all die neuen Gedanken zurückzunehmen, die sie mit Mons teilte. Dass ihr ein Ultimatum gestellt worden war, machte sie wütend. Alle anderen hatten nicht die Absicht, sich in Frage zu stellen und beharrten auf ihren Meinungen, nur sie sollte sich für eine Sichtweise entscheiden. Dabei war sie doch erst dabei, ihre eigene zu finden. Imme wollte sich Zeit geben. Sie beschloss, so lange nicht Kontakt mit Chrissie aufzunehmen, bis sie selbst wusste, was sie wollte. Und vielleicht würde die Freundin in der Zwischenzeit einsehen, dass ihr Verhalten nicht richtig gewesen war, und sich bei ihr melden.

Nach vier Wochen, in denen Imme vergeblich versucht hatte, wieder ins Malen zu kommen, viel Zeit im Internet verbracht hatte und unzufrieden mit den Geschichten war, die ihr einfielen, ergriff Mons die Initiative und machte ihr einen Vorschlag.

„Liebes, was meinst du? Jetzt, wo du noch nicht weißt, wie es weitergeht bei dir, soll heißen, solange deine Bewerbungen oder was auch immer du planst, zu keinem Erfolg führen, wie wäre es, wenn du bei mir einziehst? Platz für zwei ist hier genug. Und wir verlieren nicht so viel kostbare Zeit mit dem Hin- und Herfahren, wenn wir uns sehen wollen."

„Zu dir ziehen? Und mein Atelier?" Imme stützte sich auf den Ellbogen.

„Überleg's dir", meinte Mons. „Ich habe dich einfach gern um mich."

Imme war unschlüssig und traurig. Auf die Frage, wie es bei ihr mit dem Geldverdienen weitergehen sollte, wusste sie keine Antwort. Um wenigstens für die Umzugsfrage eine Antwort zu finden, schlug Imme ein Buch mit Weisheitssprüchen auf und las:

„Der Weise scheint in seinem Handeln langsam und ist doch schnell, er scheint zögernd und ist doch geschwind, weil er auf die rechte Zeit wartet."

Typisch männlich formuliert, „der Weise", dachte sie, aber der Inhalt trifft zu.

Mehr und mehr freundete sie sich mit dem Gedanken an, ihr Atelier aufzugeben.

Die Entscheidung traf sie an einem Nachmittag in der Stadt, als sie einem Impuls gefolgt war und sich auf dem alten ehemaligen Krankenhausgelände auf eine Bank gesetzt hatte.

Seit langer Zeit gruppierten sich die Gebäude um einen Platz, den man als kleinen Park angelegt hatte. Alte Linden, Kastanien mit riesigem Stammdurchmesser, elegante Schnurbäume, behängt mit langen Schoten, eine fein gefiederte Akazie und ein relativ frisch gepflanzter Ginkgo sowie einige

Obstbäume verteilten sich um weiße Metallbänke. Generationen junger Mütter hatten hier Platz genommen, wann immer es möglich war, den geregelten Zeiten des Frauenklinikalltags zu entfliehen.

Ein dunkelhäutiger Student kam aus dem langgestreckten Flachbau und doppelte die Einsamkeit, die Imme in sich spürte. Blattwerk spiegelte sich in einem Fensterglas mit dem Umriss einer Figur, die mahnend die Hand hob, als ob sie sagen wollte: Entscheide dich, nimm dir ein Beispiel an den Falken. Laut rufend umkreisten sie ihren Lebensraum. Gib mir, gib mir, schienen die Jungvögel zu schreien und sie verfolgten die Mutter, die ihnen auswich und zu verstehen gab, dass Freiheit Arbeit bedeutete. Das Rotschwänzchen hatte das längst verstanden. Es ließ sich vom Falkenschatten auf dem Asphalt nicht beeindrucken, wippte kurz mit dem Schwanz und hüpfte weiter von Schild zu Bank, zum Boden und wieder in die Höhe, um aufzupicken, was es von oben erspäht hatte.

An den mit Säuglingsweinen gesättigten Mauern waren zahlreiche Gedenktafeln berühmter Männer angebracht, die als Mediziner dazu beigetragen hatten, die Seele vom Körper zu trennen. Von drei Seiten drang das unaufhörliche Rauschen von Lüftungs- und Kühlungsgebläsen ans Ohr, obwohl Frauen- und Augenklinik seit einigen Wochen in das neue Uniklinikum am Rand der Stadt umgezogen waren. Imme war mit den Falken, Tauben und Rotschwänzchen allein hier. Manchmal ertönte der schrille Ruf einer Amsel, um vor dem Jäger zu warnen. Ab und zu fuhr ein Auto durch die Schranke an der Pforte. Die Geriatrie und die Strahlenabteilung waren als einzige noch in den Häusern verblieben.

Die Bäume litten unter der Trockenheit der letzten Jahre wie Immes Seele an den Zwistigkeiten, die ihrem Leben eine neue Richtung gaben. Mit lautem Rascheln ließ eine Linde einen trockenen Ast direkt vor ihre Füße fallen. Mauersegler vollführten Flugübungen hoch über den Dächern und trafen sich mit Immes Sehnsucht nach Leichtigkeit. Es fühlte sich für sie an, als legten ihr Wolkenberge im Westen und die schwüle Gewitterschwere nahe, sich gegen das Atelier zu entscheiden.

Einige Tage darauf atmete Imme vor dem Laden tief durch, öffnete dann die Tür und blieb neben Chrissie stehen, die, als wäre Immes mehrwöchiges Ausbleiben normal, weiterhin Dinge ins Regal stellte und dann in die Tüte auf dem Tisch griff.

„Irgendeine Droge braucht jeder Mensch!" Chrissie steckte gleich zwei Gummibärchen auf einmal in den Mund. „Magst du welche?"

Ihr Gegenüber schüttelte den Kopf.

„Na gut, dann nicht. Du hättest mich sehen sollen, als ich den Kindersarg geschmückt habe. Auf den weißen Lack durfte ich Gummibärchen-Mandalas kleben und diese Schaumschlangen, kennst du die noch? Die gibt's nur noch in Zeitungskiosken einzeln aus Plastikbehältern. Innen im Sarg lagen rosa und blaue Marshmallows, auch sehr lecker." Nachdenklich rollte sie ein Gummiband um die bunte Tüte. „Das Mädchen war ganz plötzlich an einem Infekt gestorben." Sie stand auf und streckte sich. „Pause vorbei. Machen wir weiter?"

„Chrissie. Ich muss dir was sagen."

„Ja?" Aufmerksam sah die Freundin ihr in die Augen. „Is' was?"

Imme schluckte. „Du, ich will aufhören hier."

„Was soll das heißen? Was meinst du damit?" Chrissie bekam eine Falte zwischen den Augenbrauen.

„Ich und Mons, also wir..."

„Du und Mons, aha!", rief Chrissie.

„Hör doch mal zu, Chrissie. Also Mons hat mich gefragt, ob ich zu ihm ziehe. Das heißt für mich, hier aufzuhören. Du hast dich nicht mehr gemeldet, ich hatte Zeit zum Nachdenken. Und ich habe wirklich lange darüber nachgedacht."

„Hast du?", unterbrach Chrissie sie. „Und wie lange? Und wieso geht beides nicht? Und du wolltest doch dein Atelier behalten. Hast du das nicht immer gesagt?"

Imme ging einen Schritt auf sie zu. „Ich will dich nicht verletzen, Chrissie. Du bedeutest mir viel, das weißt du. Mach es mir nicht so schwer, bitte. Du bist doch die ganzen vier Wochen auch ohne mich klargekommen."

Draußen flötete eine Amsel. Chrissie sagte nichts.

Imme steckte die Hände in die Hosentaschen. „Verstehst du mich ein bisschen? Ich will es einfach ausprobieren. Mich für eine Sache entscheiden. Mein ganzes Leben laufe ich hinter etwas her. Vielleicht ist es diese Nähe, die ich suche."

Chrissie senkte den Kopf. Dann hob sie den Blick und sagte ruhig und ernst:

„Mach's gut, Imme. Ich komme klar. Finde alles heraus, was du wissen musst. Kannst ja mal vorbeischauen, wenn du's rausgefunden hast."

Das klang wie die Aufkündigung ihrer Freundschaft. Imme schluckte hinunter, was sie sagen wollte, nickte und ging.

Es dauerte nicht mehr lange und Imme verließ den Tiergarten. Kartons voller Leinwände und Farben wanderten zusammen mit ihrer Steinsammlung auf Mons Dachboden. An Chrissie schrieb sie eine Karte mit der Adressänderung und bekam eine zurück.

„Du wirst deine blaue Welt verlieren", stand darauf.

10 Zweiland

Das Leben mit Mons floss endlich ruhig dahin. Imme stellte fest, dass er ein Einzelgänger war. Ein liebevoller Mann, der sich selbst genug war. Auf sein Netzwerk konnte sie nicht bauen. Er hatte nur innerhalb seiner Branche Kontakte, die meist rein geschäftsmäßig verliefen.

„Ich wollte nie, dass sich Kollegen- und Freundeskreis mischen, aber es hat sich so ergeben mit der Zeit", sagte er entschuldigend zu Imme. „Als sich meine Freunde getrennt hatten, du weißt schon, das Paar im Nordviertel, da stand ich auf einmal ohne Ersatzfamilie da. Und ich wollte mich auf niemandes Seite schlagen. Danach blieb nur die Arbeit."

Imme konnte ihn gut verstehen. Sie war optimistisch, bald selbst ein neues Arbeitsfeld zu finden. Es gab sicher einige Möglichkeiten, sobald sie darüber nachdachte. Doch vorerst hatte sie begonnen, für Mons Geschichten über Wolken zu schreiben, die er seinen Reden auf Kongressen voranstellte. Wolkentexte waren eine Aufgabe, für die Imme sich begeistern konnte. Dadurch kam sie wieder mit ihrer Sehnsucht in Berührung. Das Thema Tod blieb ihr ebenso erhalten, denn sie lieferte regelmäßig Gedichte, Sprüche und Danksagungen an ein großes Bestattungsunternehmen in Hamburg, das ein möglichst breites Angebot an Texten für seine Kunden anbieten wollte. Manchmal dachte Imme beim Schreiben an die Arbeit mit Chrissie, aber nur kurz.

Mons war so unabhängig. Das beeindruckte sie, die immer zwischen der Sehnsucht nach Menschen und dem kreativen Freiraum gependelt war, den sie brauchte, um nachdenken, malen oder schreiben zu können. Als sie mit Mons darüber sprach, meinte er:

„Imme, ich habe ja beruflich ständig mit Menschen zu tun. Da tut außerdem einer schlauer als der andere. Ich muss mich nicht auch noch privat mit Leuten rumschlagen."

„Soll das heißen, dass ich auch nur so tue, als ob ich schlau bin?" Sie warf ein Kissen nach ihm.

Er fing es auf. „Du Dumme!"

„Vorsicht!", drohte sie, die Vase vom Wohnzimmertisch in der Hand. „Ich bin bewaffnet!"

Er legte die Handflächen vor der Brust aneinander und verneigte sich tief: „Gnade!"

„Gut, ich überleg 's mir noch!"

„Imme, du weißt doch, für mich bist du die inspirierendste Person der Welt. Und etwas Kinderglaube tut mir vielleicht ganz gut."

„Was meinst du damit – Kinderglaube?"

„Na, diese Wohlfühlspiritualität, Leben im Wassermannzeitalter, Mutter Erde und so weiter. Das ganze Fühlen und Wühlen."

Imme sah ihn nachdenklich an. „Also, mein Lieber, davon würden dir einige Prisen sehr, sehr guttun. Eimerweise hast du's nötig, glaub mir."

„Ach ja?"

„Hast du denn nie Sehnsucht?"

„Sehnsucht? Nein, wieso, ich habe doch dich!"

Was Mons in seine Esoterikschublade steckte, war für Imme nicht wegzudenken. Sicher würde er mit der Zeit erkennen, wie wichtig Spiritualität war und wie viel er von ihr lernen konnte.

An diesem Abend erzählte sie ihm die Geschichte von der Maus und der Katze.

„Eine ganz kleine Geschichte. Die erste von dreien über Katze und Maus. Du kannst wählen: Win win, Win lose oder lose win."

„Okay. Win win."

„Gut, das bedeutet: Beide gewinnen Macht. Also, Katze und Maus schaukeln auf der Wippe. ‚Höher, höher, jaaa!', ruft die Katze ein ums andere Mal. Die Maus gibt sich alle Mühe. Fest stößt sie sich mit ihren Beinchen ab. Der Deal ist, mindestens eine Stunde gemeinsam zu wippen. Bei jedem Runter richten sich die Schnurrhaare der Maus so wunderbar nachhaltig auf, dass sie sicher ist, auf die Katze damit Eindruck machen zu können. Die Maus kann die angestrebte Wirkung schon wahrnehmen. Sie legt sich ins Zeug. Laut Vertrag besitzt sie nach dieser Aktion lebenslanges Wohnrecht. Fertig."

Mons lachte. „Lebenslanges Wohnrecht, das hast du schon. Und jetzt bitte noch eine Geschichte! Win lose!"

„Nein, mein Lieber. Eine reicht. Alles zu seiner Zeit!"

Imme genoss die Tage, in denen sie in der Wohnung alleine war und sich erlauben konnte, nichts anderes zu tun, als aus dem Fenster zu schauen. Dazu entfernte sie behutsam das Japanpapier, schlug es etwas hoch und fixierte es später sorgfältig wieder. Man konnte die kleinen Knicke kaum wahrnehmen, die trotz aller Vorsicht entstanden waren. Im Badezimmer war es weniger kompliziert. Dort musste sie nur die opake Platte aus Plexiglas vor dem Fenster beiseiteschieben, dann hatte sie einen guten Blick auf die Straße hinter dem Haus und auf die Fußgängerampel. Besonders morgens, wenn die Busse die nahen Haltestellen anfuhren, war die Ampel oft in Betrieb. Einmal sah sie einen gebückten, weißhaarigen Mann mit brauner Jacke sehr langsam auf dem Gehweg laufen. Mit seinem Stock stützte er sich bei jedem Schritt ab, bevor er den nächsten Fuß hob und ihn nach vorn bewegte. Als er endlich die Hauptstraße erreicht hatte, ruhte er sich, mit dem Rücken an das Vorfahrtsschild gelehnt, aus. Lange blieb er stehen und sah in Richtung des stadteinwärts fahrenden Verkehrs. Ein anderer Mann, ebenfalls alt, aber beweglicher und in dunkler Geschäftskleidung, ging an ihm vorbei und drückte auf den Halteknopf der wenige Schritte entfernten Ampel. Imme fragte sich, ob der ältere Mann den Überweg rechtzeitig erreichen würde. Aber er blieb weiterhin an den Metallpfosten gestützt stehen. Der Geschäftsmann überquerte die Straße und war bereits über die nächste Einfahrt hinaus, als die Gestalt am Vorfahrtsschild ihr Gewicht verlagerte und den Stock Schritt für Schritt belastend weiterging. Der alte Mann wollte anscheinend nicht über die Ampel, er hielt auf die Bushaltestelle zu. Als er an ihren Stahlsitzen angelangt war, fuhr der Bus ein. Imme hatte den Eindruck, als hätte er Mühe, der Versuchung zu widerstehen, einzusteigen. Seine Füße trugen ihn weiter, vorbei an der geöffneten Fahrzeugtür. Der weiß genau, was er will, schoss es Imme durch den Kopf. Er ist zwar so langsam, wie ich es oft bin, im Denken und im Handeln, aber im Gegensatz zu mir hat er ein Ziel.

Die gewohnten Alltagsabläufe des Lebens am Tiergarten vermisste Imme nicht. Nur die Geräuschkulisse fehlte ihr, die exotischen Vogelrufe und das laute Streiten aus den Affengehegen, das stets weit über das Gelände getragen worden war. Sie empfand sich ruhiger als früher, entspannter. Das Leben war weniger fordernd und aufregend, sie hatte sich nicht so vielen Themen zu stellen. Die Bestätigung durch Mons hielt die kritische Stimme in ihr unten, die sich mit unangenehmen Fragen zum Ende der Freundschaft mit Chrissie melden wollte.

„Bestattung Blau" heftete Imme als eine etwas verstörende Episode der Vergangenheit ab, die sie für abgeschlossen und überwunden hielt. Ein neues ausgeglicheneres Leben hatte begonnen. Umso mehr war sie von ihrer Reaktion irritiert, als einmal der Drucker aus unerklärlichen Gründen nicht aufhörte, Papier einzuziehen und nach dem Abbruch des Druckauftrags weiterrappelte. Unerwartet heftig hatte sie gegen den Tisch getreten.

Buddhistische Weisheiten von Achtsamkeit und Mitgefühl schienen zu einer anderen Epoche zu gehören. Wenn sie den Dalai Lama in einer Illustrierten abgebildet sah oder im Fernseher sprechen hörte, seufzte sie und dachte, dass sie ziemlich naiv gewesen war, all das zu glauben, was solche

Leute von sich gaben. Dieser Mann flog durch die Welt, wurde verehrt, konnte sich seine Ziele heraussuchen, hatte persönliche Diener und war nie arbeitslos gewesen. Mons hatte Recht. Solche Leute hatten leicht reden. Sie glaubte zwar nicht, dass sie ihre Anhänger absichtlich hinters Licht führten, aber seine Meinung, dass man in der Realität wenig mit dem anfangen konnte, was sie von sich gaben, teilte sie.

Bedeutsam wurden für Imme ihre Blicke aus dem Fenster. Sie beobachtete die ältere Frau aus der Wohnung unter ihnen, wie sie an der Tür des Nachbarhauses klingelte. Eine Zeitlang sprach sie mit der Ärztin, die dort mit Mann und Kindern wohnte und deren Haus, Familie und Garten freundlich und sauber wirkten. Imme waren die wippenden Pferdeschwänze der Töchter und die zärtlichen und zuvorkommenden Gesten des Mannes beim Verabschieden von seiner Frau längst vertraut. Sie hatte verfolgt, wie er ihr Auto im Winter vom Schnee befreit hatte und selbst mit dem Rad zur Arbeit gefahren war. Das ganze Jahr über kam er der Aufgabe nach, die Mülleimer hinauszustellen. Jedes Mal, wenn seine Töchter morgens das Haus verließen, winkte er ihnen nach, bevor er selbst mit dem Fahrrad energisch die Steigung zur Ampel in Angriff nahm. Das ganze Leben dieser Familie schien ihr hell zu sein, ohne jeden Schatten von Schwarz. Sogar der alte Kater, der bereits schlecht sah und hörte, behielt sein glänzendes Fell, wurde älter und älter und dachte nicht daran, zu sterben. Nichts Blaues ist in diesem Bild, dachte sie, es fehlt die Sehnsucht.

Wenn Imme das Leben zu gleichförmig vorkam, verließ sie die Wohnung, mäanderte langsam durch das Wohnviertel und sammelte die Geschichten ein, die ihr begegneten. Zu Hause schrieb sie auf, was sie draußen gesehen hatte, und erkannte dabei Gleichnisse ihres Lebens. Man hatte den Platz, an dem man sich befand, einfach nur auszufüllen, wie ein langsam dahin strömender Fluss, der ohne große Strudel in seinem Bett lag. Wer sagte, dass es tief und mit Unterströmungen versehen sein musste?

Mit der Zeit fiel Imme in die alte Langsamkeit zurück, von der sie geglaubt hatte, sie habe sie in den Blauen Bergen zurückgelassen. Und sie gewöhnte sich an, manches vor Mons zu verheimlichen, wie mit Genuss Dinge zu essen, über die er die Stirn runzelte, ein ganzes Glas Senfgurken oder Marshmallows zum Beispiel, von denen er gesagt hatte, dieses Plastik könne man nicht einmal einem Hund vorsetzen. Beim Anhören langer Bluesballaden träumte sie vor sich hin. Von Zeit zu Zeit bekam sie einen Anflug von schlechtem Gewissen, weil es nicht vorwärts ging in ihrem Leben, aber das hielt nicht lange an. Keine Aufgabe rief sie und sie selbst verspürte keinen Impuls, etwas zu ändern.

An einem der vielen Wochenenden, an denen Mons unterwegs war, holte Imme vom Dachboden zwei dicke, blaue Müllsäcke, löste die Schnüre und probierte all die alten Kleidungsstücke an, die sie nach dem Einzug als zu extrem und unpassend für die neue Umgebung eingeschätzt und weggepackt hatte. Es war wie ein Wiedersehen und fühlte sich gut an. Sie freute sich über das leise Frösteln, das sie wegen der Kälte der Stoffe auf der Haut empfand. Von diesem Tag an kleidete sie sich wieder komplett in Blau.

Es war wie ein Abtauchen.

„Mädel, du willst dich wohl in Luft auflösen?", kommentierte Mons Immes blaue Kleidung. Er lachte und nahm sie in die Arme: „Lass mich die Wolke auf dir sein!"

„Tut mir leid, heute ist der Himmel wolkenlos!" Imme grinste und drehte sich weg. Je mehr sie ihren eigenen Rhythmus fand, desto schwerer fiel ihr das Umschalten auf ihn.

„Heute ziehen aber sicher noch Wolken auf", scherzte er, „vielleicht gibt's sogar Gewitter!"

„Hm, mal sehen." Sie trat an das Fenster des Küchenbal-
kons und sah hinaus, während er von der Tagung in London
erzählte.

An den Abenden war ihm die Musik des Free Jazz begegnet und er versuchte, Imme dafür zu begeistern. Für sie
musste Musik nicht ständig und immer präsent sein. Wenn,
dann hörte sie Blues, aber sie dachte, Mons' Vorschlag wäre
vielleicht ein Zeichen, ihr würden Geschichten begegnen und
sie könnten etwas gemeinsam unternehmen.

Auf mehreren Konzerten erinnerte sie das freie Improvi-
sieren der Instrumente an die Tage mit Wolf zu Beginn des
Studiums. Die Musik machte sie nervös und kopflastig, die
Besuche im Jazzkeller waren ihr zu anstrengend und sie ent-
täuschte Mons, der nach ihrem „Nein" alleine hinging. Ihr
war mehr nach Bildern als nach Klängen zu Mute und sie
schlug vor, gemeinsam ins Kino zu gehen. Das Kino wiederum mit seiner Welt von Träumen und Hoffnungen war nicht
der richtige Ort für ihn.

„Da höre ich mir lieber deine Geschichten an, da ist jede
Menge Fantasie drin, die Dosis reicht mir völlig. Außerdem
bist du mir bisher die eine Katz-und-Maus-Geschichte schul-
dig geblieben." Mons grinste. „Da könnten wir uns heute
einen gemütlichen Abend machen."

Imme war in diesem Moment nicht in der Stimmung für
die Art von Gemütlichkeit, auf die Mons anspielte, weshalb
sie sich an Ort und Stelle aufrecht hinsetzte und sofort begann:

„Okay. Win lose, das heißt: Einer gewinnt Macht, der
andere verliert sie. Die Katze hatte die Maus schon wochenlang auf dem Kieker. Sie wollte es ihr unmöglich machen, in
diesem Haus noch an Essbares zu gelangen. Nie war die
Maus sicher, wo die Katze sich befand und ob sie sich gleich
auf sie stürzen würde. Ihre Lage wurde immer verzweifelter,
denn seit kurzem hatte sie acht Mäusekinder, die sie versorgen musste. Eines Tages putzten die Menschen das ganze

147

Haus und sprachen davon, dass Besuch käme. Die Düfte, die sich von der Speisekammer aus überall verbreiteten, verlockten die Maus, alles auf eine Karte zu setzen. Sie würde den Trubel des Gästeempfangs nutzen, um quer durch den Raum zur Küche zu laufen und sich das erstbeste Essen zu schnappen, das dort bereit lag, um aufgetischt zu werden. In der Hoffnung, die Katze würde abgelenkt sein, rannte sie los. Sie enterte ein Tischchen, schnappte sich ein großes Käsestück und zurück ging es in Richtung Nest. „Hab ich dich", rief eine Stimme hinter ihr und gleichzeitig mit einer Tatze fiel der Schatten der Katze auf sie. Sie dachte ein letztes Mal an die Kinder und ergab sich in ihr Schicksal. Da packte jemand die Katze am Nackenfell und hob sie hoch: „Oh, wie bist du denn reingekommen? Du hast immer noch Hausverbot. Wer sein Geschäft auf den Teppich macht, muss leider draußen bleiben. Ab mit dir!'"

Mons verzog das Gesicht. „So, Imme, und jetzt bitte die Erklärung. Wer von uns ist die Katze und wer die Maus?"

„Warte, ich erzähle dir gleich noch die letzte Variante. Vielleicht findest du darin die Antwort."

„Gut, wenn du meinst. Du bist sicher, dass du sie nicht später erzählen willst?"

Imme nickte nur mit dem Kopf: „Ja, bin ich. Lose lose heißt die Geschichte: Beide verlieren Macht. Also, die Katze saß vor der Lebendmausefalle und sah zu, wie die Maus in ihr hin und her rannte. Ab und zu holte sie mit der Tatze aus und kippte den kleinen Drahtkäfig um. Die Maus schrie. Die Katze wurde angestachelt und ihre Bewegungen wurden ausladender. Der Käfig schlitterte weit über den Dielenboden. Während die Maus immer panischer wurde, freute sich die Katze über das sichere Lob des Müllers. Voll Begeisterung gab sie der Falle noch einen mächtigen Stoß, musste dann aber feststellen, dass sie gefährlich nah auf das Loch zuflog, das im Boden eingesägt war, um den Wasserstand des Mühlbachs zu kontrollieren. Mit einem großen Sprung wollte sie das Verhängnis verhindern. Käfig, Maus und Katze fielen ins Wasser."

Mons runzelte die Stirn. „Hört sich gar nicht gut an, für beide, was?"

„Ja, Mons, und so erübrigt sich auch die Frage, wer wer ist. Wir gehen einfach beide unter."

An diesem Abend gerieten sie bei jedem Thema aneinander, egal, ob es ums Staubsaugen ging oder um einen Radiobeitrag. Danach zog sich Mons hinter die Zeitung zurück und Imme lief in der Wohnung auf und ab und war beunruhigt, welche Wendung ihr Leben nahm. Zuerst hatte sie Chrissie verloren, nun war sie dabei, es sich mit Mons zu verscherzen. Dabei liebte sie ihn doch. Er war der einzige Mensch, der sie bestätigte und großzügig unterstützte. Ohne ihn würde sie in ein Loch fallen, aus dem sie nicht so schnell wieder herausfinden würde.

Sie ging zum Bücherregal und schlug „Das große Buch der Weisheiten" auf: „Die sinnvollste Waffe gegen Ungeduld ist Geduld." Dieser Spruch sagte alles. Die richtigen Zeichen würden schon kommen und ihr zeigen, wie sie ihr Leben weiter gestalten sollte. Sie wollte Vertrauen haben, anstatt alles mit ihrer Gereiztheit kaputt zu machen.

Imme wollte sich mit Mons versöhnen und kaufte anderntags in der Drogerie ein Textilfärbemittel, schwarz. Damit wollte sie Mons ein Stück entgegenkommen und ihm eine Freude machen, indem sie Teile ihrer blauen Garderobe umfärbte. Zuhause las sie die Anleitung durch. Der Preis war unerwartet hoch gewesen, da konnte sie das empfohlene Gewicht der Kleidungsstücke etwas erhöhen. Die Maschine wusch noch, als er nach Hause kam.

„Überraschung!", lachte sie.

Gut gelaunt küsste er sie und fragte nach dem Grund ihrer Fröhlichkeit. „Hast du dir einen Job gesucht?"

Kurz war sie irritiert und zögerte, ob er es ironisch meinte. „Nein, das nicht. Aber, du kannst ja gleich mal schauen.

149

Ich höre die Waschmaschine im Bad piepsen. Komm mit!" Sie zog ihn hinter sich her und öffnete das Bullauge. Doch die Wäsche, die sie aus der Trommel zog, war blau. Die Menge an Stoff hatte das Schwarz abgeschwächt.

„Und was soll das bedeuten? Willst du mich ärgern?" runzelte Mons die Stirn. „Blau ist deine Lieblingsfarbe, das wusste ich schon." Er drehte sich um und ließ sie stehen.

Den ganzen Abend war er missgestimmt, obwohl sie ihm erklärte, was sie vorgehabt hatte. Imme verstand seine Reaktion. Sie hatte sich ja selbst geärgert und bemühte sich, die Konversation wieder in Gang zu bekommen. Sie brühte sich in der Küche einen Tee auf und fragte Mons über die Schulter: „Weißt du, was ich gerade im Internet gelesen habe?"

„Nein."

„Es gibt eine blaue Schnecke. Sie lebt unter der Borke von Bäumen im Gebirge, nur in den Karpaten. Sonst nirgendwo. Sie steigt mit den Wäldern hoch bis in die Alpenzone."

„Interessant, dann passt sie heute ja besonders gut zu dir." Imme sah an sich herunter. Sie hatte ihr Lieblingskleid angezogen. Auf blauem Grund war eine Blume aufgedruckt, deren Stiel sich undeutlich wie aus der Tiefe eines Traums erhob. Die Blüte war eine Fantasieschöpfung zwischen Glockenblume und Rittersporn, mittig tiefblau mit kleinen gelben Staubgefäßen, die wie Sterne im Universum des Kelchs leuchteten.

„Was hast du? Magst du mein altes Kleid nicht, Mons?", fragte sie mit scherzhaftem Zwinkern, so dass er den Faden der Ironie aufnehmen konnte, und nahm das Salatbesteck aus der Schublade zwischen ihnen.

„Nein." Es kam ernst und sie stutzte.

„Das ist nur die blaue Blume der Romantik, nichts Botanisches, eher was Sehnsüchtiges."

Er tat, als hätte er sie nicht gehört und deckte den Tisch mit den weißen Tellern.

„Na, wir können auch über etwas anderes reden", meinte sie. „Aber zuerst zieh ich meine Strickjacke über. Die weiße", lachte sie. Imme suchte die Jacke an der Garderobe und rief von dort aus in die Küche: „Ich habe im Internet Leute übers Wasser laufen sehen!" Sie wartete, aber es kam keine Erwiderung. „Du kannst mir glauben, Mons!"

„Und wo soll das gewesen sein?"

Sie hörte ihn die zwei Teile für das Blech aus dem Backofen holen, um sie für den Pizzateig zusammenzusetzen.

„In Italien!"

Mit verschränkten Armen blieb sie im Türrahmen stehen und dachte an den goldenen Weg auf der Oberfläche eines italienischen Sees, den ein Künstler installiert hatte. Jeder, der wollte, konnte heutzutage auf dem Wasser laufen. Es wurde empfohlen, barfuß zu gehen, um die Wellen am besten wahrnehmen zu können. Sie hatte Bilder von lachenden, beglückten Menschen gesehen. Es war also möglich, seine Träume zu verwirklichen.

Mons fragte nicht weiter. Er bereitete den Belag für die Pizza vor, während das Küchenradio schlechte Nachrichten aus aller Welt aneinanderreihte. Ohne in Immes Richtung zu schauen, sagte er:

„Das scheint nur noch den Bach herunter zu gehen, egal, was du hörst. Ob die Waffenlobby in den USA oder das Verhältnis Russlands zur Nato, kein Anzeichen, dass sich irgendwas zum Positiven entwickelt."

Sie murmelte etwas wie: „Hm, ja", und brachte es nicht fertig, ihm weiter von dem Kunstprojekt zu erzählen und ihn an ihrer Begeisterung teilhaben zu lassen. Sie setzte sich auf die Eckbank und sah ihm zu. Die Lautstärke des Wasserkochers, vermischt mit Halbsätzen des Programms, machte eine Unterhaltung unmöglich. Auf einmal hielt sie es in dieser

Atmosphäre nicht mehr aus. Als sie im Bad aus dem Fenster sah, atmete sie tief durch und spürte sich wieder.

Während des Essens hörte Imme zu, was Mons von der letzten Tagung erzählte. Eine Menge Details über die Verpflegung, die Qualität des Hotelzimmers und die der Wortbeiträge anderer Dozenten wurden ihr parallel zu Vorspeise, Hauptgericht und Nachspeise aufgetischt. Neugierig war sie vor allem auf die Reaktionen auf ihre Wolkentexte.

„Ah, und deine Texte, die kamen sehr gut an, wie jedes Mal. Ich habe sie dieses Mal am Ende gelesen, das funktioniert auch. Alle haben die Augen aufgerissen, als ich meinen Vortrag damit beendete. Sie können gar nicht glauben, dass ich so klug bin." Er lachte.

„Aber du sagst ihnen, wer sie geschrieben hat, oder?"

„Natürlich. Was denkst du denn?"

Manchmal wusste sie nicht, was sie denken sollte.

„Hat es dir geschmeckt? Ich habe die ganze Zeit geredet, Liebes. Das nächste Mal unterbrichst du mich!"

„Deine Pizza war mehr als lecker, Mons. Sie war der Gipfel. Ein Berggipfel, wenn man es genau nimmt. Und jetzt räume ich den Tisch ab."

Nach dem Abspülen trocknete sie sich die Hände ab und öffnete das Fenster zum Lüften. Den Mann, der draußen langsam die Straße hinunterlief, hatte sie noch nie gesehen. Er fiel ihr auf, weil er sich suchend umsah. Mit seinem graumelierten Bart und der Baskenmütze über dem dunklen Brillenrahmen wirkte er wie Ende fünfzig. Sie wollte sich schon wieder der Spüle zuwenden, als ihr klar wurde, wie ungewöhnlich die helle Babydecke in seinen Armen war. Im nächsten Moment registrierte sie den winzigen dunklen Haarschopf und erschrak. Draußen war es kalt und der Säugling hatte keine Mütze auf. Der Mann ging weiter und sie konnte das Kind nicht mehr sehen. Über seiner Schulter hing ein fliederfarbener Rucksack an einem Riemen. Beide Arme hielten das Kind. Der Anblick wirkte irreal. Ihre Augen folgten der Gestalt bis zu den Treppenstufen und erfassten sie wieder an der Straßenkreuzung. Sie erwartete, dass der Mann nach rechts in Richtung Apotheke und Krankenhaus abbog, aber er lief weiter an der Hauptstraße entlang Richtung Stadt. „Mons, hier ist etwas merkwürdig!", rief sie hinüber ins Wohnzimmer.

„Was denn?"

Sie hörte ihn aufstehen und in die Küche kommen.

„Siehst du den Mann noch, der da vorn den kleinen Schmuckladen passiert? Stell dir vor, der hat einen Säugling auf dem Arm, einfach so, ohne Kinderwagen oder Tragetuch. Und das Kind hat keine Mütze auf!"

„Und was ist daran merkwürdig?"

„Mons, es ist kalt draußen und der Mann war viel zu alt, um der Vater zu sein. Und keine Mutter gibt ihr Neugeborenes ohne Mütze mit."

„Vielleicht war der Weg nur kurz. Das wird schon seine Richtigkeit haben. Komm rüber, Imme, setz dich. Gerade läuft ein interessanter Film."

Doch sie wurde das Bild nicht mehr los. Immerhin, versuchte sie sich zu beruhigen, hatte der Mann das Kind in eine Decke eingehüllt.

Einige Tage lang flackerte das Ereignis hin und wieder in ihr auf. Kaum war es verblasst, da sah sie den Mann mit dem Baby ein zweites Mal unten vorbeigehen und sie rief erneut nach Mons. Dieses Mal hatte das Kind eine Mütze auf und steckte in einer Bauchtrage. Der Mann wirkte nicht mehr so desorientiert wie in der Woche zuvor. Ohne zu zögern lief er zwischen den Häusern die letzten Treppenstufen hinab und weiter.

Mons stand neben Imme, sagte: „Ach, der!", und berichtete, dass er den Mann neulich mit einer jungen Frau gesehen hatte.

„Mit ihren schwarzen Locken und der zierlichen Statur hat sie wie eine Italienerin ausgesehen. Sie hatte das Kind im

Arm, eingewickelt in eine blaue Babydecke. Und so alt ist der Mann aus der Nähe gar nicht", meinte er. „Nicht älter als vierzig. Das wird der Vater sein."

Ratlos sah Imme dem Mann nach. „Also steckt kein Geheimnis dahinter."

„Das einzige, was du ganz sicher für erwähnenswert hältst, so wie ich meine Zeichensucherin kenne", seufzte Mons, „ist, dass der Mann asiatischer Herkunft ist."

Ein Asiate? „Mit Asien verbindet mich gar nichts."

Sie war bisher weder dahin gereist noch hatte sie das je vorgehabt. Nur eine aktuelle Verbindung gab es, wie ihr in diesem Moment auffiel. Asien konnte ja alles Mögliche bedeuten.

Auf dem Bücherstapel im Badezimmer lag das Buch eines Japaners, dessen Name sie sich nicht merken konnte und der mit Fotografien von Wasserkristallen eine gewisse Berühmtheit erlangt hatte. Als Lesezeichen diente eine Postkarte, die ihr Vater ihr einmal geschenkt hatte.

Sie ging ins Bad, schlug das Buch auf und besah sich die Karte. An den Anlass des Geschenks konnte sie sich nicht erinnern. „The clear stream of Kurobe River" las sie unter dem kolorierten Motiv einer Flusslandschaft mit Eisenbahnbrücke, darüber Schriftzeichen.

„Was machst du im Bad, Imme?", rief Mons von der Couch. „Wenn du wiederkommst, kannst du dann bitte die Handcreme mitbringen?"

„Gleich. Ich sehe mir was an."

Mit Tube und Karte ging Imme ins Wohnzimmer.

„Hier. Die Creme. Sieh mal", beugte sie sich zu Mons hinunter, zeigte ihm das Motiv und kicherte. „Ein Fluss in Asien. Das klare blaue Wasser kann nur bedeuten, dass ich weiterfließen soll. So viel zu Asien."

„Mensch, Imme. Du und dein Blau. Setz dich und schau mit mir lieber die Nachrichten."

Sie winkte ab. „Ich will mal im Netz nachsehen, in welcher Landschaft dieser Fluss fließt."

Die Kurobe-Schlucht zählte laut Internet zu Japans bekanntesten Schluchten. Sie war vom gleichnamigen Fluss geformt worden, der über eine Talsperre und weitere kleine Stauseen in das Japan-Meer strömte. Die Schlucht war im unteren Abschnitt durch eine touristisch genutzte Eisenbahn mit geringer Spurweite erschlossen. Mit dieser Information betrachtete sie das Bild noch einmal genauer. Die Brückenkonstruktion aus Eisen, die sich über den Fluss spannte und wie eine Fußgängerbrücke wirkte, trug oben ganz klein die Lok und mehrere Wagen der Schmalspureisenbahn. Im Internet gab es ein Foto von einem etwas steileren Uferstück inmitten sonnenbeschienener grüner Bäume. Darunter stand: „Ewiges Eis". Und Imme erkannte erst beim genauen Hinsehen, dass die Helligkeit der vermeintlichen Felswand mit Erde bestäubtes Eis war. Ein Gletscher war es also, der in der Tiefe der Schlucht kaum schmolz. Mit seiner alten Zunge aus Falten und Schrunden berührte er das türkisfarbene Wasser. Abends tranken die Bergantilopen in dieser kühlen Umgebung von seinem Speichel. Im nahen Schrein trennte ein tonnenschweres, ineinander verdrehtes Seil aus Reisstroh die Welt der Lebenden von der Anderswelt, wobei die Drehung als Symbol an die Wellenbewegung des Wassers erinnern sollte. Imme dachte, dass in dieser Geschichte wieder einmal Wasser und Tod aufeinandertrafen. Irgendeine Bedeutung schien dahinter zu stecken, aber sie wusste nicht, welche.

Sie erhob sich und kehrte ins Wohnzimmer zurück. Mons holte sich gerade ein Bier aus dem Kühlschrank und setzte sich ihr gegenüber.

„Na, was gibt es heute für eine Geschichte? Ich bin gespannt!"

„Eine kurze jedenfalls. Später. " Imme rätselte noch über die Bedeutung der Postkarte.

„Gut, dann eben eine kurze. Die kurzen sind nicht die schlechtesten."

Mons lag in seiner Betthälfte auf der Seite, hatte den Kopf aufgestützt und wartete, bis Imme es sich mit dem Kopfkissen im Rücken gemütlich gemacht und die Beine angewinkelt hatte und mit der Geschichte begann.

„Also, in den alten Zeiten, als das Wünschen noch geholfen hat, ging einmal eine junge Frau durch einen tiefen, dunklen Wald."

„Klingt psycho."

„Meinetwegen. Jedenfalls war ihr sehr bang, so hieß das damals, doch sie hatte gehört, dass sich in der Mitte des Waldes ein Berg erhöbe..."

„Erhöbe?"

„Ja, stell dir vor, so lang ist das her, dass es ‚erhöbe' heißt." Imme blickte Mons streng ins Gesicht. „Sobald man ihn berühre, wurde berichtet, hätte man einen Wunsch frei. Die junge Frau irrte lange Zeit umher, doch endlich hob sich die Landschaft und sie war am Fuß des Berges angelangt."

„Hatte der zufällig Schuhgröße 42?"

„Mons, echt!"

„Okay, okay, weiter."

„Also, die Frau berührte den Berg und augenblicklich ertönte eine laute Stimme: ‚Willkommen sei dein Wunsch! Doch bedenke, sobald du ihn äußerst, wird sich die Anzahl deiner Schritte künftig verdoppeln, wenn du einen Berg besteigst.' Die Frau, die sich nichts sehnlicher als ein Kind wünschte, befürchtete, gleichzeitig mit der Verdopplung halbiere sich die Liebe ihres Mannes, und sie erschrak. Pause. Und nun die Frage an dich: Wie soll sie sich entscheiden?"

Mons starrte sie einen Augenblick an. „Eine interaktive Geschichte, ja? Na, wenn du mich fragst, soll sie lieber umkehren. Ich mag Geschichten, die gut ausgehen. Dass sich mit Kindern so ziemlich alles ändert, und nicht gerade zum leichteren, das weiß doch jeder. Und was uns betrifft, wir beide haben doch jeder unser eigenes Päckchen zu tragen in Bezug auf Mütter."

Imme sah ihn nachdenklich an und nahm die Leerstelle vor dem Wort Mütter wahr. Mons wollte immer noch nichts mit seiner Mutter zu tun haben, geschweige denn, dass Imme sie kennenlernte.

„Und wie ist deine Meinung zu dem Thema?", hörte sie ihn fragen.

„Ich bin der gleiche Bedenkenträger wie du", antwortete sie. „Ich bezweifle, dass meine Liebe für ein Kind überhaupt reichen würde."

„Liebes, du bist aber doch sehr gut im Lieben, wirklich. Soll ich dir das beweisen?"

Zärtlich hob er die Hand und strich ihr über die Wange. Imme spürte seine Wärme und schob den Gedanken an ein Kind und die damit verbundene Enttäuschung von sich weg, in irgendeine ferne Zukunft.

Einige Wochen später bekam Imme einen Anruf. Sie verstand den Namen nicht und es dauerte, bis sie begriff, dass sie mit einer Chinesin sprach, die seit längerem in der Stadt lebte und unter Anderem als Übersetzerin tätig war. Bei einer internationalen Tagung hatte Mons einen von Immes Wolkentexten gelesen und die Frau bat darum, ihn für den privaten Gebrauch kopieren zu dürfen.

„Oh, natürlich, ich freue mich über Ihr Interesse!" Imme war überrascht.

„Das ist sehr nett von Ihnen", klang die ungewöhnlich tiefe, melodische Stimme an Immes Ohr, „ich habe noch eine Nachfrage zum Inhalt."

„Ja, gern. Welche denn?"

„Sagen Sie bitte, was genau meinen Sie mit ‚die Wolken der Bergnasen atmen Schnee'? Wenn wir Chinesen ‚Ich' sagen, deuten wir nicht wie die Leute im Westen auf die Brust, sondern auf unsere Nasen. Ich frage mich, ob Sie hier den

Berg als Lebewesen sehen oder ob der Fokus des Handelns auf den Wolken liegt."

Imme überlegte kurz. „Hm, ich glaube, Berge können durchaus Lebewesen sein, auch sie werden geboren und vergehen, auch wenn sie manchmal unverrückbar und ewig erscheinen."

„Und, wenn das so ist, und ich stimme Ihnen zu, denken Sie sich die Berge denn auch als fühlende Wesen?"

Nach einem kleinen Schweigen erwiderte Imme: „Nein. Berge fühlen nicht. Da bin ich mir sicher."

Ihr Gegenüber am Ende der Leitung sagte nach einer Pause: „Das ist interessant."

„Wir können uns gern darüber austauschen!", sprach Imme schnell weiter. Sie merkte, wie gut es ihr tat, die eigenen Gedanken zu konkretisieren.

„Gern. Aber ein andermal. Vielleicht können wir uns zu einer anderen Gelegenheit treffen. Zum Beispiel beim Tanzen."

Nach dem Verabschieden besah sich Imme die Adresse am Rand des Notizblocks.

Die Chinesin veranstaltete Abende, an denen in einem großen Raum im Stadtzentrum Menschen allen Alters zum freien Tanzen kommen konnten. Sie hatte Imme eingeladen, am nächsten Termin teilzunehmen. Es sei ein offenes Angebot, doch wenn die Zahl der Teilnehmenden eine gewisse Grenze überschritten habe, werde der Saal geschlossen. Sie solle also vorsichtshalber etwas früher kommen.

„Sie werden mich finden. Überall nennt man mich nur ‚Meisterin'. Wenn es sein soll, werden Sie kommen. Es liegt bei Ihnen", waren die letzten Worte ihres Gegenübers gewesen. Imme war auf eine interessante Frau gestoßen. Und möglicherweise auf ein neues Wegzeichen.

11 Bewegung

Imme befürchtete, zu spät zu sein, und lief die Treppen des
U-Bahn-Aufgangs hoch. Sie war sich wegen der Kleiderord-
nung unsicher gewesen und hoffte, sie würde mit ihrem
langen blauen Lieblingskleid nicht unpassend angezogen
sein. Hinter der großen Glastür standen Menschen in Grüpp-
chen zusammen. Als sie die Eingangshalle betrat und auf die
Garderobe zuging, hörte sie zu ihrer Überraschung auch
Bässe und Männerlachen. Die meisten Besucher waren bereits
älter, aber das machte ihr nichts aus, sie war neugierig. Sie
gab ihre Jacke an der Garderobe ab und hatte die erste angenehme Begegnung, die Frau schenkte ihr ein warmes Lächeln.
Sofort fühlte Imme sich schön und befreite ihre weißen Haare
aus dem Griff des Haargummis, worauf sie sich wie Strahlen
auf ihrem Rücken ausbreiteten, als sie durch die offene Doppeltür in den Saal trat. Große geschmiedete Säulen stützten
das Dach über einem riesigen Raum, der nur eine Bühne
enthielt und keine Bestuhlung, dafür viel Platz. Über hundert
Leute verteilten sich bereits in ihm, als über Lautsprecher in
einem perkussiven, an afrikanische Musik erinnernden
Rhythmus Musik einsetzte. Die Leute sahen sich an, viele
lächelten und begannen, sich zu bewegen. Dann hörte Imme
die Stimme der Chinesin. Freie Laute wie ein Lachen wurden
in den Raum gerufen und alle wendeten sich ihr zu. Sie setzte
in größer werdenden Schritten Fuß vor Fuß und tanzte mit
fließenden Bewegungen bis in die Mitte des Raums.

Es bildete sich ein Kreis um sie und alle bewegten sich
mit. Die „Meisterin", so die in der Ankündigung der Flyer
verwendete Bezeichnung, war eine der Frauen, deren Alter so
schwer zu schätzen war. Spontan engte Imme es zwischen
fünfzig und sechzig ein, später erfuhr sie, dass sie um die
siebzig war. Ihr Körper war biegsam und kraftvoll zugleich.
Mit gebündelter Energie und ohne etwas zu tun, nur, indem

sie dastand, strahlte sie eine große Präsenz aus. Alle im Raum wurden von einer unsichtbaren Kraft zu ihr hingezogen. Imme fiel der Rattenfänger von Hameln ein. Auch er hatte wohl neben seinem Flötenspiel über eine ähnlich starke Ausstrahlung verfügt. Sein weibliches Pendant hatte ein klassisch strenges Gesicht mit Mandelaugen und zart geschwungenem Mund, dessen roter Lippenstift einen Kontrast zu dem silberfarbenen Haarknoten bildete. Leichtfüßig und ohne Worte, lediglich mit einigen Handbewegungen sammelte sie ihre Tanzgemeinde hinter sich und im Rhythmus der mit Trommelklängen angereicherten Musik begann ein wogendes Hin und Her durch den großen Raum. Je nach Musik änderte sich die Vielfalt der Bewegungen, in denen alle ihren Körper schwingen ließen. In verschiedenen Konstellationen trafen die Tanzenden auf immer neue Partner und Gruppen. Alle schwangen sich ein und feierten ihren Körper. Dankbar, ihn bewegen zu können, drückten sie sich frei durch ihn aus, schlossen die Augen oder lachten ein fremdes Gegenüber an. Die Musik verband sie und eine Frau beugte sich zu Imme und sagte anerkennend:

„Du bewegst dich wunderbar!"

Die zwei Stunden Tanz wurden durch keine Pause unterbrochen. Imme folgte der Choreografie und ließ sich auf alle Impulse ein, wogte mit vielen auf andere zu, verharrte wieder in sich versunken, kreiste oder wirbelte in Spiralen über die Tanzfläche. Gegen Ende verteilte die tuscheblau gekleidete Meisterin weiße Papierblätter und Stifte auf dem Fußboden, auf die jede und jeder, sich von Blatt zu Blatt bewegend, mit einem Wort das Gefühl beschreiben konnte, von dem sie oder er bewegt war. Ein ruhiger Abschluss, begleitet von leiser Musik, den Geräuschen von Füßen auf dem Boden, Atmen und dem Kratzen von Stiften. Imme kniete sich hin und schrieb ein ganzes Gedicht. Sie konnte ihre Gefühle unmöglich in nur ein Wort fassen, ihr Herz war übervoll.

Wie ein Ausrufer lief die Meisterin von Blatt zu Blatt und zitierte einiges, was aufgeschrieben worden war. Zuletzt nahm sie Immes Text und las ihn vor. Einen Moment lang war es still, dann verbeugte sich die Meisterin tief und ein großer Abschlussapplaus brandete auf. Die Leute begannen, plaudernd aus dem Saal zu schlendern. Als Imme noch dastand und mit dem Haargummi vom Handgelenk ihre Mähne bändigte, kam die Chinesin auf sie zu.

„Ein schöner Text war das, meine Liebe!"

„Danke. Wir haben uns schon einmal über einen Text von mir unterhalten. Über Wolken." Imme stellte sich vor, die Meisterin lächelte anerkennend und fragte, ob sie noch etwas Zeit hätte.

Imme nickte. Sie wartete und als die Meisterin kam, begann ein Gespräch, das sie in dem kleinen Bistro nebenan bis spät in den Abend fortsetzten. Ihr Gegenüber erwies sich als kluge, weltläufige und vielseitig interessierte Frau. Von den Wolkengedichten kamen sie auf gesellschaftliche Themen.

„Imme, wissen Sie, ich denke, die Welt, die uns umgibt, ist oftmals ein tosender Sturm. Aber auch in unserem Inneren wirbelt es. Wir leben in Zeiten großer innerer Herausforderungen. Dauerhafte Beziehungen zu führen scheint fast unmöglich zu sein. Viele Menschen empfinden einen Anpassungsdruck, den sie irrtümlicherweise als von außen kommend wahrnehmen. In Wirklichkeit entsteht dieser Druck aber von innen – zumindest in unserer reichen Industriegesellschaft. Die meisten Menschen denken, dass sie lediglich auf äußere Umstände reagieren, auf Zeitdruck, Anforderungen, Geldmangel und ähnliches. Aber diese Bedingungen sind austauschbar, die Probleme bleiben bestehen. Genauso geht es uns mit unseren Beziehungen, sie führen uns mit jedem Partnerwechsel immer wieder neu an unsere eigenen Probleme heran. Jeder Mensch verändert sich – muss sich verändern – und dies in einem Maße, wie es vor zwanzig Jahren noch undenkbar gewesen wäre."

Imme sprach langsam und nachdenklich. In diesen Stunden fand sie Wörter, von denen sie nicht gewusst hatte, dass sie auf ihrer Zunge bereit lagen.

„Ja, ich habe oft das Gefühl, es sind Muster, die mein Verhalten lenken. In der Folge handele ich und erschaffe mir eine Welt, die nur aufgrund dieser Muster entsteht. Ich wünsche mir sehr, auszubrechen aus diesen Zusammenhängen. Wahrscheinlich bin ich meiner Zukunft auf der Spur, verstehen Sie?"

Die Meisterin sah sie an und nickte, als ob sie sich unmerklich verbeugte.

„Ich kann Ihnen von mir erzählen, Imme. Erlauben Sie mir, dass ich etwas weiter aushole?"

Imme übernahm unwillkürlich die kleine Geste der Verbeugung. „Gerne! Bitte sprechen Sie! Ich habe Zeit."

„Die Globalisierung, denke ich, ist insoweit von Vorteil, dass durch den Austausch und die Begegnung zwischen den Nationen alle voneinander lernen können. Den Chinesen fehlt es an Selbstbewusstsein und Individualität. Was die Europäer im Übermaß haben, nämlich ein Ego, dessen Belange sie durchzusetzen wünschen, hat man in China zu wenig. Dort richtet sich jeder nach der Umgebung, in gewissen Maß nach der Familie, aber in höherem Maß nach der Gruppe, in der man sich befindet. Und indem diese Gruppen, ob in Schule, Bekanntenkreis oder Arbeit alle vom Staat beeinflusst werden und man in der Kulturrevolution die Bindung an eine spirituelle Vergangenheit verloren hat, wird der Einzelne davon abgehalten, sich mit seinem Inneren zu beschäftigen. So haben die Deutschen zum Beispiel ein romantisches, ‚süßes' Bild dafür, woher die Babys kommen. Sie werden von einem Vogel im Schnabel hergeflogen." Die Meisterin lächelte. „Wenn ein Kind in China seine Eltern fragt, woher es kommt, bekommt es ein verächtliches ‚Von da' zugeworfen und es wird auf den Mülleimer gezeigt." Die Chinesin trank einen Schluck, während Imme stumm wartete, dann fuhr sie fort.

„Und was ich noch für viel gefährlicher und ursächlicher halte für die fehlende Auseinandersetzung mit dem Ich, ist die völlige Tabuisierung des Todes. Niemand spricht darüber. Das Thema ist absolut verpönt. Und wie soll man zu einer inneren Tiefe gelangen, wenn keine Fragen nach dem ‚Woher wir kommen' und ‚Wohin wir gehen' möglich sind? Hier kann die chinesische Gesellschaft viel von Deutschland lernen."

Imme spürte einen Stich im Herzen. War das nicht das Ziel gewesen, das sie mit Chrissie gemeinsam verfolgt hatte? Und hier begegnete ihr das Thema von Neuem. Es ließ sie nicht los.

„Die Deutschen wiederum können von der Geduld der Chinesen lernen. Ich gebe auch Kurse in Kalligrafie. Oft sind die Teilnehmer zu perfektionistisch und geben wie trotzige Kinder nach den ersten Versuchen auf. Ihnen fehlt das Wissen, dass nur beständiges Üben zu einem Erfolg führt. Auch mit diesem Erfolg ist nie ein Endpunkt erreicht. Im Chinesischen gibt es ein Sprichwort: ‚Hinter dem Himmel gibt es noch einen Himmel und dahinter noch einen ...'"

Imme beugte sich vor. Himmel, das war auch ein Thema, das mit ihr zusammenhing. So viele Zeichen. Hieß das, sie sollte hinter die Dinge sehen? Da drang der letzte Satz der Meisterin an ihr Ohr, bevor diese das Gespräch beendete:

„Die Bereitschaft zur Demut, was das eigene Vermögen und das anvisierte Ziel angeht, gibt innerlichem Wachstum Raum."

Voller Eindrücke kam Imme nach Hause und erzählte Mons begeistert von diesem ereignisreichen Abend. In seiner rationalen Art stellte er Fragen und sie bekam das Gefühl, er wollte ihre Erlebnisse zerpflücken wie die tagespolitischen Sendungen, nach denen er jeweils anschließend die Welt nach seinen Vorstellungen interpretierte.

„Mensch, Mons, jetzt hör doch auf mit deinem Argwohn! Das war ein wirklich toller Abend. Du nervst!"

Er lenkte ein. „Gut, okay! Ich will dich nur vor unkritischer Bewunderung bewahren. Du klangst wie ein Teenie, der die Leute auf der Bühne im Konzert anhimmelt, egal, was sie tun. Am besten, du gehst nochmal hin. Beim zweiten Mal offenbaren sich meist solche Allerweltsphilosophien."

Sie begriff nicht, was er an dem, was sie erzählt hatte, auszusetzen hatte.

„Mons, bist du vielleicht eifersüchtig? Mein Gott, ich habe gedacht, dass du in Vielem zustimmst."

„Ich habe doch nur ein paar Fragen gestellt. Sei nicht so empfindlich. Weißt du was? Wir legen uns hin und du erzählst eine deiner spannenden Geschichten. Ich hätte angesichts der Lage Lust auf einen Krimi. Wie wär `s?"

„Ich trinke jetzt mein Glas aus und überlege noch ein bisschen, ja?"

„Wunderbar! Ich warte auf dich!"

Imme sah auf das weiße Japanpapier am Fenster. Zu ihrer Begeisterung war Empörung hinzugekommen. Doch je länger sie überlegte, desto mehr behielt die Begeisterung Oberhand und spülte auch eine Prise Humor an die Oberfläche. Sie machte sich bettfertig und beschloss, es Mons mit einer Geschichte heimzuzahlen.

„Eine Geschichte von einem Harry, Mons. Bist du bereit?"

„Hör ich da etwa einen Unterton in deiner lieblichen Stimme? Du nickst bedeutsam? Na, da mache ich mich auf alles gefasst. Es kann losgehen!"

„Harry hatte im Verlauf vieler Jahre die unterschiedlichsten Fitnessstudios besucht. Jedes hatte ihm geholfen, seinen Körper zu dem zu machen, was er inzwischen demonstrierte. Er konnte von sich behaupten, unter den Bodybildern des Landes eine herausragende Stellung einzunehmen. Die Pokale auf seiner Wohnzimmerkommode zeugten davon. Es fehlte nur noch ein Foto von Harry an der Wand hinter ihnen. Bereits vor Wochen hatte er ausgemessen, dass es sehr groß sein musste, um angesichts der Flut von Pokalen zur Wirkung zu kommen. Mit den notierten Maßen begab er sich in ein Fotostudio der Stadt. Da die Theke nicht besetzt war, wartete er eine Weile im Vorraum. Von irgendwoher war ein Staubsauger zu hören. ‚Hallo?', rief er, aber erst nach weiterem, sehr lautem Rufen wurde der Staubsauger abgestellt. Eine schlanke Mittfünfzigerin im Blaumann erschien und streifte sich Gummihandschuhe ab. Sie war klein, grauhaarig und trug einen eigenartigen Rucksack. Höflich hörte sie sich Harrys etwas aufgebracht vorgetragenen Wunsch an, dann sah sie auf die Uhr und nickte. ‚Gut', sagte sie und führte Harry in das Fotostudio im hinteren Raum. ‚Wir können gleich anfangen. Ziehen Sie sich aus und stellen Sie sich hier hin!' Sie begann, die vorhandenen Scheinwerfer auf Harry auszurichten und hantierte an dem großen fest installierten Fotoapparat in der Raummitte herum. ‚Wie? Soll ich mich nicht hinlegen? Das Foto muss doch im Querformat sein!' Harry stutzte. ‚Bin ich die Fotografin oder Sie?' Ohne eine Antwort abzuwarten, füllte die Frau einen Liter Spülmittel in den Trichter der Kamera. Er wunderte sich, wagte aber nicht weiterzusprechen. Wenn er sich sehr aufregte, bekam sein Kopf eine rote Färbung. Das wollte er unbedingt vermeiden. Nach den Anweisungen der Fotografin stellte er sich in Positur. Sie sah auf die Uhr, als könnte es ihr nicht schnell genug gehen. ‚Fertig?', fragte sie. ‚Fertig', antwortete Harry und spannte die Muskeln bis zur Perfektion. Beim ersten Klacken des Auslösers schoss eine Fontäne von Seifenblasen auf Harry zu. Bevor er reagieren konnte, war er von Schaum umgeben und hatte Seife in den Augen. Brüllend schlug er um sich. Geblendet von den Scheinwerfern warf er sich hin und her, während die Kamera dauernd Aufnahmen machte. Harry wollte sich auf die Fototussi stürzen, verlor auf dem seifigen Grund den Halt und schlug lang hin. ‚Danke!', lachte sie. ‚Ich hätte nie gedacht, dass ich bei meiner Putzstelle so eine tolle Serie für einen Film machen könnte! Der Fall des Schaumriesen passt als Titel!' Mehr Worte konnte sie nicht von sich geben. Harry hatte sich aufgerappelt und warf sich mit einem Kopf von der Farbe reifer Tomaten in ihre Richtung. ‚Oho! Böse?' Mit einer Drehbewegung schnappte sich die Frau den Speicher der Kamera, rannte in den Vorraum und dann auf die Straße, gefolgt von einem schaumbedeckten Wesen. Durchtrainiert, wie Harry war, würde er sie bald erreichen. Da zog die Fliehende überraschend im Laufen an der Schnur, die aus ihrem Rucksack heraushing. Der untere Teil klappte auf, ein Raketenantrieb wurde gezündet und die Frau stieg mit einem glitzernden Schweif über die Häuser der Stadt auf und flog davon. Weit außerhalb schwebte ein Fallschirm mit leichten schaukelnden Bewegungen auf eine grüne Wiese. Die Person, die daran hing, lachte. Eine Woche Zeit bis zum Abgabetermin für das hochdotierte Filmfestival. Das war zu schaffen. Sie war einfach nur glücklich. – Fertig!"

„Haha, sehr lustig!" Mons warf mit einem Kissen nach Imme. Merkwürdigerweise blieb sie reglos sitzen. So sehr eins mit sich hatte sie sich schon lange nicht mehr gefühlt. Mons war ihr auf einmal völlig einerlei.

„Du bist mir schnurzpiepegal, Mons", sagte sie ruhig. Da lehnte er sich an die Wand und ließ die Arme sinken, als ob ihm plötzlich die Luft ausgegangen war, wie ein Ballon, der auf ein neues Aufblasen wartete.

12 Yin und Yang

Auf den nächsten Tanzabend hatte Imme bereits gewartet. Im Vorraum der großen Halle erkannte sie einige Gesichter wieder und fühlte sich sofort zugehörig. Die Meisterin begrüßte sie mit einer herzlichen Umarmung. Etwa siebzig Menschen, in der Mehrheit Frauen, verteilten sich mit erwartungsvollen Gesichtern im Raum. Die letzten Gespräche verstummten.

„Dieses Mal habe ich den Beginn etwas anders geplant", verkündete die Meisterin. „Vor dem freien Tanzen werden wir gehen."

Sie nannte die Übung „Mutig vor dem Tor auf und ab gehen". Erst war in Imme ein Widerstreben, als sie das hörte. Es klang nach Choreografie und bei langen Sequenzen, die sie sich merken musste, empfand sie Stress. Aber sie gab sich einen Ruck, ging in der langen Reihe, die nun alle bildeten, hinter ihrer Vorderfrau her und plötzlich war es ganz leicht. Mit dem linken Fuß einen Schritt vor und wippen, dann den rechten Fuß nach vorne setzen, wippen und wieder neben den linken zurückziehen, anschließend das Gewicht verlagern und mit dem vorherigen Fuß wieder nach vorn loslaufen. Man kam vorwärts, obwohl es Rückschritte gab. Der anfänglich konzentrierte Blick auf das Vorbild wurde zunehmend weniger kontrollierend, alle hielten wie vorgeschrieben die Hände entspannt auf dem Rücken verschränkt, so dass der Brustkorb weit wurde. Da fiel Imme im Gehen Chrissie ein, wie sie in ihrem besonderen Gang auf den Friedwald zuging und nach Grabstellen Ausschau hielt. Während Imme der Anweisung folgte, mit dem Raum über und unter ihr in Kontakt zu sein, erkannte sie, wie gut dieses Gehen zu Chrissie passte. Mutig ging sie vor einem Tor auf und ab, das sich zwischen Leben und Sterben öffnete. Da war er wieder, der alte Begleiter Tod. Den ganzen Abend über blieb die Verknüpfung Gehen und Chrissie in Imme präsent.

Auch nach dem Tanzen trug Imme den Gedanken an die Freundin mit sich. Immer wieder schienen die Zeichen auf die Zeit mit Chrissie zu weisen, als solle Imme dort neu anknüpfen. Aber vielleicht war das eine Fehlinterpretation. Vielleicht sollte sie ihre Suche auf anderes richten, zum Beispiel auf die Farbe Gelb. Diese Idee kam ihr im Zusammenhang mit dem Thema Asien.

Gelb war auf der Farbskala das Gegenüber von Blau und stand auf vielen Ebenen mit Asien in Verbindung. Sie las, dass die Farbe in der chinesischen Philosophie Toleranz, Geduld und Weisheit repräsentierte. Gelb galt als günstige Farbe und yanghaltig, was auch immer das bedeuten mochte. Erst war ihr in Form der Postkarte Japan begegnet, nun stand China im Vordergrund, auch durch die Meisterin. Bereits während des Kunststudiums war Imme mit diesem Land in Berührung gekommen, durch ihren Professor. Sie erinnerte sich an sein besonderes Interesse für China.

Imme setze sich spontan an den Computer, suchte die Kontaktdaten auf der Seite der Akademie heraus und schrieb ihrem ehemaligen Professor eine Mail. Sie schilderte kurz, dass sie sich für China interessierte und etwas über das Land und ihr noch unklare Zusammenhänge herausfinden wollte und fragte, ob er Zeit finde, sie zu treffen.

Seine Antwort überraschte sie. Er freue sich über ihr Interesse, lebe aber seit mehreren Monaten in China. Da eine Reise für ihr Anliegen wohl in keinem Verhältnis stehe, könnten sie alternativ telefonieren, weshalb er einige Termine zur Auswahl anfüge.

In Imme verstärkte sich durch dieses Angebot ihr Gefühl, der richtigen Spur zu folgen. Sie rief am ersten vorgeschlagenen Termin an.

Ihr ehemaliger Professor erkundigte sich mit seiner angenehmen Stimme sogleich nach ihr.

„Was machen Sie denn beruflich, Imme? Sind sie noch im Bestattungswesen aktiv?"

Ihr war nicht klar gewesen, dass er wusste, was sich nach Chrissies damals im Rahmen des Studiums gehaltenen Workshops entwickelt hatte.

„Nein", antwortete Imme zögernd. „Mich beschäftigt etwas anderes. Ich suche Antworten und kann noch nicht einmal die Frage genau formulieren."

„Oh", er klang, als würde er lächeln, „dieser Zustand kommt mir bekannt vor. Das I Ging sagt in so einem Fall: Halte ein, wenn es Zeit ist, innezuhalten! Handle, wenn es Zeit ist, zu handeln!"

„Gerade das will ich herausfinden", rief Imme. „Wann ist Zeit wofür? Soll ich irgendwelchen Zeichen folgen? Alles ist heutzutage möglich. Ich könnte zum Beispiel nach China reisen. Ich kann aber auch aufhören, nach Zeichen zu suchen und abwarten. Momentan weiß ich nicht, welche Richtung ich einschlagen soll." Es wunderte sie nur kurz, dass sie gleich so direkt auf ihr Anliegen zu sprechen kam.

„Sie werden es herausfinden, da bin ich sicher. Ich kann Ihnen anbieten", der Professor schien ein paar Schritte zu machen, „das Schafgarbenorakel für Sie zu befragen. Es kann Klarheit in Entscheidungen bringen und zukünftiges Handeln in richtigem Maß befördern. Das würde natürlich bedeuten, den Weg der Zeichen zu wählen."

Sie wollte weiterhin auf Zeichen achten, unbedingt. Ohne Zeichen wäre sie wie ein Blatt im Wind, dachte Imme. In ihr stieg Wärme auf.

„Wäre es Ihnen denn möglich, das Orakel gleich zu fragen?"

„Sofort? Warum nicht? Ich hole die Dinge, die ich brauche. Es wird nicht lange dauern. Bitte warten Sie einen Augenblick."

Gegenstände wurden verschoben, dann trat Stille ein, vermutlich stellte sich ihr Gesprächspartner auf die Zeremonie ein. Gerade, als Imme es vor Anspannung kaum mehr aushielt, kündigte er an:

„Ich beginne. Sie brauchen nichts zu tun, als sich zu sammeln und zu versuchen, die Gedanken nicht abschweifen zu lassen. Lassen Sie sie ziehen wie Wolken. Sind Sie soweit?"

„Ja." Imme schüttelte das Bild ab, das kurz in ihr aufgestiegen war, nämlich, die Wolken zusammen mit Mons ziehen zu lassen.

Es folgte in einer zehnminütigen Prozedur das trockene Rascheln und klickende Fallen der Stängel, bis der Professor sagte: „Ich habe das Orakel für Sie geworfen. Hören Sie?"

„Ja." Imme lauschte gespannt.

„Also, Imme, das Ergebnis ist ‚Bo: die Zersplitterung'. Hier steht als Urteil: ‚Nicht fördernd ist es, wohin zu gehen. Hingebung und Stillestehen ist die Folge.' Wenn Sie mich fragen, heißt das in einer seltenen Eindeutigkeit, dass Sie nicht nach China reisen sollen. Hier geht es anscheinend für Sie nicht weiter."

Das hatte zwar die Spur nach China verneint, aber sonst keine Anweisung und keinen Rat gegeben. Irritiert fragte Imme nach:

„Das war alles? Können Sie mir sonst noch irgendwelche Hinweise geben?"

„Nein, tut mir leid, das ist alles."

„Ich danke Ihnen! Da werde ich mir wohl einen neuen Plan ausdenken müssen."

„Sie werden Antworten bekommen. Melden Sie sich, wenn ich Ihnen helfen kann. Oder wenn Sie das Orakel noch einmal befragen möchten."

Imme zeichnete mit dem Finger auf den vom Duschen beschlagenen Spiegel im Bad. Linien gingen von einem Herz aus, von ihrem Herz. Eine Linie führte zu einer Musiknote, dem Symbol für die Meisterin, eine weitere zu einer Nickelbrille, dem Professor, eine andere zu einer Pagode, das war die Reise, und eine vierte zu einem Yin-Yang-Zeichen für die chinesische Philosophie. Alles hatte mit China zu tun, doch nichts davon schien sie weiterzuführen. Sie ging ins Wohnzimmer und nahm das Buch mit den Weisheiten von dem Bücherstapel. Mit geschlossenen Augen schlug sie es auf, deutete mit dem Zeigefinger auf eine Stelle und las:

„Tausend Wünsche und es verirrt sich dein Herz."

Wahrscheinlich sollte sie doch aufhören mit dem Zeichensuchen. Ihr wurde kalt. Sie kam nicht weiter mit ihren Entscheidungen.

Am nächsten Tag war Imme erkältet. Ihr Hals war an der Seite fühlbar dicker. Sie fragte sich, welche Farbe wohl die Lymphe hatte. Vielleicht gelb? Zwei Telefongespräche konnte sie noch führen, dann legte sich dicker Schleim auf ihre Stimmbänder und ihre Worte wurden stumm geschaltet. Sie hätte sich am liebsten ins Bett gelegt, aber sie hatte einen Termin beim Bürgerservice für ihren neuen Personalausweis.

Angeblich war durch die neue elektronische Terminvergabe nur ein kurzes Warten nötig, weshalb sie nicht absagte und durch den kühlen Morgen zum Bus ging. Die Fahrt nur etwa eine Viertelstunde dauerte, doch in der kurzen Zeit schien etwas hinter ihrer Stirn zu vereisen und zusammen mit den Abgasen der Autos ihre Atemwege zu besetzen.

Auf der elektronischen Anzeigetafel im Warteraum waren von oben bis unten Namen aufgereiht, dahinter die Angabe „Termin" und eine Zimmernummer. Imme setzte sich und wartete auf ihren Namen, während die obere Zeile immer wieder blinkte und ein nicht unangenehmer, aber durchdringender Gong erklang, woraufhin die aufgerufenen Personen in Richtung der Sachbearbeiterräume gingen. Imme war unklar, ob man auf das Erscheinen des Namens in der oberen Zeile und den Gong warten musste oder die angezeigten Namen zum sofortigen Aufsuchen der Schalter berechtigten. Sie hatte Kopfschmerzen. Auf den Stühlen saßen die unterschiedlichsten Menschen. Einige junge Leute, wahrscheinlich Studenten und Studentinnen, ein dicker Mann mit Wollmütze und finsterem Gesichtsausdruck. Eine jüngere tätowierte Frau mit Piercing neben ihrer Mutter, je ein Zwillingsbaby auf den Knien, denen sie die Trinkflasche in die Händchen gegeben hatte, bediente gleichzeitig ihr Handy. Ein junges Paar mit osteuropäisch aussehendem Namen wurde aufgerufen, während von der Theke Gesprächsfetzen rudimentärer Englischkenntnisse zu Imme herüberdrangen. Ein dunkelhäutiger Mann musste wegen nicht zueinander passender Sprachkenntnisse auf beiden Seiten des Tresens wieder gehen und zu einem neuen Termin in der folgenden Woche erscheinen, wenn ein englischsprechender Mitarbeiter anwesend sein würde. Imme sah seinen gebeugten Rücken und den beim Hinausgehen sinkenden Kopf. Kurz bedrängte sie die Vorstellung, er säße mit Anderen in einem Boot, umgeben von Wasser. Vermutlich hatte sie Fieber. Als sich die automatische Schiebetür hinter ihm geschlossen hatte, fing ihre Zunge am Mundwinkel eine salzige Träne auf. Es war idiotisch gewesen, in ihrem Zustand ein Amt aufzusuchen. Da pulsierte ihr Name zu dem Ton des Gongs und zeigte daneben die Zimmernummer 10. Sie stand auf, ging an der Theke vorbei, als die ältere der beiden Servicemitarbeiterinnen gerade sagte:

„Ich habe auch meine Anweisungen, und Englisch zu lernen, gehört nicht dazu, dafür kann ich nichts!"

Im Bearbeitungsraum reihten sich auf zwei Seiten schmale halboffene Kojen aneinander, über denen die Platznummern leuchteten. Unter der Leucht-10 wurde Imme von einer gutaussehenden jungen Frau erwartet, die mit ihrer Brille einen klugen Eindruck auf sie machte und eher an eine Abgeordnete des Bundestags erinnerte als an eine städtische Angestellte an einem Behördenschalter.

„Ich bin erkältet!", versuchte Imme zu sagen. Heraus kam ein Krächzen und sie deutete auf ihren wollenen Schal.

Die Angestellte verstand und nickte. Es gab neue riesige Touchscreens zum Unterschreiben mit Spezialstiften, die sich in der Testphase befanden und Imme hätte am liebsten gesagt, dass sie solche Neuerungen für überflüssig hielt, aber so konnte sie auf die Frage, ob sie damit Probleme hätte, nur den Kopf schütteln. Drei Unterschriften, eine Belehrung, die Bezahlung am Kartenlesegerät, das war alles. Immes Kopfweh wurde stärker. Lag es am Muster des Fußbodens, graublaue Karos, oder am Dunst der Technik, an der Schwingung der Menschen, die hier arbeiteten, oder an denen, die hereingerufen wurden wie Bittsteller? Sie versuchte, nicht mehr alles wahrzunehmen. Sie senkte die Augen, um vor allem die ältere Servicemitarbeiterin auszublenden, die schräg hinter Platz 10 an der Schrankwand mit den Ordnern lehnte und aus einem giftgrünen Plastikbehälter Undefinierbares gabelte. Solche Frauen fürchtete Imme. Selbstbewusst und raumgreifend ließen sie sich nicht stören und hatten alles in ihrem Kontrollblick.

Hinter Imme ging ein junger Student vorbei zu Platz 11. Die junge Frau, die dort saß, hob den Telefonhörer ans Ohr und fauchte ihn an: „Sie sind hier falsch!"

„Aber ich bin hier richtig. Platz 11!"

Immes Sachbearbeiterin sah ihn einfühlsam an und warf ein: „Vielleicht haben Sie sich verlesen. Schauen Sie noch einmal nach!"

Doch er sagte mit sanfter Stimme, warmen Augen und dem Vertrauen der Menschen, die noch nicht gelernt haben, sich der Welt gegenüber zu wappnen: „Nein, ich bin sicher: 11. Und mein Name stand da, aber dann war er plötzlich wieder verschwunden."

Die Zuständige für Schalter 11 sah ihn gar nicht an. „Sie sind zu spät!" sagte sie abschließend und wandte ihre Aufmerksamkeit wieder dem Telefonhörer zu.

Immes Sachbearbeiterin sah ihn mitfühlend an und wollte etwas hinzufügen, da beugte sich die essende Frau vor: „Sie sind zu spät!"

In der Lautstärke lag eine solche Endgültigkeit, dass jede Erwiderung im Keim erstickt wurde. Der junge Mann zog sich in sich zurück wie eine Schnecke. Ihn schien Trauer zu umspülen, die sich aus einer Fülle solcher Vorkommnisse speiste, dem kafkaesken Gefühl des Ausgeliefertseins und der Zurückweisung. Er schlug die Augen nieder und trat einen Schritt zurück, wandte sich um und ging.

Die Nummer 10 beugte sich über ihren Arbeitsplatz, während die ältere Frau dahinter sich zu ihr neigte und von der Seite wiederholte: „Er war zu spät! Wenn seine Nummer weg war, war er zu spät."

Am liebsten wäre Imme dem jungen Mann hinterher gestürzt, hätte ihn umarmt, ihn ermutigt, ihn getröstet, hätte die Trauer gern mit ihm geteilt, aber nicht heute, einem Tag, an dem sie sich selbst kraftlos fühlte.

Zu Hause legte sie sich ins Bett, und einige Tage später, nachdem ihre Stimme wieder zu ihr zurückgekommen war, erzählte sie Mons die Fortsetzung der Geschichte vom Bürgerservice.

„Weißt du, was danach geschehen ist, Mons? Nachdem der junge Mann das Gebäude verlassen hat? Stell dir vor: Kaum ist der junge Mann ins Freie getreten, hat er begonnen, sich aufzurichten. In ganz gerader Haltung lief er an den Radständern vorbei auf die Grünfläche, du weißt, die hinter den Bänken, und blieb dann in einigem Abstand vor der großen Buche stehen, der, die als einziger Baum die Bebauung des Parks überlebt hat. Niemand hat das Geräusch gehört, als der Stoff seiner Jacke über den Schulterblättern zwei lange Risse bekam, aus denen sich knisternd etwas Helles ins Freie schob. Wie bei einem Schmetterling, der aus dem Kokon schlüpft, entfalteten sich diese weißen Gebilde größer und größer bis hin zu weiten, weißen Federschwingen. Der Verkehr auf der Straße und die Passanten gingen weiter, als würde nichts Besonderes geschehen. Der junge Mann stieß sich leicht vom Boden ab und, seinen Rucksack in der rechten Hand haltend, flog er in die Höhe und über die Dächer der Neubauten. Ich hab 's gesehen. Danach machte er einen Bogen und verschwand hinter den Wipfeln der langen Pappelreihe. Kurz danach trat ich auf die Stelle, von der er aufgebrochen war. Vor der Buche war noch etwas zu erahnen. Ein Aufgerichtet-Sein, etwas Mut machendes – und deshalb habe ich aufgehört, zu weinen."

„Soso", meinte Mons. „Und du bist sicher, dass du kein Fieber mehr hast?"

„Todsicher."

13 Aufbruch

Zeichen begegneten Imme jede Menge, aber keines davon sorgte für Klarheit, wie es weitergehen sollte.

In einem Film sah sie einen Kabarettisten zu seiner Hausärztin gehen, die ihn fragte, was er eigentlich im Leben noch vorhabe. Er antwortete, er würde gern noch ein Buch schreiben und wurde von ihr unterbrochen: „Das meine ich eigentlich nicht, das Berufliche, das geht bei Ihnen seinen Gang. Ich meine, in spiritueller Hinsicht." Das warf ihn aus der Bahn und er begab sich auf die Suche. Imme fragte sich, was es in ihrem Leben an spirituellen Inhalten gab, welchen Sinn ihr Dasein hatte. Mons stellte sich solche Fragen nicht. Oft wunderte sie sich über ihre Verschiedenheit. Anscheinend fehlte ihr die Erfahrung, um seinen Blick auf die Welt nachvollziehen zu können.

Sie hörten gemeinsam eine Radiosendung über Grenzen, Grenzen im Allgemeinen und Grenzen im Sinn von Abgrenzung des Eigenen zum Fremden, als Durchlässigkeit. Der Experte sagte, er sei überzeugt, jeder Mensch würde einem anderen respektvoll begegnen und dessen Andersartigkeit achten. Mons lachte, was Imme nicht verstand. Er meinte, das sei Augenwischerei. Die Politik müsse schleunigst Grenzen setzen, denn der Mensch sei dem Menschen ein Wolf.

Imme fragte sich, woher sie ihren Glauben an das Gute hatte. Vielleicht durch die Begegnung mit Natur und Kunst. Manchmal erschien ihr das als ein kindlicher Glaube, als naive Blindheit gegenüber der Realität. Dann wieder war sie sicher, dass es Ausdruck weiblicher Liebesfähigkeit und Erfahrung war und im Gegensatz zu einer männlichen Sichtweise stand. Einer Sichtweise, die nach Führung, Machtausübung und manchmal Gewalt rief. Spiegelte sich diese Dualität notgedrungen in einer Beziehung zwischen Mann und Frau wider?

Überhaupt war sie viel in Gedanken. Mons fuhr nach wie vor zu Tagungen und reagierte ungeduldig auf Immes zunehmende „Verträumtheit", wie er es nannte.

„Mädel, du bist verträumt und die personifizierte Ratlosigkeit. Langsam musst du dich mal zusammenreißen. Tagelang rumsitzen, da fällt doch jedem die Decke auf den Kopf. Unternehmungen mit mir lehnst du ab. Abends weggehen ist nicht mehr. Deine Erzählungen werden immer abgehobener. Ich mache mir langsam Sorgen, dass du selbst abhebst. Das dauernde Rausgucken. Lange sehe ich mir das nicht mehr an."

Er machte sich wirklich Sorgen. Imme kam sich blockiert vor. Sie hörte wie ein fernes Echo die Frage ihres Vaters, ob ihr Hirn wohl eingefroren wäre. Nichts half ihr, in Bewegung zu kommen. Wegen der großen Ferien war Tanzpause beim Freien Tanzen.

Im Radio hörte sie Wortbeiträge, die scheinbar speziell für sie erzählt wurden.

„Als Kind", lachte ein alter Mann im Interview, „als Kind, was weiß man da schon? Dreimal wollte ich mich umbringen als Kind. Einmal sprang ich von einer hohen Mauer, aber ich fiel in weiches Stroh. Einmal nahm ich Gift und einmal..., als Kind, wissen Sie, da kann man das nicht." Immer noch war er am Leben und verzweifelte daran. Ein Trauma aus der Kindheit im Krieg ließ ihn nicht los. Seine einzige Waffe war das Malen schöner Blumen. „Heile Welt, ja. Heile Welt!", sagte er.

Imme sammelte diese existenziellen Beiträge als könnten sie eine Art Schockwirkung in ihr auslösen und damit den nächsten Schritt. Ihr Rechner beherbergte unzählige Sendungen, die sie vom vielen Nachhören auswendig kannte. Sie hatten alle etwas mit ihr zu tun. Sie zu löschen, war unmöglich. Manchmal dachte sie, ihr PC müsse statt der Lautsprecher Ohren besitzen. Wie ihr Gehirn trug er Geschichten, Gedanken und Klänge in sich. Er speicherte jedes

Wort eines Seminars, in dem der Vortragende erzählte, wie er in einem Raum die fünf chinesischen Elemente Wasser, Feuer, Luft, Erde und Metall auf A4-Blätter geschrieben und verdeckt auf den Boden gelegt hatte. Die Teilnehmer waren aufgefordert worden, eine Weile auf jedem Blatt zu stehen und in sich hineinzuspüren. Anschließend sollten sie sich dort positionieren, wo sie sich am wohlsten gefühlt hatten und die Energierichtung beschreiben, die sie damit verbanden, „nach oben" zum Beispiel, oder „zentrierend". Fast immer stimmten ihre Einschätzungen mit der nach Lehrmeinung zugeordneten Energierichtung des jeweiligen Elements überein. „In den Worten ist bereits die Essenz, sogar unausgesprochen wirkt sie. Spricht man sie aus, nimmt ihre Kraft noch zu", so der Dozent. Immes eigene Kraft war in der Zeit mit Mons langsam versiegt. Sie war verstummt und hatte die Verbindung zu sich verloren. Sie hatte lange den Zeichen nicht mehr vertraut und sogar verlernt, nach ihnen zu suchen. Sie entfernte das Japanpapier vom Schlafzimmerfenster und sah auf die alte Villa, deren Garten von einer Mauer umgeben war. Zwei große alte Kastanien standen rechts und links vom Kiesweg. Der Boden um sie herum war übersät mit stachligen Kastanienschalen und braunen Früchten mit einem hellen Rund. Kein Kind kam, um sie aufzuheben.

Sie überlegte. Wenn sie selbst schon nichts bewegen konnte, dann vielleicht jemand anderes. Ihr fiel Helena ein. Als der Impuls, sich an sie zu wenden, noch nach Tagen Bestand hatte, folgte Imme ihm und rief sie nach langer Pause an, um einen Termin mit ihr zu vereinbaren.

„Schön, dich zu hören, Imme. Ich freue mich, wenn du kommen möchtest. Ja, wenn du nächste Woche, warte mal, am Freitagvormittag, Zeit hast, da könnte es klappen. Passt dir das?"

„Das passt sehr gut, Helena. Klasse, dass es so schnell geht. Diesmal geht es um private Dinge."

„Gern, wir werden uns das anschauen." Allein wegen des beruhigenden Tonfalls in Helenas Stimme hatte sich der Anruf gelohnt.

Imme wollte noch wissen, ob sich in Helenas Leben etwas Neues ereignet hatte, und erfuhr, dass sie seit neuestem zehn Interessierten schamanisches Grundwissen beibrachte, im Rahmen einer Weiterbildung, die ein halbes Jahr dauerte.

„Du kennst meinen Glaubenssatz, Imme: Die Energien, von denen wir beeinflusst sind, können wir spüren und für uns nutzen. Hier kann ich endlich tiefergehend auf der energetischen Ebene arbeiten, was mir vorher nur in Teilbereichen möglich war."

„Was macht ihr da zum Beispiel?" Imme überlegte kurz, welche Energien sie beeinflussten und wie sie diese für sich nutzen könnte.

„Man raucht, rasselt, trommelt. Ausgehend von der Chakrenlehre, beginnen die Leute, Heilung zu lernen. Als Behandelnder muss man nicht wissen, worum es geht. Der zu Behandelnde gibt das, was er bearbeitet haben will, atmend in einen Stein, mit diesem Stein werden die Chakren ausgetestet, das heißt, man pendelt über ihnen und wenn eines nicht schwingt, legt man den Stein auf den Punkt und geht nach seinem Gefühl weiter vor, mit Rasseln oder Trommeln, je nach Intuition. Dann passiert etwas, zum Beispiel kann ein Weinen auftreten. Das darf dasein, bis sich das System wieder beruhigt. Man muss nicht verstehen oder wissen, was ist, sondern das Vertrauen haben, dass es gelöst und geheilt werden will."

„Klingt ja sehr geheimnisvoll. Funktioniert das auch, wenn man eine Krise hat? Und wie lange dauert das dann, das mit dem Vertrauen und der Heilung?"

„Auf der energetischen Ebene gibt es weder Raum noch Zeit, es ist alles da. Wenn da etwas ist, was im kommenden Zeitraum eine Rolle spielt, kann man das im Voraus lösen. Wenn man die Monate imaginiert und beim Januar schwingt das Pendel, wirkt das in die Zukunft. Bei einem Geschehen in der Vergangenheit kann es vielleicht sein, dass das Pendel bis zum zweiten Chakra ruhig schwingt, dann lebhafter, so teilt das System mit, wo es energetisch zu arbeiten gilt. Verlorenes kann wieder an die Oberfläche geholt werden. Wie lange die Heilung dauert, ist natürlich individuell verschieden. Aber es klappt auf jeden Fall."

Was Helena gesagt hatte, gab Imme das Gefühl, auf dem richtigen Weg zu sein. Das mit den Chakren konnte sie zwar nicht nachvollziehen, das schien ihr zu weit weg von ihren eigenen Erfahrungen, aber was für sie stimmte, war das mit dem Verlorenen, dass sie sich irgendwie im Leben mit Mons verlorengegangen war. Sie musste nur noch herausbekommen, was sie tun konnte, um sich wiederzufinden. Sie legte auf und war noch in Gedanken, als sie den Wohnungsschlüssel im Schloss hörte.

„Imme, du wirst staunen, was ich alles mitbringe!", rief Mons schon vom Gang aus. „Die allerbesten Früchte, nur für dich."

Er lud zwei Plastiktüten auf dem Küchentisch ab, kam zu ihr und umarmte sie von hinten. „Wollen doch mal sehen, ob wir deine Stimmung nicht heben können durch diesen Anblick!"

Er bugsierte sie in die Küche und drehte sie zu den Schälchen voll roter und schwarzer Johannisbeeren, Himbeeren und den letzten Stachelbeeren des Sommers.

„Oh, schön. Sieht wirklich lecker aus."

Imme gab sich Mühe, begeistert zu klingen. Während Mons aus jedem Schälchen einige Früchte nahm und wusch, blieb ihr Blick an dem Blau der Plastikverpackung hängen. Eine Erinnerung flog sie an. Indigo Girl, you're my little indigo girl.

Das Lied hatte sie gemeinsam mit Chrissie im Laden beim Streichen gesungen. Von ihr hatte sie zum Geburtstag die CD geschenkt bekommen. Lieder mit Texten, in denen

Blau eine Rolle spielte. Blue, blue windows behind the stars, Yellow moon on the rise, Big birds flying across the sky, Throwing shadows on our eyes. Leave us helpless, helpless, helpless.

Im nächsten Moment kniete sie auf dem weißen Fliesenboden und sammelte die Scherben ihrer Tasse ein, die Mons beim Wegräumen aus der Hand geglitten war.

„Sei nicht traurig, Schatz." Mons holte Schaufel und Besen. „War nicht an einer Stelle schon die Glasur abgeplatzt?"

Abrupt sah sie zu ihm hoch. „Du weißt genau, was mir diese Tasse bedeutet hat!"

„Weiß ich! Entschuldige bitte, sie stand einfach zu nah am Rand. Das kann doch jedem passieren. Ich kaufe dir eine neue Tasse, Imme, sogar in Blau, wenn's sein muss! Und ich mache dir einen Vorschlag: Wir essen Früchte und gehen danach eine Runde spazieren."

„Nein, danke, hab' keine Lust." Imme wollte nicht nach draußen. Sie wollte nichts als ihre Ruhe haben und in ihrem Zimmer sein. Sie ging darin herum und zog eine Spirale von Gedanken hinter sich her. Imme, Imme, Immerzu.

In der Woche darauf ging sie zu Helena. Imme entdeckte ihre Wut, die auf Katinka und die auf Mons. Und die Sehnsucht nach Chrissie.

Gleich am nächsten Tag besuchte Imme das kleine israelische Café, in dem sie so oft mit Chrissie Orangenkuchen gegessen hatte.

Der vertraute Tisch am Eingang war frei, als hätte er auf Imme gewartet. Von ihm aus konnte man durch die große Fensterscheibe die Passanten und das Geschehen in der Straße beobachten. Geschmack und Geruch von Kaffee und Kuchen weckten Erinnerungen in ihr. Ab und zu fuhr draußen ein Auto vorbei, in dessen Luftzug sich die gelben Blüten des Topinambur am Gehsteig ergeben neigten. Die Kühlung brummte. Ein Kind quengelte. Das aufgebrühte Kaffeepulver wurde immer wieder von Neuem mit einem dumpfen Schlag ausgeklopft. Ein Mann sprach englisch. Die Tür öffnete sich und schlug wieder zu. Tassen wurden auf Untertassen gestellt. Kleine rosa Tulpenköpfe entfalteten sich unmerklich in der Wärme. Ein riesiger hoher Lampenschirm aus orangefarbenem Stoff lehnte sich an den Fensterrahmen. Im Glas der Bilderrahmen spiegelten sich das Geäst der Bäume und die Beete vor dem Schaufenster, aus deren brauner Erde dunkelgrüne Triebe wuchsen.

„Mami!", schrie ein Mädchen und wollte die Jacke nicht anziehen. Papier raschelte beim Einwickeln des Kuchens. Hinter der Durchreiche trocknete jemand Besteck ab und legte es in die Schublade. Die Familie mit den zwei Kindern verließ das Café, ein letztes „Mami" war auf Höhe der zwei Männer an der Häuserecke zu hören, von denen einer rauchte. Draußen begleitete ein junger Typ mit Pferdeschwanz und grauem Hut seine Eltern über den großen Platz.

In den Augenwinkeln nahm Imme wahr, dass eine Person den Gehsteig entlangkam und vor dem Café verschwand, als hätte sie sich in Luft aufgelöst. Imme schaute genauer hin. Auch die nächste Passantin, eine Frau mit Tragetuch vor dem Bauch, löste sich samt Baby in Luft auf. Kurz dachte Imme an Levitation oder an das Gegenteil, vielleicht war da ein Aufzug in die Tiefe, ein Loch im Boden. Aber da kam sie wieder zum Vorschein, die Frau. Langsam drehte sie sich um und rief etwas, worauf der kleine Junge mit dem Dreirad erschien und verschwand. Und wieder vor dem Schaufenster auftauchte. Die Ursache dieses Phänomens, erkannte Imme, war der Spiegel in der Seitenwand des Eingangs. Er fing die Passanten ein und ließ sie erst wieder los, nachdem sie sich einige Meter weiterbewegt hatten.

Imme stand auf und zahlte, begab sich selbst in diese Wand aus Nichts, tauchte wieder auf und ging gedankenverloren durch die Seitenstraße des Viertels. Holunderbeeren sprenkelten mit schwarzen Punkten die Gehsteige, ab und zu vermischt mit dem intensiven Rot von Kornelkirschen, das ihr in die Augen sprang.

Imme bückte sich nach einer Kastanie zu ihren Füßen und blickte, als sie sich wieder aufrichtete, auf ein Schild an einem Hauseingang. Auf ein Yin-Yang-Symbol und den Namen der Meisterin über dem Zusatz „Tanztherapeutin und Schamanin". Hier wohnte also die Frau, die für ihre ersten Schritte zu sich selbst von Bedeutung gewesen war. Eine Bewegung im Hof ließ sie genauer hinsehen und wirklich stand da die Meisterin an einer blauen Papiertonne.

„Hallo!", rief Imme. Das überraschte Gesicht der Meisterin hellte sich sofort auf.

„Imme, das ist aber schön! Kommen Sie doch herein."

Sie umarmten einander und Imme kam in den Sinn, dass der Spiegel im Cafe sie so lange wie dafür nötig aufgehalten hatte.

Vom Jugendstiltreppenhaus betrat man im ersten Stock eine schöne Altbauwohnung mit Holzböden und hohen Räumen, geschmackvoll eingerichtet, einige Wände wie mit Bücherrücken tapeziert, andere in einem warmen samtenen Weißton gestrichen. Vor einem Gemälde asiatischer Masken wandte sich die Meisterin Imme zu und wirkte dabei selbst wie gemalt, eine schöne Frau, scheinbar ohne Alter mit langen schwarzen, locker hochgesteckten Haaren. Sie setzte sich eine strenge Lesebrille auf, was das Bild einer klassischen Chinesin sofort zerstörte und ihr einen modernen Ausdruck gab.

„Gerade wollte ich mir einen Kaffee machen. Möchten Sie auch einen?"

„Lieber ein Glas Wasser, bitte. Ich bin gerade im Café gewesen."

„Was machen ihre Wolkentexte?"

Nur kurz drehte sich das Gespräch um das Schreiben. Von den Wolken kam Imme auf Mons und sie berichtete, wie sie Mons kennengelernt hatte und mit ihm lebte, und erzählte auch, auf ihre blaue Kleidung angesprochen, von der Bedeutung der Farbe in ihrem Leben.

Während sie Milch für den Kaffee aufschäumte, hörte die Meisterin so intensiv zu, dass der Schaum überlief. Beim zweiten Versuch gelang es besser. Sie setzten sich an einen kleinen runden Tisch neben der Balkontür, der zur Hälfte von Büchern bedeckt war und auf dem ein riesiger Blumenstrauß mit ausgeblichenen, weit geöffneten Blüten stand, die Imme erst nach einiger Zeit als Gladiolen erkannte. Sie wirkten wie aus lang vergangener Zeit übriggebliebene geheimnisvolle Gewächse.

Der Blick der Meisterin schweifte beim Nachdenken über eine Antwort in den Garten und zum flachen Nachbarhaus. Plötzlich sagte sie:

„Oh, wissen Sie, Imme, was ich glaube? Da gegenüber im Altersheim ist jemand gestorben."

Beide standen auf und sahen auf das Nachbargrundstück. Zwei Anzugträger bugsierten eine Art Rolltisch mit einem Sarg darauf die Rampe des Eingangsbereichs hoch. Sie verschwanden in der Tür, die sich automatisch hinter ihnen schloss. Zwei Raucher lehnten draußen an der Hauswand und gaben sich unbeteiligt. Es dauerte nicht lange, da erschien der Sarg wieder, geschoben von den Männern und begleitet von zwei Ordensschwestern. Der oder die Tote wurde zum Leichenwagen gerollt, während eine elegante schwarze Katze alles von einem Mäuerchen aus beobachtete.

„Die Seele der Verstorbenen hat also schon einen neuen Platz gefunden", nickte die Meisterin leise.

Gelassen blickte die Katze ihrer sterblichen Hülle nach.

„Es gibt mehr Dinge zwischen Himmel und Erde, davon bin ich überzeugt", bemerkte die Chinesin und fragte: „Sie denken sicher ähnlich, Imme?"

„Zeichen sind mir vertraut. Und ich habe lange genug in einem Bestattungsinstitut gearbeitet, um zu wissen, dass wir eine Seele haben." Imme lächelte.

„Imme, auf die innere Stimme zu hören, ist etwas Wertvolles. Es gibt diesen Spruch, von Hölderlin, glaube ich: ‚In der Gefahr wächst das Rettende auch.' Es ist richtig und wichtig, jedes kleine Fitzelchen dieses Rettenden wahrzunehmen. Manchmal ist es sogar entscheidend, wenn man kurz davor ist, zu verzweifeln. Sie können mir glauben, ich weiß, wovon ich spreche. Ich will damit sagen, dass es gut ist, auf Zeichen zu achten. Aber Zeichen sind nicht alles. Es gibt Zeiten, in denen man die Zeichen selber setzt. Man fasst Beschlüsse. Die Antworten sind in uns. Wir müssen Vertrauen haben und danach handeln."

14 Tod

Imme scheute wie ein Pferd vor einem Hindernis davor, die Verantwortung für ihr Leben zu übernehmen. Allerdings häuften sich, je länger sie zögerte, Geschehnisse, die in aller Deutlichkeit darauf hinwiesen, dass das Leben erst wieder rund laufen würde, wenn es ihr gelänge, Entscheidungen zu treffen.

Ein Vorfall hatte sich nachts ereignet. Imme hatte sich angewöhnt, beim Zubettgehen einen kleinen Player unter ihr Kopfkissen zu legen. Die Wortbeiträge aus dem kleinen weißen Ohrhörer dienten ihr als Einschlafhilfe, um dem Strom aus Gedanken und Zweifeln etwas entgegenzusetzen. Lag Mons neben ihr, wartete sie, bis er das Licht löschte und angelte dann heimlich nach dem kleinen Kopfhörer. Während der Nacht kam das kleine Ding ihrem Ohr irgendwie abhanden, machte sich auf den Weg in die Kissenlandschaft und fand sich am Morgen im Bereich des Kopfkissens wieder. Manchmal wanderte es auch wie die Erbse der Prinzessin unter Immes Körper und bescherte ihr einen unruhigen Schlaf.

Noch nie hatte es ein Problem damit gegeben, bis zu der Nacht, in der Imme voller Panik aufgewacht war, in Todesangst. Sie hatte vergeblich versucht, sich zu bewegen. Mons schlief und hatte ihr den Rücken zugewendet. Sein Gewicht hielt das eine Ende des Kopfhörerkabels fest, das andere Ende hatte sich um ihren Hals gewickelt und zugezogen, als sie sich gedreht hatte. Mit beiden Händen befreite sie sich zitternd. Fast wäre sie erstickt. Wie Katinka! Sie war entsetzt. So fühlte es sich also an, wenn einem die Kehle zugeschnürt wurde! Katinka und die Nabelschnur. Und Imme. Immerzu.

Mons und Imme entfernten sich Tag für Tag mehr voneinander. Sie waren wie zwei Flüsse, die sich parallel in ihren Betten vorwärts bewegten und kaum mehr aufeinander zu mäanderten. Immer seltener berührten sich die Flussschleifen.

Tagelang gelang Imme kein Text. Sie verbrachte Stunden im Internet und war danach ausgelaugt. Vielleicht gab es irgendwo draußen ein Zeichen für sie, etwas Eindeutiges, einen Hinweis, einen Impuls. An einem Nachmittag zog sie ihre blaue Jacke an, steckte eine kleine Trinkflasche in ihren Rucksack und verharrte für einen kurzen Moment unten an der Haustür. Tief durchatmend entschied sie sich für einen Gang den Berg hoch durch das Wohnviertel. Nach der Fußgängerampel setzte nach und nach aufgelockerte Bebauung ein, alte Häuser, verwoben mit ihren Gärten. Ein Kleiber rannte wie aufgezogen am Stamm eines Ahorns auf und ab. Er hatte die schnellen, zackigen Bewegungen und die Energie hyperaktiver Jungen. Der weiße Unterlidstrich blitzte hell und das gesamte Federkleid sah aus, als sei es eben ausgepackt worden. So lebendig zu sein, wünschte sich Imme für sich selbst. Sie folgte dem Vogel in eine Seitenstraße, wo er mit lauten Rufen im Wipfel einer Buche verschwand. Hier gab es Häuser mit Mauern und kamerabestückten Rolltoren. Polierte Schilder aus Messing erzählten Geldgeschichten. Kalte Geschichten, dachte Imme, was sie nach warmen Farbtönen suchen ließ. Sie folgte von Vorgarten zu Vorgarten dem besonderen Rot von Perückensträuchern. Vielleicht hatte eine ortsansässige Landschaftsgärtnerei das Anpflanzen befördert. Nach dem letzten Perückenstrauch suchte Imme neue Fährten, folgte Kacheln an Wänden, dann einem Hund, schließlich einem ungewöhnlichen Geräusch und wie bei einer Schnitzeljagd immer neuen Zeichen. Alle schienen schlüssig, alle hatten Sinn, aber keines führte zu einer Erkenntnis. Sie wollte nicht aufgeben und umkehren, bevor sie irgendeine Antwort gefunden haben würde. Eine Antwort anstatt dieser Verzweiflung, die von ganz tief in ihr aufzusteigen begann. Sie lief immer weiter, lief immer neue Kurven, kreuzte ihre eigenen Bahnen und strandete nach Stunden hungrig und erschöpft in einem Bushäuschen, vor sich der breite Strom des Feierabendverkehrs. Wie sollte sie weitermachen? Imme kam unvermittelt in den Sinn, aufzustehen und einfach auf die Straße zu treten. Einfach vor ein fahrendes Auto laufen, dann wäre Schluss mit all der vergeblichen Zeichensuche, dem Blau der Sehnsucht, mit dem ständigen Hinterfragen, der ganzen Unentschiedenheit. Ihre Augen waren trocken und schmerzten wie nach mehreren durchwachten Nächten. Sie stand auf und sah alles ganz deutlich. Wie aufgefädelt rollten Fahrzeuge unterschiedlicher Farben mit dunklen Silhouetten der Insassen schnell an ihr vorbei und entfernten sich wieder. Es würde ganz leicht sein.

Eine ältere Frau näherte sich und Imme wurde abgelenkt. Sie senkte den Blick und wollte warten, bis die Störung vorbei war, doch die Frau verharrte am Abfalleimer des Bushäuschens. Geräusche ließen darauf schließen, dass in ihm gewühlt wurde. Dem ersten Eindruck nach hätte Imme nie vermutet, dass das eine Flaschensammlerin war. Sie hob den Blick wieder und sah im Gesicht der Frau die Abdrücke eines schwierigen Lebens. Welche Niederlagen sie wohl erlitten hat, fragte sich Imme. Und dann empfand sie einen Impuls, klar und eindeutig, als sei alles ganz einfach. Sie sprach die Frau an und fragte:

„Wollen Sie meine Pfandflasche haben?"

Es gab kein Oben oder Unten, sie waren beide gleich. Gleich bedürftig. Die Frau nickte und antwortete ruhig:

„Wenn Sie eine haben und nicht mehr brauchen."

Da hatte Imme schon in den Rucksack gegriffen und hielt sie ihr hin. Ihr Herz klopfte und sie war sehr dankbar darüber, dass ihr im Geben auf einmal der Sinn wiederaufgetaucht war. Die Frau entfernte sich und Imme wusste, sie selbst wollte nicht mehr so isoliert leben, sie wollte wieder in Verbindung sein mit Menschen. Vielleicht war das die Antwort.

Bei der nächsten Gelegenheit sprach sie mit Mons.

„Hast du mal Zeit?", fragte sie, als er einige Tage später von einer Reise zurück war.

„Ja, was ist?". Er murmelte es, ohne von der Post aufzusehen, die als Stapel vor ihm am Tisch lag.

„Gerade läuft es nicht so gut mit uns, was?"

Er hob den Kopf und sah sie an: „Findest du?"

„Komm schon, Mons, das findest du doch auch, oder?"

„Hm, kann sein", zuckte er mit den Schultern. „War schon mal anders."

„Ist es okay, wenn wir darüber reden?"

„Klar, wieso nicht. Sag, was du sagen willst." Er ging zur Obstschale, nahm sich einen Apfel, wusch ihn am Waschbecken, wobei er ihr den Rücken zukehrte.

„Mensch, Mons, du machst es mir nicht leicht."

„Habe ich von dir gelernt." Der Ton, mit dem er das sagte, ließ sie spüren, wie unzufrieden er war.

„Mons, ich dachte, wir reden mal darüber, was wir anders machen können."

„Liebes", er kam zu ihr und schob den Hocker unter dem Tisch hervor, um sich neben sie zu setzen, „meinetwegen können wir so weitermachen. Besteht die Unzufriedenheit nicht eher auf deiner Seite?"

„Das stimmt. Wir sprechen zu wenig über die Dinge, die uns wichtig sind. Ich habe den Eindruck, du interessierst dich nicht für das, was ich denke. Und du schätzt es nicht."

„Moment Mal. Du willst mir nicht mehr sagen, was in dir vorgeht. Du erzählst mir keine Geschichten mehr. Du hast schlechte Laune. Gleichzeitig hängst du hier rum, schreibst immer weniger, so ist jedenfalls mein Eindruck, und gibst mir die Schuld für irgendwas, keine Ahnung, wofür."

„Hm, man kann das so sehen. Aber ich habe mir viele Gedanken gemacht. Darüber, was ich will und wie es weitergeht. Ich bin zu viel allein. Ich will mehr mit Leuten machen." Imme schob ihr Wasserglas von der rechten in die linke Hand.

„Ich hindere dich doch nicht daran. Ich habe dir von Anfang an gesagt, dass du dir keine Gedanken zu machen brauchst. Mein Geld reicht für uns beide, wenn es darauf ankommt. Aber irgendwas machen solltest du. Wenn du dir einen Job suchst, hast du automatisch mit Leuten zu tun."

„Es geht mir um echte Beziehungen, nicht um irgendwelche Leute!" Das Glas fiel um, als Imme eine heftige Geste machte.

Mons' Stöhnen, als er aufstand, um einen Lappen zu holen, ließ ganz kurz den Gedanken an eine Trennung von Mons in ihr aufblitzen, aber die Angst, ohne ihn noch einsamer zu sein, machte sie stumm.

Eine Zeitlang sagte niemand etwas. Mons stand da und wartete. Wahrscheinlich hatte er recht. Er machte ihr keine Vorschriften. Es war an ihr, die ersten Schritte zu tun.

„Ach, verdammt. Entschuldige. Lass uns was unternehmen ja?", schlug sie schnell vor. „Lass uns raus an die frische Luft gehen!"

„Jetzt, im Regen?"

„Ja, jetzt, im Regen!"

Mons schüttelte den Kopf, erhob sich aber und folgte ihr durch den Gang zur Garderobe.

„Es gibt kein schlechtes Wetter, nur unpassende Kleidung. Ich nehme meinen Schirm mit." Entschlossen zog sie ihre Jacke an und reichte ihm seine.

„Ich komm' ja schon."

Als sie das Haus verließen, spannte Imme den Schirm auf und zog damit die Aufmerksamkeit anderer Fußgänger auf sich. In jedem Segment war ein kuschliger Hundewelpe abgebildet, der von blaugrün leuchtendem Untergrund aus neugierig in die Welt sah. Mons lief mit etwas Abstand an ihrer Seite. Sie plauderten über Belanglosigkeiten, bis er nach wenigen Minuten vorschlug, in ein Café zu gehen

„Jetzt schon? Wir sind doch noch keine zehn Schritte gegangen."

Imme konnte unmöglich schon wieder nach Hause. Sie wollte und musste noch irgendetwas erleben, das sie zwischen sich schieben konnte, irgendein Thema, um darüber zu reden. Mons wollte etwas erwidern, aber sie kam ihm zuvor.

„Kannst du erkennen, was dort hinten in der Seitenstraße am Gehweg steht?" Sie deutete auf eine große alte Villa am Ende der Straße, deren Anstrich ursprünglich wohl ein helles Braun gewesen war. Die hellen Flächen unter der Dachrinne erzählten davon. Davor wies ein Plakatständer mit großen Buchstaben auf etwas hin, was zu weit weg war, als dass beide es lesen konnten.

„Komm, lass uns sehen, was da steht." Imme hängte sich bei Mons ein und zog ihn mit sich.

„Mineralogische Staatssammlung", las Imme die Plakatüberschrift vor. „Heute geöffnet. Besichtigung nur viermal im Jahr an bestimmten Donnerstagen. So ein Zufall."

„Nein, bitte nicht!", stöhnte Mons.

„Wieso nicht? Wir haben doch Zeit! Eben wolltest du noch vor dem Regen flüchten. Wenn's uns nicht gefällt, gehen wir, versprochen!"

Mons sah auf die Uhr und ging dann hinter Imme die wenigen Stufen zum Eingang hoch. Die rechte Hälfte der schweren Holztür ließ sich aufdrücken. Es roch nach gewachsten Holzböden und Staub. Am Ende eines kleinen Ganges wurde eine weitere Tür von einem Türstopper offengehalten und sie sahen sich einer endlosen Reihe von Vitrinen und einer Frau mittleren Alters im Kostüm gegenüber, die sie willkommen hieß und sich vorstellte.

„Sehen Sie sich ruhig um. Wenn Sie Fragen haben, können Sie gerne rufen, ich komme dann und werde Ihnen Auskünfte geben - sofern ich kann."

Die Frau strich sich eine dunkle Strähne aus dem Gesicht, lächelte kryptisch und verschwand hinter einer der vielen Zimmertüren. Imme schob sich langsam den Gang entlang an den Vitrinen vorbei und spürte in die seitlichen

Ausstellungsräume. Sie fragte sich, ob sie hier Antworten finden würde. Hinter riesigen Bergkristallen und in Regalen versammelten Meteoriten öffnete sich ein Raum mit einer großen Weltkarte an der Wand und nach Ländern geordneten Ausstellungsstücken. Sie folgte einem Impuls und suchte die Beschilderung „China". In der dazugehörigen Vitrine lagen viele Beispiele verschiedener Gesteine. Der Schwerpunkt lag jedoch auf Jade.

„Jade, Jade", murmelte Imme, während Mons sich für die chemische Zusammensetzung eines bizarren Gebildes aus schwarzen Nadeln interessierte. Jade hörte sich vertraut an. Wenn China das falsche Reiseziel war, wie das Orakel verdeutlicht hatte, dann lag die Lösung wahrscheinlich näher. Ihr blieb nichts, als selbst die Antwort zu finden. Unwillkürlich legte sie sich die Hand auf die Brust. Darunter schlug ihr Herz. Ganz ruhig. Sie würde seine Botschaft verstehen, wenn sie genau hinhörte. Ihr Busen hob und senkte sich im natürlichen Fluss der Atmung. Mein Busen, dachte sie. Busen. Das ist es! Ihr Blick flog zu dem Schild in der Vitrine zurück. Jade. Und Busen. Jadebusen. Das hatte auf dem Schild an der Rückenlehne auf der Friedhofsbank gestanden. „Für die Unsrigen. Letzte Grüße vom Jadebusen". Über die Inschrift hatten Chrissie und sie sich einmal lustig gemacht. Das Wort hallte laut in ihr nach, so dass sie unaufmerksam weiter von Raum zu Raum lief und schließlich vorschlug, wieder zu gehen. Mons wunderte sich, dass ihr Interesse für die Ausstellung so plötzlich erloschen war, doch es war ihm offenbar recht. Er lud Imme zu einem Abschiedsessen ein, weil er am nächsten Tag zu einer Tagung nach Indonesien fliegen und erst nach sechs Tagen zurückkommen würde.

Nachdem Mons zum Flughafen aufgebrochen war, warf Imme sich ihre Jacke über und nahm den Bus in die Stadt. Sie wollte die Bank auf dem Friedhof besuchen. Nicht weit vom Eingang entfernt, stand diese leer und abwartend da und unwillkürlich sah Imme sich um, bevor sie das Schild an der Rückenlehne las und anschließend Platz nahm.

„Jadebusen", murmelte sie. Über ihr hämmerte ein Specht und in den nahen Büschen, die ihre Blätter gegen Schneebeeren eingetauscht hatten, hörte sie es knacken. Einmal hatte sie beide eine große Ringelnatter überrascht, die aus einem neben der Bank aufgetürmten Laubhaufen gekrochen war, und sie hatten erstarrt und fasziniert zugesehen, wie sie sich langsam davonschlängelte. Imme blieb eine Zeitlang sitzen, solange, bis sie den Eindruck hatte, ein Fitzelchen Anwesenheit von Chrissie wahrzunehmen. Sie schloss die Augen und in ihr formte sich eine Frage. Warum hatte sie mit Chrissie gebrochen?

Ihr kam der Gedanke, auch dem Friedhof weit draußen einen Besuch abzustatten, dem, an dem Chrissie die Kriegsgräber aufgelistet hatte. Imme fuhr zum zentralen Umsteigebahnhof in der Stadt zurück und wartete fast eine halbe Stunde auf den Bus, der im Linienverkehr die beiden Ortschaften verband. Inzwischen war ihr kalt geworden und sie hatte eine Menge Zeit, die Idee zu hinterfragen und umzukehren, doch sie kaufte sich gegen den aufkommenden Hunger eine Brezel, und als der Bus kam, stieg sie ein und hielt dem Busfahrer einen Geldschein hin. Er brummte, man müsse die Fahrkarte am Automaten ziehen.

„Gut", sagte sie und wollte nach hinten weitergehen.

„Aber das funktioniert nur mit Münzen", bemerkte der Fahrer gedehnt.

„Ich habe nur diesen Schein!", erwiderte sie. „Und was mache ich jetzt?"

Er zuckte mit den Schultern. „Vielleicht jemanden fragen?"

Jetzt wollte ihr auch noch der Busfahrer Steine in den Weg legen. Kurz verstummte sie.

„Okay. Aber nur ein Versuch."

Von vielen Blicken verfolgt, schob sie sich durch die Leute auf den Automaten zu. Kurz davor sprach sie eine junge Frau mit Ohrhörern an und fragte, ob sie Münzen zum Wechseln hätte. Nach dem Entfernen der Stöpsel wiederholte Imme die Frage und ihr Gegenüber kramte im Geldbeutel.

„Ich habe aber nur sechs Euro."

„Dann geben Sie mir vier. Ist okay". Imme zog eine Fahrkarte. Mittlerweile war der Bus schon hinter dem Ortsschild und auf der kurvenreichen Bergstraße. Unerwartet schnell kam ihnen in der nächsten Serpentine ein Radfahrer entgegen, legte sich bremsend in die Kurve, geriet auf dem glatten Asphalt ins Rutschen und schlitterte auf den Bus zu. Ein Atemholen ging durch den Fahrgastraum. Unmittelbar vor der Kühlerhaube kamen Rad und Lenker zum Halten. Auch der Busfahrer hatte rechtzeitig bremsen können. War das schon wieder ein Vorzeichen, fragte sich Imme unwillkürlich. Und wenn ja, ein gutes oder ein schlechtes?

Ihre Haltestelle tauchte auf und sie drückte die Stopptaste. Als sich hinter ihr fauchend die Türen schlossen, stand sie direkt vor dem Friedhofstor. Vorbei am Blumenladen und den Informationstafeln überquerte sie den mit Kies bestreuten, offenen Platz, der von riesigen Rhododendron-Sträuchern eingerahmt wurde. Dahinter begann fließend der Übergang in den Wald. Ein breiter Sandweg übernahm die Führung zwischen die Bäume. Imme folgte ihm und versuchte, sich an Details ihres ersten Besuchs zu orientieren, aber nur wenige Anhaltspunkte befanden sich auf ihrer wie von ungelenker Hand gemalten Erinnerungskarte.

Riesige Kiefernstämme und hohe immergrüne Büsche verbargen viele Grabstellen mehr, als dass sie sie sichtbar machten. Überraschend führte sie der Weg zu einer kleinen Kirche, einer „Stabkirche, 1911 erbaut nach schwedischem Vorbild", wie ein Hinweisschild erläuterte. Sie stand inmitten einer hellen Kiesfläche auf einem weiträumigen Rasenrund und wurde von sternförmig angelegten Kieswegen angestrahlt. Einige, meist ältere Besucher dämpften mit ihrer dunklen Kleidung das Leuchten der weißgestrichenen Bänke. Um länger im Freien zu sitzen, war es bereits zu kalt geworden. Die Kirche wirkte wie ein uraltes dunkles Lebewesen, das sich mit Giebeln samt Schindeldach, Turm und kreisrunden Fensteraugen im nächsten Moment vom Boden lösen konnte. Fasziniert ließ Imme die warmen Farben der geschnitzten Holzverzierungen auf sich wirken und bewunderte die mit blauen Mustern bemalte Decke über dem Portal. Sie umrundete das Bauwerk und an der Rückfront traf sie auf einen kleinen weißen Spitz, der bei ihrem Anblick „Platz" machte und mit dem Schwanz wedelte. Sie hatte kein besonders gutes Verhältnis zu Hunden und warf ihm nur einen kurzen Blick zu. Sie hoffte, Herrchen oder Frauchen würden ihn zu sich rufen. Beim Weitergehen folgte ihr das Tier und, sobald sie sich zu ihm umdrehte, setzte es sich hin und sah sie erwartungsvoll an. Als Imme den Eingang wieder erreichte, freute sie sich, dass in der Zwischenzeit die Doppeltür ins Kircheninnere weit geöffnet worden waren. Direkt hinter ihr trippelte der Hund die Stufen hoch. Hunde verboten. Das Piktogramm war eindeutig. Sie sah sich um. Niemand nahm Notiz von ihr. Sie hob die Hand, sah den Hund an und deutete auf den Vorplatz. „Geh! Los. Sei brav. Geh!" Das Tier setzte sich, hielt den Kopf schief und sah sie an. „Sitz!", verstärkte sie, fixierte es streng, drehte sich dann demonstrativ um und betrat den Kirchenraum. Licht und Bemalung entfalteten ihre magische Wirkung, bis sie kleine Tierkrallen auf dem Holzboden hörte. Verdammt. Sie konnte nichts dafür, es war schließlich nicht ihr Hund, aber die besondere Stimmung war verflogen. Unschlüssig stand sie eine Weile auf den dunklen Dielen, dann ging sie nach draußen, gefolgt von dem Hund. Niemand schien ihn zu vermissen. Das Geräusch eines Plastikbehälters, der von einer Tierschnauze auf dem Boden hin- und her bewegt wurde, drang an ihr Ohr. Unter einer Bank neben der Eingangstür fraß der Hund aus einer Katzenfutterdose. Hinter der Balustrade ertönte ein empörtes Fauchen. Chrissie hatte Katzen gemocht. Vielleicht war die Kirche nicht der richtige Ort. Imme kehrte ihr den Rücken zu, froh, dass der Hund abgelenkt war.

Das Gräberfeld mit seinen langen Reihen von Holz- und Betonkreuzen lag verlassen. Sie ging eine Weile zwischen ihnen herum, las hier und da Namen, aber weder Buchstaben- noch Zahlenkombinationen sprangen ihr ins Auge. Das einzige, was sie mehr und mehr fühlte, war, wie weh ihr tat, dass sie keinen Kontakt mehr zu Chrissie hatte. Da kam ihr die Lösung. Sie war einfach. Sie wollte sich mit ihr treffen, jetzt sofort.

Im nächsten Moment rief Imme Chrissie an, aber ohne Erfolg. Nicht einmal die Mailbox meldete sich, auf die sie eine Nachricht hätte sprechen können. Es blieb noch, direkt zum Laden zu gehen. Ungeduldig wartete Imme auf den Bus, um wieder in die Stadt zu fahren. Nun hatte sie es eilig. Sie wollte sich mit Chrissie versöhnen. Sie würde sich als Erstes entschuldigen bei ihr, weil sie sie im Stich gelassen hatte. Imme hoffte sehr, ihre Freundschaft würde wieder ins Lot kommen. Sie war unglaublich dumm gewesen. Undankbar. Und blind.

Imme rannte fast über den kleinen Platz mit den neun Bäumen, ohne nachzusehen, ob der mittlere schon ganz abgestorben war. Der Laden war zu. Ein Schild im Fenster verkündete: Geschlossen bis auf Weiteres. Keine Erklärung, keine Telefonnummer, kein Verweis auf eine Vertretung. Imme stand ratlos davor, dann versuchte sie, durch die Scheiben ins Innere zu sehen. Seltsam aufgeräumt sah es darin aus.

Die Inhaberin des benachbarten Blumengeschäfts trat auf den Gehsteig, um ihre Heidekrauttöpfe hereinzuholen.

„Ach, hallo! Sie sind es? Sie habe ich ja schon lange nicht mehr gesehen! Wie geht es denn Ihrer Freundin?"

Imme steckte die Hände in die Taschen und zog etwas die Schultern hoch. „Das weiß ich nicht. Wissen Sie, weshalb der Laden geschlossen ist?"

„Das können Sie sich doch denken. Weil sie so schwer krank geworden ist, deshalb. Krebs im Unterleib. Hat sie mir selbst gesagt. Einige Wochen habe ich sie schon nicht mehr gesehen."

Imme stürzte davon. Sie verstieß gegen die alte Abmachung, dass sie ihre Freundin nie zu Hause besuchen sollte. Immer hatte sie sich daran gehalten, obwohl sie die Adresse oft genug gelesen hatte. Aber Chrissie würde sicher einsehen, warum diese Ausnahme sein musste. Weil Imme sich solche Sorgen machte. Weil es keine andere Möglichkeit gab. Und weil das der einzige Anhaltspunkt war, den Imme noch hatte.

Die Wohnung lag im dritten Stock, Chrissies Name stand am Klingelschild, aber niemand öffnete. Mittlerweile war es Abend geworden, kein Licht erhellte die Fensterscheiben der Wohnung. Imme fuhr nach Hause und rief in allen Krankenhäusern an. In einem bestätigte der Klinikmitarbeiter den Namen, wollte ihr aber keine weitere Auskunft geben, zumindest nicht am Telefon. Am nächsten Morgen ging sie hin, fragte sich durch, stellte sich vor, wies sich aus und zeigte ein Foto, auf dem sie und Chrissie Hand in Hand vor dem Laden standen.

Kurz darauf verließ Imme das Gebäude wieder und blieb mit einem Zettel in der Hand davor stehen. Während die Sirene eines Krankenwagens ihrem stolpernden Herzschlag wieder synchron taktete, las sie noch einmal die Anschrift auf dem Papier. Hospiz.

Zu Hause zurück wartete sie auf den Anruf, so wie man es ihr gesagt hatte. Man würde sich melden. Als sie endlich das Telefon klingeln hörte, bat sie innerlich um ein gutes Zeichen. Bitte, mach, dass alles gut ist. Dass es nicht zu spät ist. Sie nannte ihren Namen. Es knisterte, als käme der Anruf von weither, obwohl die Nummer im Display die Vorwahl der Stadt getragen hatte.

„Hallo? Hier ist das Hospiz. Ich habe eine Nachricht für Sie. Hören Sie?"

„Ja?", flüsterte Imme.

Nach leisem Klopfen betrat Imme vorsichtig das Zimmer. Das einzig kraftvoll Leuchtende im Raum war die flauschige rote Mütze über Chrissies geschlossenen Augen, die im Kontrast zum Bett und zu dünnen Plastikschläuchen ein Eigenleben führte. Haut wie aus Papier modellierte das Gesicht und hielt Armknochen, Adern und Sehnen zusammen. Der Bettbezug aus naturweißem Stoff mit aufgedruckten, hellschattierten Spitzenborten hob die Unterschiede zwischen Bezug und Körper auf. „Der Körper ist schon Wolke", dachte Imme. Einzig das Rot der Kopfbedeckung, der kleine blaue Hahn einer Schlauchkreuzung und die auf den Wangen versammelten Sommersprossen hoben sich von der Blässe ab. Warum war sie nicht früher gekommen? Imme nahm auf dem Stuhl neben dem Bett Platz und versuchte, sich an das merkwürdig klein gewordene Gesicht zu gewöhnen. Der Uhrzeiger des Weckers zerhackte eine Stunde in kleine Stücke. Da schlug Chrissie die Augen auf. Groß, grün und klar überwand ihr Blick die Mauer, die die Zeit und der Tod zwischen ihnen errichtet hatten. Gleich nach dem Erkennen kamen mit einem Strahlen die Worte: „Da bist du ja!"

„Chrissie...", flüsterte Imme und legte ihre Hand in die weiche, zarte, die sich ihr entgegenstreckte. Überraschend kräftig wurde sie willkommen geheißen.

„Magst du mir ein Glas Wasser geben?" Ein Schluck mit dem rosafarbenen Trinkhalm zum Befeuchten der Lippen erleichterte das Weitersprechen. „Imme, geht's dir gut? Hast du deinen Weg gefunden?"

„Chrissie, das ist alles nicht so wichtig. Warum hast du dich nicht bei mir gemeldet?" Die Freundin sah sie nur an.

Imme konnte die Tränen nicht mehr zurückhalten. „Ich will dich nicht verlieren!"

Chrissie wartete, bis sie sich wieder beruhigt hatte. Dann sagte sie: „Das alles gehört zu unserer Geschichte, nicht wahr? Nicht weinen! Ich gehe nur voraus. Ich lege nur den Mantel ab. Wir sehen uns wieder. Du kannst mich immer rufen. Sieh eine Sonnenblume an oder stell dir eine vor, das reicht. Weißt du, so eine wie damals auf dem lila Sarg. Dann werde ich da sein und wir können sprechen." Die Augen fielen zu und die Lider gaben schmale weiße Schlitze frei, unter denen die Augäpfel ein Eigenleben führten und in verschiedene Richtungen kreisten. Dann hoben sich die Augenlider wieder und Chrissie sprach weiter: „Um einen Gefallen bitte ich dich noch."

„Sag!", flüsterte Imme.

„Du kümmerst dich um mich und verbrennst mich. Ich will so eine blaue, bemalte Urne, du weißt schon, warum. Und ich mag bei einer der Kiefern sein."

Imme drückte der Freundin die Hand und weinte.

„Magst du mir etwas vorlesen?", drang die ungewohnt zart klingende Stimme an ihr Ohr.

„Gern."

Chrissie deutete auf das Buch im Nachttischfach. Ein Lesezeichen mit dem Aufdruck von Schmetterlingen ließ Imme die bestimmte Seite aufschlagen.

„Hier? Einfach weiter?" Chrissie nickte und lag ruhig.

Imme begann zu lesen: „Der riesige, schwarze Esel im Anzug konnte lesen und sprechen wie ein Mensch. Er saß in der dunklen Ecke am kleinen Tischchen, als wir den Raum betraten, und las Zeitung. Ich sagte: ‚Du siehst ja gar nichts und machst dir die Augen kaputt. Mach doch Licht.' Er sah auf und blickte mich mit unendlich traurigen Augen an. ‚Was hast du nur wieder gelesen?', fragte ich verärgert. ‚Du weißt doch, das tut dir nicht gut.' Nun würde wieder einige Zeit vergehen, bis ich ihn über den Lauf der Welt hinweggetröstet hätte. ‚Komm mit nach draußen. Das wird schon wieder.' Der Esel legte die Zeitung weg, erhob sich langsam und folgte uns. Wir standen zusammen mit den anderen Urlaubern an der Treppe, als von hinten eine Familie kam, die ein kleines, kuscheliges, schwarzes Eselchen dabei hatte. Voll Lebensfreude, munter und tollpatschig sprang das Eselchen die Treppe herunter. Da geschah etwas Seltsames. Der alte Esel war von diesem Anblick sehr berührt. Vielleicht war der Kontrast zu dem, was ihn traurig hatte werden lassen, und dieser Unbekümmertheit so groß, dass sich Weltschmerz und Hoffnung aufwogen. Er streifte seine Hose ab, zog sein Jackett aus und schloss sich dem kleinen Esel an.“

Imme hob den Blick und sah, dass Chrissie eingeschlafen war, mit stockendem Atem. Das einzige Geräusch neben dem Ticken der Uhr war das stete Tropfen der flüssigen Lösung in das Infusionsgerät. Imme hatte plötzlich den Wunsch, sich neben ihre Freundin zu legen. Sie erinnerte sich an Chrissies ersten Besuch bei ihr, als sie beide auf der Decke aus Wassermotiven gelegen hatten, mit dem Blick nach innen. Dann dachte sie an das Blau, die Sehnsucht und die Suche, auf der sie sich noch immer befand. Und sie dachte an die Antwort, die irgendwo wartete und an ihre vergebliche Hoffnung, sie vielleicht mit Chrissies Hilfe zu finden. Sie saß am Bett, bis eine Schwester kam, die sie bat, auf dem Gang zu warten.

„Sie sind der einzige Besuch, seit sie hier ist.“ Die Frau hatte warme mitfühlende Augen. „Konnten Sie mit ihr sprechen?“

Imme konnte nur nicken.

„Es wird nicht mehr lange dauern. Werden Sie noch einmal kommen?“

„Ja, morgen.“

„Wann immer Sie möchten. Und wenn Sie ‚Imme' heißen, kommen Sie bitte bei Ihrem letzten Besuch noch einmal auf mich zu.“

Verwundert sah Imme der Frau nach, bis sich die Glastür hinter ihr geschlossen hatte. Dann spürte sie große Dankbarkeit. Es fühlte sich so an, als ob sie noch rechtzeitig gekommen war.

Imme besuchte Chrissie, ohne Mons, der einmal anrief, davon zu erzählen. Die Freundin lebte noch drei Tage, in denen sie keine Worte mehr sprach, aber in ihren Augen waren Botschaften von Schmerz und Annahme zu lesen. Sie ging an einem Nachmittag, an dem sich seit langem die Sonne wieder am milchigen Himmel zeigte. Imme nahm lange von ihr Abschied, ehe sie sie wusch und so im Bett aufbahrte, wie ihre Freundin es sich gewünscht hatte. Die Schwester überreichte ihr einen Briefumschlag, auf den Chrissie Immes Namen geschrieben hatte. Darin fand sie ein Schreiben der Hospizleitung mit der Bitte, einen Gesprächstermin zu vereinbaren, handschriftliche Anweisungen Chrissies für den Fall ihres Todes, den Ladenschlüssel, den Autoschlüssel für den blauen Kombi und einen Button, den die Freundin oft getragen hatte, auf dem stand: Reitet ohne mich weiter. Imme steckte ihn an ihren Pullover. Alle Aufträge führte sie aus. Es gab keine Trauerfeier und niemand sonst sollte informiert werden. Mit der Wohnungsauflösung hatte Chrissie im Voraus eine Firma beauftragt. Imme hielt sich an ihren Wunsch und nahm keinen Kontakt mit der Firma auf.

Sie war allein, als sie die blaue Urne unter der Kiefer sacht in den Schoß der Erde legte. Zwischen den Händen hielt sie die Reste des Rätsels, das die Freundin für sie immer gewesen war, obwohl sie das früher nicht hatte wahrnehmen können, weil sie zu sehr mit sich selbst beschäftigt gewesen war. Sie gab ihr einen Lapislazuli aus ihrer Sammlung mit auf die Reise und vermisste sie vom ersten Augenblick an.

15 Engel

Die Busfahrt zum Kiefernfriedwald wurde Imme vertraut. Einmal saß eine junge Frau im Mantel und mit blauer Gitarre auf dem kleinen Mäuerchen unter den kahlen Perückensträuchern auf dem Friedhofsvorplatz und zupfte Akkorde. Immes blauer Schal wehte im Wind Zeichen hinüber. In einem Auf und Ab antwortete das Instrument. Ein Mann blieb mit seinem Rad daneben stehen und die kleine Tochter im Fahrradsitz staunte mit offenem Mund. Die beiden jungen Menschen sahen gleichermaßen selbstvergessen aus, und Imme musste an ihre versunkenen Tage in den Blauen Bergen denken.

Sie ließ den Eingangsbereich hinter sich und folgte dem breiten Hauptweg in den hinteren Teil, wo es weniger Gräber gab und sich größere Grasflächen zwischen den einzelnen Grabstätten ausbreiteten. Vermutlich war hier schon der Rückgang von Erdbestattungen ablesbar. Auf den alten Steinen waren noch Reime wie „Ein langes Leben hat Gott gegeben. Nun dürft ihr ewig ihn umschweben" zu lesen. Es gab einige in Oberflächen eingelassene Porzellantäfelchen mit dem Spruch: „Dem Auge fern, dem Herzen nah." Am Rand stand eine Reihe ausgemusterter Grabsteine paarweise zusammen und wirkte auf Imme wie verdichtete Trauer. Auf der rechten Seite erhob sich ein besonderes Denkmalexemplar. Auf einem hohen Sockel mit verblasster Inschrift thronte ein Engel aus hellem gelbem Stein. Im Kontrast zu all den schwarzen polierten Granitflächen zu seinen Füßen schien er besonders zu leuchten. Ernst sah das Mischwesen auf Imme herunter, mit langen lockigen Haaren, die Flügel ruhig und kraftvoll, die Haltung gerade. Das linke Bein über das rechte geschlagen, schauten die nackten Füße in Sandalen unter dem Gewand hervor. Eine Hand war erhoben, mit der Handfläche nach vorn, doch einige Finger fehlten. Der linke Arm war im Ellbogen angewinkelt und die gekrümmten Finger der Hand griffen ins Leere. Was hatte der Engel gehalten? War hier ein Zeichen weggebrochen? Oder deutete er auf den benachbarten Stein und seinen Spruch „In der Welt habt ihr Angst, aber seid getrö" – stet, hatte da wohl gestanden. Hinter dem Engel begann der Friedwald.

Chrissies Kiefer befand sich im leicht ansteigenden Gelände und beugte sich etwas über die benachbarten Exemplare, so als wollte sie dem Wesen zu ihren Füßen nach dem Tod zu der Gemeinschaft verhelfen, die es im Leben kaum gekannt hatte. An ihren Stamm gelehnt, konnte man auf eine hinter dem Zaun angrenzende Wiesenfläche sehen. Blassgelbe Distelkugeln schwangen sacht im Wind. Eine Schafherde war vorbeigezogen und hatte hell leuchtende abgeschälte Stämme und Zweige zurückgelassen. Seltsam zeichneten sich die weißen Muster überall dort ab, wo die Herde eingepfercht gewesen war.

Imme legte einen Strauß Iris zwischen die Wurzeln und schloss die Augen, während der Wind auf den Nadeln der Kiefern wie auf einem Kamm blies. Sie atmete tief ein und aus und ließ alle Gedanken los. Diese Zeit gehörte Chrissie, aber der nächste Termin wartete auf sie und sie hatte das Gefühl, es würde kein leichter sein.

Erneut stand Imme vor dem Eingang des Hospizes. Die schwere Holztür war angelehnt, aber die nächste Glastür nach dem Vorraum war nur mit einem Knauf versehen und der Schnapper eingerastet. Sie klingelte und sah einen Schatten hinter der Milchglasfläche. Eine zierliche Frau um die fünfzig mit grauen Haaren öffnete und bat sie herein.

„Bitte sehr! Sie sind die Dame, mit der ich die Verabredung habe?" Imme sah in warme Augen, stellte sich vor und fragte sich, was auf sie zukommen würde. Im kleinen Besprechungszimmer bot ihr die Frau einen Stuhl an und schenkte frischen Kräutertee ein.

„Es tut mir leid, dass ich im Vorfeld nicht mit Ihnen sprechen konnte. Ich habe Sie zu mir gebeten, weil Christine mir den Auftrag erteilt hat, Ihnen persönliche Dinge zu übergeben." Der Name klang fremd in Immes Ohren. Sie setzte sich aufrecht hin und beugte sich leicht nach vorn.

„Ihre Freundin war ja, wie Sie wissen, einige Zeit bei uns. Bis zu ihrem Tod. Wie ich hörte, haben Sie sich noch sprechen können."

Imme nickte.

„Christine hat sich mir anvertraut. Sie sprach von ihrer Herkunftsfamilie, mit der sie ja gebrochen hat, aber auch von dem knappen Jahr, in dem Sie beide die Bestattungsarbeit ausführten. Diese Zeit hat ihr sehr viel bedeutet."

Imme schluckte und ihr wurde heiß. „Sie sagen, Sie haben etwas von Chrissie für mich?"

Die Frau schlug die vor ihr liegende Mappe auf. Ein schulheftgroßer Umschlag mit der Aufschrift „Für Imme" von Chrissies Hand war das erste, was ihr die Frau aus der Mappe überreichte. „Wenn es Ihnen recht ist, gehe ich für einige Zeit aus dem Zimmer und lasse Sie in Ruhe den Brief lesen. Wenn Sie mich brauchen, ich bin in meinem Büro zwei Zimmer weiter. Die Tür ist offen." Mit einem Nicken war sie aus der Tür.

Imme öffnete den Umschlag und entfaltete ein Blatt Papier.

„Liebe Imme. Ich bin froh, dich kennengelernt zu haben. Es war mir eine Freude, mit dir zu arbeiten und auch, alles andere mit dir zu teilen. Es tut mir leid, dass ich damals nicht über meinen Schatten springen und dir mehr von meiner Familie erzählen konnte. Du hättest mich bestimmt verstanden mit deiner liebevollen Art, aber schließlich ist alles ein wenig anders gekommen, was aber meine Dankbarkeit nicht trübt. Dich habe ich mir am meisten an mein Bett gewünscht. Leider hatten wir zu wenig Zeit. Ich bin dir jedenfalls sehr dankbar für alles und bitte dich, das Geld anzunehmen, das ich über die Jahre sparen konnte und das noch übrig ist, wenn ich unter der Kiefer liege. Bitte verwende es für dich. Du findest es im blauen Umschlag.

Nun das Eigentliche: Dein Vater hat mich im Laden besucht, bevor ich krank wurde. Er bat mich, dir davon nichts zu erzählen, was leicht war, denn du warst da schon weggegangen. Jetzt setze ich mich darüber hinweg. Er kann nicht mehr mit mir schimpfen."

Imme ließ das Schreiben sinken und hatte Chrissie vor Augen, wie sie ihr zuzwinkerte. Ihr Blick fiel auf das Kalenderblatt an der Wand. Unter der Fotografie einer Pagode stand: „Beginnen können ist Stärke, vollenden können ist Kraft." Sie atmete tief ein und las weiter.

„Ich habe danach besser verstanden, warum du immer Sehnsucht hattest. Ich halte mein Versprechen ihm gegenüber soweit, dass ich sein Geheimnis nicht ausplaudere. Aber ich möchte dir Mut machen, zu ihm zu gehen und es zu erfragen. Es wird möglicherweise einige Knoten in dir lösen. Für immer verbunden, C.".

Imme blieb eine Zeitlang sitzen. Sie fragte sich, warum sie nicht schon mit der ersten Nachricht diese Information erhalten hatte. Aber dann verstand sie. Vielleicht hätte sie Chrissie nicht, ohne abgelenkt zu sein, auf die letzte Reise schicken können. Dann nahm sie Jacke und Tasche und trat in das Büro der Hospizleiterin. Die Frau sah sie aufmerksam an, als Imme sagte:

„Ich bedanke mich. Könnte ich ein anderes Mal mit Ihnen reden?"

„Natürlich. Melden Sie sich einfach. Hier habe ich noch etwas für Sie." Sie übergab ihr weitere Gegenstände aus der Mappe: den blauen Umschlag, ein kleines Schicksalsrad der Buddhisten aus Holz, einen Lapislazuli, es war der, den Imme Chrissie geschenkt hatte, und eine kleine blaue Engelsfigur aus Gips, der an einigen Stellen weiß aus dem Blau aufblitzte.

Warum war Trauerkleidung nicht blau? Blau wie die Sehn-
suchtsblume. In Imme kam alles Suchen zum Stillstand. Während sich draußen die Welt weiterdrehte, während Mons kam
und ging und langsam aufgab, ihr Fragen zu stellen, schien
die Zeit im Zimmer angehalten. Essen nahm sie allein am
Küchentisch zu sich, dann zog sie sich wieder ins Bett zurück,
schlief und dachte nach im Wechsel. Unbeweglich saß oder
lag sie da und nahm wahr, wie sich ihr Brustkorb unmerklich
senkte und hob. Wo war Chrissie hingegangen? Draußen
herrschte ein milchig weißer Himmel ohne wandernde Schatten. Die Stadt lag diesig unter den Ausläufern eines fernen
Saharasturms, der die Schneereste der letzten Schlechtwetter-
periode mit feinem, rötlichem Staub überzog. Imme war kalt.
So schnell hatte der Tod ihr einen Strich durch die Rechnung
gemacht. Lohnte es sich überhaupt, weiter auf Zeichen zu
achten? Was für einen Sinn konnte es haben, etwas aus der
Vergangenheit aufzudecken, wenn Entscheidungen so wenig
Wirkungskraft hatten? Alles war eine einzige Anstrengung.
Sie hatte keine Energie mehr. In ihrer Vorstellung war am
obersten Punkt ihres Kopfs ein roter Faden befestigt, der bis
in den Himmel reichte und weiter. An ihm, jenseits von
Raum und Zeit, war sie aufgespannt. Dort hatte sie Verbindung. Mehr wollte sie nicht. Tage und Wochen vergingen. Es
kam vor, dass sie unkonzentriert war. Sie verlor ihre Mütze,
zog sich nicht warm genug an. Dann erinnerte sie sich an die
Zeilen in einem Buch über Trauer, die von der großen Verun-
sicherung gesprochen hatten, die einsetzen konnte, wenn
man einen sehr geliebten Menschen verlor. Sie war dünnhäu-
tig und hatte oft kalte Hände und Füße. Sie vermied, an ihren
Vater und die Vergangenheit zu denken. Wochen nach
Chrissies Tod und es war Winter. Der Himmel würde für
Wochen bleich bleiben. „Wo bist du?", rief Imme im Park ins
Weiß. Eine unerschrockene Amsel mit gelbem Schnabel blieb
auf ihrem Zweig sitzen und sah sie mit blanken Augen an.
Nachts träumte sie von den Blauen Bergen. Sie tauchte in den

Teichen ihrer Kindheit nach Schätzen. Sie hatte die Teiche hinter dem Kloster geliebt, die fremd und zugleich vertraut waren.

Im Sommer hatten Lupinen in den Senken der zufließenden Bäche geblüht, im Winter war das Wasser abgelassen und die braunen Vierecke lagen still. Das Fremde hatte im Unvorhersehbaren gelegen. In der unergründlichen Färbung des Wassers und dem Erschrecken, wenn die Molche auftauchten, um Luft zu holen. In den sich immer dichter ausbreitenden Algenteppichen, die sich den Schwimmenden um die Beine schlangen. Auch der Fischbesatz durch die Teichwirte hatte jedes Jahr für Überraschungen gesorgt. Einmal schnellten Saiblinge meterhoch über die Wasseroberfläche hinaus, mal krochen Krebse durch die Uferzonen oder Störe kreisten schwarz. Im Alter von etwa zehn Jahren warf Imme ein Geldstück in die dunkelste Stelle des letzten Teichs. Sie stellte sich vor, später einmal, lang nach ihrem Tod, kämen Händler oder auch nur Wanderer des Wegs, in Zeiten, in denen alles anders war. Sie würden die Münze finden, die einen Adler auf der einen und fremde Muster auf der anderen Seite trug. Sie würden versuchen, es zu deuten und rätseln, wer das Geldstück besessen haben mochte. Sie hatte eine Spur in die Zukunft gelegt, die ihr vielleicht sogar das Wandern zwischen den Welten ermöglichen würde. Nun war Chrissie diesen Weg vorausgegangen. Sie allein wusste, wo die Münze jetzt lag.

Anscheinend waren es die Träume, die Imme nach und nach etwas Kraft zufließen ließen, so dass sie wieder anfangen konnte, zu schreiben. Die Worte nahmen sie an der Hand und führten sie aus der Untätigkeit heraus. Mit ihrer Hilfe verließ sie eines Nachmittags Bett und Haus, kaufte Lebensmittel und kochte sich etwas, was ihr schmeckte. Sie hörte Radiobeiträge, in denen Menschen von ihrem Leben erzählten, las Bücher über den Tod und den Umgang mit ihm in anderen

Religionen, schrieb eine Chronologie des gemeinsamen Ladens und begann wieder mit Spaziergängen, so dass sie wahrnahm, wie der Frühling den Winter ablöste.

Zugleich mit der aufsteigenden Energie, die von Tag zu Tag dichter in der Luft lag und dem neuen Wachstum vorausging, erwachte in Imme der Wunsch, wegzufahren. Irgendwohin, wo sie mit Menschen in Kontakt kommen könnte, anstatt sich hinter blinden Fensterscheiben im Kreis zu drehen, an einen Ort, an dem neue Eindrücke auf sie warteten, ein Ort, an dem Raum wäre für die Trauer um Chrissie.

Imme fuhr den Computer hoch und öffnete die Seite einer Plattform für private Übernachtungen. Sie wollte nicht zu viel Geld ausgeben, außerdem war auf diese Art die Begegnung mit Menschen inbegriffen. Auf dem Bildschirm erschien die Deutschlandkarte und darüber die Leerzeile, in die der gewünschte Ort eingegeben werden musste. Sie schloss die Augen und kreiste mit dem Mauszeiger auf der Karte, bis sich in ihr ein Gefühl verstärkte, das sie lange vermisst hatte, absolute Sicherheit. Sie klickte und öffnete die Augen. Sie würde an die Elbe fahren. Sie wählte die angegebene Nummer und nach dem Telefonat fühlte sich alles ganz leicht an.

Mons sagte nur, wenn es ihr guttun würde, solle sie ruhig ein paar Tage wegfahren. Er käme zurecht. Kurz ärgerte sich Imme über die Betonung des Nachsatzes, dann schob sie den Ärger zur Seite und begann ihren Rucksack zu packen. Noch wollte sie den blauen Kombi nicht aus seiner Garage holen. Beim Gedanken daran waren ihr die Tränen gekommen. Da es eine relativ gute Zugverbindung gab sowie eine günstige Fahrkarte, fiel ihr die Entscheidung leicht.

Im Zug nahm das Blau wie von selbst Kontakt zu Imme auf. Sie saß einer älteren Frau mit warmen braunen Augen gegenüber, die zu einer weißen Kurzhaarfrisur einen weißen weiten Hosenanzug trug. Nicht nur die Kleidung machte sie interessant, es ging auch eine große Gelassenheit von ihr aus. Sie kamen miteinander ins Gespräch und es stellte sich heraus, dass sie Lehrerin für Qigong war, einer Art fernöstlicher Gymnastik, wie Imme sich vage erinnerte. Hatte man nicht „Schattenboxen" dazu gesagt? Nach kurzer Zeit fand sie sich in einer Einführung in die chinesische Philosophie wieder. Die Chinesen gingen von fünf anstatt von vier Elementen aus, denen bestimmte Energierichtungen zugeordnet waren. Als Imme um ein Beispiel bat, sagte die Frau:

„Nehmen wir Blau. Es ist dem Element Wasser zugeordnet. Die Bewegungsrichtung des Wassers ist die nach unten. Angst und Sorge sind die dazugehörigen Emotionen und salzig der Geschmack." Imme fiel ein, dass sie Salzgurken liebte und sann über Angst und Sorge nach. Die Stimme der Frau unterbrach ihre Gedanken.

„Soll ich Ihnen noch mehr darüber sagen, was die Chinesen mit dem Wasser assoziieren?" Imme nickte.

„Winter, Nacht und Norden", fuhr ihr Gegenüber fort. „Und Kälte natürlich."

Das war zu erwarten. Warum dachte Imme an Mons, wenn das Wort „Kälte" fiel. Ihm war immer warm.

„Kalt und warm, hell und dunkel, schwarz und weiß und so weiter sind in der chinesischen Philosophie nicht getrennt zu denken. Eines ist immer im anderen enthalten. Sie kennen doch sicher das Yin-Yang-Symbol? Oh, mein Umsteigebahnhof!"

Yin und Yang. Gern hätte Imme die Unterhaltung fortgesetzt, doch von nun an saß sie allein an dem Vierertisch und konnte ungestört aus dem Fenster sehen. Jemand hatte auf der Scheibe für unscharfe, fettige Stellen gesorgt. Auf den zweiten Blick erkannte sie die Abdrücke von Kinderhänden. Ihr fiel die Beschilderung in einem Museum ein. An den Vitrinen hatte gestanden: „Die Abdrücke von Kinderhänden zeugen von Interesse und sind uns eine Ehre." Viel besser, hatte Imme damals gedacht, wäre, wenn die Dinge ohne

Vitrinen auskommen würden. Sie beschloss den Abdruck der beiden Händchen nicht wegzuwischen. Draußen flogen blätterlose Pappelreihen und braune Felder vorbei.

Auf dem Platz schräg gegenüber fiel Imme ein junges Mädchen auf. In der Unterlippe trug sie ein blaumetallicfarbenes Piercing, zudem ein T-Shirt in derselben Farbe und ein türkisfarbenes Brillengestell. Im Ausschnitt leuchtete ein runder Kettenanhänger mit türkisfarbenem Stein. Die Haare waren so frisiert, dass die Spitzen aufs Gesicht zeigten wie Pfeile. Imme fiel auf, dass alle diese Punkte: das Piercing, die Ecken der Brillenbügel und der Anhänger imaginär ein Ypsilon zeichneten. Ypsilonworte gab es wenige. Yak. Yuppie. Yacht. Yoga. Yang. Da war es wieder. Imme fühlte sich aufgefordert, nach dem A zu suchen. Und sie fand es, diesmal akustisch. „Aaaaa!", schrie ein Kleinkind in dem für Familien reservierten Abteil. Imme war sofort überzeugt. Sie war auf der richtigen Spur. Es fehlte der nächste Buchstabe, das „n", der aber nicht auftauchte, bis Immes Zielbahnhof erreicht war. Dort fand er sich im Namen der Station, zusammen mit einem „g".

Sie schulterte den Rucksack und zog beim Aussteigen die Kapuze hoch. Letzte Ausläufer eines Gewitters überzogen mit Hilfe von Windböen jeden erreichbaren Fleck mit grauem Sprühregen. Wie ein zusammengeschnürtes Bündel bunter Bleche parkte eine Handvoll Autos unter drei Eichen. Das Bahnhofsgebäude mit Fensteröffnungen, verschlossen von silbernen Metallrechtecken, und ein Schuppen ragten als einzige Bauten aus dem flachen Flickenteppich von Feldern. Nichts als weites Land breitete sich aus, durchschnitten von der Bahnlinie, einer Stromtrasse und der Landstraße.

Imme ging um das Gebäude herum und las auf dem Busfahrplan, dass entgegen der Angabe auf ihrer Fahrkarte kein Bus um diese Zeit fahren würde. Nirgendwo jemand, den sie hätte fragen können. Ihr blieb nichts weiter übrig, als in Richtung der Hauptstraße zu laufen und auf ein Hinweisschild zu hoffen. Vielleicht war das Dorf, zu dem sie wollte, zu Fuß zu erreichen. An der nächsten Kreuzung stand ein Wartehäuschen, dessen Rückwand aus einem verbogenen Pressspanpaneel mit über sechs Monate alten Plakatresten bestand. Die einzige Seitenwand aus fast blindem Plexiglas wurde allem Anschein nach nur noch von Spinnweben im Rahmen gehalten. Linkerhand endete die Hauptstraße laut Wegweiser wegen des Baus einer Brücke in einer Sackgasse. Geradeaus, wo Imme ihr Ziel vermutete, wies ebenfalls ein Sackgassenschild darauf hin, dass kurz nach Ortsende keine Weiterfahrt möglich war. Rechts ging es zu einem Ort, dessen Namen sie bisher weder gehört noch gelesen hatte, und in der Richtung, aus der sie gekommen war, gabelte sich die Straße und führte entweder zum Bahnhof zurück oder zu weit entfernten Häusern. Hier konnte sie unmöglich über eine Stunde warten. Obwohl der Frühling sich aus der Kälte der vergangenen Tage emporwand, brachte die Kaltfront nach dem Gewitter eisigen Wind. Imme ging in Richtung der Häuser. Nach einem riesigen, frisch geeggten Feld begann eine Reihe von Einfamilienhäusern mit Vorgärten, die sich an Straße und Gehsteig festklammerten, um nicht ins offene Hinterland geweht zu werden. Nirgendwo war ein Mensch zu sehen. Endlich kam ein Auto und parkte in einer Einfahrt. Zwei Frauen stiegen aus und sahen weg, als Imme näher trat und freundlich lächelte. Auf ihre Frage nach dem Bus bekam sie die kurze Auskunft, kaum jemand würde mit dem Bus fahren. Kein Wunder, dass er streikt, dachte sie. Man riet ihr, noch einige hundert Meter weiter bis zum Hort zu laufen, dort sei ein Haltepunkt und vielleicht wüssten die Erzieherinnen Bescheid. Beim Weitergehen spürte Imme, dass ihr die Blicke folgten. Unwillkürlich zog sie den Rucksack mit den Gurten etwas höher auf die Schultern. An der nächsten Haltestelle hörte sie von der Rückseite des Schulgebäudes Kinderstimmen. Vom Eingangstor aus war eine Frau zu sehen, die sie anrief. Zögernd kam sie heran, aber nach Immes Frage hellte sich das misstrauische Gesicht auf, ebenso wie im selben Moment der Himmel. Sie sagte, sie habe auch ein Kind aus dem Dorf in der Gruppe. Der Bus würde in einer halben Stunde kommen und das Dorf anfahren, in das sie wollte, und auch das Kind mitnehmen. Rote Feuerwanzen nutzten die plötzliche Wärme und sonnten sich an den Latten des Holzzauns. Sie entdeckte einen Weberknecht, der seine langen Beine ab und zu genüsslich der Sonne entgegenstreckte.

Im Bus erkundigte sie sich zur Sicherheit noch einmal beim Fahrer und setzte sich auf den vordersten Platz, um den Ausstieg nicht zu verpassen. Der Fahrer kannte alle mitfahrenden Kinder namentlich und ließ sie in den Dörfern so aussteigen, dass sie nicht weit zu laufen hatten, egal, wo die eigentlichen Haltestellen waren.

„Ich bin in der Gegend geboren und aufgewachsen", erzählte er. „Viele haben sich von der großen Flut nie mehr erholt. Eine ganze Menge Leute sind weggezogen. Die, die geblieben sind, wohnen zwar in renovierten Häusern, haben aber unrenovierte Seelen, wenn Sie verstehen, was ich meine. Ich denke auch manchmal, es wäre besser gewesen, das Geld von der Versicherung zu nehmen und wegzuziehen."

Er lenkte sein Fahrzeug auf einen Plattenweg zwischen Getreidefeldern, weil, wie er sagte, die Brücke erst in einigen Wochen und nicht, wie versprochen, zum morgigen Schulbeginn fertig sein werde.

„Sie hatten Pech mit dem Bus, sonst fährt er, nur heute nicht. Der Takt während der Schulzeiten ist ein anderer. Da kommen Sie eher von A nach B. Und die Fähre gibt es ja auch noch. Und hier müssen Sie aussteigen und Marie auch", winkte er nach einem Blick im Rückspiegel dem letzten Kind.

„Danke! Und alles Gute für Sie!", sagte Imme. Er nickte und die Tür schloss sich mit einem saugenden Geräusch. Sie stand am Rand einer mit groben Kopfsteinen gepflasterten Straße. Die meisten Fassaden waren neu verputzt, nur eines wirkte unbewohnt, sah bleich aus und wies einen großen Riss auf. Ein rotweißes Absperrband endete in derselben Höhe wie die dunklere Fläche am Erdgeschoss, dem Abzeichen der Flut. Das Haus Nr. 21 duckte sich hinter einem geschlossenen Hoftor unter ein Knöterichgewirr und ließ nur zwei Giebelfenster sehen. Das Eingangstor aus grüngestrichenen Eisenplatten wirkte abweisend, doch als Imme davorstand, freute sie sich über die zahlreichen Aufkleber. Atomkraft Nein Danke. Refugees welcome. Eine Markierung, die mit „Flut" beschriftet war, zeigte, dass auch dieses Haus bis zu den Fenstern im Wasser gestanden hatte. Nun war laut Schild noch der Wachhund zu überwinden. Eine Klingel gab es nicht. Tief durchatmend drückte Imme die Klinke und ließ sie wieder los, als ein tiefes lautes Bellen einsetzte und ihr Kommen ankündigte. Eine Frauenstimme rief:

„Ruhig, Arri, ruhig, ist gut!"

Mit einem Quietschen wurde die Tür geöffnet und dann war ein großer Collie da, bellend und schnüffelnd. Auf ein Zeichen ihrer Gastgeberin, die die Tür wieder hinter Imme schloss, beruhigte er sich und steckte den Kopf zwischen Immes Knie.

„Na sowas, der mag dich aber schnell!", kommentierte die Frau, die feste Schuhe, eine weite, rosafarbene Hose und darüber eine zartgelbe, wattierte Jacke trug, die mit kleinen Perlen bestickt war. Sie strahlte im Kontrast zum bisherigen Empfang seit Immes Ausstieg aus dem Zug etwas so Fröhliches und Waches aus, dass Imme sie spontan umarmte.

„Ich bin Sonja! Willkommen!"

Rechts führten einige Stufen die Haustür hoch und geradeaus waren ein Tisch und Gartenstühle zu sehen, halb verdeckt von vorsichtig zartgrünen Sträuchern. Darüber erhob sich ein Ginkgo, dessen ausladende Äste den Sitzplatz umarmten.

„Wir setzen uns draußen hin. Der Platz ist windgeschützt und in der Sonne wird es schon gehen. Ich habe uns einen Bananenkuchen gebacken, vegan!" Sonja legte ver-

213

schiedenfarbige Kissen auf die Stühle und holte zwei Decken. Sogleich machten es sich zwei langbeinige, dreifarbige Glückskatzen darauf bequem.

„Um ehrlich zu sein, ich würde gern zuerst aufs Klo gehen", sagte Imme, woraufhin sie in die dunkle Diele geführt wurde. Vorbei an bemalten Wänden, einer Schar alter Möbel, einem mit einem Tuch abgedeckten Sessel für den Hund, mehreren Türen, Landschaftsgemälden in breiten Rahmen und gemusterten Teppichen gingen sie den Gang entlang bis zur Treppe ins erste Stockwerk. Dort oben wurde es heller. Das Licht zweier gegenüberliegender Fenster fiel auf eine kleine Küchenzeile neben einer Tür mit Milchglasscheibe und dem Pappschild „frei". Auf beiden Seiten luden Türen mit Fototapeten zum Betreten einer Südseelandschaft, eines Hochgebirges und eines Dschungels ein. Sonja betrat die Südsee und hinter Palmen, weißem Strand und Basthütte warteten Badewanne, Toilette und auf einem roten Holzstuhl drei saubere Handtücher mit Mustern aus einer lang vergangenen Zeit. An die Wand gepinnte Postkartensprüche zogen Immes Aufmerksamkeit auf sich.

Als Imme die Treppe wieder hinunterging, kam es ihr zum zweiten Mal so vor, als würde die eigenwillige Umgebung sie warm willkommen heißen, und sie fühlte sich wohl. Der Hund hatte gewartet, sprang von seinem Sessel und folgte ihr nach draußen.

„Setz dich, wo du magst. Ich habe Tee gemacht. Brauchst du Zucker?" Imme verneinte und wählte die kleine Bank nahe dem Ginkgostamm.

„Für Gäste habe ich auch Milch." Sonja schenkte Tee ein. „Kommst du klar mit deiner Tasse?"

„Wunderbar, danke. Und keine Milch, ohne alles." Der Pfefferminztee schmeckte ebenso gut wie der Kuchen. „Köstlich!", kaute Imme und vergaß die Anreiseschwierigkeiten.

„Bananen sind eine Notlösung. Sonst lebe ich aus meinem Garten. Im Sommer bin ich die meiste Zeit mit den Tomaten beschäftigt. Ich habe sechsundfünfzig Sorten und ziehe sie selbst. Ich zeige dir gleich das Grundstück, wenn du magst. Später muss ich auch noch Zweige aufsammeln. Der Wind hat tüchtig an den Bäumen geschüttelt. Morgen will ich die Gewächshäuser weiter vorbereiten."

„Ich kann dir helfen", bot Imme spontan an.

Sonja lächelte und sagte nach einer Pause mit Blick auf Imme: „Gern." Und sie fügte langsam hinzu: „Weißt du, dass du unter dem Baum sitzt, den ich für meinen Sohn gepflanzt habe? Er war fünf, als er starb."

Imme setzte die Tasse ab.

„Wie ist das passiert?"

„Ich habe das Auto gefahren. Den alten Trabant meines Vaters. Hinten gab es keinen Gurt. Ich weiß nicht, was passiert ist. Das Fahrzeug wickelte sich um einen Baum und er war sofort tot."

Die Worte nahmen sich Raum, und Imme dachte an Chrissie. Hier war der Tod also auch schon gewesen.

„Wie heißt dein Sohn?" Bewusst sagte Imme es in der Gegenwart.

Sonja nickte: „Unsere Namen beginnen alle mit S. Oma Susanne, Mutti Sabine, ich Sonja, dann kam Sascha, mein Luftgeist. Und meine zweite Tochter heißt Silke."

„Meine Freundin ist auch tot. Sie heißt Chrissie."

„Auch mit zwei ‚S'?"

„Ja!"

Wieder spürte Imme eine große Nähe zu Sonja und eine Verbundenheit mit diesem besonderen Ort. Hier würde die Trauer einen guten Platz finden. Eine Stunde später, umstrichen von den Katzen und stets vom Hund begleitet, stand jede über einen schwarzen Eimer gebückt und man hörte schrumpelige, schwarze Vorjahresäpfel dumpf auf Plastik fallen.

Natürlich saßen beide gemeinsam am Abendbrottisch. Die Küche quoll über von Utensilien aller Art. Nach und nach konnte Imme Einzelheiten erfassen. Auf schmalen farbigen Achatscheiben standen zierliche Vasen. Buddhas sammelten sich zwischen Behältern für Tee und Exemplaren großer Muscheln. An den Wänden übervolle Regale mit Tassen, gerahmten Bildern, Verpackungen mit buntem exotischem Aufdruck. Angepinnte Zeitungsausschnitte wechselten sich ab mit Aufklebern.

Sie aßen Brote von unterschiedlich gemusterten Tellern auf Tischsets aus echtem Schiefer und tranken Wasser dazu. Anschließend gingen sie gemeinsam mit dem Hund raus und Sonja zeigte Imme den Deich und den Weg parallel zum Fluss durch ein Stück Auenwald. Vom Fluss selbst war noch immer nichts zu sehen, obwohl Imme schon eine ganze Weile in seiner Nähe war.

„Wenn du diesem Trampelpfad folgst", deutete Sonja auf sperrige Holundersträucher, „kommst du erst zu einem einzeln stehenden Haus. Dort wohnte bis zur Flut eine Familie. Die Kinder wurden vom Vater jedes Jahr während der im normalen Bereich liegenden Überschwemmung mit dem Boot zum Deich gerudert. Von dort aus konnten sie ins Dorf zum Schulbus laufen. Nun steht es leer. Links davon führt der Pfad durch Gesträuch zu den Buhnen. Eine alte, große Weide bewacht dort weit vorn am Wasser einen kleinen Strand. Das könnte vielleicht ein guter Ort für dich sein."

Sie bogen jedoch vor dem Pfad auf einen Waldweg ab und folgten ihm, bis sie an einer breiten, abschüssigen Asphaltfläche ins Freie traten. Hier lag die Fähre. Imme ging näher und betrachtete das Strömen des Flusses unter dem weiten Himmel, über den scharf umrissene Wolkenpferde mit weißer Ober- und grauer Unterseite galoppierten. Ihr stiegen Tränen in die Augen, als wolle sich das Wasser ihres Inneren mit dem draußen verbinden. Einen schrillen Pfiff ausstoßend, startete ein Eisvogel vom Ufer seinen geraden Glitzerflug in Türkis-Orange. „Typisch Chrissie", musste Imme denken und war etwas getröstet.

Sonja und Imme saßen bis weit in die Nacht zusammen. Imme fragte Sonja nach ihrem bisherigen Leben und wurde mit offenherzigen Erzählungen belohnt. Sie und ihr Mann waren mit den Kindern viel gereist. In Portugal hatten sie ein halbes Jahr ausgehalten und dann Südindien als die bessere Alternative entdeckt.

„Wir können ja morgen weiterreden, Imme. Heute habe ich genug erzählt. Ich gehe noch mit hoch. Dein Zimmer ist links neben der Toilette, hinter dem Dschungel."

Die Deckenlampe erleuchtete ein Zimmer, in dem ein Tisch und zwei Stühle, ein Bücherregal und ein Doppelbett mit einer faszinierenden Tagesdecke warteten. Rote und schwarze Muster wechselten sich auf hellem Grund in enger werdenden Kreisen ab. Das Mandala in der Mitte zog Imme an wie ein Wasserstrudel ein Blatt. Keine Volkskunst der freudig-farbenreichen Art lag vor ihr ausgebreitet, sondern vornehme und zurückhaltende Gestaltung, zart und kräftig zugleich.

„Eine schöne Decke!", sagte Imme bewundernd.

„Ja, die habe ich aus Indien mitgebracht. Aber für indische Stoffe fällt sie aus dem Rahmen. Die haben meist andere Muster, dichter und mit mehr Farben."

Imme sah sich im Zimmer um und Sonja kommentierte:

„Alle Fenster haben Fliegengitter, mindestens eines der beiden Flügel. Darauf sollte man achten beim Lüften. Die ersten Mücken habe ich heute schon gesehen. Und ich hoffe, der Schrank stört dich nicht. Ich habe hier meine besonderen Kleider drin. Das ganze Haus ist voll Zeug, ich muss einfach die Möbel nutzen."

Imme sah durch die mittlere Glastür des dreiteiligen Schranks einen gelben Stoff mit goldenen Pailletten und daneben ein Stück blauen Samts.

„Ich wünsch dir eine gute Nacht, Imme."

„Danke, Sonja. Dir auch eine gute Nacht."

Im Hinausgehen drehte sich Immes Gastgeberin noch einmal um:

„Vielleicht besuchen uns die Toten im Traum. Bis morgen."

Imme erwachte, blickte zum Fenster und sah im Gegenlicht unzählige feine Staubpartikel tanzen. Sie versuchte, sich an einen Traum zu erinnern, aber vergeblich. In der Küche war es warm und Sonja hatte schon den Tisch gedeckt. Beide frühstückten ausgiebig zu Erzählungen aus Indien, lehnten sich danach zurück und überließen sich der entstandenen Stimmung. Mittlerweile hatte sich bei beiden auf dem Schoß eine Katze einen Platz erobert. Der Hund schlief draußen im kurzen Gras.

„Weißt du, wozu ich gerade Lust habe?", fragte Imme in die Stille.

„Nein." Sonja sah sie fragend an.

„Ich könnte die Glasscheiben der Terrassentür putzen."

Sonja lachte. „Oh! Gut! Das wäre schön. Normalerweise putze ich die Fenster alle drei Monate, aber für Frühlingsputz hatte ich noch keine Zeit. Ich kann dir holen, was du brauchst."

Zuerst kehrte Imme die Spinnweben vom Rahmen und die sandigen Sprenkel, die der letzte Platzregen vom Erdboden hochgeschleudert hatte. Dann wischte sie die Fenster mit Seifenwasser ab und putzte sie zuletzt mit Glasreiniger. Auch in ihr wurde es klarer und neue Gedanken blitzten auf und fanden ihren Widerhall in dem kleinen geschliffenen Kristall, der die Sonne nun besser reflektieren konnte und über alle Wände des Zimmers farbige Prismen streute.

Sie hörte Sonja fragen: „Was arbeitest du eigentlich genau, Imme?"

„Hm, eigentlich nichts. Ich hatte mich mit Chrissie zusammen selbstständig gemacht. In der Bestattungsbranche. Eine gute und wichtige Zeit. Bis ich Mons kennenlernte, meinen Freund." Kurz blickte sie über die Schulter zum Herd, an dem Sonja Gemüse schälte. „Wir sind noch zusammen. Aber ich will nicht mehr."

Sonja drehte sich um. „Und jetzt? Was hast du vor? Warte mal, neben dir steht der Karton mit den Gläsern."

Bevor sie ihn holen konnte, hatte Imme ihn schon auf den Tisch gestellt. „Soll ich sie für dich auswaschen?" Während sie die Deckel abschraubte und heißes Wasser ins Becken ließ, antwortete Imme auf die Frage, die sie sich die ganze Zeit schon selbst stellte: „Was ich vorhabe? Ich weiß es nicht."

„Na", hörte sie Sonja sagen, „du wirst es herausfinden. Da bin ich sicher."

Dieser Satz erinnerte Imme an etwas, und plötzlich war ihr klar: Sie wollte ihren Vater nach diesem Ungeklärten fragen, das Chrissie angedeutet hatte.

Nachmittags kamen von Westen wieder Wolken auf und zogen sich über dem flachen Land zu einer grauen Decke zusammen. Imme nahm die Regenjacke mit und suchte den Platz mit der Weide. Das einzeln stehende Haus, der Pfad durch den Wald, alles sah etwas anders aus als am Vortag. Viele Äste wirkten matt und gebeugt, vielleicht duckten sie sich vor dem sich ankündigenden Regen. Zu den Seiten des Pfads wichen allmählich die Stängel der Disteln vom Vorjahr stehengebliebenen Brennnesseln, weshalb Imme manchmal die Arme hob und sich seitlich zwischen den Pflanzen durchschlängelte. Die Weide kam in ihr Blickfeld, eine riesige, noch gelbbraune Kuppel. Die Äste streckten sich bis dicht über den Boden und als Imme unter ihr Dach geschlüpft war, fühlte sie sich wie in einem sakralen Rundbau. Der Baum breitete wie eine Gottheit dunkle Arme aus. Zum Fluss hin bildete sich ein schwarzer dicker Torbogen. Dahinter begann der kleine Strand. Imme fiel der Begriff „Gestade" ein. Woher kam plötzlich dieses Wort? Funktionierte die Zeichensprache

219

wieder? Hatte ihre Lage mit Odysseus zu tun, der an fremden Gestaden anlandete, dessen Schiffe dort zerschellten, dessen Sehnsucht nach der heimischen Küste ihn stets am Leben hielt?

Imme verließ die Kuppel und betrat den Sand. Sie hörte dem Strömen und Fließen des Wassers zu und bewunderte die feinen gezeichneten Schwemmlinien am Sand. Flussabwärts webte die Fähre unsichtbare Fäden von Ufer zu Ufer. Vom Diesseits zum Jenseits. Chrissie, dachte sie, du hast die Seite schon gewechselt. Geht es dir gut? Leichter Sprühregen setzte ein, Imme zog die Jacke über und fand in der rechten Tasche einen alten Einkaufszettel aus farbigem Papier. Odysseus hatte sie auf eine Idee gebracht. Sie faltete das Papier zu einem Schiffchen, legte als Geschenk einige Blüten vom ersten Scharbockskraut an Bord und steckte die Flaumfeder eines Reihers aus dem Schilf an den gefalteten Mast. Als sie es ins Wasser setzte, kreiste es einige Male in der kleinen Bucht vor den Füßen der Weide, bevor es in die Strömung geriet und mitgenommen wurde auf die Fahrt zum Meer. Imme hatte sich als Unterlage ein trockenes Stück Holz von der Weide geholt und sich darauf in den Sand gesetzt. Sie folgte dem Schiff mit den Augen. Der stärker werdende Regen schien ihm nichts anzuhaben. Es hielt Kurs auf die Fähre und Imme hoffte, es würde zu keiner Kollision kommen. Aber, um Gewissheit darüber zu erlangen, war es schon zu weit entfernt. Sie blieb sitzen und lauschte den Geräuschen des Wassers. Auf der Oberfläche der kleinen Bucht bildeten sich dunkel abgesetzte, fließende Formen, ruhige Inseln in der von Tropfen aufgeworfenen Gänsehaut der Oberfläche. Imme wurde ebenfalls ruhig und blieb im Regen sitzen, bis sie Hunger bekam.

Imme blieb noch ein Tag. Stunden, in denen sie sich mit der Freundin verbunden fühlte und ihren ganz eigenen Trauerweg ging.

Sonja schenkte ihr zum Abschied eine Karte mit einem Text. Sie las ihn laut vor.

„Du hast eine neue Aufgabe. Webe dünne Wolken und nähe sie zu Kleidern aus Himmelsbrokat. Mit ihnen findest du die Wege zu den Kundigen. Es sind Geschöpfe, von Liebe erfüllt. Sie führen Dich auf eine magische Reise. Hab Vertrauen."

„Schön!", flüsterte Imme.

„Das ist noch nicht alles. Ich habe noch was für dich."

Sonja holte ein kleines, mit buntem Papier umwickeltes, weiches Päckchen.

„Schenkst du mir was zum Anziehen?", lachte Imme. Aber dafür war das Päckchen eigentlich zu klein.

Sonja meinte, es sei etwas Ähnliches, aber sie solle es daheim öffnen.

„Ich habe das mal bei einer Kunstaktion eingetauscht. Give and take. Man konnte irgendetwas dort lassen und dafür etwas mitnehmen. Ich habe das ausgewählt. Es ist schon ziemlich lange her und heute hatte ich die Idee, es wäre ein Geschenk für dich."

Der Hund bellte zum Abschied, als sich die Eisentür hinter Imme schloss. Sie konnte schon den Bus an der Haltestelle in der Kurve warten sehen. Diesmal klappte alles reibungslos. Im Zug fühlte sie sich gleich an die Hinfahrt erinnert mit der Qigong-Frau und der Buchstabensuche. Yang war ihr als Antwort zugefallen. Imme musste lachen. Plötzlich empfand sie sich reifer. Zeichen brauchte sie nicht mehr. Zumindest jetzt nicht. Sie sah aus dem Fenster, absichtslos. Das grafische Muster brauner Punkte entpuppte sich als großes Feld vertrockneter Sonnenblumen. Pappeln hatten sich mit Mistelkugeln geschmückt und umtanzten einen runden, mit frischem Gras bewachsenen Erdhügel. In einem Bahnhof fiel ihr ein großes Yin-Yang-Zeichen ins Auge, das für ein Taichi-Zentrum warb.

„Schon gut. Yang. Weiß ich. Ist aber nicht so wichtig." Imme war voller Energie. Jetzt war die Zeit gekommen, zu handeln, auch ohne Zeichen.

Mons war nicht zu Hause. Imme beschloss, Sonjas Päckchen zu öffnen. Sie entfaltete ein schwarzweißgemustertes Viereck aus leichtem Baumwollstoff und dachte zuerst an eine Tischdecke. Der schwarze Untergrund war mit Zeichen besetzt, die einen Text ergeben hätten, wären sie lesbar gewesen. Es waren Spiralen und Kreise, unterbrochen von kommaartigen Symbolen. Sie breitete das Tuch aus und fand die Schrift faszinierend. Sie überlegte, ob sie es an die Wand hängen sollte, als sie in einer Ecke ein abgesetztes Rechteck mit Zeichen im Kleinformat bemerkte. A, B, C – allen Buchstaben des Alphabets war eines der Zeichen zugeordnet. Imme holte Stift und Zettel und kniete sich hin. Das kleine Kästchen war im rechten Winkel zum Text aufgedruckt und sie musste sich jedes Mal drehen, um Buchstabe für Buchstabe nach der Legende zu notieren. Kleine Kreise bildeten Punkte und ovale die Kommata.

Nach einer halben Stunde hatte sie notiert: "O MOTHER Goddess; in this cloth of power I open myself to your essence. I breathe your energies into my body. Mixing them with mine, that I may see the divine in nature and divinity within myself and all else". Imme las und blieb lange sitzen. Tief in ihrem Innern hatte der Text sie getroffen. Mit einer Botschaft, die ihr Herz seit langem versuchte, ihr mitzuteilen. Wieder und wieder kamen die Worte zu ihr: „Oh, Mutter Göttin, in diesem Tuch der Kraft öffne ich mich für dein Wesen. Ich atme deine Energie ein, mische sie mit meiner, damit ich das Göttliche in der Natur sehe, und in mir und allem anderen."

Bewegt von allem, ging Imme hinaus, auf einen Spaziergang. Die Schnürsenkel der Laufschuhe band sie so, dass sie Kontakt mit der Erde aufnehmen und Energie einsammeln konnten. Chrissie hätte darüber gelacht. Unter einem gleichgültigen Himmel lief Imme durch beliebige Straßen bis in den Park. Chrissie, läufst du mit? Nieselregen fiel und verband sie mit allem, mit der Straße, den Bäumen, dem Kiesweg. Eine einzelne Wolke, wie ein Pinselstrich in dunklerem Grau, stand waagerecht in der Ferne. Sie umrundete den großen Brunnen und auf dem Rückweg rannte knapp vor ihren Füßen eine Maus mit kurzem Piepsen über den Weg. Imme dachte an Chrissie und dass sie so große Sehnsucht nach ihr hatte. Vor allem ihre Zuversicht vermisste sie, das Gegengewicht zu Immes Zweifeln. Doch bevor die Tränen auf der Höhe ihrer Nasenflügel angekommen waren, begriff sie plötzlich: Ihr war eben ein Krafttier begegnet. Gerade jetzt, wo ihre Kraft höchstens mäusegleich war, war ihr zugerufen worden: Gib nicht auf! Und was die Schnelligkeit der Maus und Immes Langsamkeit betraf, konnte das nur ein Hinweis sein, dass sie in ihrem eigenen Tempo ans Ziel kommen würde. Sie würde ihren Weg gehen, diesmal vertrauensvoll und mit weniger Zweifeln. Mit einer Maus an ihrer Seite.

Ihre Füße trugen sie zum Tiergarten. Lange stand sie vor den Fenstern ihrer alten Atelierwohnung. Mit der Zeit wurde sie traurig. „Chrissie, wo bist du?" Die Wolkenränder am Abendhimmel leuchteten rosafarben auf und als Kontrast schimmerte der Hintergrund in Türkis. Die Amseln der umliegenden Gärten steckten einander mit einer unaufhörlichen Abfolge von Warnrufen an. Eine schöne dreifarbige Glückskatze tauchte aus einem Ginsterstrauch auf und gab sich zu erkennen. Die aufgeregten Amselattacken ignorierend, setzte sie sich und blickte Imme an. „Was ist der nächste Schritt?", flüsterte Imme in ihre Richtung. „Sag mir, was ich tun soll!" Aus dem Zoo ertönten vielstimmig Tierlaute. Krähen fielen in großen Schwärmen aus der Stadt in ihre Schlafbäume ein. Das Rosa am Himmel erlosch, gelb füllten sich die Fenster der Häuser mit Licht. Imme lauschte. Die Tiere riefen ihr Botschaften zu von den Rändern der Nacht. Die Katze saß noch immer auf dem Pflaster, ihre weißen Flecken kontrastreich zum Grau der Steine.

Hier war nicht mehr Immes Platz. „Lebe wild und gefährlich!" – das neue Graffiti an der Hauswand nahm sie persönlich. Die Katze stand auf, reckte sich, kehrte Imme den Rücken zu und drehte kurz vor dem Ginster noch einmal den Kopf, bevor sie mit einem kleinen eleganten Sprung im Gebüsch verschwand. Imme ging nach Hause, nahm das Telefon und wählte die Nummer ihres Vaters.

„Guten Tag! Bis einschließlich Ende des Monats bin ich verreist. Bitte melden Sie sich später noch einmal. Danke!", teilte ihr der Anrufbeantworter mit.

Mons kam, umarmte sie und überraschte sie mit einem Vorschlag. „Liebes, ich habe dich vermisst. Weißt du was? Ich habe mir überlegt, dass ich auch mal eine Veränderung brauche, mit dir zusammen. Wir verbringen ein Wochenende zu zweit. Jetzt guck nicht so. Es wird dir gefallen. Ich buche ein kleines Ferienhaus. Ich habe schon recherchiert. Ab Freitag habe ich frei und sobald du bereit bist, steigen wir ins Auto und brausen los."

„Ein Ferienhaus? Und dein Kongress?" Imme sah fragend von ihrer Teetasse auf.

„Sage ich doch, ich habe frei. Ist abgesagt. Fünf von fünfzehn Referenten sind erkrankt."

„Der Kongress fällt aus? Und du willst wegfahren? Das kommt etwas schnell. Ich war doch gerade weg. Wohin willst du denn fahren?"

„Zusammen mit dir will ich wegfahren. Und wohin, das ist eine Überraschung. Du packst einfach für drei Tage, und schon geht's los."

Imme konnte nur warten, bis ihr Vater zurück war. Sie beschloss, spontan zu sein. Wenn sie ehrlich war, hatte sie Angst vor dem Moment der Trennung. Sie wusste nicht, wie Mons reagieren würde. Vielleicht war eine andere Umgebung mit dieser besonderen Entspannung, die eine Auszeit mit sich brachte, genau richtig für ihr Vorhaben. Sie fragte, wie weit das anvisierte Ziel entfernt wäre wegen der passenden Kleidung.

„Drei bis vier Stunden mit dem Auto. Kein Ausland. Südliche Richtung", war die Antwort.

Noch vor dem Freitagnachmittagsstau verließen sie die Stadt, der Wagen war angenehm temperiert, das Wetter mit überraschend hohen Temperaturen um einiges wärmer als sonst im Frühling. Mons trug ein neues hellgraues Hemd, das er sich in einem Laden in der Innenstadt gekauft hatte. Es stand ihm sehr gut, musste Imme zugeben. Seitlich war das Markenzeichen im Saum eingenäht, eine graue Wolke vor dunkelgrauem Himmel.

„Du siehst gut aus, Mons!", bemerkte sie.

„Danke! Du auch!"

Um ihn gewogen zu stimmen, hatte sie anstatt des blauen das schwarze Kleid an, dessen Stoff so leicht und transparent wie sein Hemd war, eine Mischung aus Seide und Hanffasern.

Als jemand, der gern hinaussah, genoss sie die Fahrt über Landstraßen durch unbekannte Gegenden. Sie hatte Mons gebeten, die Autobahn zu meiden und über Landstraßen zu fahren.

Am späten Abend waren sie am Ziel. Das Ferienhaus entpuppte sich als Dreieck mit tief heruntergezogenem Dach und zwei Balkonen auf der Südseite. Von ihnen hatte man eine herrliche Aussicht hinunter ins Tal auf blühende Wiesen. Kein Windhauch bewegte die Rispen der Gräser. Es war immer noch sehr warm. Imme ließ sich von Mons auf dem Balkon einen Espresso servieren. Das Summen der Insekten verschmolz mit ihren Gedanken über die kurz zuvor gehörte Radiosendung zum Thema Bienen.

„Durch das Gift von Pflanzenschutzmitteln wird die Gehirnfunktion der Bienen geschädigt", hatte die Sprecherin gesagt. Welches Gift hat mich eigentlich geschädigt, fragte sich Imme. Doch dieser Ort war so schön, dass sie sich entspannte und begann, sich wohlzufühlen. In ihr wuchs der Wunsch, die Umgebung zu erkunden. Der Kontrast der vergangenen Schwere zur üppigen Farbigkeit war überwältigend, sie wollte den Duft der Wiesen einatmen, sich vom Blütenstaub die Poren verkleben lassen, den Schweiß auf Brust und Rücken spüren und die Augen von der letzten Helligkeit blenden lassen. Sie stellte die Tasse ab und sprang auf.

„Mons, lass uns die Gegend erkunden, bitte, es ist so schön hier!"

„Jetzt? Jetzt würde ich viel lieber mit dir etwas anderes tun, etwas in der Waagerechten." Er lachte und umarmte sie. „Schön, dass es dir hier gefällt."

„Mons, komm schon! Ich möchte so gerne rausgehen. Wir haben doch Zeit."

„Na gut. Aber nur eine kleine Runde. Keine Wanderung! Ich will mich nicht groß umziehen."

„Eine kleine Runde, versprochen."

Sie zog die Tür hinter ihnen zu und sie gingen am Stellplatz des Autos vorbei den Schotterweg nach rechts. Das Nachbarhaus war das letzte in der Straße, danach machte der Weg eine Biegung. Es sah so aus, als könne man erst hinunter ins Dorf laufen und anschließend von der Kirche aus, an der sie vorbeigefahren waren, wieder zum Haus am Hang hinaufsteigen. Nach mehreren Biegungen stellten sie allerdings fest, dass sie sich vom Dorf entfernt hatten. Der Weg war ein Meister der Täuschung und hatte sie hereingelegt. Zur Umkehr war es ihnen zu weit, sie beschlossen, noch einen kurzen Anstieg zu einem Wäldchen zu wagen und von dort aus abzukürzen. Mons graues Hemd klebte mittlerweile an seinem Körper. Imme schwitzte weniger schnell und fand ihr Kleid angenehm leicht.

„So habe ich mir das vorgestellt!" Mons machte noch Späße und sprang über einen kleinen Graben. Stoff riss mit einem papierenen Geräusch. Längs am Rücken hatte das Hemd einen Riss.

„Na, prima!" Mons fühlte entgeistert den großen Spalt. „So ein scheißteures Hemd. Ich werd verrückt."

Imme musste plötzlich lachen. Während er versuchte, den Riss zu ertasten, hatten sich neue Schlitze gebildet. Überall klebte der Stoff am Körper und begann zu reißen. Mons war sauer und schimpfte über die Qualität, den Preis und die Frechheit, so etwas zu verkaufen. Am Ortseingang zog er das graue Streifending aus und stopfte es in den Papierkorb am Wanderparkplatz. Bei der Heimkehr war er immer noch verstimmt und schaute den Rest des Abends Fußball auf irgendeinem Sendeplatz. Imme hatte ein schlechtes Gewissen, weil sie gelacht hatte.

„Ich komme gleich!", rief sie vom Balkon nach drinnen.

Sanft war die Nacht zum Haus gekommen. Imme lauschte auf unvertraute Geräusche und war ganz sie selbst. Mons kam nach über einer Stunde und wollte sich versöhnen.

„Liebes, entschuldige, du kannst ja nichts für das Hemd. Aber du hast mich ausgelacht. Das war gemein."

„Hör doch, wie still es hier ist!"

Er trat neben sie ans Geländer und lauschte. „Du hast recht. Unheimlich still."

Sie lehnte sich an ihn. Wie gern würde sie manchmal ihre Einsamkeit eintauschen.

„Weißt, du, was ich jetzt gerne hören würde?", flüsterte Mons zärtlich.

„Nein, was denn?"

„Eine deiner Geschichten, und zwar oben im Bett."

Er bekam seine Geschichte. Eine Kurzgeschichte über eine Wespe, die aufhörte, Fleisch zu essen und so zur Stammmutter der Bienen wurde.

„Kommt mir bekannt vor. Kam das heute nicht im Radio? Soll ich dich küssen?"

„Ja. Und ja."

Danach schlief Imme sofort ein. Sie wurde wieder wach, weil ihr der Bauch weh tat. Wie ein Ring spannten sich ihre Muskeln unterhalb des Zwerchfells an. Sie massierte sich im Uhrzeigersinn und spürte, wie danach etwas in Bewegung kam. Was war los? War sie soweit aus ihrer Mitte? Der Zeiger der Uhr leuchtete null Uhr dreißig. Sie hatte also nur eineinhalb Stunden geschlafen. Mons lag neben ihr und rührte sich nicht. Sie fühlte sich plötzlich wie an ihn gekettet. Ihre Schmerzen verstärkten sich wieder, weil sie sich verkrampfte. Sie hielt es noch eine knappe halbe Stunde aus, in der sie sich abwechselnd langsam und vorsichtig von einer auf die andere Seite drehte. Dann erhob sie sich im Zeitlupentempo, knüllte ihr Bettzeug um ihren MP3-Player wie Kloßteig um ein Weißbrotstückchen und tastete sich damit im Dunkeln zur Treppe, die ins Wohnzimmer hinunterführte. Ohne Polster bot das Sofa ausreichend Liegefläche. Sie legte sich so, dass sie durch den Ausschnitt des schrägen Dachfensters schauen konnte. Das schwarze Viereck über ihr füllte sich langsam mit einem Teppich aus Lichtpunkten. Immer tiefer konnte sie in das Gewebe aus Sternen blicken und sie stellte fest, dass ihr wegen der Fülle die bekannten Sternbilder abhanden gekommen waren, jedenfalls in dem Bereich, der sich ihr bot. Sie musste an den Spruch auf dem Teebeutel-Anhänger des Morgens denken: „Jeder lebendige Gedanke ist eine Welt im Werden." Hieß das in diesem Fall, wenn sie intensiv an ein Sternbild dachte, würde es sich manifestieren? Ein Satellit zog seine Bahn durch den Himmelsausschnitt. Sie versuchte weiterhin, das Chaos vor ihren Augen für sich zu ordnen und nahm es als Metapher für ihr Leben. Und da flog etwas auf und wurde sichtbar – der Schwan im Sommerdreieck breitete seine Flügel aus. „Deneb im Schwan bildet mit Wega in der Leier und Arkturus im Adler das Sommerdreieck", flüsterte sie erleichtert. Es gab also noch eine Ordnung, auf die Verlass war. Sie wurde übermütig und hoffte noch auf eine Sternschnuppe, aber vergeblich. Ihre Lider begannen vor Müdigkeit zu zucken und sie schaltete den MP3-Player an und schloss die Augen. Nur wenig bekam sie von einer Sendung über die Philippinen mit, sie wachte wieder auf, weil jemand das Licht angeschaltet hatte. Es war der Mond, der hinter der Hügelkette aufgegangen war und mit einer Helligkeit auf die Dinge schien, als ob er ihnen die Gelegenheit geben wolle, sich zu reinigen. Sie wechselte die Position und legte sich so, dass sie in Richtung Osten schauen konnte. Dort zeigte sich bereits die Morgendämmerung. Ihr war noch nie aufgefallen, dass die Zweige der Fichten in Händen mit fünf Fingern endeten. Sie griffen in die Nacht, als wollten sie die Falter, die von den Ästen aufstiegen, zur Rückkehr beschwören. Doch diese tanzten höher und wurden Beute der Fledermäuse, deren schwarze Schatten scharf wie Messer die Luft durchschnitten. Jede Nacht entfalten sich diese Vorgänge, dachte Imme, und wir wissen nichts davon. Der Mond war hochgestiegen und fing an zu verblassen, schmale Wolkenstreifen im Osten färbten sich magentarot. Inzwischen war es halb fünf. Sie hörte noch die Nachrichten, in denen von einer ganz anderen Welt die Rede war, und schlief darüber ein. Zwei Stunden später hantierte Mons in der Küche und setzte Teewasser auf.

Sie erwachte und sah durch das schräge Dachfenster hoch in einen großen Ausschnitt Himmel, in ein Stückchen Nussbaumkrone und einen Teil serbische Fichte. Wind war aufgekommen und sie hoffte, er würde die Wolken wegschieben. Stattdessen erschienen auf der Scheibe kleine runde Punkte aus Feuchtigkeit, die sich langsam zu einem Belag verdichteten. Hypnotisiert sah sie zu, wie sich die klaren

Silhouetten der Bäume in Milchglasdekor wandelten. Unscharf wurden die Konturen, eine Metapher für ihr seit längerer Zeit ins Stocken geratene Schreiben. Eine Aura wie ein Schleier bildete sich um die Dinge: In jeder Wölbung eines Tröpfchens spiegelte sich ein Stück Blattwerk. Einzig wo Himmel war, spiegelte sich bleiches Hellgrau und vervielfachte das Nichts. Sie frühstückten, was der Brötchenservice an der Haustür deponiert hatte. Dann besah sich Imme die Bücher im Regal und blätterte einige Exemplare auf. Mons fand eine Sitzgarnitur unter dem Balkon und sagte, er wolle die Morgensonne genießen. Die Regenwolken hatten sich verzogen.

Als Imme aus dem Fenster auf die kleine Wiese hinter dem Haus nach ihm schaute, lag er regungslos im Liegestuhl in der Sonne.

Wie ein Berg, dachte Imme. Und die Ameisen, die an den Beinen der Liege hinaufklettern, nennen sich Bergarbeiter. Sie suchen nach Gold. Doch auf dem Berg werden sie es nicht finden. Die Schätze sind meist im Inneren der Berge verborgen. Und ob es in diesem Berg Schätze gibt, kann ich nicht sagen. Früher war ich sicher.

Wie zur Bestätigung ihrer Gedanken kam die Nachbarkatze und schlug einen großen Bogen um den Liegestuhl.

Am Nachmittag versuchten sich Imme und Mons an einem zweiten gemeinsamen Spaziergang. Sie folgten einer Straße, die in ein kleines Wäldchen führte, das den schmaler werdenden Teerstreifen wie ein schützender Mantel umhüllte. Nach wenigen Schritten wichen die Bäume zurück und machten Platz für eine kleine Wiese. Auf ihr stand eine Gruppe von Gestalten aus Holz. Sie wuchsen menschengroß wie Baumstämme aus der Erde, manche gerade, andere gebogen. Ihre Arme waren nur angedeutet, ihre Köpfe dagegen ausgearbeitet. Imme sah dem vordersten Mann in das holzschnittartige Gesicht. Seine großen Augen waren geschlossen, wie vor Schmerz. Vielleicht war es ein Seher. Er führte die

Gruppe an. Zwei Frauen folgten ihm stumm. Der mütterliche Ausdruck der älteren Frau berührte Imme tief im Herzen und ließ sie ebenso traurig werden wie diese. Ganz hinten beugte sich eine Figur weit in den Raum, als wollte sie auf sich aufmerksam machen. Sie hatte etwas mitzuteilen, eine Botschaft. Imme fühlte sich angesprochen. Worin bestand diese dringende Mitteilung? Sie ging näher heran. Aber das einzige Zeichen, das sie wahrnehmen konnte, war das überall von irgendeinem idiotischen Jugendlichen ins Holz eingeritzte Ypsilon. Sie runzelte die Stirn und ging zu Mons zurück, der sich auf eine nahe Bank gesetzt hatte. Der Nachhall dieser Begegnung mit der Figurengruppe begleitete sie.

„Sieh mal!", sagte sie. „Diese Gruppe. Die finde ich wunderschön. Wie echte Leute, nur geheimnisvoller."

Mons stimmte ihr zu. „Das hat was. Jetzt, wo du das sagst. Je länger ich hier sitze, desto besser finde ich sie. Ohne dich wäre ich wahrscheinlich vorbeigegangen."

„Hm. Also mich hat sie gleich beschäftigt, vor allem die eine Figur, die dort hinten steht. Siehst du, wie sie sich vorbeugt und uns etwas zuruft? Etwas wie: Hört ihr das nicht?"

„Ja, könnte sein. Aber du bist die Fachfrau für sowas, ich habe keine Ahnung, worum es da geht. Wollen wir weiter?"

Sie fühlte deutlich, wie fremd ihm ihre Welt war. Stumm lief sie neben ihm und war wieder auf ihre Einsamkeit zurückgeworfen. Mons bemerkte ihr Schweigen und versuchte, Imme aus der Reserve zu locken. „Zweisilbig kann man das nicht nennen, du sprichst eher einsilbig mit mir", neckte er sie. Ein Traktor kam den nun geschotterten Weg herab und die Staubwolke ersparte ihr die Antwort. Sie versuchte, sich darüber klar zu werden, was zwischen ihnen nicht mehr stimmte. An einer Gabelung ließ Mons sie über die weitere Richtung entscheiden und sie bogen auf einen Wiesenweg ab, der am Waldrand entlangführte. Nach hundert Metern hatte jemand wieder eine Bank aufgestellt. Neben ihr öffnete sich zwischen Holundersträuchern überraschend ein Durchgang in den Wald. Ein Rund zwischen Baumstämmen bot Platz für drei Bänke vor einem Ort der Andacht. In einem Halbkreis aus teils gemauerten Steinen, teils natürlichem Felsen stand leicht erhöht die Figur einer Madonna. Grünlilien und Begonien in Töpfen gruppierten sich mit leuchtenden Farben um sie, die segnend die rechte Hand hob. Unterkleid, Gürtel und Schutzmantel waren blau. Wissend und gütig sah sie zu Imme herab. Die andere Hand hielt sie leicht ausgestreckt und schien auf etwas hinter Imme zu deuten. Sie drehte sich um, schob Mons zur Seite und blickte in die Rindenaugen eines mächtigen Buchenstamms. Sie fühlte sofort das Magische des Orts. Viele Geschichten hatten von hier aus ihren Weg in die Welt angetreten und viele Kreise hatten sich hier geschlossen. Sie wandte sich wieder der Göttin zu. Immes Füße trugen sie näher heran und sie konnte mehr und mehr von den Worten lesen, die auf den bemalten Steinen standen. Sie entfalteten sich wie Blumen und drangen mit dem Duft ihrer Botschaften in sie ein. Liebe, Hoffnung, Dank. Sie hatte wieder den Kontakt zu Blau aufgenommen, zur blauen Blume der Sehnsucht. Und da fiel ihr ein runder Stein mit dem Yin-Yang-Symbol auf. Erde und Baum, Göttin und Blau, das weibliche und das männliche Prinzip, Vergangenheit und Zukunft, alles war hier vereint.

„Gute Güte", schüttelte Mons in diesem Moment den Kopf. „Was sich die Leute alles ausdenken!"

„Mons! Halt die Klappe!" So scharf kam es, dass er einen Schritt zurücktrat.

„Sag mal, was ist los mit dir?"

Imme wollte sich nicht bremsen. „Du mit deinen Reden, mit deiner Geringschätzung! Du wolltest mir meinen Glauben nehmen. Und du hast es auch fast geschafft, beinahe konnte ich die Zeichen nicht mehr sehen. Ich hatte so viel vergessen. Dass das Blau die Antwort ist! Dass es mein Weg ist, nach Zeichen zu suchen. Verdammt, wegen dir habe ich Chrissie im Stich gelassen!"

Mons hob abwehrend die Hände und wurde wütend wegen ihres Ausbruchs.

„Moment mal. Das hast du allein dir selbst zuzuschreiben. Such meinetwegen nach Zeichen und nach Blau, soviel du willst, ich habe nur etwas gegen das verdammt Missionarische, das bei dir immer mitschwingt. Nur du bist heilig, alle anderen sind Menschen zweiter Klasse! Ich stehe nicht auf Heilige, das kann ich dir schon mal sagen. Du kannst dich ja wieder mit deiner Freundin vereinigen, die ist ja auch so eine Heilige, da passt ihr wunderbar zusammen!" Er starrte Imme ins Gesicht. Sie war dran im Schlagabtausch. Doch sie fühlte die Blicke der Buche in ihrem Rücken und wurde plötzlich ganz ruhig. Sie sah die Madonna an und sagte:

„Chrissie ist tot."

„Was?" Mons fragte, als hätte er sich verhört.

„Chrissie ist tot. Ich habe sie noch besucht, aber zu spät."

„Imme, das tut mir leid." Er machte einen Schritt auf sie zu, aber sie hob die Hand in einer abwehrenden Bewegung und bat ihn: „Lass mich allein. Ich komme nach."

Lange saß sie auf einer der Bänke, zuerst aufgewühlt, dann ruhig. Ganz klar lag ihr Weg vor ihr.

Mons ließ sie ein, als sie klingelte. Gerade setzte ein Landregen ein. Der Staub des Weges wurde aufgewirbelt und stieg ihr in die Nase, ehe die Tropfen ihn sammelten und auf den Boden schleuderten. Die Abkühlung durch die angekündigte Kaltfront war bereits spürbar. Imme wickelte sich in die Wolldecke auf dem Sofa ein. Ein Luftzug ließ den kleinen Glaskristall vor dem Fenster hin und her schwingen und schwache Lichtsignale aussenden.

Anderntags brachen sie zeitig auf.

Noch auf der Heimfahrt teilte Imme Mons ihren Entschluss mit. Er schwieg dazu. Erst zuhause bat er sie, sich das noch einmal zu überlegen. Er liebe sie. Sie sei seine Verbindung zu den Menschen, er brauche sie.

„Mons, es hat schon viel zu lange gedauert. Es geht mir nicht mehr gut mit dir. Du hast mir von Anfang an vieles ausreden wollen! Auf meine innere Stimme zu hören, nach Zeichen zu suchen, meine ganze Liebe zu Blau. Das konntest du alles nicht leiden. Du wolltest mich grau, quadratisch und ‚mit beiden Beinen auf dem Boden der Tatsachen'. Das war doch immer dein Spruch, stimmt's? Und ich habe mich angepasst, ja, eine Zeitlang fand ich das gut, ich gebe es zu. Die Ruhe, die Regeln, die Großzügigkeit."

Mons drehte sich mit ausdruckslosem Gesicht weg und ging in die Küche. Sie hörte, wie die Espressomaschine fauchte.

„Espresso?", rief er.

Zu ihrer Überraschung blieb das Gefühl von Wut in ihr aus. Jedes Wort, das sie dann aussprach, klang klar und deutlich:

„Es ist vorbei."

Nicht einmal sein Schulterzucken konnte ihr etwas anhaben. Sie holte die alten Umzugskartons aus dem Keller und fing an zu packen. Mons redete von da an kein Wort mehr mit ihr. Wahrscheinlich hatte er gehofft, sie würde die Trennung bereuen und zurücknehmen.

Nachts träumte sie, sie schnitt sich die Haare ab, packte ihre blauen Bilder und die Farben in eine Kiste, mietete ein Auto und fuhr zu einem Haus. Sie schloss auf und ging in das leere Wohnzimmer. Sie schlug Nägel in die Wände und hängte alle Bilder auf. Wahllos und eng, so dass so viel Fläche wie möglich bedeckt war. Sie zog das blaue sommerliche Trägerkleid an und bemalte sich Arme, Beine und Gesicht. Mit den Händen voll blauer Farbe fuhr sie sich durch das Haar. Da begann das Haus sich im Kreis zu drehen, immer schneller, wie ein Kettenkarussell. Metallisches Rasseln war zu hören, aber Imme hatte keine Angst. Frei stand sie mitten im Zimmer. Höher und höher kreiste das Gebäude und ihre Blockaden lösten sich und ihre Seele wurde leichter. Sie schwang in demselben Takt in Immes Körper wie Imme im Haus, wie das Haus in der Welt. Und plötzlich war alles ganz einfach. Sie war an niemand und nichts gebunden. Sie war ganz sie selbst und ganz frei. Ohne Verbindung. Bereit, zu sterben.

Beim Aufwachen klopfte ihr Herz wie wild.

16 Das Geheimnis

„Hallo Papa." Imme atmete tief durch, weil ihr die beiden Wörter wie zwei wackelige Stufen auf einer Leiter vorgekommen waren.

„Imme! Schön, dass du dich meldest. Ich habe darauf gewartet, seit ich deine Nummer auf dem Display gesehen habe." Früher hatte sie nie wahrgenommen, wie sanft und jung die Stimme ihres Vaters klang. Aber vielleicht lag das auch an seinem Telefon.

„Papa, ich rufe aus einem bestimmten Grund an. Klingt ein bisschen wie ein Überfall. Ich habe mich von Mons getrennt und brauche eine Bleibe, bis ich weiß, wie es weitergeht. Ich wollte dich fragen, ob ich vorübergehend in mein altes Zimmer ziehen kann."

Es entstand eine kleine Pause, dann hörte sie ihren Vater sagen: „Natürlich kannst du das, Imme. Komm einfach. Ich muss zwar einen neuen Platz für ein paar Kartons finden, aber das ist kein Problem."

„Ginge das morgen schon, Papa?" Sie hoffte, die Dringlichkeit in der Stimme wäre nicht allzu deutlich.

„Morgen? Ja, natürlich. Warum nicht? Wann kommst du?"

„Abends, denke ich. Ich muss noch einmal wegen des Transporters telefonieren. Aber ich hatte mich erkundigt und sie sagten, diese Woche geht es kurzfristig. Und ich habe nicht viel Zeug."

„Gut! Ich freue mich, wenn ich dir helfen kann. Dann bis morgen, Imme!"

„Bis morgen!" Ihr Herz klopfte stürmisch, vermutlich wegen einer Überdosis Liebe.

Nach so langer Zeit wieder in ihrem Elternhaus zu sein, fühlte sich ungewohnt und vertraut zugleich an. Ihr Vater öffnete die Tür. Nach einem kurzen Zögern umarmte sie ihn. Es fühlte sich merkwürdig kühl an, als er sie an den Schultern ein Stück weit weghielt und nach einem prüfenden Blick bemerkte:

„Du siehst gut aus. Erst ausladen oder erst ankommen?"

Er hatte in ihrem alten Zimmer aufgeräumt und gelüftet. Den Boden bedeckte ein großer blaugemusterter Teppich, den sie noch nicht kannte.

„Ist der schön!"

„Du kannst ihn gerne behalten, wenn er dir gefällt. Ich meine, wenn du eine neue Bleibe hast. Nicht, dass du denkst, ich will dich loshaben. Ich habe mich gefreut, dass du kommst. Auf die Schnelle konnte ich meinen Ein-Mann-Haushalt nicht wohnlicher zaubern."

„Papa", lachte Imme, „so viel Informationen auf einmal! Alles gut! Ich freue mich hier zu sein. Später erzähle ich dir alles, jetzt lade ich noch aus, solange es einigermaßen hell ist."

Ihr Vater half ihr und als sie fertig waren und in der großen Küche saßen, schenkte er in zwei Gläsern Wein ein und erzählte von seiner antiquarischen Arbeit. Viel war neu für Imme. Bevor sie ausgezogen war, hatte sie sich kaum dafür interessiert und später nichts mehr davon erfahren, nun konnte sie seine Leidenschaft spüren und verstehen, was ihm die Bücher bedeuteten. Zusammen mit der Wärme des Alkohols breitete sich eine Vertrautheit in ihr aus. Als Kind hatte er ihr die Welt der Bücher nahegebracht und immer noch lebte er mit ihnen und für sie.

„Wie schön du über Bücher reden kannst. Es tut mir leid, dass ich mich nicht mehr nach deiner Arbeit erkundigt habe."

„Ach Imme, es ist anders. Ich hätte mich mehr nach dir erkundigen müssen. Bücher sind zwar auch Lebewesen", lächelte er augenzwinkernd, „aber Töchter sind die wichtigeren."

Die Mehrzahl weckte in Imme sofort das Gefühl von Kränkung:

„Tochter, Papa, in der Einzahl. Du hast nämlich nur eine.“

„Imme, ich habe das nur so gesagt, es gibt ja auf der Welt mehr Töchter. Aber gemeint habe ich nur dich.“

„Katinka hat sich ständig dazwischen gedrängelt“, runzelte Imme die Stirn. „Ich hätte nicht gedacht, dass ich darauf immer noch so anspringe. Das war idiotisch. Dabei geht es doch jetzt um ganz andere Dinge.“

Sie erzählte von ihrer Zeit mit Mons. Dass er der Grund für ihren Streit mit Chrissie gewesen war und dass sie sich Vorwürfe machte, nicht zu ihrer Freundin gehalten zu haben.

„Und Papa, du warst bei Chrissie, stimmt's? Sie hat es mir gesagt.“

Er senkte den Blick und fragte, wie um abzulenken, ob er ihr noch Wein nachschenken solle.

„Nein, danke. Sie hat mir nichts von dem Gespräch gesagt. Sie hat dichtgehalten.“ Imme beobachtete ihn. „Weißt du, dass sie tot ist?“

Er verkorkte die Flasche wieder, hob den Kopf und nickte. „Ja. Deine Mutter hat es erfahren. Sie war im Blumenladen. Aber das war bereits einige Zeit nach ihrem Tod.“

Also hatte die Ladeninhaberin den Grund für die Ladenauflösung weiterverbreitet.

„Papa, Chrissie hat mir einen Brief geschrieben, darin steht, ich soll dich fragen, warum ich ...“, sie suchte nach dem richtigen Wort, „... immer auf der Suche bin.“

Jetzt hatte sie es gesagt und sofort Angst vor der Antwort. Eigentlich war ihr Plan gewesen, dieses Thema erst nach einiger Zeit anzusprechen. Nun war sie so schnell damit herausgeplatzt. Sie stand auf und ging zum Fenster. Draußen kündigte sich die blaue Stunde an. Wie um die Frage etwas abzuschwächen, fügte sie an: „Kann ja wohl nicht an meinem

Namen liegen: Imme, Imme, Immerzu." Ihre Stimme klang nicht so humorvoll, wie sie es sich wünschte.

Lange war es still im Raum, dann drehte sie sich um und sah, dass ihr Vater weinte. Wie angewurzelt stand sie da und versuchte, dieses neue Bild mit den Bildern von früher, in denen er von einem Buch aufsah und sie über den Brillenrand musterte oder mit der ihm eigenen Lebendigkeit mit Kunden sprach, zur Deckung zu bringen. Er entfaltete das Stofftaschentuch, das er immer in der rechten Gesäßtasche bei sich hatte, und schnäuzte sich. Da war sie neben ihm und legte zaghaft die Hand auf seine Schulter.

„Papa?" Sie war unsicher, wie sie ihn trösten konnte. „Papa, was ist?"

Er hielt sich den Kopf, als ob seine Gedanken ihn sprengen würden. Doch dann drückte er den Rücken durch, setzte sich gerade hin und atmete tief durch.

„Imme, mein Kind", sagte er, „du wirst es herausfinden."

Es dauerte nur wenige Sekunden, dann ließ sie alle Rücksichtnahme fallen. „Oh nein!", rief sie laut. „Jetzt ist Schluss damit. Ich kann das nicht mehr hören. Und außerdem bin ich gerade dabei. Du wirst mir sagen, was du weißt. Und zwar jetzt. All die Jahre, mein ganzes Leben, suche und suche und suche ich. Nach Zeichen, nach Antworten, nach meinem Weg, nach Freundschaft, nach Liebe, nach allem Möglichen. Ich habe dazu keine Lust mehr, hörst du. Manches hätte ich abkürzen können. Katinka saß mir immer im Nacken. Chrissie habe ich im Stich gelassen. Tausend falschen Wegen bin ich gefolgt. Papa, du sagst mir jetzt sofort, was du weißt. Eher gehe ich nicht."

Mit verschränkten Armen und gerötetem Gesicht stand sie ihm gegenüber, aufgewühlt und entschieden zugleich. Ihr Vater starrte sie an und begann, langsam mit dem Kopf zu nicken.

„Also gut", sagte er schließlich. Imme war verblüfft. So einfach konnte alles sein, wenn man nur die nötige Durchsetzungskraft hatte? Sie ließ die Arme sinken.

„Gerade war ich wohl sehr weit weg von Ruhe und Gelassenheit, Papa. Ich wollte dich nicht anschreien."

„Schon gut, Imme", antwortete ihr Vater seufzend. „Ich kenne auch einen Spruch, nämlich: Was man wissen will, das verkraftet man im Regelfall auch. Also sage ich dir jetzt, was ich erfahren habe." Er machte eine kleine Pause. „Du bist als unser Kind nicht allein auf der Welt, Imme."

„Ja, das weiß ich, das mit Katinka, Papa." Ungeduldig drehte sie sich wieder zum Fenster und sah hinaus. Über Katinka wollte sie nicht reden. Was sollte dieses Gespräch bringen? Immer nur Enttäuschungen.

„Imme, hör zu. Das ist nur die halbe Wahrheit."

Ihr Vater hatte etwas in der Stimme, das sie aufhorchen ließ.

„Na gut, sag schon. Was war noch? Ist der Ort falsch? Stimmt das Datum nicht?"

„Nein, Ort und Alter stimmen, das kannst du uns glauben. Aber ihr wart keine Zwillinge."

„Keine Zwillinge? Was soll das heißen? War ich allein oder was?" Imme wandte sich ihm zu. Er hatte seine braunen Augen auf sie gerichtet, die guten Augen mit dem warmen Blick.

„Keine Zwillinge. Ihr wart Drillinge."

„Drillinge?" Zweifelnd die Schultern hochgezogen, stand sie da.

„Ja. Du, das tote Kind und noch eines, das verschollen ist."

„Moment mal. Ein Kind, das verschollen ist? Ich hatte noch eine Schwester oder einen Bruder?"

„Vielleicht gibt es das Kind noch. Das ist schwer zu verstehen. Ich weiß."

„Was?" Imme verstand nicht.

„Es ist verschollen, wie ich gerade gesagt habe. Wir haben es verloren."

„Papa! Das soll ich glauben? Wie verliert man ein Kind?"

Ihr Vater nahm die Brille ab und wischte die Gläser an seinem Hemd sauber. „Damals waren Väter nicht bei der Geburt dabei, so wie das heute selbstverständlich ist. Und es gab auch noch nicht all die Möglichkeiten, eine Schwangerschaft medizinisch zu begleiten wie heute. Die alte erfahrene Hebamme hatte zwei Herzen im Bauch hören können und wir gingen von Zwillingen aus. Wir freuten uns und fühlten uns von ihr gut betreut. Das Schicksal wollte es, dass sie in der Nacht der Geburt krank war und nicht kommen konnte. Sie wurde von einer anderen Hebamme vertreten, einer Frau im gleichen Alter wie deine Mutter, einer Frau, die aus China stammte und gut deutsch sprach. Es gab keinen Grund, ihr zu misstrauen. In der Stadt existierte schon lange eine große chinesische Gemeinde. Sie begleitete deine Mutter in den Kreißsaal und ich wartete. Nervös lief ich in unserer Wohnung auf und ab. Der Anruf ließ lange auf sich warten. Man hatte mir gesagt, eine Zwillingsgeburt sei auch immer eine Risikogeburt, aber die Konstitution deiner Mutter sei kräftig und es würde voraussichtlich alles gut gehen. Endlich klingelte das Telefon. Alles sei gut verlaufen. Ich fuhr in die Frauenklinik. Deine Mutter schlief erschöpft und die Hebamme führte mich zum Säuglingszimmer. Von der Glasscheibe aus deutete sie auf ein Bettchen in der zweiten Reihe. Da lagst du, rosig und zart, ebenfalls schlafend. ‚Ein Mädchen.' Ich konnte mich nicht sattsehen an dir, Imme. Dann drang langsam der Gedanke an das zweite Kind in mein Bewusstsein. Fragend sah ich die Hebamme an. Sie senkte den Blick und ich wusste sofort, etwas war geschehen. Anstatt auf ein anderes Bett zu zeigen, führte sie mich in ein anderes Zimmer. Darin wartete auf einer schmalen Bahre ein kleiner zugedeckter Körper. Sie zog das Tuch vom Kopf zurück und da lag eine zweite Ausgabe von dir mit denselben zarten Zügen und geschlossenen

Augen. Ein totes Neugeborenes. ‚Es hat nur kurz gelebt. Die Nabelschnur war um den Hals gewickelt. Es tut mir sehr leid', erklärte die Schwester leise. ‚Ihre Frau weiß es schon', sagte sie noch. ‚Sie braucht Sie jetzt.' Ich riss mich von dem Anblick los. Sie hatte recht. Ich wollte zu deiner Mutter. Du würdest ihr über den Schmerz hinweghelfen. Von einem dritten Kind erfuhren wir nichts. Die Chinesin hatte es anscheinend in derselben Nacht mitgenommen. Sie hatte das Vertrauen des diensthabenden Arztes missbraucht und das Kind nicht gemeldet. Wir lebten unser Leben neben dem Kloster zu dritt. Erst viel später, nach Jahren, stieß die Klinik auf Ungereimtheiten. In den Unterlagen fand man bei Nachforschungen nur das tote Geschwisterchen vermerkt, aber jemand hatte das dritte Kind gesehen. Die Hebamme muss etwas mit seinem Verschwinden zu tun gehabt haben, vermutete die Polizei. Ich habe lange überlegt, wieso sie das getan hat, und keine Antwort darauf gefunden. Im Klinikarchiv steht lediglich, dass sie zwei Jahre dort gearbeitet hatte und bald in verantwortliche Positionen aufgestiegen war. Sie hat die Frauenklinik in derselben Nacht verlassen und ist nie mehr dorthin zurückgekehrt."

Imme hatte die ganze Zeit unbewegt zugehört. Jetzt setzte sie sich.

„Weiß Mama davon?"

„Imme, die ganze Sache erfuhren wir, als wir schon getrennt waren. Wir hatten nicht das beste Verhältnis. Ich habe es ihr nicht gesagt, aber die Polizei wollte sie natürlich befragen und hat sie aufgesucht. Dann wusste sie es. Ich dachte, sie ruft mich an deswegen, aber das hat sie nie getan. Erst Wochen später haben wir darüber geredet. Wir sind übereingekommen, dir nichts zu sagen, um dich nicht zu beunruhigen."

Da hatte ihre Mutter die ganze Zeit Katinka nachgetrauert, dabei lebte vielleicht noch irgendwo ein Kind von ihr. Das zu akzeptieren, war sicher schwer für sie gewesen. Wieso

242

hatte sie es nicht gesucht? War Imme deshalb stets eine Suchende gewesen? Wie anders wäre ihr Leben verlaufen, hätte sie eine lebendige Schwester gehabt. In ihr stieg eine Wärme hoch, die sich zur Hitze steigerte. Es war unglaublich. Die Hitze wandelte sich in Wut. Wie hatte das geschehen können? Warum hatte diese Chinesin so gehandelt? Und plötzlich wurde Imme bewusst, dass die Zeichen sie auf die richtige Spur geführt hatten. Nach China. Ihr Vater saß schweigend da, den Kopf gesenkt.

„Papa, ich bin wütend! Das ist kaum zu glauben und mehr als bitter für mich. So sehr hätte ich sie nötig gehabt, meine Schwester!" Imme setzte sich neben ihn auf die Bank und rückte nahe an ihn heran. Beider Arme berührten sich und das fühlte sich für sie an wie Trost.

„Oder deinen Bruder." Er putzte sich erneut die Nase.

„Wie?"

„Es kann ja auch ein Brüderchen gewesen sein", sagte er behutsam.

„Stimmt." Imme heftete ihren Blick kurz auf das Zickzackmuster der Tischdecke. Dann sprang sie auf und lief im Zimmer hin und her.

„Aber wie kann das sein? Dass man nie etwas herausgefunden hat! Die Klinik nicht und die Polizei nicht? Man kann doch nicht einfach verschwinden? Wieso gibt es denn Interpol und diese Dinge? Wenn ich mir vorstelle, was mit dem Kind passiert ist! Irgendjemand dort draußen hat mir meine Schwester genommen, ja, oder meinen Bruder, okay, und läuft frei herum. So lange ist das doch gar nicht her! Haben die denn richtig gesucht?"

Empört fixierte sie ihren Vater, als wolle sie ihn verhören. Er hob beide Hände im Versuch, sie zu beruhigen:

„Kind, das hat man, du kannst es mir glauben. Soweit ich weiß, ist die Akte auch nicht geschlossen. Aber so gesehen sind so viele Jahre eine lange Zeit."

Sie hielt es auf einmal drinnen nicht mehr aus.

„Ich muss raus, Papa. Ein bisschen herumlaufen, verstehst du?"

„Tu das. Das hilft." Er sah müde aus.

„Ich hab dich lieb, Papa!"

Da lächelte er. „Ich dich auch, Imme. Schön, dass du da bist. Und dass wir darüber gesprochen haben. Ich fühle mich leichter."

„Bis gleich, Papa!"

Imme lief den alten Weg hinunter zum Bach, der die Teiche mit Wasser versorgte. Sein Plätschern und Gurgeln ließ sie langsamer werden und beruhigte sie etwas. Was wollte das Wasser ihr sagen? Sie bückte sich, um einen Kiefernzapfen aufzuheben, der seine Schuppen geschlossen hatte, um die Samen vor Regen zu schützen. In großem Bogen warf sie ihn in den Wald. Der ferne Verkehr auf der Autobahn erzählte von der Anwesenheit von Menschen und erfüllte die Stille unrhythmisch mit Rauschen.

Die alten Kastanien boten einen vertrauten Anblick. Immer hatte sie gedacht, hier im Ort hätte alles seinen Anfang genommen, dabei war die erste entscheidende Weichenstellung im Krankenhaus der Stadt geschehen. Wie anders wäre ihr Leben verlaufen, wenn sie nicht alleine gewesen wäre. Die ganze Sucherei nach dem Sinn war vielleicht ein unbewusstes Suchen nach einer Schwester oder einem Bruder gewesen, das ebenso wenig zu einem Ergebnis geführt hatte wie die offizielle Suche. Ihre ganze Ahnungslosigkeit war schuld daran, dass sie versucht hatte, in Mons Tiefe zu finden, anstatt Chrissie auf dem gemeinsamen Weg zu begleiten. Imme kamen die Tränen und sie lief in der zunehmenden Dunkelheit lange auf den alten Wegen ihrer Kindheit, die manchmal abgeschnitten waren und in neuem Gewand in andere Zusammenhänge führten.

Wieder zurück in ihrem Zimmer, brannte im Antiquariat kein Licht mehr, nur in der Küche beleuchtete die Deckenlampe den Zettel mit den Worten: Gute Nacht, Imme.

In ihrem Kinderzimmer hatte ein neues Regal Einzug gehalten, auf dessen Einlegeböden jede Menge Bilderrahmen lehnten. Teils handelte es sich um Landschaftsgemälde, teils um alte Stiche von Stadtansichten, dann folgten gerahmte Fotos und Kalligrafien von Gedichten. Imme blätterte durch die Reihen und las sich an einer überlieferten Geschichte aus Indien fest: „Das Feuer in der Feuerschale fragte: ‚Wird meine Wärme bis weit in die Nacht reichen? Werden die Funken die Kraft haben, am Ende des Tages ein Wort aus Glut in die Luft zu schreiben?' „Was willst du schreiben, Feuer?', fragte die Frau. ‚Flamme!', antwortete es. ‚Jeder, der es liest, soll entflammt werden. Alle sollen erglühen und wieder spüren, dass sie für etwas brennen können, ja, für etwas brennen müssen.' ‚Weshalb sollten sie das tun?', fragte die Frau nach. ‚Die Leute kommen durchs Leben auch ohne die Glut der Worte, ohne das Feuer der Liebe, ohne die Hitze des Kampfs für etwas, woran ihr Herz hängt.' ‚Wie anders sähe diese Welt aus', sprach das Feuer, ‚wenn der Funke der Hoffnung wieder angefacht werden könnte. Ich will mein Möglichstes dafür tun.' Mittlerweile hatte die Blaue Stunde ihr azurfarbenes Tuch zwischen den Häusern aufgespannt. Die Flammen leuchteten gelb und orange, Rauch durchwob die Dämmerung mit Schleiern."

Ein schönes Bild, dachte Imme, das mir auf jeden Fall etwas zu sagen hat. Ihr wurde kalt und sie fand im Bad in der kleinen Kiste unter dem Waschbecken tatsächlich ihre Wärmflasche aus Kindertagen. Erstaunlich schnell schlief sie ein.

Am nächsten Morgen war ihr Vater schon auf und in seinem Antiquariat, wie eine Nachricht auf blauem Papier ihr mitteilte. Sie war dabei, sich einen Kaffee zu machen, als er hereinkam und ein Buch und einen Schlüsselbund vor ihr auf den Tisch legte.

„Wie war deine Nacht, Imme?", fragte er.

„Gut! Ich hätte nicht gedacht, dass ich so tief und fest schlafen würde. Ich bin aufgewacht und fühlte mich gut."

Ihr Vater zwinkerte. „Mir ging's genauso! Da haben wir wohl beide etwas gewonnen, nämlich die Erleichterung, etwas ausgesprochen zu haben und auch die Freude über ein neues Familienmitglied."

„Hm, so kann man's auch sehen." Imme stutzte, dann lachte sie: „Dann frühstücken wir eben zu viert: Du, Katinka, Unbekannt, und ich."

Während sie gemeinsam den Tisch deckten, fragte Imme, mehr an die Gegenstände als an ihrem Vater gerichtet:

„Denkst du, Mama geht's genauso?"

„Was meinst du?"

„Dass sie erleichtert ist."

„Möglich. Mit mir will sie nicht darüber sprechen. Vielleicht aber mit dir."

„Ich werde sie fragen. Dann weiß ich es."

Die Marmelade aus dem Klosterladen schmeckte ebenso köstlich wie früher. Imme erzählte von Chrissies Sterben und den Umständen der Trauerfeier. Es tat ihr gut, dass ihr Vater aufmerksam zuhörte. An seinen Kommentaren merkte sie, wie gut er sie verstand. Über das Leben mit Mons sprach sie wenig, es tat ihr noch zu weh, dass sie sich so lange klein gemacht und in ihm etwas gesucht hatte, was unauffindbar gewesen war. Sie half nach dem Frühstück, den Tisch abzuräumen, da fragte ihr Vater sie:

„Und, Imme, hast du schon eine Idee, wie es mit dir weiter geht?"

„Schwierig. Ich weiß es nicht. Schon gar nicht nach dem, was du gestern gesagt hast." In ihrer Stimme lag Ungeduld. Sie fühlte sich plötzlich unter Druck gesetzt. Er konnte sich doch denken, dass sie keine Antwort darauf hatte.

„Wahrscheinlich ist es zu früh, dich danach zu fragen, aber es gibt für mich auch etwas zu entscheiden und ich dachte mir, es ist vielleicht kein Zufall, dass du gerade jetzt aufgekreuzt bist." Ihr Vater klang nachdenklich.

„Was denn, Papa?"

Er griff zur Ablage auf dem Küchenregal und hielt einen Schlüsselbund hoch.

„Die Schlüssel hier gehören zum Haus deiner Großmutter. Der letzte Mieter ist ausgezogen und ich will neu vermieten. Du bist doch immer gerne dort gewesen. Kannst du dir vorstellen, dort eine Auszeit zu nehmen? Du kannst natürlich auch gerne hierbleiben. Solange du magst. Aber so frische Luft um die Nase wie hinter Omas Haus bekommst du bei mir nicht."

Zwei Tage später verabschiedete sich Imme von ihrem Vater und fuhr in die Stadt, zu ihrer Mutter, ohne sich anzukündigen. Der Tag war ein Samstag und sie hoffte, so früh am Vormittag wäre sie zu Hause anzutreffen. Sie klingelte und drückte aufgeregt die Tür auf, als der Summer erklang. Statt des Aufzugs nahm sie die Treppe, wie um mehr Zeit zu haben, ihre Gedanken zu ordnen.

„Imme, das ist aber eine Überraschung! Komm rein. Na sowas. Mit dir hätte ich am wenigsten gerechnet." Immes Mutter nahm ihr die Jacke ab. „In zehn Minuten kommt Dagmar und holt mich ab. Magst du mit zum Tag der offenen Tür an der Schule?"

„Nein, Mama, ich habe nicht viel Zeit. Ich will auch gar nicht stören, so unangemeldet. Ich will dich nur etwas fragen."

„Komm, wir setzen uns in die Küche, soviel Zeit muss sein. Möchtest du was trinken?"

„Nein, danke, ich komme von Papa, ich habe bei ihm gefrühstückt."

Ihre Mutter hielt inne.

„Von deinem Vater? Na, das wird ihn gefreut haben. Du warst ja lange nicht mehr dort, nicht wahr? Geht es ihm gut?"

„Papa? Ja, ich denke schon." Imme wurde unruhig. Die Küchenuhr zeigte, wie die Minuten bis Dagmars Ankunft vergingen.

„Mama, ich war bei Papa und er hat mir von meinem Geschwister erzählt, dem, das entführt wurde." In der Stille, die entstand, war das Ticken noch lauter zu hören. Die Mutter hielt das leere Glas in beiden Händen eine Handbreit über dem Tisch, als wären ihre Arme versteinert. Dann setzte sie es mit einer ganz langsamen Bewegung ab und sah Imme an.

„Du weißt es also."

„Ja. Ein totes Kind und ein verschwundenes Kind, ich habe immer gemerkt, dass irgendetwas nicht stimmte, aber Papa hat sich lieber mit Büchern befasst und du hast dich ganz auf Katinka konzentriert. Weißt du, wie mich das geprägt hat?" Imme hasste es, wenn ihre Stimme zitterte. Es war, als ob das Frieren auf die Stimmbänder übergegriffen hätte. Sie hatte Angst vor der Antwort. Davor, dass die Mutter Katinka wirklich mehr liebte als sie selbst.

„Weißt du, Imme, ich will versuchen, es zu erklären. Es hat nichts damit zu tun, dass ich dich weniger liebe. Heute finde ich die richtigen Worte. Ich hätte dir das schon viel früher sagen sollen. Ich habe dich sehr lieb. Du bist meine Tochter. Um das zu erkennen, und auch die Fehler, die ich gemacht habe, musste ich mich selbst auf den Weg machen. Die Geburt damals hat alles verändert. Ich habe versucht, meine wirklichen Gefühle zu verdrängen. Ich dachte, es macht mich angreifbar, wenn ich schwach bin. Die meisten Menschen mögen einen lieber, wenn man stark und lustig ist. Ich wollte nie mehr mein Herz öffnen. Lieber habe ich mich einem toten Kind zugewandt, anstatt einem Menschen, der mir zeigt, was Leben ist. Davor fürchtete ich mich. Ich habe dir damit sehr weh getan, das weiß ich."

Auf einmal löste sich alles. Alle Knoten lockerten sich, kaum, dass sie ins Handeln gekommen war. Binnen weniger Tage hatte sie ihre Eltern zurückgewonnen. Und ein Geschwister irgendwo da draußen, falls es noch lebte. Mit einem tiefen Ausatmen ließ sich Imme gegen die Rückenlehne des Küchenstuhls sinken. Dann sagte sie: „Ich muss noch fahren, aber wir könnten mit Saftschorle anstoßen. Was meinst du?"

„Unbedingt." Immes Mutter blieb sitzen. „Ich bin ganz erleichtert, im wörtlichen Sinn, und froh, dass du mir verzeihst."

Bevor Imme antworten konnte, klingelte es.

„Das ist Dagmar. Magst du nicht doch mitkommen?"

Imme erhob sich. „Ich fahre in Omas Haus, Mama. Ich habe mich von Mons getrennt. Ich melde mich wieder bei dir, versprochen."

Sie standen an der Wohnungstür und konnten das Surren des Aufzugs hören.

Die Mutter umarmte sie: „Lass es dir gut gehen. Ich denke an dich."

Vor sich hin summend stieg Imme ins Auto und fuhr los in Richtung Norden, mit einem Buch auf dem Beifahrersitz, von dem ihr Vater gemeint hatte, es gehöre zum Haus und sie könne es lesen."

17 Das Haus

Das Haus hatte sie wie eine alte Vertraute empfangen. Imme ging von Raum zu Raum und ließ sich Zeit mit dem Ankommen. Bilder tauchten auf, von ihrer Großmutter und von sich selbst als Kind, zwischen Vater und Mutter. Die alte Spüle mit dem gemusterten Stoffvorhang und der Herd mit den Elektroherdplatten, deren dunkle Beschichtung sich etwas gelöst hatte, sprachen mit Imme, kaum, dass sie den Vorhang mit den Klammern hin und her bewegte oder versuchsweise am Lichtschalter drehte, worauf das Deckenlicht anging. Im Gegensatz zum großen Zimmer hatte man in der Küche die Lampe hängen lassen. Imme fühlte, das Haus war ein guter Ort, mit einer guten Energie, unbelastet von Geschehenem. Einen Moment lang überlegte sie, wie es wäre, hier zu bleiben. Aber den Gedanken schob sie wieder zur Seite. Wovon sollte sie leben?

Im Gang fand sie hinter der Tür einen Besen und kehrte das große Zimmer aus. Etwas Staub und einige tote Fliegen sammelten sich auf der Schaufel. Dann ging sie zum Auto und holte Folie, Matte und Schlafsack. Ihr Vater hatte ihr eine Taschenlampe, Kerzen und etwas Proviant eingepackt. Neben ihr Lager legte sie das Buch, das er ihr mitgegeben hatte.

„Von deiner Großmutter", hatte er mit einem Lächeln und hochgezogenen Augenbrauen gesagt. „Bin gespannt, was du dazu sagst. Sie hat nämlich auch geschrieben, wenn es auch eher Fundsachen sind, die sie aneinandergereiht hat."

Imme saß im Garten am Rand des Teichs im Gras und beobachtete, wie eine Libelle sich aus ihrem Kokon zwängte. Farblose Beine ruderten in der Luft und suchten Halt an dem Halm, an dem die zarte Umhüllung befestigt war. Dann schien Atem den Körper aufzupumpen. Langsam, Stück für Stück, bewegte sich das Tier heraus, die Flügel noch kaum sichtbar, dicht an den Seiten angelegt. Mit einer letzten Anstrengung wurde der Hinterleib aus der Hülle gezwängt. Im selben Moment öffneten sich die Flügel zu beiden Seiten und ein tiefes schillerndes Blau überzog, als hätte eine Fee sie mit dem Zauberstab berührt, ihre Oberfläche. Einige Male fingen die Flügel schlagend das Licht ein, dann verharrte das Tier in seiner Haltung. Wie empfand es wohl diese neue fremde Welt?

Wie Imme musste es sich vertraut machen, mit dem Garten, dem Wind, den Gerüchen. Es muss etwas zu Fressen finden, dachte Imme und spürte im selben Moment, dass sie Hunger hatte. Sie holte ihre Tasche, schloss die Hintertür und fuhr zum Supermarkt am Ortseingang.

Auf dem riesigen Parkplatz trafen sich Urlauber und Einheimische. Es gab dort auch einen Fahrradverleih mit Werkstatt, eine Drogerie und ein Haushaltswarengeschäft. Imme kaufte Obst, Getränke und einige Grundnahrungsmittel. Nahrung, die eine Währung war für die Zeit, die sie hier fürs Erste verbringen wollte. Sie sah sich aufmerksam das Angebot an, fand auch einige Bioprodukte und versuchte, den Kundengesprächen zu lauschen, um einen Eindruck von der Stimmung der Leute zu bekommen.

Nach dem Bezahlen blieb sie am Schwarzen Brett stehen und las die Anzeigen. Es wurden Stellplätze für Pferde angeboten, Einrichtungsgegenstände, Kinderkleidung und Autozubehör. Einen großen Teil nahmen Angebote von Unterkünften ein und die nächste Kategorie waren Surf-, Freizeit- und Wellnessanzeigen. Immes Blick fiel auf eine schön gestaltete Postkarte. Eine Frau, deren Gesicht ihr bekannt vorkam, sah ihr wach und klar vor blauem Himmelshintergrund in die Augen, zu ihrer Rechten der Schriftzug „Qigong und Energiearbeit" und zur Linken ein Yin-Yang-Zeichen. Einen Moment lang hatte sie ein schlechtes Gewissen, als sie die einzige Karte an der Pinnwand abnahm und einsteckte, aber im gleichen Moment hörte sie hinter sich jemanden „Kranich" sagen und dachte, dass das ein Zeichen für Erlaubnis war.

„Das mit den Kranichen ist wirklich sehenswert. Sie müssen unbedingt hingehen!" Ein Ehepaar mittleren Alters war neben dem vollen Einkaufswagen stehen geblieben und berichtete einer anderen Frau von ihrem Besuch im Heimatmuseum. „Die haben angefangen, zehntausend Kraniche aus Papier zu falten, um Geld für die Restaurierung zu sammeln."

„Ja", stimmte ihr Gegenüber zu, „ich habe schon davon gehört. Kraniche sollen ja für Glück stehen und die Chinesen glauben, wenn man tausend Stück faltet, geht ein Wunsch in Erfüllung. War es nicht so?"

Der Mann lachte: „So steht es zumindest überall. Aber unterstützenswert ist das Museum auf jeden Fall, es hat sehr viel zu bieten, das hat uns schon beeindruckt."

„Was bei dir nicht schwer ist, wo du dich so für Schiffe interessierst", warf seine Frau ein.

Vom Parkplatz aus lag das Gebäude nur wenige Straßen entfernt. Imme ließ das Auto stehen und beschloss der Kraniche wegen, es zu besuchen.

Ein ehemaliges Kapitänshaus mit Nebengebäuden und drei dicken mehrhundertjährigen Eichen im Hof beherbergte die Sammlung von kulturgeschichtlichen Zeugnissen der Region. Im Ort waren seit Jahrhunderten Seefahrerfamilien zu Hause, in denen der Beruf des Seemanns von einer in die nächste Generation vererbt wurde. War der Großvater um 1800 mit dem Segelschiff auf Nord- und Ostsee gefahren, kam der Sohn schon bis Südamerika und der Enkel erreichte auf Dampfschiffen Surabaya. Alte, am Rand vergilbte Schaukästen im Gang mit Weltkarten voller Linien und Pfeilen, gaben vor, Zeugen dieser Geschehnisse zu sein, wobei die gezeichneten Linien Imme an die Flugbahnen der Schwalben denken ließen, die an diesem Tag um das Reetdach flogen.

Mit dem Betreten des ersten Raums im Erdgeschoss, in dem künstlerische Fotografien geheimnisvolle Orte der Gegend zeigten, tauchte Imme sofort in der Welt der Kunst ein, eine Welt, in der sie sich auskannte, in der ihre Erfahrungen andocken konnten wie ein Raumschiff an die Raumstation, die es vor langer Zeit verlassen hatte. Die Fotos waren auf Platten aufgezogen und ragten mit Hilfe von Abstandhaltern etwas in den Raum hinein. Sie zeigten Laub und liegengelassene, undefinierbare Gegenstände auf Fußböden. Herab geschlagener Putz gab Mauerwerk frei, auf ein Oval roter Backsteine im oberen Drittel der Wand hatte jemand ein schwarzes Rund aufgesprüht, das einem Auge ähnelte, das herabsah. Graffitis aus hellroten Klebestreifen auf den grauen Holzpfeilern eines großen Treppenhauses leuchteten kryptisch und strahlten auf die ganze Umgebung ab, so dass das verblichene Türkis der Treppenstufen dunkler erschien, unergründlich und asiatisch fremd, wie Jade. Eine Nische zweier Fenster am Ende eines türkisfarbenen Erkers bekam einen Stich ins Orange, während der braune Fußboden verblasst war. Die Schönheit der Fotografien von den verfallenen Gebäuden gaben Imme das warme Gefühl der Zugehörigkeit zu Menschen, die die Welt ähnlich sahen wie sie selbst und das auszudrücken vermochten. Sie blieb in der Mitte des Raums stehen und drehte sich langsam um ihre eigene Achse. Dicke Fliegen, die im Ausstellungsraum patrouillierten, kamen vom Kurs ab und prallten dumpf gegen die Fensterscheiben. Sie besah sich die Liste mit den Preisen und fand sie günstig.

Langsam löste sie sich von der Begegnung mit dieser vertrauten Welt und gelangte auf dem Rundgang über die Treppe ins obere Stockwerk, vorbei an alten Gemälden, auf denen sich unter riesigen Pappeln reetgedeckte Katen unter einem Himmel voller Wolkenberge duckten. Im oberen Stockwerk traf sie auf nachgestellte Zimmereinrichtungen aus verschiedenen Zeiten, durch die Überfrachtung mit Gegenständen voller, als die Leute in ihnen jemals gelebt hatten.

Dazwischen Reusen, Körbe, Seile, Haken, Hölzer, Schiffsmodelle, die alle Aufmerksamkeit für sich einforderten, ohne dass die sparsam angebrachten Erklärungen auf den Schildern die Neugier des Betrachters befriedigt hätten. Imme mäanderte durch die Räume und fühlte sich zunehmend beengt. Sie trat an ein kleines Dachgaubenfenster, durch das gelblich die Sonne einfiel, und sah auf eine der riesigen Eichen im Hof, deren Umfang das Nebenhaus unwirklich erscheinen ließ, klein wie ein Puppenhaus samt der Menschen vor dem Eingang zur Kasse. Vorbei an Stammbäumen von Kapitänsfamilien sowie Fotos von Badegästen aus Zeiten, in denen man zum Baden fast vollständig bekleidet gewesen war, floh Imme weiter bis zu einem Raum, der sofort mit ihr sprach und zu ihrem Lieblingsraum wurde. Das lag zum einen an der Säule in seiner Mitte. Man hatte sie mit einem Gestell umbaut, an dessen Seiten in je vier Etagen je vier schmale Glasbehälter mit heimischen Pflanzen aufgereiht waren, den typischen Pflanzen der Gegend. Liebevoll versorgt tranken sie frisches Wasser, das zum Teil durch die Wurzeln oder durch Schwebstoffe der Halme verfärbt war. Die Rispen und Blüten der Gräser neigten sich dem Betrachter entgegen, als wollten sie werben für ihre Schönheit und ihre wichtige Aufgabe auf der Erde. Rainfarn, Spitzwegerich, Malve und Stranddistel, alle hatten ihren Platz gefunden und erhellten freundlich mit ihrer Vielfalt und Lebendigkeit den ganzen Raum.

An den übrigen Wänden reihten sich Vitrinen, in denen die Tiere der Gegend versammelt waren. Ein Fuchs schlief mit eingerolltem Schwanz, den Kopf auf den Vorderläufen. Ein Wiesel hatte versucht, sein Junges im Maul in Sicherheit zu bringen, ehe die Falle sich schloss. Eichhörnchen und ein Igel mit großem kahlen Fleck hinter dem Ohr harrten scheinbar schon seit vielen Jahren aus. Ihnen gegenüber befand sich eine Wand voller Vögel. Imme fiel der erste Ausflug mit Mons ein, im naturkundlichen Museum der Burg, in der sie schon einmal besonders betroffen gewesen war von der erzwungenen Unbeweglichkeit der Lebewesen, die sich mit Hilfe von Flügeln hatten erheben können. Ein strahlendweißer Höckerschwan war ebenso hinter Glas gefangen wie See- und Fischadler, Falke und Habicht, zusammen mit den kleineren Arten: Meisen, Amseln, Finken. Genauer konnte sich Imme damit nicht befassen, denn plötzlich fiel Sonnenlicht durch das Fenster herein und beleuchtete das Fensterbrett, auf dem ein Tontopf mit weißen, geschälten Zweigen stand, an denen, befestigt an zarten Fäden, eine Schar gefalteter Papierkraniche schwebte. Das zart gemusterte Papier erstrahlte leuchtend und lebendig vor der Kulisse der Tiere und warf einen Lichtstrahl bis in den nächsten Raum, von dessen Decke hunderte von weiteren Kranichen schwebten. Imme betrat den Raum, stellte sich unter sie und hoffte, alles Glück würde in sie einströmen und sie die richtigen Entscheidungen treffen lassen.

Wieder zurück im Haus, erinnerte sie sich an die Karte, die sie vom Einkaufen mitgebracht hatte. Während das Nudelwasser kochte, betrachtete sie sie und versuchte dahinter zu kommen, ob sie die Person kannte, aber es fiel ihr keine Situation dazu ein. Nach dem Essen, das sie mit Geschirr und Besteck aus dem Supermarkt auf einem Tischchen servierte, das sie im Schuppen gefunden hatte, griff Imme zum Telefon und tippte die Nummer.

„Ja?" Eine Männerstimme.

„Kann ich bitte Frau ..." Imme sah auf den Text. „Frau Kern sprechen?"

„Moment bitte", war die Antwort. Es dauerte etwas. In der Ferne war das Rotorengeräusch eines Hubschraubers zu hören.

„Ja? Kern."

„Hallo, ich habe Ihre Karte im Supermarkt gesehen und wollte fragen, ob Termine auch kurzfristig bei Ihnen möglich sind." Wieso sie ihr Anliegen als so eilig erscheinen ließ, wusste Imme selbst nicht.

„Ja, natürlich ist das möglich, aber heute geht es auf keinen Fall." Die tiefe warme Stimme war Imme sympathisch. „Sie rufen wegen Qigong an, oder? Das tut mir wirklich leid, aber die nächsten Tage geht es auch nicht, ich fahre zu einer Fortbildung."

„Hm, da kann man nichts machen", sagte Imme. Es war ohnehin eine spontane Eingebung gewesen, die Frau aufzusuchen.

„Wie lange sind Sie denn am Ort?", kam die Frage.

„Ich weiß es nicht, ich bin heute erst angekommen. Ich denke..."

Vielleicht war das Zögern in Immes Stimme der Grund, weshalb ihr Gegenüber nachhakte. „Also sagen Sie mir bitte noch einmal, worum es Ihnen hauptsächlich geht. Ich weise ungern jemanden ab."

Imme überlegte nicht. Die Worte kamen wie von selbst. „Meine Zwillingsschwester ist tot. Und ich habe mich getrennt. Und ich muss herausfinden, wie es weitergeht." Sie erschrak selbst über das, was sie gesagt hatte. Am anderen Ende der Leitung hörte sie die Frau nach einer Pause sagen:

„Leben und Tod, Krise und Neubeginn liegen oft ganz dicht nebeneinander." Imme traute sich nicht, zu berichtigen, dass Katinkas Tod schon so lange her war, sie hatte eben erst begriffen, was seit neuestem an dieses Ereignis gekoppelt war. „Wissen Sie", die Frau sprach nachdenklich und gedehnt weiter, „ich möchte Ihnen so gern... Warten Sie, ich frage meinen Mann, ob er mir nachmittags einige Dinge abnehmen kann."

Schritte entfernten sich, ohne dass Imme hätte antworten können.

„Anton?", verwehte die Stimme. Dann kamen die Schritte zurück und die Frau meldete sich wieder: „Hören Sie? Es geht. Könnten Sie in drei Stunden kommen? Um 15 Uhr 30?

Dann hätten wir eine Stunde Zeit. Wenn Sie nachspüren möchten, ob das für Sie passt und auch, ob Sie mit mir reden wollen, ob Sie ein Verhältnis gefunden haben in dieser kurzen Zeit unseres Gesprächs, dann rufen Sie mich in der nächsten halben Stunde zurück."

Imme antwortete, ohne zu zögern. „Das kann ich Ihnen gleich sagen: Ich würde gerne kommen."

„Gut, dann sehen wir uns." Imme wurde der Weg beschrieben, ohne dass die Frau nach ihrem Namen gefragt hatte.

18 Debora

Die Adresse befand sich inmitten des aufgelockerten Wohngebiets im Westteil des langgestreckten Orts. Alteingesessene bewohnten die typischen Reetdachhäuser der Gegend, an die meist Gärten voller Obstbäume und Sträucher angrenzten. Von ihnen hatte man schmale Grundstücke abgetrennt und neuere Wohnanlagen eingefügt, in denen sich in den Sommermonaten Feriengäste aufhielten und die im Winter meist leer standen. Gelbe Papiertonnen standen zum Abholen bereit auf den Gehwegen, eine davon mit dem schwarz aufgemalten Namen des Besitzers: Trost.

Imme suchte nach der Hausnummer und fand sie über dem Schild an einer Einfahrt, darauf ein Yin-Yang-Zeichen und daneben der Schriftzug „Bestattung Kern". Überrascht blieb sie stehen. Zuerst war sie im Ort der Kunst begegnet und nun kam der zweite Lebensabschnitt dazu, das Thema Tod.

Das Haus sah ihr etwas zurückgesetzt am Ende der Fahrspur freundlich entgegen, mit einem von einer Glyzinie umrankten Balkon und seiner rotgestrichenen Außenhaut. Dahinter breitete sich ein Obstbaumgarten aus, der an eine Pferdekoppel angrenzte. Noch bevor sie klingeln konnte, wurde die Haustür geöffnet. Eine große Frau mit hochgesteckten hellen Haaren lächelte Imme entgegen und als sie sich gegenüberstanden, fiel Imme ein, warum ihr das Gesicht bekannt vorkam. Mit Marianne hatte sie ab und zu gespielt, wenn sie in Omas Haus die Ferien verbracht hatten. Zwei Häuser weiter hatten ihre Eltern, ein Ehepaar in mittleren Jahren, eine Gaststätte betrieben. „Vertriebene", wie Immes Mutter sagte. Das Wort erzeugte in Imme Betroffenheit und Scheu. Marianne hatte wenig Zeit und musste in Garten, Gaststätte oder im Haushalt helfen. Sie spielten nicht oft miteinander, doch wenn, dann war ihr Zusammensein die

Begegnung mit einer anderen Welt, angefangen mit dem Wort „Mutti", das fremd und irgendwie lächerlich in Immes Ohren klang.

Dabei hatte Marianne stets Mut bewiesen. Zwischen den seltsamen Geräuschen und den staubigen Wolken des Taubenstalls bewegte sie sich so langsam, dass die Vögel sich von ihr berühren ließen. Sie kannte viele Geschichten über die Stammgäste ihrer Eltern. Anspruchsvolle Gäste ließen das Essen aus erfundenen Gründen zurückgehen, nachdem sie bereits die Hälfte verzehrt hatten. Wichtige Persönlichkeiten des Dorfs hatten familiäre Schwierigkeiten. Es gab Probleme mit den Lieferanten, vor allem wegen der vom Transport ins Schlachthaus mit blauen Flecken übersäten Schweinerücken. Es gab Tücken der Haltbarkeit. Und am spannendsten waren die Geschichten über den Taubstummen gewesen, den alle Rabus nannten. Er wohnte in der Siedlung und trank am Tischchen gleich hinter der Garderobe sein Bier. Begleitet von ruckartigen Gesten kamen noch nie gehörte und unheimliche Laute aus seiner Kehle. Er war relativ klein, hatte einen runden Kopf und wirkte seltsam alterslos. Marianne machte Imme Zeichen vor, die sie auf keinen Fall in Rabus Gegenwart ausführen sollte. Eines bedeute zum Beispiel: Du gehörst ins Gefängnis! Ein anderes: Du bist dumm! Nie konnte sich Imme die Zeichen merken. Sie wirkten so beliebig und hatten gar nichts mit den überkreuzten Armen zu tun, die Handschellen suggerierten oder mit dem Vogelzeigen, in dem der Zeigefinger an die Stirn tippte. Anscheinend funktionierte die Taubstummensprache anders. War Rabus in der Nähe, erstarrte Imme vor Angst, sie könnte aus Versehen eines dieser Zeichen machen und er würde sich furchtbar dafür rächen.

„Hallo Marianne", sagte Imme.

„Ich glaub ´s nicht. Imme?" Marianne blieb einen Moment lang in der Tür stehen und musterte Imme mit einem intensiven Blick. Dann streckte sie ihr herzlich die Hand entgegen. „Ich freue mich. Komm rein. Ich hätte nie gedacht, dass wir uns auf diese Weise wiedersehen."

„Ich bin auch überrascht, das kannst du mir glauben. Du bist einen interessanten Weg gegangen, wie mir scheint."

Marianne lachte. „Du sicher auch! Lass uns in mein Besprechungszimmer gehen."

Sie führte Imme durch den Hausflur und um eine Ecke in einen hellen lichtdurchfluteten Raum, dessen großes breites Fenster sich zur Pferdekoppel öffnete. Ein Bild an der Wand zog Imme an. Die große Radierung bot Einblick in einen Garten mit einer Fülle verschiedener Gewächse. Erst spät entdeckte sie die Figur im Kleid, die auf einem der hinteren Gartenwege stand.

„Das Bild ist als Erbe zu uns gekommen. Die Frau, die lange Jahre in diesem Haus gewohnt hat, ist gestorben und nach ihrem Tod ist das Bild uns zugefallen. Es hängt noch immer an derselben Stelle wie früher. Bitte nimm Platz!" Marianne deutete auf einen blauen Stuhl und setzte sich auf das Gegenstück, einen roten Stuhl gleicher Bauart.

Imme bemerkte: „Blau ist meine Lieblingsfarbe!"

„Immer noch?", lächelte Marianne und etwas Vertrautes von früher breitete sich aus, als hätten sie sich nicht so lange aus den Augen verloren. Kurz war sich Imme unsicher wegen ihrer Rolle, der nach Hilfe und Antworten Suchenden, dann wischte sie das Gefühl zur Seite und sagte: „Ich habe ganz spontan bei dir angerufen und mir gerade auf der Herfahrt einen Plan gemacht, was ich sagen will."

„Einen Plan? Das klingt schon mal gut." In Mariannes blaue Augen fiel das Licht und ließ sie strahlen. Imme erzählte vom Verlust Chrissies und von Mons und dass sie nun am Anfang stand, auf wackligen Beinen. Ohne zu wissen, wie es weitergehen sollte.

„Ich möchte noch einmal darauf zurückkommen, dass du am Telefon als erstes von Katinka gesprochen hast. Was hat sie deiner Meinung nach mit allem zu tun?"

Das war eine gute, wenn auch gefürchtete Frage. Imme entschied sich für die Wahrheit. „Ich denke, Katinka steckt dahinter, dass ich mein Glück nicht finde."

„Hast du sie denn immer dabei?"

„Nicht absichtlich, das kannst du mir glauben." Imme sah Marianne zögernd an. Würde sie das nachvollziehen können? Diese nickte.

„Bist du denn unglücklich deswegen?"

Imme dachte nach: „Momentan nicht. Es ist besser, seit ich das Gefühl habe, ich gehe meinen eigenen Weg. Außerdem habe ich vor kurzem etwas erfahren, was mir mein Suchen verständlicher macht. Aber wenn ich überlege, welche Richtung ich einschlagen soll, weiß ich nicht weiter und befürchte, es ändert sich nichts, egal wohin ich gehe. Ich habe mich von Mons getrennt. Nun bin ich hier, im Haus meiner Großmutter, und versuche, mir klar zu werden, wie es weitergeht. Aber was soll ich hier machen? Wieder von vorn anfangen?"

„Nun, du bist nicht mehr dieselbe wie früher, soviel ist sicher. Du hast einiges durchlebt und Zusammenhänge erkannt. Weißt du was? Ich habe das Gefühl, du bist gar nicht so weit entfernt von deinem Ziel, wie du denkst. Alles, was dir passiert ist, hat einen Sinn. Alle geschlossenen Türen und all unsere Irrwege bringen uns in Kontakt mit unserer Lebensaufgabe. Wir sind nie fertig. Vielleicht kannst du üben, immer wieder aus deiner Mitte heraus zu handeln. Was dir begegnet, ist wie ein Samenkorn. Du weißt nicht, wann es aufgeht. Auch Mons, wie auch immer er sich verhalten hat, hat lange genug mit dir gelebt, um sich eines Tages, wenn der richtige Zeitpunkt gekommen ist, zu verändern. Unsere Gedanken sind unsere größten Feinde. Es sind nur Gedanken. Es ist schwer, nur im Gefühl zu sein, wahrzunehmen, was gerade passiert. Wie gehe ich mit Situationen um, in denen ich etwas nicht bekomme? Zum Beispiel, wenn man Bananen kaufen möchte und es gibt keine. Man kann ‚Typisch, immer ich!' denken oder ‚Es gibt keine Bananen, das ist so. Ein anderes Mal gibt es welche. Das hat nichts mit mir zu tun'. Lass dir die Zeit, die du brauchst. Aus allen Entscheidungen lernen wir. Wir können warten, bis wir sicher sind oder wir können handeln – immer gibt es Ergebnisse, aus denen wir lernen."

Imme hatte aufmerksam zugehört. Bei Mariannes Worten waren ihr viele der Weisheiten eingefallen, in denen sie früher nach Antworten gesucht hatte und die sie umflattert hatten wie ein Vogelschwarm. Es stimmte, sie war schon einmal weiter gewesen, näher an ihrer Wahrheit. Ganz deutlich hatte sie sich erst wieder gespürt, als sie bei der Madonna gewesen war mit Mons. Sie hatte die Wut wahrnehmen können, die sie damals erfasst und bis hierher in diesen Ort, in dieses Zimmer geführt hatte. Sie erzählte Marianne davon und hatte beim Erzählen noch weitere Erkenntnisse und wurde ganz ruhig dabei. Danach saß sie Marianne schweigend gegenüber, bis diese aufstand und aus einem Regal eine kleine Schachtel holte.

„Mir kam der Gedanke, du willst vielleicht eine Tarot-Karte ziehen. Es ist möglich, in den Karten Antworten zu finden. Magst du?"

Imme sah auf die ansprechenden Motive des Kartenstapels, den Marianne in den Händen hielt. „Warum nicht? Das habe ich noch nie gemacht."

Marianne fächerte die Karten sorgfältig auf und hielt sie Imme verdeckt hin. Auf der Rückseite war ein Labyrinth abgebildet. Imme beugte sich ein wenig vor und ließ die Hand die Karte finden, zog sie aus der Menge und gab sie an Marianne zurück, die sie umdrehte und einen langen Blick darauf warf.

„Eine starke Karte, ein Feuerzeichen, der Rebell. Schau!"

Imme sah einen gelockten Mann, dessen Fußfesseln zerrissen waren und der mit einer brennenden Fackel Licht in die Finsternis brachte, in Begleitung eines Adlers über einer dunklen Landschaft fliegen. Im ersten Moment dachte sie, dass ihr das zu anstrengend war. Welche Art von Erleuchtung konnte sie schon leisten? Die Kunst war inzwischen weit entfernt, mit dem Schreiben im Auftrag anonymer Firmen konnte man höchstens ein Zubrot verdienen und das Bestatten war durch Chrissies Tod ein abgeschlossenes Kapitel.

„Passt irgendwie nicht, leider", sagte sie bedauernd zu Marianne, die sie prüfend angesehen hatte.

„Nun, du hast eine zweite Chance, wenn du magst. Eine Chance für den Ort, wenn du nichts mit der Botschaft anfangen kannst, dass du etwas zu geben hast."

Imme vernahm ein Fragezeichen in Mariannes Stimme und sah in ihr offenes Gesicht, dann nickte sie. Der Fächer wurde erneut vor ihr ausgebreitet. Diesmal wählte sie eine Karte vom linken Rand.

„Die Reife. Man kann sagen, das ist ein wirklicher Gegenpol. Zuerst die starke Feuerkarte, nun die der Ernte."

Auf der Karte war ein Obstgarten zu sehen mit einer Reihe reife Früchte tragender Obstbäume. Die Stimmung der Landschaft war die eines ausklingenden Sommertags. Die Äpfel, Birnen und Pflaumen glänzten in satten Farben unter einem milchig hellblauen Himmel. Augenblicklich hatte Imme Sehnsucht nach dieser Welt.

„Schön!", seufzte sie. Dann hörte sie Marianne lachen und stimmte kichernd ein. „Du meinst, jetzt ist alles klar?"

„Ja! Du weißt jetzt, wo es lang geht, nicht wahr? Oder hast du noch Fragen?"

Im Moment fühlte sich alles leicht an. Imme verneinte, stand ebenso wie Marianne auf und beide umarmten sich.

„Die Stunde ist noch nicht ganz vorbei, wir haben noch etwas Zeit. Wollen wir uns noch kurz zusammensetzen? Lass uns in die Küche gehen." Marianne ging voraus und schenkte zwei Gläser Wasser ein, während Imme die an die Wände gepinnten Kinderzeichnungen betrachtete und an dem wohnlichen Chaos Gefallen fand, das ein Leben als Familie mit sich brachte.

„Es ist gemütlich hier, Marianne. Was für ein Leben führst du genau?"

„Anton und ich haben geheiratet. Debora ist unser Kind. Ich arbeite als Heilpraktikerin und mein Mann führt hier das Bestattungsunternehmen."

„Bestattung Kern, stimmt, das habe ich gelesen. Und stell dir vor, unser Laden, Chrissies und meiner, hieß ‚Bestattung Blau'"

„Du musst dich unbedingt mit Anton austauschen. Es wird ihn freuen, mit Jemandem vom Fach zu sprechen, der vielleicht auf seiner Wellenlänge ist. Seit einiger Zeit versucht er, die Dinge etwas anders zu gestalten als früher."

„Gern. Und du? Geht es dir gut, so nah bei den Wurzeln?"

„Ja. Ich lebe immer noch gern hier. Die Gaststätte meiner Eltern ist verpachtet. Anton stammt aus dem Nachbarort, aus einer Familie, die schon immer Umgang mit dem Tod hatte. Sein Großvater hatte in den Zeiten, in denen die Abkunft von falschverstandener Bedeutung war, einen Stammbaum erstellen lassen. Danach konnte er sich auf eine lange Reihe von Totengräbern berufen, fast bis zurück ins Mittelalter. Von Kindheit an war auch Anton mit dem Arbeitsplatz und der Tätigkeit der Eltern vertraut. Halbherzig hat man ihn anfänglich fern halten wollen vom Leid der Angehörigen und von toten Körpern, doch in der Praxis ließ sich das nicht durchhalten. Weiße Tücher, lautes Weinen, gesenkte Stimmen gehörten für ihn zum Leben dazu."

„Und dann hat er die Ausbildung gemacht?"

„Ja, obwohl es nicht nötig gewesen wäre. Aber er wollte die Arbeit auf eine gute Grundlage stellen. Allerdings war er sich nach dem Abschluss ganz sicher, was er sie nie so ausführen würde wie gelehrt. Ich kann dir, wenn du gehst, gern seine Räume zeigen."

Imme war, als hätte sich ein Kreis für sie geschlossen, als sie das Nebengebäude betrat. Die Atmosphäre, das Licht und viele Gegenstände erinnerten sie sofort an die Zeit mit Chrissie und die gemeinsame Arbeit bei „Bestattung Blau".

Gleich nach der Eingangstür befand sich eine Regalwand mit Urnen verschiedenster Formen und Farben. Kräftige Regenbogenfarben, zarte Rosatöne, Verzierungen aus perlmuttfarbenen Muschelschalen, erdige Oberflächen und warme Rottöne strahlten Lebendigkeit aus. Eine große quadratische Tischplatte war mit einem Tuch aus hellgrauem Samt bedeckt, auf dem eine zarte Vase mit einer weißen Dahlienknospe stand.

Direkt neben dem Tisch standen zwei Särge nebeneinander auf dem Boden. Der vorderste hatte eine ungewöhnliche Form, er sah aus wie eine Truhe aus hellem, lackiertem Holz mit überstehendem Deckel, schlicht wie ein Einrichtungsmöbel. Daneben leuchtete Imme ein wundervolles Meerblau entgegen. Auf einen blaulasierten Sarg in klassischer Form waren an den Seiten Ornamente aufgemalt, Unendlichkeitsspiralen, die in der Begegnung miteinander ein ruhiges langgestrecktes Oval bildeten. In so einem Sarg zu liegen, würde selbst ihr gefallen, aber eigentlich war er zu schade, um in die Erde versenkt zu werden. So, wie er hier stand, könnte er in ihrem wegwartenblauen Zimmer stehen, zum großen Fenster ausgerichtet, den Deckel leicht geöffnet, damit er belüftet wurde für die Nacht, wenn sie sich in ihm betten würde. Das Bild entstand in Sekundenbruchteilen vor ihren Augen und verschwand, als Marianne sie etwas fragte. Als sie merkte, dass Imme sich kaum losreißen konnte, lächelte sie und sagte: „Ja, der ist schön, nicht wahr?"

„Wunderschön! Habt ihr mehrere davon?"

„Eine Künstlerin bemalt sie auf Bestellung. Bisher waren es drei. Imme, so leid es mir tut, ich muss jetzt weitermachen und mich auf die Tagung vorbereiten. Du musst wiederkommen, dann reden wir weiter."

Marianne umarmte sie zum Abschied: „Ich fände es schön, wenn du dich meldest!"

„Werde ich", sagte Imme und meinte es so. Sie hatte nicht erwartet, an alte Beziehungen anknüpfen zu können und jetzt war ihr so viel Wärme entgegengekommen. Beim Hinausgehen sah sie Kinderspielzeug herumliegen. Ein kleiner Roller und bunte Bälle teilten sich den Platz im Vorraum mit den Schuhen, zu denen auch Mädchenschuhe gehörten, wie Imme an den Mustern rosafarbener Herzen erkennen konnte.

„Wie alt ist deine Tochter?", fragte sie Marianne.

„Debora ist fünf und kommt nächstes Jahr in die Schule. Und du? Sind Kinder ein Thema für dich?"

„Vielleicht. Hat sich bisher nicht ergeben." Immes Stimmung war kurz überschattet, weil sie an Mons dachte.

Marianne sprach weiter. „Wir haben Ferien. Sag, magst du nicht morgen zum Frühstück kommen, bevor ich wegfahre? Dann kannst du Anton und Debora kennenlernen und wir können uns noch etwas austauschen. Was meinst du? Oder hast du schon etwas Anderes vor?"

Imme sah in Mariannes warme, tiefblaue Augen. „Ich habe nichts vor. Ja, warum nicht. Ich komme gern. Aber ich bestehe darauf, dass ich etwas mitbringe. Wie wär ‚s mit Marmelade?"

Marianne lachte. „Das kannst du gerne tun! Dann bis morgen, um neun Uhr. Ist das gut?" Sie verabschiedeten sich voneinander am Tor.

Imme war nach dieser Begegnung innerlich bewegt und wollte im Laufen den gewonnenen Eindrücken Raum geben. Ihr Gang führte sie durch den Ort. Die Kirche hatte ein neues Dach aus Reet bekommen, das nicht so recht zu dem schäbigdunklen Gemäuer passen wollte. Sie öffnete die Tür zum Friedhof, die früher aus Holz gewesen war und jetzt aus

Eisen. Sie suchte das Grab ihrer Großmutter und ihr fielen die verstreut liegenden Grabstellen auf, die scheinbar willkürlich in der Rasenfläche verteilt waren. Seit die meisten Leute mehr und mehr zu Urnenbestattungen übergingen, lichteten sich, wie überall, offenbar auch hier die einst geschlossenen Gräberreihen. Zwei große Buchsbaumbüsche verdeckten fast den Grabstein, auf dem über einem geschwungenen „Himmelzu!" zuerst Opas, dann Omas Name stand. „Himmelzu" hatte früher oft auf den Steinen gestanden und kaum hatte Imme lesen gelernt, fand sie ihren Namen in vielfacher Ausführung in diesen Inschriften wieder. Sie fragte Oma, warum ihr Name dort stand. „Weil du ein kleiner Engel bist", hatte Oma geantwortet. Aber das sagte die Mutter auch von Katinka und so wollte Imme nicht sein. Omas Grab war im Stil der örtlichen Friedhofsgärtnerei gepflegt. Sicher hatte ihr Vater das in Auftrag gegeben. Unwillkürlich sah sie sich um. Vielleicht ereignete sich ein Zeichen und sie traf hier jemanden? Doch sie war allein.

Sie verließ den Friedhof durch das kleine Türchen auf der gegenüberliegenden Seite und bog in den Moorweg ein. In einem renovierten Reetdachhaus befand sich nun eine Galerie. Ein geschmackvolles modernes Schild lud zum Eintreten ein. Neugierig betrat Imme durch den Rundbogen aus Liguster, der direkt an die Eingangstür aus Glas gepflanzt war, die Räume. Eine Horde Spatzen zwitscherte im grünen Gezweig und beides, das Zwitschern und das Grün, bildeten einen großen Gegensatz zu der Ruhe und der kühlen Helligkeit, in die sie eintauchte.

Eine Vielzahl kleiner Landschaftsbilder im Wechsel mit noch kleineren, runden Objekten an den Wänden zogen Imme durch ihre warme strahlende Farbigkeit magisch an. Verteilt im Raum ragten aus flachen Metallsockeln mannsgroße bunte Stämme aus Holz empor. Man hatte den Eindruck, im Raum wäre ein Wald gewachsen. Erst auf den zweiten Blick nahm Imme seitlich den Tisch und die Galeristin wahr, die dort saß.

„Eine schöne Galerie haben Sie hier!"

„Danke! Sehen Sie sich ruhig um!"

Imme blieb lange vor jeder Holzskulptur stehen, denn die Geschichten, die auf ihnen erzählt wurden, hatten mit ihrem Leben zu tun. Große, naturalistisch gemalte Augenpaare folgten Wegen, die über Berge und durch fantastische Landschaften führten. Tiere als Begleiter oder Wegweiser waren als Collage in leuchtenden Farben aufgeklebt und bildeten mit den Farbflächen eine Einheit. Die gemalten Landschaften enthüllten erst nach einiger Zeit angedeutete zarte Mischwesen, als ob die beseelte Natur zögerte, sich zu offenbaren.

Von den runden Wandobjekten strahlten Augenmotive. Imme befand sich in einer Installation, die ihr das Gefühl gab, selbst ein gewachsenes Ich unter vielen anderen zu sein. Besonders ein mehr als armdicker und fast zwei Meter hoher Stamm hatte es ihr angetan, weil er in allen möglichen Blautönen schimmerte, Wellen und Meere abbildete, blaue Augenpaare, Quellen, blaue Wege, ebenso sehnsuchtsvoll suchend wie Immes Bilder es vor einiger Zeit getan hatten.

„Schöne Arbeiten, nicht wahr?" Die Galeristin fragte es von ihrem Tisch aus.

„Ja, wirklich. Von wem sind sie?"

„Von einer Künstlerin aus Norwegen, wir vertreten sie schon seit Jahren, sie verkauft vorwiegend nach Amerika. Anscheinend besteht dort der Wunsch nach Ursprünglichem. Zumindest wird uns das rückgemeldet. Organische Formen natürlichen Ursprungs wirken im Umfeld der großen Städte vielleicht heilsam, wer weiß."

Imme blätterte in einigen Katalogen. „Den Namen habe ich noch nie gehört", sagte sie.

„Ja, wie gesagt, das Werk bewegt sich in einer Nische. Möchten Sie die Preisliste einsehen?"

Von einem Stapel Papiere reichte die Frau Imme das oben liegende. Imme warf einen Blick darauf und sagte: „Ich könnte mir höchstens eine der Scheiben leisten, dabei gefällt mir der blaue Stamm am besten."

Die Galeristin lächelte. „Na, die Ausstellung ist ja noch bis Ende des Monats. Da bleibt Ihnen für den Kauf der großen Arbeit ja noch Zeit. Später wollte die Künstlerin übrigens noch vorbeikommen." Sie stand auf. „Heute ist ein Tag in der Galerie, den ich genießen kann. Es ergeben sich schöne Gespräche, so wie mit Ihnen. Das Jahr war insgesamt sehr merkwürdig. Wir vertreten viele ungegenständlich arbeitende Künstler und es kamen viele Leute, die sich nie mit moderner Kunst auseinandergesetzt hatten. Oft hochgezogene Augenbrauen, skeptische Gesichter, spöttische Bemerkungen. Fragen wie: ‚Hat Ihre dreijährige Tochter das gemacht?' Wenn ich nicht ab und zu Leute erreichen würde, könnte ich den Job nicht machen. Aber Tage wie dieser entschädigen mich. Heute früh kam ein Paar in meine Räume. Der Mann folgte der Frau mit abweisendem, skeptischem Blick. Immerhin ließ er sich auf ein Gespräch ein. Im zweiten Raum fand er die Fotografien schon ganz ordentlich und sah auch in einem eine sehr schöne Komposition. Es folgte ein wirklich guter Austausch von Ansichten und Meinungen. Als sie gingen, war er offener für Kunst."

„Oh, ich kann mir vorstellen, wie schwierig das ist. Immer neu zu versuchen, Menschen zu überzeugen." Imme sah nachdenklich auf den Wald der Arbeiten im Raum.

„Ja, manchmal schon. Oder auf gar kein Interesse zu stoßen. Zum Beispiel, wenn die Leute nur aufs Klo wollen. Dann gebe ich nichts mehr, keine Freundlichkeit, nur ein Nein. Keine Anstrengung. Dann bin ich raus. Aber, wie gesagt, dieses Jahr war gemischtes Publikum. Ah, wie passend. Eben haben wir über Sie gesprochen.""

Eine ältere Frau in blauem Overall betrat die Galerie. Sie wirkte merkwürdig scheu, ihre Bewegungen erinnerten Imme an die Wesen auf den Bildern, die sich nicht so gerne finden lassen wollten. Mit einem zurückhaltenden Lächeln nickte sie der Galeristin und Imme zu.

„Ich möchte Ihnen danken!", sagte Imme spontan.

Der Blick der Frau heftete sich an ihr Gesicht, als wäre er ungeübt darin. Im Nachhinein konnte Imme nicht sagen, wie sie dazu gekommen war, hinzuzufügen:

„In Ihren Arbeiten spiegelt sich etwas, das ich von mir kenne, aus meinem Leben, ein Stück Kindheit, aber auch die Kraft, die damals schon da war, in mir, im Garten, in meiner Einsamkeit. Besonders der blaue Stamm berührt mich sehr."

Langsam nickte die Frau mit dem Kopf: „Wie Sie das gesehen haben. Mein Garten in Norwegen ist mein Leben. Nie verändere ich etwas. Ich bin in ihn vernarrt, begleite sein Dasein in allen Jahreszeiten, bewundere die Blüten, die aus Gewächsen entstehen, die jemand Anderer vor langer, langer Zeit gepflanzt hat. Aus dem Fenster sehe ich den Fuchs am Zaun entlanglaufen, der einzige Hase der ganzen Gegend kommt mich besuchen und über allem scheint der Goldregen."

Die Galeristin hatte so getan, als ob sie Papiere ordnete. Nun wendete sie den Kopf und hörte zu.

„Das klingt wunderbar", sagte Imme leise.

Die Frau fuhr fort: „Die Mäuse tanzen mir auf dem Kopf herum, wenn ich einen Brotrest im Regal vergesse. Einmal hat eine sogar eine Tube mit blauer Farbe angeknabbert."

„Das muss sehr einsam sein, wie Sie leben, weit weg von allem!", warf die Galeristin ein und trat zu ihnen.

„Ich kann die Sterne sehen, in immer neuer Position: das Sommerdreieck, den großen Wagen, den Jäger Orion."

Bedeutungsschwer schwebten die Worte im Raum und Imme meinte, den dunklen Nachthimmel über einigen Bildern wahrnehmen zu können.

„Ist es ihnen dort nicht zu einsam?", wiederholte die Galeristin. Imme war es recht, denn das Gespräch sollte auf keinen Fall abreißen, jetzt, wo sich ein besonderer Schleier auf alles gelegt hatte, wo sich eine seltsame eigene Welt zu offenbaren begann.

Sofort kam die Antwort: „Einsam? Nein. Die große alte Ligusterhecke, die sich im Lauf der Zeit, von niemandem beschnitten, zur Seite geneigt hat, schützt mich. Sehen Sie, das Wichtigste auf der Welt ist für mich das Malen. Und ich male alles. Den Garten außerhalb von mir und meinen inneren Garten. Viele Bilder entstehen, wenn ich ein Lagerfeuer gemacht habe. Zusammen mit Waldkauz und Mond betrachte ich die Flammen, bis als letztes Bild noch ein rotes Glühen im Steinrund übrigbleibt, die große Stadt. Menschen leben dort auf ihre ganz eigene Art. Ich versuche dann, die Natur in ihrem Umfeld abzubilden. Ich frage mich: Wer ist dort noch auf, in welchen Vierteln funkeln noch Lichter?"

Imme kam es vor, als wären diese Worte ein Ruf gewesen. Sie streckte der Frau die Hand entgegen und sagte:

„Mein Name ist Imme. Es sind wunderbare Arbeiten. Ich war selbst Malerin. Und was Sie vom Leben mit der Natur erzählen, berührt mich sehr."

Die Künstlerin erwiderte nachdenklich: „Imme? Ein seltener Name." Und unvermittelt fügte sie an: „Kennen Sie Mons?"

Imme erstarrte. „Ja, wir waren zusammen", sagte sie in die Stille.

Aufmerksam hob die Frau den Kopf und sah sie an. „Ich bin Mons Mutter."

Ein Schatten zeichnete seine graue Spur in den Raum, als draußen ein großer Vogel vorbeiflog. Imme blinzelte und spürte ein Frösteln. Bevor sie etwas sagen konnte, kam die nächste Frage.

„War das gut für Sie?

Imme überlegte, dann nickte sie: „Ja, die Begegnung mit Mons hat mich einen Umweg machen lassen, auf dem ich viel gelernt habe. Aber nun bin ich froh, dass ich wieder meine eigenen Wege gehe."

„Er hat mich neulich angerufen. Seit langer Zeit. Ich glaube, auch mein Sohn hat etwas von Ihnen lernen können. Wenn Sie ihm etwas mitgeben konnten, dann kann das nur gut für ihn sein."

Beide lächelten.

„Alles Gute für Sie! Darf ich Ihnen etwas schenken? Eine kleine Scheibe vielleicht?"

Imme wählte eine blaue Scheibe mit einem Auge, das sie mit seiner hellen Iris an Mons erinnerte. Sie bedankte sich bei Mons Mutter und steckte deren kleine Visitenkarte in die Hosentasche. Es war nicht ausgeschlossen, dass sie sich wiedersehen würden.

Imme verließ die Galerie mit dem Gefühl, dass sich immer mehr Kreise schlossen. Sie dachte an ihre ersten eigenen Ausstellungen und wurde traurig, weil der Faden der Kunst für sie seit längerer Zeit abgerissen war, aber dann fiel ihr ein, wie sehr sie die Arbeit mit Chrissie erfüllt hatte und wie wichtig die Begegnung mit Sterben und Tod für ihren Weg gewesen war.

Das Gasthaus des Ortes hieß immer noch „Zur Linde", aber in Form von blauweißen Holzfischen, orangefarbenen Bojen und rostenden Kranichen hatte es sich ein touristisches Kleid übergezogen und Imme wünschte, es würde sich abschminken und wieder umziehen. Vor Jahren hatten sie nach Omas Beerdigung darin Abschied von ihr gefeiert. Wenige Menschen waren unterwegs und manche, die sie freundlich grüßte, zuckten zusammen bevor sie zeitverzögert nickten. Sie war fremd und trotzdem froh, als das Haus vor ihr auftauchte, denn sie spürte, dass sie sich bei seinem Anblick bereits heimisch fühlte.

Die rote Kastanie am Waldrand hatte schon die Kerzen angezündet. Nach dem nächsten Regen würde sie für Imme einen Teppich aus rosa Blüten bereiten.

Imme hatte die Folie unter dem großen Fenster ausgebreitet und die Isomatte und den Schlafsack ausgerollt. Daneben lagen Kerzen und die Taschenlampe. Sie deckte sich zu, griff nach dem unscheinbaren, in grauem Leinen eingebundenen Buch und schlug es auf. In gerader Handschrift fügte sich in blauer Tinte, wohl aus einem Füllfederhalter, Zeile an Zeile. Lange Passagen formten zusammenhängende Textblöcke, dann wieder gab es seitenlange Aufzählungen aneinandergereihter kurzer Zitate, versehen mit dem Verfasser. Erst dachte Imme, es handele sich um eine Sammlung von Weisheiten, ähnlich der ihren, aber dann fielen Imme die vielen Zahlen auf, die darin eingebunden waren. Sie war so müde, dass ihr die Augen zufielen. Das Buch musste warten.

19 Schicksal

Am nächsten Morgen um neun Uhr bog Imme heiter in die Straße ein, in der Marianne mit ihrer Familie wohnte. Anwohner standen unweit des Hauses in einer Gruppe zusammen und sprachen leise miteinander. Es herrschte eine gedämpfte, eigenartig angespannte Stimmung. Imme ging an ihnen vorbei und grüßte. Da fiel ihr auf, dass eine Frau weinte und von einer anderen ein Taschentuch gereicht bekam.

„Sie wollen zu Kerns? Da ist niemand zu Hause." Imme blieb stehen und sah den Mann, der das gesagt hatte, fragend an.

„Es ist ein Unglück passiert. Das Kind, die Kleine, sie ist überfahren worden, gestern. Seitdem sind sie im Krankenhaus. Mehr weiß man nicht. Aber es sah schlimm aus. Der Hubschrauber kam." Der Mann schwieg und in dem Ungesagten schwangen noch der Schreck und die Sorge mit.

Erschrocken stand Imme auf der Straße und fragte sich, was sie tun sollte. Von einer Sekunde auf die andere war alle Zukunft in Frage gestellt, waren alle Pläne nichtig, war alles Helle ins Dunkel getaucht. Ihr Inneres wurde mit Unruhe angefüllt und sie erkannte, dass sie, gleich, wohin sie ging, immer in Gedanken bei Marianne und dem Kind sein würde. Genauso gut konnte sie warten, hier oder beim Haus. Sie durchquerte das offenstehende Tor der Einfahrt und klingelte nach kurzem Zögern an der Haustür, um sicher zu gehen, dass sich niemand im Haus befand. Als sich nichts regte, setzte sie sich auf die Bank neben dem Eingang. Sie beobachtete ein Rotschwänzchen, das mehrere Male sein Revier abflog. Vom Zaun auf das Geländer der Treppe, dann zum Boden, um etwas aufzupicken, dann wieder zum Zaun und so weiter. Tagelang folgte man seinen immer gleichen Abläufen, ohne nur einmal über die Endlichkeit des Lebens nachzudenken.

Imme ahnte, was jetzt vor sich ging, irgendwo in einer Klinik, in der die Eltern bangten und warteten und bangten und warteten, während Ärzte alles taten, was sie tun konnten. Sie suchte nach einem weisen Spruch ihrer Vergangenheit, der Geschehenes mit Sinn auflud oder als Stoßgebet geeignet war, aber ihr fiel nur Konfuzius ein, der gesagt hatte: „So fließt alles dahin, wie der Fluss, ohne Aufhalten, Tag und Nacht."

Was wäre, wenn Debora sterben würde? Sie erschrak selbst über den Gedanken. Ihre Zeit im Laden kam ihr in den Sinn und viele Bilder von Gesprächen mit Angehörigen, voller Schmerz, Starre oder Annahme. Anton war selbst Bestatter. Das bedeutete nichts, wenn man selbst betroffen war, da war Imme sicher. Sie würde bereit sein, wenn es nötig war, was sie nicht hoffte. Die Warnrufe der Amseln und das Auffliegen des Rotschwänzchens ließen sie aufhorchen. Von der Straße her näherten sich Motorengeräusche.

Sie stand auf. Zwei Autos kamen über die Einfahrt auf das Haus zu gefahren, vorne ein dunkler Kombi mit seitlicher Aufschrift, dahinter ein Wagen der Johanniter. Sie hielten an und beide Fahrer stiegen aus. Der des hinteren Wagens blieb stehen, wie in Bereitschaft, und beobachtete wie Imme den Mann, der das vordere Fahrzeug gelenkt hatte. Sie wusste gleich, dass es Anton war. Ein großer Mann mit kurzen dunklen Haaren in Jeans und weißem T-Shirt. Seine Bewegungen hatten etwas Konzentriertes und wirkten, als bedürfe es aller Energie, den Rücken gerade zu halten, um das Auto herumzugehen und die hintere Tür zu öffnen. Er beugte sich hinunter und Imme musste einen Augenblick lang an das demütige Verneigen von Mönchen denken. Als er sich wieder aufrichtete, hielt er das Kind in den Armen. Es hatte von fern den Anschein, als schliefe es und wirkte äußerlich unversehrt. Wäre es nicht in weißen Stoff eingehüllt und wäre der weiße Kopfverband nicht gewesen, hätte sich nicht die Kälte ausgebreitet, die von ihren Füßen aufstieg und jeden Moment ihr

Herz erreichen konnte, das schon vorher aufschrie und sie mit einem anderen Schmerz in Kontakt brachte, dem, der sie mit Katinka verband. Anton wartete, bis Marianne ausgestiegen war, die die Autotür schloss und die Hand des Mädchens ergriff, ehe beide auf das Haus zugingen. Der Mann aus dem zweiten Wagen folgte ihnen.

Imme zwang sich, Katinka abzuschütteln. Sie kannte sich doch aus mit dem Tod. Kurz tauchte in ihr die Frage auf, wieso die Leiche durch den Staatsanwalt schon freigegeben worden war, dann war sie wieder ganz präsent und spürte den dringenden Wunsch, die beiden Menschen, denen der Schmerz erste frische Spuren auf die Gesichter gezeichnet hatte, mit all ihrer Erfahrung zu unterstützen.

Anton wirkte ruhig, als er Imme zunickte und auf seine Hand deutete. „Hier ist der Schlüssel. Kannst du bitte aufschließen?", fragte er. Sie nahm ihm den Schlüssel ab und öffnete die Tür.

„Am Schlüsselbrett, der Bund mit dem roten Anhänger, das ist der Schlüssel fürs Geschäft", hörte sie ihn sagen. Sie fand den Bund und kehrte zu dem Paar zurück. Marianne hatte Imme noch nicht angesehen, sie schien in sich versunken und ganz auf die Kinderhand konzentriert, die sie hielt. Imme ging beiden über den gepflasterten Weg voraus auf den Anbau zu. Sie war dankbar, etwas tun zu können und dafür, dass die Zeit mit Chrissie sie alles gelehrt hatte, was sie jetzt brauchen konnte.

„Jetzt links", sagte Anton und sie schloss die Tür zum Aufbahrungsraum auf. Hell leuchteten in die Decke eingebaute Halogenstrahler auf. In der Mitte des Raums befand sich ein länglicher Metalltisch, der mit einem weißen Tuch bedeckt war. Dort legte Anton vorsichtig und zärtlich sein Kind ab. Dabei fiel die eine Seite des Lakens zur Seite und Imme sah den kleinen aufgeschürften Kinderarm, den noch der Ärmel des rosa Oberteils umhüllte, seit die Ärzte die Kleidung für die Rettung aufgeschnitten hatten. Sorgsam deckte Anton das Kind bis auf das Gesicht wieder zu und blieb mit hängenden Armen stehen, als wisse er von nun an nicht weiter. Marianne zog einen blonden Zopf unter dem Verband hervor und legte ihn behutsam an die Seite. Dann fing sie an zu weinen. Still und ernst und in sich gekehrt, fast streng wirkte das kleine Gesicht auf Imme. Die Sommersprossen und langen Wimpern zeichneten zarte Muster auf die Blässe der Haut. Seine Augen waren auf die Art und Weise geschlossen, die Imme von Toten vertraut war. Anders als beim Schlafen. „Schlafes Bruder" hinterließ andere Spuren.

Der Mann von draußen war mit in den Raum gekommen und trat zu ihnen.

„Anton, Marianne. Was kann ich für euch tun? Soll ich die Eltern benachrichtigen?" Die Vertrautheit, mit der er sprach, zeigte Imme, dass er die Familie schon länger kannte. Anton sah ihn an, als machte ihm das Mühe.

Marianne nickte. „Ja. Tu das bitte, Gregor." Dieser ging zu dem kleinen Körper, streichelte den Arm und die Hand und verabschiedete sich: „Gute Reise, kleine Debora". Dann legte er den Eltern die Hand auf die Schulter und neigte den Kopf.

„Viel Kraft. Ihr könnt mich jederzeit rufen." Beim Hinausgehen gab er Imme die Hand: „Gut, dass Sie da sind. Marianne hat mir von Ihnen erzählt."

Imme dachte an die Schleusenzeit, die Zeit zwischen dem Eintritt des Todes und der Bestattung. Mit dem Tod schloss sich eine Tür zwischen den Angehörigen und dem Verstorbenen, ohne dass sich gleichzeitig eine neue Tür öffnete. In dieser Phase kam dem Abschiednehmen eine besondere Bedeutung zu. Sie wollte gern eine Rolle bis zur Trauerfeier einnehmen, wenn sie gefragt werden würde, aber mit einem Mal fühlte sie sich unbehaglich. Die kleine Familie bot in ihrer Intimität ein so abgeschlossenes Bild. Sie selbst hatte Anton nie gesehen und Marianne nach so langer Zeit erst am Tag zuvor. Eigentlich müssten die Großeltern und Freunde hier stehen, nicht sie. Unwillkürlich trat sie einen Schritt zurück und dann noch einen, bis in den Hintergrund. Da hörte sie Marianne ihren Namen sagen, das erste Wort, das sie an diesem Tag von ihr hörte:

„Imme." Es klang fragend und Imme hob den Blick und sah sie an. „Kannst du bitte dableiben?"

Marianne machte eine Pause, dann sagte sie bittend: „Anton?" Er drehte sich zu Imme und wiederholte ihren Namen, langsam, als ob er in Gedanken weit weg gewesen war.

„Imme. Ich weiß nicht, ob ich das schaffe. In der Klinik war ich noch sicher. Aber vielleicht geht es über meine Kräfte. Kannst du hierbleiben und mir helfen?"

Als hätte sich die Trauer in dem Moment des Sprechens in ihm aus dem Inneren nach oben bewegt und in seinen Augen Platz genommen, liefen Tränen über sein Gesicht, während sein Blick unverwandt auf Imme gerichtet blieb. Ihre Worte wollten sich zuerst nicht einstellen, sie musste sich räuspern, dann sagte sie schnell:

„Natürlich, ich bleibe. Ich kann helfen, wenn du magst." Eine Zeit lang herrschte Stille, während beide sie ansahen. Sie gab sich einen Ruck und fragte: „Möchtet ihr sie waschen?"

Marianne strich ihrem Kind liebevoll über die Wange, dann atmete sie tief ein und aus. „Anton, ich bleibe bei dir. Ich will weder jemand anrufen noch etwas holen."

„Das kann ich machen, wenn ihr wollt. Ich könnte etwas für Debora zum Anziehen holen", bot Imme an.

Marianne sah Anton nicken. Sie beschrieb Imme, wo im Haus das Kinderzimmer lag und bat sie, im Spiegelschrank nach rosafarbenen Kleidern zu suchen.

„Es sind nicht viele. Bis vor kurzem hat sie lieber Hosen getragen. Aber neulich hat sie mir gezeigt, welches ihr Lieblingskleid ist."

Ihre Stimme klang fest. Etwas hatte sich verändert im Raum. Es war, als wären ihre Tränen versiegt, seit Antons Tränen ins Fließen gekommen waren.

Marianne sah auf ihre Tochter: „In mir ist plötzlich eine große Ruhe eingekehrt. Ich weiß, es geht ihr gut. Bitte, erinnert mich an das, was ich eben gesagt habe. Dann, wenn es zu schwer wird. Wenn es nicht auszuhalten ist."

Imme ging auf sie zu und eine bebende Umarmung kam ihr entgegen.

„Ich werde daran denken", flüsterte sie, nahm wieder den Schlüssel an sich und trat durch die Tür in den Durchgang, der die Geschäftsräume mit dem Wohnhaus verband.

Beim Waschen der schmalen Kinderfüße wurde Imme selbst Teil der Menschen, die um das Kind trauerten. Die Tränen flossen wie von selbst aus ihren Augen. Es durfte nicht sein, es war nicht auszuhalten, dass dieses Kind tot war. Die zarten Füße würden nie mehr laufen, nie mehr die Erde berühren. Wer würde sich noch an sie erinnern, an die vollkommene Form, hervorgegangen aus Eltern und Ahnen? Bewegt dachte sie an die Zeit mit Chrissie und daran, wie wichtig es für manche Eltern gewesen war, solche Spuren zu sichern, eine Haarlocke etwa oder einen Fußabdruck.

„Marianne", hielt sie inne, „Wollen wir einen Fußabdruck machen? Debora hat so schöne Füße."

Das Paar sah sich an und Anton sagte: „Anderen Eltern schlage ich das vor, mir selbst ist es nicht in den Sinn gekommen."

Aus einem Schubfach des Wandregals holte er einen Wasserfarbkasten sowie Büttenpapier und vom Waschbecken des Nebenraums brachte er ein Glas Wasser. Imme schob ein Rolltischchen heran, damit er beides absetzen konnte. Er schlug den Kasten auf und sah auf Farben und Pinsel.

„Marianne?" Fragend sah er seine Frau an.

„Blau," sagte sie. „Ich helfe dir." Mit den Pinseln rührten sie ein Dunkelblau an und als sie damit die Fußsohle berühr-

279

ten, lachte draußen im Garten ein Grünspecht. Alle drei sahen sich an und alle drei mussten lächeln.

Marianne sah Debora an und meinte: „Sie ist sehr kitzelig." Anton öffnete die Fenster und ein Pfauenauge drehte eine Runde im Raum, bevor er wieder hinaus flatterte.

„Geschenke!", flüsterte Imme. Anton nahm das Blatt Papier und drückte es gegen die blaue Fußsohle. Perfekt zeigte sich nach dem Abnehmen der Abdruck eines fünf Jahre alten Fußes und wurde zum Trocknen auf die Fensterbank gelegt.

„Debora ist unser Wunschkind." Anton flüsterte es. „Der Name bedeutet Biene."

„Oh, so wie meiner! Imme auch." Nachdenklich drückte sie einen Schwamm aus.

Nach dem Waschen zogen die Eltern dem Kind das Kleid an, Marianne öffnete die Zöpfe und kämmte die Haare.

„Wie eine weiße Indianerin sieht sie aus, wir lassen den Verband", entschied Anton. „Wie oft habe ich ihr das Buch von dem Indianermädchen vorgelesen. Sie hat jede Feder aufgehoben, sogar Flaum, er konnte noch so winzig sein."

„Wie schön!" Imme hatte eine Idee. „Federn für Flügel. Ihr könnt ihr die Federn mitgeben."

„Ja." Marianne nahm wieder die Hand des Mädchens. „Dann hat sie eine leichtere Reise..."

Es klopfte an der Eingangstür und als sich weder Marianne noch Anton rührten, ging Imme hin und öffnete. Sie erkannte Mariannes Eltern sofort, ebenso wie das letzte Mal, bei dem Kaffeetrinken nach Omas Beerdigung.

Das Kind lag im Sarg. Der rosafarbene, fließende Stoff des Kleids zeichnete den kleinen Körper nach. Auf und neben dem Körper hatten Eltern und Großeltern die Federn abgelegt, die sie aus dem Karton mit Deboras Federsammlung ausgewählt hatten. Anton hatte um das Kopfende des Sargs Kerzen in verschiedenfarbigen Gläsern angezündet, die ihr buntes Licht wie ein kleiner Heiligenschein verbreiteten und dem weißen Verband noch mehr den Anschein eines indianischen Stirnbands gab.

Antons Mutter und Schwester trafen ein. Imme öffnete ihnen die Tür und als sie erneut Zeugin der großen Erschütterung zweier Menschen war, empfand sie plötzlich eine große Müdigkeit. Sie brauchte Abstand.

„Marianne, kann ich euch allein lassen für eine Weile? Ich bin sehr müde." Marianne hob die Hand und strich ihr mit einer zärtlichen Geste über die Wange. „Danke für alles, Imme! Ruh dich aus. Ich bin nicht allein. Aber ich möchte dich bitten: Komm morgen wieder! Ich, und auch Anton, wir brauchen dich!"

Imme atmete tief die Luft im Garten ein und beschloss, nach Haus zu laufen, um eine Kleinigkeit zu essen und sich auszuruhen. Sie sah die beiden Mädchen an der Straßenecke schon von weitem. Sie schauten ihr entgegen, als ob sie auf sie gewartet hatten. Unwillkürlich wurde sie langsamer. Mit Kindern hatte sie so wenig Erfahrung. Was, wenn sie etwas über Debora wissen wollten? Was sollte sie sagen über den Tod und das Schicksal? Ihr wurde bewusst, dass früher meistens Chrissie solche „Fälle" übernommen hatte. Beide Mädchen blickten sie unverwandt an und Imme blieb stehen, als sie bei ihnen angekommen war. Keine sagte etwas und Imme machte einen weiteren Schritt, dann hörte sie sie doch, die Frage:

„Was ist mit Debora?"

Sie drehte sich wieder zu den Kindern um: „Ihr seid mit ihr befreundet?"

„Ja, sie ist unsere beste Freundin im Kindergarten." Es waren Fünfjährige mit großen Augen, die da mit bunten T-Shirts und Dreiviertelhosen vor ihr standen. „Wir wollen morgen nicht in die Kita, ohne Debora."

Imme seufzte. Sie ging in die Knie und suchte nach Worten:

„Was denkt ihr denn, was mit Debora ist?"

Das stillere Kind von beiden sprach es aus: „Dass sie tot ist!"

„Ja, das stimmt", nickte Imme langsam. „Debora ist tot. Sie wurde von einem Auto überfahren."

„Kommt sie nie wieder?", fragte das zweite Mädchen.

„Hm, ihr Körper, so wie ihr sie gekannt habt, der kann nicht wiederkommen und mit euch spielen oder in die Kita gehen. Aber ihre Seele, die ist noch da. Die kennt euch und weiß, was ihr zusammen alles erlebt habt."

„Kann die denn mit uns in die Kita gehen?" Etwas Hoffnung lag in der Frage.

„Ja, natürlich. Denn ihr habt sie ja noch lieb, die Debora. Sie ist eure Freundin gewesen. In euren Herzen und in euren Gedanken ist sie ja bei euch. Ihr wisst, wie lustig die Spiele waren, die ihr miteinander gespielt habt."

„Ja, aber wir haben auch gestritten!", fügte das erste Mädchen an.

„Streiten ist normal. Das passiert allen Menschen. Wichtig ist am Ende nur, dass ihr sie liebgehabt habt."

Einen Moment lang sahen sich die Kinder an, dann riefen sie „Tschüs!" und hüpften davon.

Jemand sollte in die Kita gehen und mit den Erzieherinnen sprechen, dachte Imme. Sie rief ihnen, einer Eingebung folgend, nach: „Wo ist denn die Kita?"

Sie riefen etwas zurück zu ihr, was sie nicht verstehen konnte. Ihr Blick folgte den ausgestreckten Fingern und sie beschloss, sobald wie möglich in die Kita zu gehen und mit der Leitung zu sprechen.

In dem Moment zog eine Reihe Gänse über die Straßenbäume nach Süden über sie hinweg.

Imme rollte sich im großen Zimmer in den blauen Schlafsack und schlief fast sofort ein. Sie träumte vom Wind, der die Verhältnisse umkehren wollte und sich dazu mit dem Wasser verbündet hatte. Die Absprache war, die Rollen zu tauschen.

Der Wind übernahm die Wasserrolle. In Wellen kämmte er die Zweige der Weiden wie die Meeresströmung den Seetang. Schafe duckten sich ins Gras der Wiesen wie kleine Fische in die Korallen. Pferde suchten Schutz in Unterständen wie Einsiedlerkrebse in Muschelgehäusen. Durch das unaufhörliche Zerren der Böen an Gebäuden und Zäunen begannen sich kleine Farbpartikel von den Oberflächen zu lösen und in spiralförmigen Strudeln über das Land zu wirbeln. Die Glocken der Kirchtürme fingen an, unrhythmisch gegeneinander zu schlagen. Blätterschwärme änderten so schnell die Richtung, dass die Greifvögel auf der Jagd nach vermeintlicher Beute ins Leere schlugen. Die Luft verdichtete sich wie Flüssigkeit und nahm eine bläuliche Schattierung an. Kleine blaue Moleküle verdichteten sich zu gröberen Molekülen. Sie erzeugten aus sich heraus weitere, bis alles von ihnen bedeckt und eingefärbt war, blau.

Es war Abend, als sie wach wurde. Sie zog sich warm an und ging nach draußen. Im Garten hörte sie die Hunde der Siedlung bellen und Vögel ihr Abendlied singen. Letzte Wolken schlichen sich über den Flügeln der Krähen davon. Der Zufluss für den Teich erzeugte ein leises Glucksen. Die ruhige Stimmung ließ sie tiefer atmen und die Geschehnisse des Tages verdünnten sich in ihren Adern. Imme beobachtete eine junge Amsel, wie sie Blatt für Blatt vom Rasen aufhob und den Kopf schief hielt, um zu sehen, ob sich Essbares darunter befand. Binnen weniger Tage hatte sich alles verändert. Der Tod hatte sie wiedergefunden oder sie den Tod, wer weiß. Er hatte sie mit allem verknüpft, was vorher schon einmal einen großen Raum eingenommen hatte in ihrem Leben. Ein blauer Fußabdruck, ein totes Mädchen, Bücherwelten, die Bilder erzeugten, Trauer und Freundschaft – all das war wieder da, lebendiger denn je. Dazu das Haus aus der Vergangenheit mit Erinnerungen und dem Angebot, dem Ruf an sie: Bleib da!

20 Trauer

Am nächsten Tag erstrahlte in seltsamem Kontrast zum Geschehenen ein fantastischer Himmel. Die weißen Blütenstände des Holunders öffnen sich weit, um den Gegensatz noch deutlicher zu machen und das Blau des Himmels optisch noch mehr zu steigern.

Im Apfelbaum des Gartens hing ein Nistkasten. Spatzen tschilpten in der Hecke. Imme hörte einen Star pfeifen. Sie entdeckte ihn im Sommerflieder ganz oben auf einem dünnen Zweig, der sich bog. Er spreizte seine Federn und sang. Der Starennistkasten war also bezogen. Drei Kanadagänse zogen zu dritt laut rufend über das Haus. Zwei Stare flatterten hinterher und über die Wiese davon. Jetzt fehlte nur noch Leben im Meisenkasten. Ein Spatz beäugte das Einflugloch und schlüpfte hinein. Eigentlich nisteten Spatzen doch in Kolonien. Doch wirklich kam ein kleineres Exemplar, setzte sich auf den Ast daneben, hüpfte näher heran und dann paarten sich die beiden. Imme dachte an Mons. Das Zusammensein mit ihm schien weit zurück zu liegen.

Sie nahm den Schreibblock zur Hand, den sie sich im Laden gekauft hatte, und schrieb mit einem blauen Fineliner ihre Gedanken auf. Dann nahm sie Kontakt mit Deboras Kindertagesstätte auf. Die Leiterin war am Telefon und froh über Immes Vorschlag, sie zu unterstützen, wenn es darum ging, mit den Kindern über den Tod zu sprechen.

Als Imme wenig später durch das Tor der Einfahrt auf Mariannes und Antons Haus zuging, stand Antons Mutter vor dem Nebengebäude. Die kleine Frau mit dem silbernen Pagenkopf sah an der Glyzinie hoch, die sich über einer Pergola neben dem Eingang daran machte, das Dach zu erobern.

„Guten Morgen, Imme! Sehen Sie? Das Rotkehlchen dort oben singt unermüdlich und lässt sich nicht stören. Gestern

Abend schon hat es uns begleitet. Es ist, als ob unsere Debora eine Stimme gefunden hat, um uns zu trösten."

„Oh, wie schön!" Imme freute sich. „Ich habe lange Jahre meines Lebens mit Zeichen gelebt und kenne sie gut. Das hier ist bestimmt eines."

Eine Zeitlang standen beide nebeneinander, dann fragte Imme: „Wie geht es Marianne und Anton?"

„Es wechselt", antwortete Antons Mutter. „Die Nacht war lang. Sie wollten sich nicht von Debora trennen. Erst, als ich ihnen versprochen habe, sie für vier Stunden abzulösen, haben sie sich darauf eingelassen und haben beide kurze Zeit geschlafen. Marianne sagte, sie sei sofort eingeschlafen und kurz vor dem Weckerklingeln wieder aufgewacht. Anton konnte kein Auge zu tun. Sie sind wieder an Deboras Seite. Ich bin froh, dass beide weinen können. Mir selbst fällt es schwer. Irgendetwas in mir sträubt sich, anzuerkennen, was passiert ist. Vielleicht ist das der Schock. Ich weiß nicht."

„Als meine Freundin starb", sagte Imme nachdenklich, „ging's mir genauso. Aber ich glaube, das war kein Schock. Bei mir war es die Liebe, die ich gespürt habe. Die Toten sorgen für uns."

Das Rotkehlchen sang immer noch sein Lied.

„Gehen Sie ruhig hinein, Imme. Ich bleibe noch etwas." Antons Mutter strich ihr liebevoll über den Arm.

Imme öffnete die Tür und sah die Eltern neben dem Sarg sitzen. Marianne stand auf und umarmte Imme.

Anton hob den Blick. „Hallo Imme." Müde und freundlich nickte er ihr zu.

Imme trat an den Sarg. Das schmale blasse Indianerkind mit seinen Federn hatte diesmal keine bunten Lichtreflexe auf dem Kopfverband. Nur eine dicke weiße Kerze stand am Kopfende, keine farbigen Teelichter wie am Vorabend. Sie begrüßte Debora, indem sie sie leicht an der Wange berührte und „Hallo!" sagte.

„Denkt ihr nicht, hier fehlt Farbe?" Imme sah Marianne und Anton fragend an. „So ein Indianerkind mag doch Farben, oder? In ihrem Zimmer habe ich so viele bunte Bilder gesehen. Was denkt ihr? Wollt ihr nicht den Sarg bemalen?"

Es dauerte, bis ihr Vorschlag in den Köpfen der Eltern angekommen war. Dann sahen sich beide an.

„Wie oft habe ich das schon die Angehörigen gefragt. Auch das ist mir nicht eingefallen." Anton sprach langsam, fast tonlos. Er richtete sich auf und seine Stimme klang belebt: „Du hast recht, Imme. Debora würde das schön finden. Wir stellen den Deckel neben sie, dann kann sie zuschauen."

„Ich weiß ja, wo die Farben sind. Wartet, ich helfe euch." Imme holte die Farbkästen und Pinsel, Lappen und Wasserbecher.

Antons Mutter und Mariannes Eltern traten ein. Sie wollten zusehen.

„Malt doch bitte einen Regenbogen für mich!", bat Antons Mutter.

„Hier, dein Pinsel, Mama, ich male den Wald und die Blumen, die sie so gern hatte."

„Und ich Federn", warf Marianne ein. „Du musst den Regenbogen selbst machen. Imme, bitte mach auch mit. Am Fußende ist noch niemand."

Imme stand am Sarg und sah auf den blauen Fuß. Blau, die Farbe der Sehnsucht, des Himmels - ihre Farbe. Sie begann, verschiedene Blautöne zu mischen und malte einen von Wolkenschleiern durchzogenen Himmel, der direkt an das tiefblaue Meer angrenzte. Ein Delfin sprang. Delfine hatte sie auf Deboras Bildern in ihrem Zimmer gesehen.

Marianne verteilte in graublau, türkis und rosa vielfältige Federn auf den Seiten, Antons Mutter einen Regenbogen und Mariannes Eltern fügten einige einfache v-förmige Zeichen für Vögel hinzu, die sich paarweise und einzeln auf dem hellen Holzsarg erhoben, um in die Ferne zu fliegen.

Ruhig und konzentriert arbeitete jeder, setzte sich hin und hielt inne, malte weiter, weinte und war Teil der Gemeinschaft, die dem Mädchen und sich selbst diesen Dienst erwiesen.

Mittags waren sie fertig. Sie holten Brot, Butter, Käse und Obst, deckten neben Debora den Tisch und aßen gemeinsam. Antons Bewegungen wirkten weniger schwer, er war gelöster und bereit für die Planung der Trauerfeier. Er bat Imme, für ihn in die Gärtnerei zu fahren, mit der er seit Jahren zusammenarbeitete und Blumen auszusuchen für die Gestecke. Am Grab sollte eine große Schale stehen, die mit Blütenknospen gefüllt war und eine zweite mit bunten Federn.

„Jeder kann Debora davon für ihre Reise mitgeben. Wir sind nicht in der Kirche verankert. Kannst du dir vorstellen, die Rede zu halten?"

Imme zögerte zuerst, dann fielen ihr die vielen Texte ein, die sie geschrieben hatte. Ihr würden Worte einfallen. Und sie war mit der kleinen Familie bereits so sehr verbunden, dass sie sicher war, es tief, ehrlich, und mit Liebe tun zu können. Am Nachmittag wollten Verwandte anreisen, die die Großeltern verständigt hatten. Die Beisetzung war für den kommenden Tag geplant.

In den nächsten Stunden war Zeit für Gespräche.

„Anton und ich kennen uns seit sieben Jahren. Kennengelernt haben wir uns auf dem Leben-Sterben-Feiern-Festival. Er hat dort einen Workshop geleitet, in dem es um eine etwas andere Abschiedskultur ging als sie herkömmliche Bestattungsunternehmen pflegen. Mich hat das sehr interessiert, weil ich noch von der Beerdigung einer Freundin verstört war, wo die Angehörigen gegen Widerstände des Friedhofpersonals das nochmalige Sargöffnen durchgesetzt und bemerkt hatten, dass die Halskette fehlte. Weil sie nicht die Kraft für einen Streit hatten, hatten sie der Chefin gesagt, dass sie mindestens einen Kranz erwarteten. Das war dann der größte Kranz. Anton war empört darüber. Er hatte ganz andere Ansichten und liebevolle Gedanken, was ich sehr mochte. Wir taten uns zusammen, ich machte die Ausbildungen zur Heilpraktikerin für Psychotherapie und zur Qigong-Kursleiterin. Wir verkauften das Haus seiner Tante und erwarben unseres, gestalteten den Anbau um und nach zwei Jahren kam Debora zu uns. Von Anfang an war sie ein sehr eigenständiges Kind. Schon als Baby wirkte sie zufrieden. Als aus dem Babylächeln ein Lachen geworden war, steckte sie uns oft an mit ihrer nie enden wollenden Heiterkeit. Jemand aus Asien sprach uns in irgendeiner Fußgängerzone einmal an und fragte, ob er ihre Ohrläppchen berühren durfte. Sie sind ja etwas groß geraten. Er sagte, sie sei ein besonderes Kind. Wie Buddha. Ganz ehrfürchtig sagte er das und dann verneigt er sich fast unmerklich vor ihr. Sie war etwa zwei und hat die Verehrung mit großen Augen und einem Lächeln angenommen. Sie war erstaunlich geduldig und erwartete diese Geduld allerdings auch von uns. Betrachtete sie die Schnecke im Garten oder einen Käfer, oder versuchte sie, dem Flug eines Schmetterlings zu folgen, hatte ich Mühe, sie davon loszureißen, wenn wir einen Termin hatten." Stille kehrte ein, dann begann Marianne zu weinen.

„Ich habe so viel von ihr gelernt. Wie soll das Leben weitergehen, ohne sie? Kannst du mir das sagen?" Ihre Stimme hob sich am Ende des Satzes.

Anton sagte nichts und sah auf seine Hände.

Imme schloss die Augen und atmete tief ein und aus. „Ich möchte euer Kind etwas besser kennenlernen. Vielleicht kommen wir der Antwort dadurch näher. Habt ihr Dinge oder Fotos, die ihr mir zeigen mögt? Und bitte erzählt mir alle Geschichten, die euch einfallen. Es macht mich traurig, dass wir uns nicht eher getroffen haben."

Die Haltung, mit der Anton durch die Gräberreihen des Friedhofs ging, erinnerte Imme an ihren Vater und an die Art, wie er sich mit großer Selbstverständlichkeit zwischen seinen

Buchreihen bewegte und dessen Griff zu einem gesuchten Buch immer zum Erfolg führte. Die dünnen Zweige der Friedhofsbirken wendeten sich kurz vor Erreichen des Himmels wieder der Erde zu und winkten mit ihren kleinen Blattherzen den ziehenden Wolken zu.

Anton deutete mit weiter Geste um sich, als wäre er der Herr des ganzen Friedhofs.

„Wir haben hier überwiegend Sandboden, die Toten liegen länger als anderswo. Und die Grabsteine neigen sich schneller."

Er wies auf einen Steinsockel mit mannshohem Granitkreuz, schwarz und poliert, das bedenklich schief stand. Imme trat näher, um die Inschrift zu entziffern. Grabstelle der am selben Tag verstorbenen Eheleute Hans und Margarete Bauer, die um ihren Sohn trauerten: „In Gedenken an unseren lieben Sohn Hans 1927 bis 1943" war auf der Seite eingraviert. Die Namen klangen wie aus Märchen, aber das Leben war nicht märchenhaft verlaufen. Gras wuchs aus dem Viereck, auch junge Eichen kamen hoch. Ein Bild des Vergessens inmitten von Grabstätten mit Buchs, Phlox und Gottesaugen. Unweit davon reckte sich zwischen Kiefern der Glockenturm, ein Eisengestell mit reetgedecktem Dach. Die große Glocke hing reglos, das dicke helle Glockenseil war mehrfach um einen der Eisenträger geschlungen. Schmetterlinge waren außer ihnen beiden die einzigen Besucher des Geländes.

Imme setzte sich auf eine Bank und versuchte, nicht mit den Vogelschissen auf der Rückenlehne in Berührung zu kommen, während Anton selbstvergessen noch einige Wege auf und ab lief. Sie warf einen langen Blick auf die Kleepolster zu ihren Füßen und probierte im Modus des Nichtsuchens ein vierblättriges Kleeblatt zu entdecken, aber keines gab sich zu erkennen. Neben ihr auf einer Bodenplatte stand: „Spuren im Sand verwehen. Spuren im Herzen bleiben."

Sie besichtigen gemeinsam das Grab und besprachen alles, was nötig war.

Zwischen den überwiegend dunkel gekleideten Trauergästen leuchtete farbenfroh Kinderkleidung hervor. Eine Traube bunter Luftballons schwebte reisefertig am Ast eines Strauchs neben der Grabstelle. Nur Kindergräber reihten sich innerhalb eines von Hecken begrenzen Areals aneinander, durchsetzt mit noch jungen Birken. Antons Arbeit hatte schon Spuren hinterlassen. Windspiele drehten sich auf kleinen, mit Wiesenblumen übersäten Grabhügelchen, von denen einzelne Namen, begleitet von Geburts- und Sterbedatum, von Leben und Liebe kündeten.

Für Debora war eine Grube vorbereitet, deren Wände mit blauem Stoff ausgekleidet waren. Die Schar der Trauernden versammelte sich um die Grabstelle, aus der zart blaues Leuchten aufstieg. Die Sargträger setzten den Sarg ab, fädelten zwei Bänder unter ihm hindurch, hoben ihn auf ein leises Kommando an und ließen Deboras Körper tief in die Erde gleiten.

Weinen war zu hören und das Rascheln von Papiertaschentüchern. Imme trat an das Grab, wartete etwas und begann dann ihre Rede:

„Beim Spazierengehen kann man oft Federn finden. Ich muss sie immer aufheben und mitnehmen. Sie wurden von Vögeln unter den Wolken bewegt. Sie haben Sonne und Wind für uns gespeichert. Milane, Falken und Eulen trugen sie hoch hinauf. Immer noch schwingen in ihnen die Rufe von Möwe, Häher und Lerche nach. Es ist, als fliegen die Federn mir zu und lassen sich von mir finden. Sie haben meinen Worten geholfen, beim Schreiben dieser Rede ihre Krallen vom Boden zu lösen. Leicht haben sich meine Sätze empor geschwungen und mich in andere Welten getragen. Auch Debora sind Flügel gewachsen. Ich kannte sie nicht, als sie noch am Leben war, aber ich durfte sie kennenlernen, durch die Zeichnungen in ihrem Zimmer, durch die Begegnung mit ihren Freundinnen", sie machte eine Pause und sah

Bewegung in der kleinen Gruppe der Kindergartenkinder, die mit den beiden Erzieherinnen gekommen waren, „ich habe sie in den Erzählungen ihrer Eltern kennengelernt und im Gesang eines Rotkehlchens." Antons Mutter sah auf und nickte ihr zu. „Debora liebte Federn und verkleidete sich oft als Indianermädchen. Jeder kann ihr heute Federn mit ins Grab geben, damit sie sich dort, wo sie jetzt ist, in alle Lüfte erheben kann, wenn ihr danach ist. In vielen indianischen Kulturen werden erhöhte Plattformen verwendet, um darauf die Toten zu bestatten. Das bringt sie näher zum Himmel. Debora hat nur kurz gelebt. Auf manchen ihrer Zeichnungen scheint es, als hätte sie das geahnt. Aber auf allen ihrer Zeichnungen finden sich viele Herzen und ganz viele Liebeserklärungen, an die Bäume, an ihre Eltern und Großeltern und an Tiere, besonders an Delfine." Imme machte eine Pause. Anton, der Marianne eingehakt hatte, zog sie noch etwas mehr zu sich heran. „Ich wünsche uns allen ein gelingendes Mitschwingen im Auf und Ab der Trauer. Ich wünsche den Eltern Zuversicht und Kraft, die Zeichen, die ihnen ihr Kind sendet, wahrzunehmen. Ich wünsche ihnen die Fähigkeit, sich trösten zu lassen. Ich wünsche mir, dass Debora nicht vergessen wird, sondern in unseren Herzen und in den Geschichten, die wir über sie erzählen, weiterlebt. Ich wünsche mir, dass wir in ihrem Sinn handeln, denn sie wollte gerne geben, wenn jemand in der Fußgängerzone Geld sammelte, ob für sich oder andere, und sie hat auch gern geteilt, wie ich im Kindergarten hören durfte. Ich wünsche mir, dass die Liebe, die über allem steht, wirkt und hilft und tröstet. Marianne und Anton haben sich gewünscht, dass wir zusammen ein Lied singen. Es ist ein irischer Reisesegen, vielleicht kennen ihn einige. ‚Möge die Straße uns zusammenführen und der Wind in deinem Rücken sein. Sanft falle Regen auf deine Felder und auf dein Gesicht der Sonnenschein.'"

Imme trat einen Schritt zur Seite, nahm einen Stapel Textblätter auf und gab sie durch die Reihen. Am Himmel zog ein Bussard seine Kreise und der Wind fuhr in die großen alten Bäume am Rand der Friedhofsmauer und brachte die herabhängenden Zweige zum Winken.

Alle sangen mit und der Klang der Stimmen wurde in die Luft gewirbelt und über andere Grabstellen verteilt. Danach las Antons Mutter einen Brief vor, den Marianne an ihre Tochter geschrieben hatte. Es wurden noch einige einzelne Sätze gesprochen und jeder brachte seine Liebe zu Debora zum Ausdruck.

Nacheinander traten alle vor und warfen zu einer Flötenmelodie Federn und Blüten auf den Sarg. Marianne und Anton nahmen je einen Spaten. Anton blieb einen Augenblick vor der Grube stehen und man konnte ein Ächzen hören, dann fing er sich wieder und begann, die ausgeschachtete Erde nach und nach auf den Sarg zu schaufeln, zusammen mit Marianne. Als schließlich die Eltern die Werkzeuge zur Seite legten, entstand Stille. Dann forderte Anton mit einem Nicken, das alle sofort verstanden, dazu auf, die restlichen Blumen auf die Erde zu legen. Am Ende bedeckten blaue Glockenblumen, Schafgarbe, Iris und Rittersporn und Flockenblumen das Grab, zusammen mit vielen Federn, deren Kiele senkrecht aus der Erde ragten und von denen einige bereits mit ihrer Leichtigkeit die Nachbargräber ansteckten.

21 Rückenwind

Zwei Tage waren seit der Beerdigung vergangen. Antons Mutter war abgereist.

„Ich komme, wenn ihr mich braucht", hatte sie beim Abschied versichert. „Bitte sagt das auch Marianne." Imme und Anton hatten genickt. Marianne war seit dem frühen Morgen draußen unterwegs und sie machten sich Sorgen. Schweigend saßen sie in der Küche. Imme spürte, dass es gut war, wenn sie dablieb und ihm Gesellschaft leistete. Sie fragte ihn, ob er etwas trinken oder essen wolle, und machte ihm einen Kaffee. Nach einer weiteren Stunde hörten sie endlich das Aufschließen der Haustür und wie Marianne den Schlüssel an die Hakenleiste hängte. Dann trat sie ein und kam zum Tisch.

„Schaut!", sagte sie und zog aus der Hosentasche ein Stoffband hervor. „Ich fand hinter der Koppel ein blaues Band. Und dann saß auf dem Heimweg ein Bläuling auf dem Weg und ich kniete mich hin und hielt schützend die Hand über ihn, als ein Jogger kam. Er flog nicht weg. Er war so blau wie Deboras Augen."

Imme sah auf den hellblauen Stoffstreifen, dessen Ende aus fransigen Einzelfäden bestand.

„Was für ein schönes Zeichen. Deine Augen sind auch blau", sie blickte in die Iris inmitten des geröteten Weiß. „Und der Himmel heute auch."

„Ich vermisse sie so sehr. Ich will sie nicht loslassen." Die Freundin stand verloren vor ihnen. In der Schale ihrer Hände ringelte sich das Band. Imme umarmte sie so lange, bis ihre Tränen weniger wurden.

„Es geht nicht darum, dein Kind loszulassen. Welche Mutter, welcher Vater würde sein geliebtes Kind loslassen? Es geht darum, herauszufinden, was die Botschaft dieses Kindes für dich war. Was ist die Botschaft, die Debora dir sagen will?"

„Liebe." Marianne und Anton sagten es fast gleichzeitig. Marianne nahm sich einen Stuhl und setzte sich dicht neben ihren Mann.

Imme fiel eine Postkarte ein, auf der ein blauer Berg fotografiert war, dessen Flanken wie gefaltete Haut wirkten. Marianne saß vor ihr und einen Augenblick lang schien sie aus solch blauer Haut zu bestehen, tiefblau in den Schluchten und hell in den von der Sonne beschienen Flächen.

„Nachdem Chrissie gestorben war", sagte Imme beim Anschalten des Wasserkochers, „habe ich vieles begriffen. Ich war sehr verunsichert und habe oft nach dem Warum gefragt. Ich glaube, wenn ein Kind geht, ist das sehr viel schlimmer. Man verliert den Boden unter den Füßen und glaubt den Abläufen des Lebens nicht mehr. Das Vertrauen ist weg. Ich weiß nicht, wann ihr wieder kleine Schritte gehen könnt. Wann sich wieder Vertrauen aufbaut. Bei mir war es so, dass ich den Sinn langsam wiedergefunden habe, als ich den Schmerz zugelassen habe. Weil ich dann näher an der Wahrheit war. Und das hat sich gut angefühlt. Getragen zu sein." Sie schnitt ein Stück Ingwer ab, warf es in das heiße Wasser der Teekanne und verfolgte die Luftbläschen, die von ihm aufstiegen wie von einem Taucher.

Sie sah zum Fenster, weil sie Vogelrufe hörte. Auf der Koppel schliefen zwei Pferde, während ein drittes wachte. Sie erkannte es an der unveränderten Körperhaltung mit entspannt gesenktem Kopf, der rechte Hinterlauf lässig auf die Erde gestützt, beide Vorderbeine wie mit dem Boden verwachsen. Schwalben zeichneten darüber im Flug ihre Linien in die Luft.

Wo war Deboras Seele jetzt? Das Leuchten, das immer von ihr ausgegangen war, hatte nach ihrem Tod noch als kleiner Glanz auf ihr gelegen und war wahrscheinlich inzwischen ganz verblasst. Legten sich kleine Teile des Leuchtens auf die Dinge da draußen? Verteilten sich die Leuchtspuren in der Welt? Sickerten sie bis in die Körper von Menschen und Tieren ein? Vereinigten sie sich mit der Glut der Herzen derer, die für Vorhaben brannten, die mit Liebe zu tun hatten? Sammelte sich Deboras Leuchten auf dem Fell eines Pferdes? Auf den Wellenbergen im Wasser? Oder auf dem Trinkglas nach dem Abtrocknen?

Imme hatte Marianne und Anton allein gelassen. Sie begannen ein neues Leben, ein Leben zu dritt zwar wie vorher, aber die eine Person hatte sich verwandelt und das zu verstehen, brauchte Zeit.

Der einzige Laden im Ort, in dem es Farbe zu kaufen gab, war der Supermarkt, und Imme erstand alle drei Malkästen sowie Pinsel, Zeichenpapier und Bleistifte zum Vorzeichnen. Sie wollte ein Bild malen. Im großen Zimmer, als wäre es bereits ausgemacht, dass sie hierbleiben würde.

Sie setzte sich auf den Boden und sah lange hinaus. Links schob sich die große Eiche in den Rahmen des Fensters. Schon immer war sie mächtig und raumgreifend gewesen. Nur etwas dünner war sie im oberen Drittel geworden. Einige abgestorbene Äste hingen verhakt in der Krone. „Opferäste", diesen Ausdruck hatte Imme vor kurzem erstmals gehört. Trotz heftigen Winds lösten sich trockene Äste nicht, obwohl man erwartete, sie würden jeden Moment durch das Hin- und Herschaukeln herabfallen. Nein, sie lösten sich an den Tagen mit sprichwörtlich heiterem Himmel. Was bewog die Bäume, an freundlichen Tagen die letzten Versorgungslinien zu kappen, sich zurückzuziehen aus diesem Körperteil und den Nachschub abzuschneiden? War es wie bei Debora? Das Schicksal nahm den einzigen Austrieb, den einzigen Nachkommen, das letzte Glied, wie in den alten Schriften so bildhaft zu lesen war.

Die Wolkenschiffe am Himmel nahmen an Fülle zu, als hätten sie zu viel zu Mittag gegessen. Mit dicken Bäuchen ließen sie sich vom Wind über den Himmel rollen. Imme fragte sich, wie die Schmetterlinge es schafften, sich bei diesem Wind Ziele zu setzen und sie zu erreichen. Sie bemerkte im linken äußeren Eck des Fensterrahmens eine gedrungene Spinne, die in ihrem Nest auf Beute wartete. Wind rüttelte und zerrte am Netz, was ihr nichts auszumachen schien. Mir wäre schon schlecht geworden, dachte Imme.

Dann war es soweit. Sie stand auf und bereitete Pinsel, Farben und Wasser vor. Sie beschloss, direkt auf die Wand gegenüber dem Fenster zu malen. Vielleicht würde die Wand das ihre dazu beitragen und ihr helfen, das Bild entstehen zu lassen. Sie ließ den Pinsel, den sie in Orange getaucht hatte, über die Fläche gleiten, streckte sich weit nach oben und zur Seite, kam zur Mitte zurück, umkreiste sie, zog neue Runden, bis der Schriftzug sein natürliches Ende fand. Sie betrachtete das Ergebnis und füllte den Raum darunter mit Kreisen, die sie gelb, golden und weiß ausmalte, so dass sie wie Himmelskörper oder Gestirne wirkten. In der Bildmitte entstand ein eiförmiges Gebilde, in dem sich zwei Zellen zu vereinigen schienen. Darüber schwang sich die Bewegungsabfolge eines Schmetterlings auf, ein Reigen aus Flügelschlagen, und daneben Formen, die an Blüten erinnerten. Mehr als zwei Stunden füllte sie den Bildhintergrund mit tiefem Blau aus, dem sie sparsam einige andere Farben beimischte, so dass es dichter wurde und tiefgründiger. Gelbe Lichtpunkte tauchten auf wie Glühwürmchen in der Nacht. Federn erinnerten an das tote Mädchen, ein weißer Seelenvogel, der über allem schwebte, zog eine Girlande aus roten Tropfen hinter sich her.

Schließlich war das Bild fertig und Imme trat zurück. Sie wusch die Pinsel im Wasserbehälter aus und setze sich im Schneidersitz unter dem Fenster auf ihren Schlafsack auf dem Boden. Ihr Werk war schön geworden und stimmig. Es war organisch und abstrakt zugleich. Sie ließ sich zur Seite sinken und besah es sich aus dieser Perspektive, dann zog sie den Schlafsack wie eine Decke über sich und ruhte sich aus.

Nachmittags lief sie durch den Wald zum Meer. Imme sah die Kinder am Strand auf einmal in einem ganz anderen

Licht. Sie beobachtete ein Kleinkind, das sich mit den Händen an den Fingern der Mutter festhielt und die ersten Schritte machte. Danach einen Jungen, der mutig auf ein Gebilde aus Schwemmholz kletterte, während er sich immer wieder die blonden Locken aus dem Gesicht strich, die der Wind ihm vor die Augen wehte. Mit einem neuen, liebevollen Blick fühlte sich Imme näher an der Ursprünglichkeit, der Wahrheit und dem Mut, den Kinder noch besaßen, bevor die Erwachsenen sie lehrten, die Welt anders zu sehen.

„Es gibt hier keine Versteinerungen, so hör doch, man findet nicht jedes Mal sowas", redete eine Mutter auf ihre Tochter ein, die zögernd und mit gesenktem Kopf, die Augen auf die Steine am Strand gerichtet, vorübertrottete.

Lass dich nicht entmutigen, kleines Mädchen, dachte Imme. Such weiter nach dem, was dir wichtig ist, woran du glaubst. Ihr fielen die vierblättrigen Kleeblätter ein, die in einem alten Tagebuch zwischen den Seiten lagen, Beweise für die Möglichkeit, sein Glück zu finden.

„Juhu! Mama! Ich hab einen!", hörte sie das Kind ein ganzes Stück entfernt rufen und sah, wie es etwas triumphierend in die Höhe hielt. „Mama, sieh doch, ein versteinerter Seeigel!"

„Also, das gibt's nicht. Lass mal sehen, Katinka. Tatsächlich!"

Imme saß wie erstarrt, dann entspannte sie sich. Warum sollte sie dieser kleinen Katinka nicht alles Glück der Welt wünschen? Kreise schlossen sich manchmal.

22 Neuanfang

Imme war gerade dabei, ihre Teetasse abzuspülen, als es an der Tür klingelte. Sie hielt in der Bewegung inne und lauschte dem schon lange nicht mehr gehörten Klang. Eine Fülle von Erinnerungen waren damit verbunden. Vater hatte sie einst hochheben müssen, weil sie zu klein gewesen war, um den Knopf zu erreichen.

Erst ein zweites Klingeln brachte sie dazu, zur Haustür zu gehen und zu öffnen. Eine Frau, etwa doppelt so alt wie sie, stand draußen auf dem Metallgitter des Schuhabstreifers.

„Ich dachte schon, Sie wären nicht zu Hause", sagte die Frau verhalten und hielt ihre Tasche mit beiden Händen fest. Ihr intensiver fragender Blick schien Imme zu durchleuchten, wanderte schnell über ihre Kleidung und blieb wieder an ihrem Gesicht hängen.

„Sie kennen mich nicht", schnell hatte die Besucherin das festgestellt. Bevor Imme etwas sagen konnte, kam ihr der nächste Satz entgegen:

„Mein Mann ist tot."

Da war er wieder, der Tod. Unangemeldet und überraschend stand er zusammen mit der Frau vor ihrer Tür.

„Kommen Sie doch herein!" Imme führte sie durch den Gang und in das große Zimmer mit dem Bild. „Warten Sie!"

Sie befreite den Klappstuhl, den sie im Schuppen gefunden hatte, von den Farben und Pinseln und bot der Frau den Platz an.

„Tee?"

„Wenn es keine Umstände macht."

„Er ist schon fertig. Ich hole nur eine zweite Tasse."

Imme goss Ingwertee in die Tasse, die die Frau wie zuvor ihre Tasche in beide Händen nahm, als hielte sie mit dieser Geste sich selbst zusammen. Imme setzte sich auf einen zweiten Stuhl gegenüber und schob die Holzkiste mit den Farben und der Teekanne an die Seite.

„Sie sagten, Ihr Mann ist tot." Der Satz stand im Raum wie der Dampf, der sich aus der Kanne in die Höhe schraubte. Die Frau nickte.

„Ich habe von Anton gehört, dass Sie sich mit dem Tod auskennen. Deswegen bin ich hier."

Unwillkürlich machte Imme eine kleine Bewegung, ein Pendeln mit dem Oberkörper, und als ob diese Bewegung alles an den richtigen Platz gerückt hätte, als ob alle ihre Organe, ihre Zellen, die Leitbahnen ihres Inneren sich in die perfekte Position begeben hätten, stieg mit dem nächsten Einatmen eine Wärme in ihr auf, gefolgt von einer Erkenntnis. Hier lag ihre Aufgabe. Sie war am Ziel. Sie war soweit, sie war fähig, von sich abzusehen, sie war in der Lage, anderen Trauernden eine Begleiterin zu sein. All das Wissen lag in ihr bereit, um in der passenden Situation weitergegeben zu werden.

Unverwandt hatte die Frau sie angesehen.

„Wir sind nach Asien gefahren, auf eine Reise in mehrere Länder. Schon lange hatten wir diesen Traum. In China war es, inmitten einer überwältigenden Landschaft, als er sich an sein Herz griff und zusammenbrach. Der Arzt kam zu spät." Sie schwieg.

Imme fühlte, dass kein Wort von ihr erwartet wurde. Beide sahen hinaus, auf das Geäst des Apfelbaums, in dessen Zweigen sich eine Wolke verfangen hatte.

Dank an
alle, die mich auf meinem Weg begleiten.